우리가 끝이야

우리가 끝이야

콜린 후버 장편소설
박지선 옮김

IT
ENDS
WITH
US

위즈덤하우스

최악이 되지 않으려 최선을 다한 아버지께

그리고 우리가 아버지의 최악을 보지 않게 해준 어머니께

IT ENDS WITH US

차례

1부

$$1$$

난간에 올라앉아서 양쪽으로 발을 늘어뜨리고 12층 아래의 보스턴 거리를 내려다보고 있자니 자살이 떠오를 수밖에 없었다.

내가 자살하겠다는 건 아니다. 나는 끝까지 살아보고 싶을 정도로 내 인생이 마음에 든다.

내가 관심을 집중하는 건 다른 사람들, 즉 어쩌다가 그들이 결국 생을 마감하기로 결심하게 되었는지다. **그 결정을 한 번이라도 후회한 적이 있을까?** 발을 떼고 나서 바닥에 부딪치기 직전까지, 빠른 속도로 추락하는 그 짧은 시간 동안 조금은 후회하겠지. 혹시 자신을 향해 돌진하는 바닥을 바라보며 '**망했다. 잘못된 결정이었어**'라고 생각하지는 않을까?

왠지 나는 그러지 않을 것 같다.

나는 죽음에 대해 많이 생각하니까. 오늘은 유독 그랬는데 조금 전, 그러니까 열두 시간 전에 메인주 플레토라Plethora에 모인 사람들에게 그들이 본 중 가장 끝내주는 추도사를 하고 왔기 때문이다. 뭐, 가장 끝내주지는 않았을지도 모른다. 가장 엉망진창인 추도사에 더 가까울 수도 있다. 이건 우리 엄마와 나 둘 중에 누구에게 물어보느냐에 따라 다를 것 같다. **엄마는 오늘 이후로 꼬박 1년 동안은 나와 말하지 않을 것 같다.**

오해하지 마시라. 물론 내가 한 추도사는 브룩 실즈가 마이클 잭슨의 장례식에서 한 추도사처럼 역사에 남을 정도로 대단하지는 않았다. 스티브 잡스의 여동생이 한 추도사만큼도 아니었고. 패트 틸먼*의 남동생이 한 추도사만큼도 아니었다. 하지만 나름대로 끝내줬다.

처음에는 긴장됐다. 어쨌든 그 대단한 앤드류 블룸의 장례식이었으니까. 내 고향 메인주 플레토라의 사랑받는 시장님. 시에서 가장 잘나가는 부동산 중개소 주인. 플레토라 전역에서 가장 존경받는 보조교사이자 많은 사람들이 좋아하는 제니 블룸의 남편. 그리고 노숙인과 사랑에 빠지는 바람에 온 가족에게 크나큰 수치를 안긴, 얼룩덜룩한 빨강머리를 한 이상한 소녀 릴리 블룸의 아버지.

그 이상한 소녀가 바로 나다. 내가 릴리 블룸이고 앤드류는 내 아

---

* Pat Tillman, 미국 미식축구 선수이자 군인.

버지다.

오늘 나는 아버지의 추도사를 마치자마자 보스턴으로 돌아오는 비행기를 탔고 맨 처음 찾은 건물의 옥상으로 올라왔다. **다시 말하지만 자살하러 온 건 아니다.** 여기에서 뛰어내릴 생각은 없다. 정말이지 바람 좀 쐬며 조용히 있고 싶을 뿐이다. 옥상 출입이 전혀 안 되는 데다가 노래 부르기를 좋아하는 룸메이트가 사는 내 빌어먹을 3층 아파트에서는 그럴 수 없으니까.

하지만 이곳이 얼마나 추울지는 생각 못 했다. 못 견딜 정도는 아니지만 쾌적하지도 않다. 그렇지만 적어도 별은 보였다. 그야말로 우주의 웅장함이 느껴질 정도로 밤하늘이 맑은 날에는 죽은 아버지도, 미치도록 짜증 나는 룸메이트도, 미심쩍은 추도사도 그렇게 끔찍하게 느껴지지 않는다.

하늘을 보면 내가 보잘것없는 존재라는 생각이 들어서 정말 좋다.

오늘 밤, 참 좋다.

음……. 내 기분을 좀 더 적절히 표현하기 위해 이 문장을 과거형으로 다시 써야겠다.

오늘 밤, 참 **좋았다.**

하지만 안타깝게도 방금 전에 문이 벌컥 열렸다. 어찌나 세게 열리던지 계단이 옥상으로 사람을 뱉어내는 줄 알았다. 문이 다시 쾅 닫히더니 옥상 데크를 가로질러 빠르게 걷는 발소리가 들렸다. 나는 굳이 쳐다보지 않았다. 누군지는 몰라도 문 뒤 왼쪽 난간에 다리를 벌리고 걸터앉아 있는 나를 못 볼 가능성이 클 것 같았다. 발소리는 내가 있는 쪽으로 급히 다가왔는데, 아무도 없는 줄 알고 다가오는 건 내 잘못이 아니었다.

나는 조용히 한숨을 쉬고 눈을 감은 채 회반죽을 바른 울퉁불퉁한 뒷벽에 머리를 기댔다. 평화롭게 나를 돌아보던 이 순간을 망쳐버린 우주를 저주하면서. 오늘 우주가 내게 최소한의 호의라도 베푼다면 다가오는 사람은 남자가 아니라 여자여야 했다. 지금 굳이 옆에 누가 있어야 한다면 여자가 나았다. 나는 체격에 비해 탄탄한 편이라서 대부분의 경우에 스스로를 지킬 수 있지만, 지금 당장은 마음이 너무 느긋하고 편해서 한밤중에 옥상에서 낯선 남자와 단둘이 있기가 좀 그랬다. 안전이 걱정되니 자리를 떠야겠다고 생각할 수도 있지만 정말 이곳을 떠나고 싶지 않았다. 말했다시피…… 느긋하고 편했으니까.

결국 나는 난간에 기대어 앞으로 몸을 숙인 실루엣을 향해 시선을 돌렸다. 가는 날이 장날이라더니 남자가 틀림없었다. 난간에 기대어 있는데도 키가 크다는 걸 알 수 있었다. 넓은 어깨는 두 손으로 머리를 감싼 나약한 모습과 아주 대조적이었다. 그의 등이 심하게 들썩거린다는 정도만 알아볼 수 있었는데, 숨을 깊이 들이마셨다가 더 이상 마실 수 없어서 마지못해 뱉어내는 것 같았다.

그는 금방이라도 쓰러질 것 같았다. 말을 걸어서 옆에 누가 있다고 알려줄까 아니면 헛기침이라도 할까 고심하고 있었는데, 결정을 내리고 행동으로 옮기기 전에 그가 홱 돌아서더니 뒤에 있던 야외용 의자 하나를 발로 찼다.

나는 의자가 데크에 나뒹굴며 끼익 소리를 내는 바람에 움찔했지만 그는 보는 사람이 있는 걸 모르는 듯이 발길질을 한 번으로 끝내지 않았다. 그는 의자를 몇 번이고 발로 찼다. 의자는 그의 발이 전하는 무딘 힘에 굴복하지 않고 점점 멀리 달아나기만 했다.

저 의자는 아주 튼튼한 고밀도 폴리에틸렌으로 만든 게 틀림없어.

예전에 아버지가 고밀도 폴리에틸렌으로 만든 야외용 탁자를 차로 들이받는 걸 본 적이 있는데, 탁자는 아버지를 비웃은 것과 다름없었다. 아버지 차 범퍼는 찌그러졌지만 탁자에는 긁힌 자국 하나 없었다.

남자가 드디어 발길질을 멈춘 걸 보니 자신이 그런 고급 소재에 상대가 안 된다는 걸 깨달은 모양이다. 이제 그는 주먹을 꽉 쥐 양손을 허리에 대고 의자를 내려다보고 있었다. 솔직히 나는 그가 약간 부러웠다. 여기 이 남자는 챔피언처럼 간이 의자에 공격성을 분출하고 있었다. 나처럼 더러운 하루를 보낸 게 분명했다. 하지만 공격성을 억누르다가 수동공격성을 드러내고 마는 나와 달리 그는 실제로 발산하고 있었다.

원래 나는 마당을 가꾸며 공격성을 발산했다. 스트레스를 받을 때마다 뒷마당에 나가서 눈에 보이는 잡초란 잡초는 모조리 뽑아버렸다. 하지만 2년 전 보스턴으로 이사 온 뒤로는 뒷마당이 없었다. 야외 테라스도, 잡초도 없었다.

고밀도 폴리에틸렌으로 만든 야외용 의자를 하나 사야 할지도 모르겠군.

나는 남자가 움직일까 궁금해하며 한동안 그를 바라보았다. 그는 그냥 서서 의자를 내려다볼 뿐이었다. 더 이상 주먹은 쥐고 있지 않았다. 손을 허리에 얹고 있었는데, 나는 그의 팔 근육 때문에 입고 있는 셔츠가 꽉 낀다는 것을 처음 알아차렸다. 다른 곳은 다 잘 맞았지만 그의 팔 근육은 정말 대단했다. 그는 뭔가를 찾는 듯이 주머니를 뒤적이더니 마리화나를 꺼내 불을 붙였다. (나는 그가 공격성을 더 해소하려고 이런 행동을 했다고 확신한다.)

스물세 살인 나는 대학에 다니는 동안 기분 전환을 위해 딱 이런 식으로 마약에 한두 번 손댄 적이 있었다. 그렇기 때문에 혼자 조용히 마리화나를 피우고 싶어 했다는 사실만으로 이 남자를 판단할 생각은 없었다. 하지만 이 남자는 혼자가 **아니라는** 게 문제였다. 그걸 아직 모를 뿐.

그는 마리화나를 깊이 빨아들이더니 다시 난간을 향해 갔다. 그리고 연기를 내뿜던 중 나를 발견했다. 나와 눈이 마주친 순간, 그는 걸음을 멈추었다. 나를 본 그는 놀란 표정도 즐거운 표정도 아니었다. 그는 나와 3미터 정도 떨어져 있었지만 별빛이 밝아서 내 몸을 천천히 훑어보는 그의 눈동자가 보였다. 아무 생각도 드러나지 않는 눈빛이었다. 이 남자는 자기 패를 드러내지 않고 잘 쥐고 있었다. 그는 미간을 좁히고 입술을 딱 붙였다. 마치 남성판 모나리자 같았다.

"이름이 뭐예요?" 그가 물었다.

그의 목소리가 내 뱃속에서 쿵 울렸다. 좋지 않은 신호였다. 자주 있는 일은 아니지만 간혹 귀에서 머물러야 할 목소리가 귀를 지나 곧장 몸속으로 들어가 울리는 경우가 있었다. 이 남자의 목소리는 그런 목소리였다. 저음에 자신감 넘치면서 버터 같기도 한 목소리였다.

내가 대답하지 않자 그는 다시 마리화나를 물고 한 모금 빨아들였다.

"릴리예요." 마침내 내가 입을 열었다. **내 목소리가 정말 싫었다.** 너무 힘이 없어서 **그의** 몸속에서 울리기는커녕 귀까지 닿지도 못할 것 같았다.

그는 턱을 약간 들더니 나를 향해 고갯짓했다. "릴리, 부탁인데 거기에서 내려와줄래요?"

나는 이 말을 듣고서야 그의 자세를 눈치챘다. 그는 똑바로 서 있었지만 긴장한 듯 뻣뻣해 보였다. 내가 떨어질까 봐 불안해하는 듯했다. **안 떨어질 건데.** 이 난간은 폭이 적어도 10센티미터는 되어 보였고 나는 바깥쪽보다는 옥상 안쪽에 있는 거나 다름없었다. 혹시라도 떨어질 것 같으면 쉽게 몸을 지탱할 수 있는 위치였고, 바람도 떨어지는 방향과 반대로 불고 있었다.

나는 내 다리를 내려다본 다음 그를 보았다. "고맙지만 괜찮아요. 지금 아주 편하거든요."

그는 나를 똑바로 못 보겠다는 듯이 고개를 약간 돌렸다. "제발 내려와요." '제발'이라는 말을 붙였지만 그의 말투는 방금 전보다 더 명령조였다. "여기 빈 의자가 일곱 개나 있어요."

"여섯 개죠." 나는 조금 전에 그가 의자 하나를 살해하려고 했던 것을 일깨워주며 이렇게 정정했다. 그는 내 말에 웃지 않았다. 내가 그의 말대로 하지 않자 그는 몇 걸음 다가왔다.

"8센티미터만 더 가면 떨어져 죽어요. 오늘 하루 동안 죽음은 이미 충분히 경험했다고요." 그는 나를 향해 내려오라는 몸짓을 다시 한번 했다. "당신 때문에 불안해요. 이제 슬슬 약 기운이 도는데 그것까지 망치고 있어요."

나는 눈을 치켜뜨고 다리를 이리저리 흔들었다. "절대 안 떨어진다니까요." 나는 난간에서 내려와 입고 있던 청바지에 양손을 문질러 닦았다. "됐어요?" 나는 이렇게 말하며 그에게 다가갔다.

그는 난간에 앉아 있던 나를 보는 동안 숨을 참기라도 한 듯이 거칠게 숨을 내쉬었다. 나는 그를 지나쳐 경치가 더 좋은 쪽으로 갔고, 지나가는 동안 그가 얼마나 말도 안 되게 귀여운지 알 수밖에 없었다.

아니, 귀엽다는 건 모욕이었다.

이 남자는 **멋있었다**. 외모가 멀끔했고 돈 냄새가 났으며 나보다 몇 살 많아 보였다. 나를 좇는 눈가에 잔주름이 있었고 입술은 삐죽 내밀지 않았는데도 그래 보였다. 나는 거리가 내려다보이는 쪽으로 가서 몸을 앞으로 숙인 채 그에게 관심 없는 체하려 애쓰며 아래쪽의 자동차를 내려다보았다. 헤어스타일만 봐도 그는 사람들이 쉽게 관심을 주는 부류의 남자라는 걸 알 수 있었다. 나는 그의 자존심을 세워주지 않기로 했다. 그가 이런 쪽에 자존심이 **있다는** 인상을 주는 행동을 한 건 아니었다. 하지만 그는 버버리 캐주얼 셔츠를 입고 있었고 나는 버버리 셔츠를 아무렇지 않게 사 입는 사람의 관심을 끌어본 적이 없었다.

뒤에서 다가오는 발소리가 들리더니 잠시 후 그가 내 옆으로 와서 난간에 기댔다. 나는 그가 마리화나를 한 모금 더 빨아들이는 모습을 곁눈질했다. 그는 다 피우고 나서 내게도 권했지만 나는 손사래를 쳤다. 이 남자 가까이에서 마약에 취하는 것만은 피하고 싶었다. 그의 목소리 자체가 마약이었다. 나는 그 목소리를 더 듣고 싶어서 그에게 질문을 던졌다.

"그래, 의자가 뭘 그렇게 화나게 했나요?"

그는 나를 보았다. 날 **제대로** 바라보는 것 같았다. 그는 나와 눈이 마주치자 내 얼굴에 모든 비밀이 숨어 있기나 한 듯이 뚫어지게 바라보았다. 그렇게 까만 눈동자는 처음이었다. 어쩌면 어디서 본 적이 있을지도 모르지만 그의 눈동자는 험악한 기색이 맴돌아 더욱 어두워 보였다. 그는 내 질문에 대답하지 않았고, 내 호기심은 쉽사리 가시지 않았다. 아주 평화롭고 편안하게 난간에 앉아 있던 나를 억지로 내려오게 했으니, 오지랖 넓은 질문에 대답해주는 것으로 내 기분을 맞춰주기를 바라도 되지 않을까?

"혹시 여자 때문이에요?" 내가 물었다. "여자 때문에 속상해서요?"

이 질문에 그는 피식 웃었다. "그렇게 속상한 정도의 사소한 문제라면 얼마나 좋겠어요." 그는 벽에 기대서 나를 마주 보았다. "몇 층 살아요?" 그는 손가락에 침을 발라서 마리화나 끝부분을 꼭 잡아 비튼 다음 주머니에 넣었다. "처음 보는 것 같은데요."

"여기 안 사니까요." 나는 내 아파트가 있는 방향을 가리켰다. "저기 보험사 건물 보이죠?"

그는 눈을 가늘게 뜨고 내가 가리키는 쪽을 보았다. "네."

"그 옆 건물에 살아요. 너무 낮아서 여기에서는 안 보이죠. 3층짜리 건물이거든요."

그는 팔꿈치를 난간에 기대며 나를 다시 보았다. "저기 사는데 왜 여기 있어요? 남자 친구가 여기 산다거나 뭐 그런 거예요?" 그의 말에 나는 왠지 싸구려가 된 기분이었다. 날 너무 쉽게 보는 말이었다. 아마추어 같은 작업 멘트가 아닌가. 생김새를 보아하니 이것보다는 나은 작업 기술이 있을 텐데. 나는 그가 그만한 가치가 있는 여자들을 위해 더 까다로운 작업 멘트를 아껴둔 게 아닐까 싶었다.

"여기 옥상 좋은데요." 내가 말했다.

그는 더 얘기해보라는 듯이 눈썹을 치켜올렸다.

"바람 좀 쐬려고요. 생각할 곳도 필요했고요. 구글 어스에서 가까운 아파트 단지 중 옥상에 괜찮은 야외 테라스가 있는 곳을 찾았어요."

그는 미소 지으며 나를 보았다. "다른 건 몰라도 검소하긴 하네요. 장점이죠."

다른 건 몰라도?

나는 고개를 끄덕였다. **실제로** 나는 검소한 사람이니까. 그리고 **실제로** 검소함은 장점이니까.

"왜 바람을 쐬고 싶었어요?" 그가 물었다.

오늘 아버지를 묻고 아주 끔찍한 추도사를 하고 나니 숨을 쉴 수

없을 것 같아서요.

나는 다시 앞을 보고 천천히 숨을 내쉬었다. "잠깐만 아무 말도 안 하면 안 돼요?"

그는 조용히 있고 싶다는 내 말에 조금 안도한 것 같았다. 그는 난간 너머로 몸을 내밀더니 팔을 아래로 늘어뜨린 채 아래쪽 거리를 살펴보았다. 그는 한동안 그렇게 있었고 나는 그런 그를 계속 바라보았다. 그는 내가 보고 있는 걸 아는 것 같았지만 신경 쓰지 않는 듯했다.

"지난달에 어떤 남자가 이 옥상에서 떨어졌어요." 그가 말했다.

나는 조용히 있고 싶다는 부탁을 존중하지 않은 그에게 짜증이 났지만 너무 궁금했다.

"사고였나요?"

그는 어깨를 으쓱했다. "그야 아무도 모르죠. 저녁 늦게 벌어진 일이었어요. 그 사람 아내 말을 들어보니 저녁 식사를 준비하고 있는데 남편이 옥상에 올라가서 일몰 사진을 찍겠다고 했대요. 사진작가였거든요. 스카이라인을 찍으려고 난간 밖으로 몸을 내밀었다가 미끄러졌을 거라고 추측할 뿐이에요."

나는 어떻게 했기에 실수로 떨어졌을까 궁금해하며 난간 바깥쪽을 보았다. 그러다가 몇 분 전에 내가 맞은편 난간에 걸터앉아 있었던 것이 생각났다.

"여동생에게 그 일에 대해 들었을 때 내 머릿속에는 그 남자가 사진을 찍었을까, 못 찍었을까 하는 생각뿐이었어요. 그의 카메라가 함께 추락하지 않았기를 바랐죠. 그랬다면 너무 허망하잖아요. 안 그래요? 사진을 좋아해서 죽었는데 목숨을 걸고 찍은 마지막 사진을 건지지 못했다면 말이에요."

나는 그가 했다는 생각을 듣고 웃음이 났다. 웃어도 되는 상황인지는 확신할 수 없었지만. "항상 그렇게 생각나는 걸 그대로 말해요?"

그는 어깨를 으쓱했다. "대부분의 사람들에겐 안 그러죠."

나는 이 말을 듣고 미소 지었다. 그는 나를 알지도 못하지만 이유야 어쨌든 내가 **대부분의 사람**에 속하지 않는다는 게 마음에 들었다.

그는 난간에 등을 기대고 팔짱을 끼었다. "여기가 고향이에요?"

나는 고개를 저었다. "아니요. 대학교 졸업하고 메인주에서 여기로 이사 왔어요."

그는 코를 찡긋했는데 그 모습이 약간 섹시했다. 200달러를 주고 자른 것 같은 헤어스타일에 버버리 셔츠를 입은 남자가 바보 같은 표정을 짓는 걸 보다니.

"그러니까 당신은 보스턴 연옥*에 있는 셈이군요? 짜증나겠어요."

"무슨 말이에요?" 내가 물었다.

---

* 죽은 사람의 영혼이 천국에 들어가기 전에 남은 죄를 씻기 위해 불로 단련받는, 천국과 지옥 사이의 장소.

그의 한쪽 입꼬리가 올라갔다. "관광객들은 당신을 현지인으로 대하고 현지인들은 당신을 관광객으로 대한다는 뜻이에요."

나는 웃음을 터뜨렸다. "와. 진짜 정확한 설명인데요."

"난 여기 온 지 두 달 됐어요. 아직 연옥이라고 할 수도 없는 처지죠. 그러니 당신이 나보다 나아요."

"보스턴에는 무슨 일로 왔어요?"

"레지던트 과정 때문에요. 여동생이 여기 살아요." 그는 발로 바닥을 톡톡 치며 말했다. "우리 바로 아래에 살아요. 최신 기술에 빠삭한 보스턴 남자와 결혼해서 꼭대기 층을 전부 사버렸죠."

나는 아래를 내려다보았다. "꼭대기 층 **전체를요?**"

그는 고개를 끄덕였다. "그 운 좋은 자식은 집에서 일하거든요. 잠옷도 안 갈아입고 일하는데도 1년에 일곱 자리 숫자의 돈을 벌어요."

진짜 운 좋은 자식이잖아.

"그런데 레지던트 과정이라고 했죠? 의사예요?"

그는 고개를 끄덕였다. "신경외과 의사예요. 레지던트 과정이 1년도 채 안 남았어요. 그 후에는 정식 의사가 되는 거죠."

세련되고 말도 잘하는데 **똑똑하기까지. 그리고 마리화나를 피우고.** 학업적성검사SAT에 이 중 어울리지 않는 것을 하나 고르라는 문제를 내고 싶었다. "의사들은 다들 마리화나를 피우나 봐요?"

그는 능글맞게 웃었다. "아닐걸요. 하지만 가끔 이렇게라도 하지 않으면 이 난간에서 뛰어내리는 의사가 훨씬 많아질 거예요. 틀림없어요." 그는 팔에 턱을 얹고서 다시 앞을 바라보았다. 얼굴에 스치는 바람을 만끽하는 듯이 눈을 감고 있었다. 이 모습에서는 험악함이 느껴지지 않았다.

"현지인들만 아는 거 알려줄까요?"

"좋아요." 그가 다시 내게 집중하며 대답했다.

나는 동쪽을 가리켰다. "저 건물 보이죠? 초록 지붕 건물이요."

그는 고개를 끄덕였다.

"저 건물 뒤 멜처가에 건물이 하나 있어요. 그 건물 꼭대기에 집이 한 채 있고요. 옥상에 지어졌는데 아주 번듯해요. 그런데 길에서는 그 집이 안 보여요. 건물이 하도 높아서 집이 있는지 모르는 사람들이 많죠."

그는 놀란 표정이었다. "정말요?"

나는 고개를 끄덕였다. "구글 어스 검색하다가 봤어요. 그래서 자료를 찾아봤죠. 1982년에 건축 허가를 받은 것 같더라고요. 얼마나 멋질까요? 건물 꼭대기에 지어진 집에서 살면 말이에요."

"옥상을 독차지하는 거죠."

그 생각은 못 했다. 내가 그런 집을 갖게 되면 옥상에 정원을 꾸며야지. 그럼 내게도 분출구가 생기는 거다.

"저기 누가 살아요?" 그가 물었다.

"아무도 몰라요. 보스턴의 주요 미스터리 중 하나예요."

그는 웃음을 터뜨리더니 호기심 어린 표정으로 나를 보았다. "다른 미스터리는 뭔데요?"

"당신 이름이요." 나는 이 말을 하자마자 아차 싶었다. 느끼한 작업 멘트 같았다. 나는 그저 소리 내어 웃을 수밖에 없었다.

그는 씩 웃으며 말했다. "라일이에요. 라일 킨케이드."

나는 내 이름을 생각하며 한숨 쉬었다. "정말 멋있는 이름이군요."

"그 말이 왜 이리 슬프게 들리죠?"

"그건 말이죠. 난 멋진 이름을 가질 수 있다면 뭐든 포기할 수 있기 때문이죠."

"릴리라는 이름이 싫어요?"

나는 고개를 갸웃하며 눈썹을 치켜올렸다. "내 성이…… 블룸•이거든요."

라일은 말이 없었다. 안타까움을 감추려고 애쓰는 게 느껴졌다.

"나도 알아요. 끔찍하죠. 두 살짜리 여자애 이름이에요. 스물세 살먹은 여자 이름이 아니라."

"두 살짜리 여자애가 몇 살이 되든 이름은 같겠죠. 이름이란 게 자라서 맞지 않는다고 벗어던질 수 있는 게 아니잖아요, 릴리 블룸."

"불행히도 그렇죠. 하지만 더 끔찍한 건 내가 정원 가꾸는 걸 정말 좋아한다는 거예요. 난 꽃을 좋아해요. 식물도. 뭔가 기르는 걸 좋아하죠. 애착을 갖고 하는 일이에요. 어릴 때부터 꽃집을 여는 게 꿈이었는데 꽃집을 열면 사람들이 내 꿈에 진정성이 없다고 생각할 것 같아서 걱정이에요. 내가 돈을 벌려고 이름을 써먹는다고, 플로리스트

• Bloom, '꽃, 꽃을 피우다'라는 뜻.

가 되는 게 내 진짜 꿈이 아니라고 생각할 거예요."

"그럴지도 모르죠. 하지만 그게 문제가 되나요?"

"그렇진 않겠죠." 나는 어느새 '릴리 블룸'이라고 속삭이고 있었다. 라일은 희미하게 미소 지었다. "플로리스트에게는 정말 멋진 이름이죠. 하지만 내게는 경영학 석사 학위가 있다고요. 꽃집을 열면 격이 떨어지는 게 아닐까요? 지금은 보스턴에서 가장 큰 마케팅 회사에서 일하는데 말이에요."

"자기 가게를 운영하는 건 격 떨어지는 게 아니에요." 나는 눈썹을 치켜올렸다. "쫄딱 망하지 않았을 때 얘기죠."

라일은 동의한다는 의미로 고개를 끄덕였다. "쫄딱 망하지 않으면요. 그럼 미들 네임은 뭐예요, 릴리 블룸 씨?"

내가 못마땅한 듯 신음하자 라일은 더 장난스러워졌다.

"더 별로라는 뜻이에요?"

나는 고개를 숙이고 양손으로 머리를 감싼 채 끄덕였다.

"혹시 로즈?"

나는 고개를 저었다. "더 별로예요."

"바이올렛?"

"차라리 그거면 좋겠네요." 나는 잔뜩 움츠러든 채 중얼거렸다.
"블로섬*"이에요."

• Blossom, '꽃, 꽃을 피우다'라는 뜻.

잠시 침묵이 흘렀다. "이런." 라일이 나지막이 속삭였다.

"그래요. 블로섬은 엄마의 결혼 전 성이에요. 부모님은 두 분의 성이 같은 뜻이라는 걸 알고 운명이라고 생각하셨대요. 그러니 날 가졌을 때 당연히 꽃을 제일 먼저 떠올렸겠죠."

"정말 나쁜 분들이네요."

한 사람은 그렇다. 아니, **그랬다.** "아버지는 이번 주에 돌아가셨어요."

라일은 나를 흘끔 보았다. "시도는 좋았지만 안 속아요."

"진짜예요. 그래서 오늘 밤에 여기 올라온 거예요. 실컷 울어야 할 것 같아서요."

그는 내가 장난치는 게 아닌지 확인하려고 미심쩍다는 듯이 잠시 나를 보았다. 그는 조금 전의 말실수를 사과하지 않았다. 대신 정말 흥미롭다는 듯이 더욱 호기심 어린 눈빛을 띠었다. "아버지와 가까웠어요?"

어려운 질문이었다. 나는 팔에 턱을 괴고 다시 아래쪽 거리를 보았다. "모르겠어요." 나는 어깨를 으쓱하며 대답했다. "딸로서는 사랑하지만 인간으로서는 미워해요."

잠시 그의 시선이 느껴졌고 그는 이렇게 말했다. "마음에 들어요. 당신의 그 솔직함이요."

그가 내 솔직함을 좋아한다니. 얼굴이 빨개지는 것 같았다.

우리 둘 다 한동안 말이 없다가 라일이 말을 꺼냈다. "사람들이 더 투명하면 좋겠다고 생각한 적 있어요?"

"왜 그런 생각을 해요?"

그는 깨진 회반죽 조각을 엄지손가락으로 뜯어내서 난간 밖으로 휙 던졌다. "사람들은 모두 진짜 자기 모습을 거짓으로 꾸미는 것 같아요. 깊이 들여다보면 우리 모두 똑같이 엉망진창인데 말이에요. 다른 사람보다 그걸 더 잘 숨기는 사람이 있을 뿐이에요."

라일은 마약에 취했거나 원래 자기 내면을 잘 살피는 사람이거나 둘 중 하나였다. 어느 쪽이든 난 좋았다. 나는 답 없는 대화를 좋아하니까.

"약간 조심스러운 건 부정적인 게 아니라고 생각해요." 내가 말했다. "벌거벗은 진실이 언제나 좋은 건 아니잖아요."

그는 잠시 나를 바라보았다. "**벌거벗은 진실**이라." 그는 내 말을 따라 했다. "그 말 마음에 드네요." 그는 돌아서서 옥상 한가운데로 가더니 내 뒤에 있던 야외용 긴 의자의 등받이를 조정하고 앉았다. 그리고 반쯤 누운 자세로 양손으로 머리를 받치고 하늘을 올려다보았다. 나는 그 옆 의자로 가서 똑같은 각도로 등받이를 조정했다.

"릴리, 벌거벗은 진실을 말해봐요."

"뭐에 대해서요?"

그는 어깨를 으쓱했다. "글쎄요. 당신이 별로 자랑스러워하지 않는 그런 거요. 듣고 나면 내가 그렇게까지 엉망진창은 아니구나 싶을 만한 거요."

그는 하늘을 올려다보며 내 대답을 기다렸다. 내 눈은 그의 턱선, 뺨이 그리는 곡선, 입술 윤곽을 좇고 있었다. 눈썹은 생각에 잠겨 가운데로 몰려 있었다. 이유는 모르지만 지금 그에게는 대화가 필요한 것 같았다. 나는 그의 질문을 생각하며 솔직한 대답을 찾아보았다. 하나가 떠오르자 그에게서 시선을 돌려 하늘을 보았다.

"아버지가 폭력을 썼어요. 내가 아니라 엄마에게요. 아버지는 부부싸움을 하다가 화가 너무 많이 나면 엄마를 때렸죠. 그러고 나면 1~2주 동안은 때린 걸 만회하려고 애썼어요. 엄마에게 꽃을 사준다거나 우리를 데리고 근사한 곳으로 저녁을 먹으러 갔죠. 가끔은 나한테 뭔가를 사주기도 했어요. 내가 부모님의 싸움을 정말 싫어한다는 걸 알았던 거죠. 어릴 때는 나도 모르게 부모님이 밤에 싸우기를 기대했어요. 아버지가 엄마를 때리고 나면 그 후 2주 동안은 잘해준다는 걸 알았으니까요." 나는 말을 멈췄다. 방금 한 말을 지금껏 스스로 인정한 적이 있었나 싶었다. "물론 할 수만 있었다면 아버지가 엄마에게 손찌검할 수 없는 곳으로 갔을 거예요. 하지만 폭력은 부모님의 결혼 생활에 늘 존재했고 우리에게는 그게 평범한 생활이었어요. 나이가 들고 나서야 그걸 보고 아무것도 하지 않은 나도 똑같이 잘못했다는 걸 깨달았어요. 아버지를 나쁜 사람이라고 생각하며 평생 증오했지만 나라고 다를 게 있는지 모르겠어요. 우리 둘 다나쁜 사람들인 거죠."

라일은 생각에 잠긴 표정으로 나를 바라보았다. "릴리." 그가 힘주어 말했다. "이 세상에 **나쁜 사람** 같은 건 없어요. 우리 모두 가끔 나쁜 짓을 하는 사람들일 뿐이에요."

나는 대답하려고 입을 벌렸지만 그의 말에 충격을 받아 말이 안 나왔다. **우리 모두 가끔 나쁜 짓을 하는 사람들일 뿐이에요.** 어떤 면에서는 맞는 말 같았다. 나쁘기만 한 사람도, 착하기만 한 사람도 없다. 나쁜 짓을 하지 않으려고 더 열심히 참는 사람들이 있을 뿐이다.

"당신 차례예요." 내가 그에게 말했다.

반응을 보아하니 라일은 자기 얘기를 하고 싶지 않은 듯했다. 그는 한숨을 푹 쉬더니 머리카락을 만졌다. 그리고 무슨 말을 하려고 입을 벌렸다가 잠시 후 다시 굳게 다물었다. 그는 잠시 생각하더니 마침내 이렇게 말했다. "오늘 밤에 남자아이가 죽는 걸 봤어요." 풀 죽은 목소리였다. "다섯 살밖에 안 됐어요. 그 애는 남동생과 함께 부모님 침실에서 총을 발견했어요. 그리고 동생이 총을 들다가 사고로 발사했어요."

나는 속이 뒤집히는 것 같았다. 내가 감당하기에는 너무 힘든 진실이었다.

"아이가 수술대에 올랐을 땐 이미 손을 쓸 수 없는 상태였어요. 간호사도, 의사도, 수술대를 둘러싼 모든 사람이 가족들을 안타까워했어요. '부모가 너무 안됐어' 이런 말을 했죠. 하지만 난 대기실로 가서 그 부모에게 아이가 살지 못했다는 말을 전할 때에도 전혀 슬프지 않았어요. 난 그 사람들이 고통스러워하기를 바랐어요. 그들이 아무것도 모르는 두 아이의 손이 닿는 곳에 장전된 총을 놔둔 무지한 행동의 무게를 느끼기를 바랐어요. 자식 한 명을 잃었을 뿐만 아니라 사고로 방아쇠를 당긴 자식의 인생도 완전히 망쳐놓았다는 걸 알기를 바랐어요."

맙소사. 이렇게 무거운 이야기를 들을 줄은 몰랐다.

가족이 그 사건을 어떻게 이겨낼 수 있을지 상상조차 할 수 없었다. "그 가여운 아이의 동생 말이에요." 내가 말했다. "그런 장면을 봤다는 게 그 아이에게 어떤 영향을 미칠지 상상조차 안 돼요."

라일은 청바지 무릎에서 뭔가를 털어냈다. "그 애 인생을 영원히 망가뜨리겠죠. 그런 정도의 사고예요."

나는 그를 보려고 옆으로 돌아누워서 한 손으로 머리를 받쳤다. "힘들지 않아요? 그런 일을 매일 보는 거 말이에요."

라일은 고개를 살짝 저었다. "원래 더 힘들어야 하는데 죽음을 자주 접하다 보니 삶의 일부가 되더군요. 이젠 죽음을 어떻게 느끼는지도 모르겠어요." 그는 다시 내 눈을 바라보았다. "다른 얘기 해줘요. 내 얘기가 당신 얘기보다 약간 더 비뚤어진 것 같으니까요."

나는 그의 말에 동의하지 않았지만 불과 열두 시간 전에 내가 저지른 비뚤어진 짓을 이야기해주었다.

"이틀 전에 엄마가, 오늘 아버지 장례식 때 추도사를 해줄 수 있느냐고 물어보셨어요. 난 조문객 앞에서 우느라 말을 못 할까 봐 내키지 않는다고 말씀드렸지만 그건 거짓말이었어요. 난 그냥 추도사를 하고 싶지 않았어요. 추도사는 고인을 존경하는 사람이 해야 한다고 생각하거든요. 그런데 난 아버지를 존경하지 않으니까요."

"그런데 했어요?"

나는 고개를 끄덕였다. "네. 오늘 아침에요." 나는 몸을 일으켜 다리를 끌어안고 앉아서 그를 보았다. "듣고 싶어요?"

그는 미소 지었다. "당연하죠."

나는 두 손을 포개 무릎 위에 올린 다음 숨을 들이마셨다. "무슨 말을 해야 할지 모르겠더라고요. 장례식 한 시간 전에 엄마에게 하기 싫다고 말했어요. 엄마는 간단한 일이고 아버지는 내가 하기를 원할 거라고 말씀하셨어요. 그냥 연단에 나가서 아버지의 좋은 점 다섯 가지만 말하고 내려오면 된다고요. 그래서…… 그렇게 했죠."

라일은 더욱 흥미로워하는 표정으로 한쪽 팔꿈치를 짚고 몸을 일으켰다. "아, 이런, 릴리. 뭐라고 한 거예요?"

"들어봐요. 똑같이 다시 해볼게요." 나는 일어서서 의자 맞은편으로 걸어갔다. 그리고 어깨를 펴고 서서 오늘 아침에 본 조문객을 똑같이 보고 있는 것처럼 연기했다. 나는 목소리를 가다듬었다.

"안녕하세요. 저는 릴리 블룸입니다. 고인이 되신 앤드류 블룸 씨의 딸이죠. 오늘 이렇게 아버지의 죽음을 슬퍼하는 저희와 함께해주셔서 감사합니다. 아버지의 좋은 점 다섯 가지를 말씀드리면서 잠시 아버지의 삶을 기리고 싶습니다. 첫 번째는……."

나는 라일을 내려다보며 어깨를 으쓱했다. "끝이에요."

라일은 벌떡 일어났다. "무슨 소리예요?"

나는 긴 의자로 다시 가서 누웠다. "아무 말도 안 하고 2분 동안 가만히 서 있었어요. 그 남자의 좋은 점을 하나도 말할 수 없었거든요. 그래서 그냥 말없이 조문객을 보고 있었어요. 잠시 후 엄마가 내가 무슨 짓을 하는지 눈치채고 삼촌을 시켜서 나를 끌어내렸고요."

라일은 고개를 갸우뚱했다. "농담이죠? 자기 아버지의 장례식에서 추도사를 거부했다고요?"

나는 고개를 끄덕였다. "떳떳하진 않아요. 잘했다고 생각하지도 않고요. 내 방식대로 추도사를 했으면 아버지는 훨씬 좋은 사람으로 그려졌을 테고, 나는 거기 서서 한 시간 동안 떠들어댔겠죠."

라일은 다시 누웠다. "와." 그가 고개를 저으며 말했다. "당신이 날 살렸어요. 죽은 아이를 까맣게 잊어버렸어요."

"기분이 좀 그렇네요."

"그렇죠. 벌거벗은 진실은 아픈 법이잖아요."

나는 웃음을 터뜨렸다. "당신 차례예요."

"이건 못 이길 거 같은데요." 그가 말했다.

"비슷하게 치고 올라올 수는 있을 거예요."

"자신 없어요."

나는 눈을 치켜떴다. "할 수 있어요. 우리 둘 중에 내가 더 나쁜 사람인 것 같잖아요. 가장 최근에 떠올린 생각을 말해봐요. 대부분의 사람들이 입 밖에 내지 않을 만한 생각이요."

라일은 두 손으로 머리를 받치고 내 눈을 똑바로 보았다. "당신이랑 자고 싶어요."

나는 입을 떡 벌렸다가 잠시 후 다시 꼭 다물었다.

말문이 막혔다.

라일은 천진난만한 표정을 지어 보였다. "가장 최근에 떠올린 생각을 말하라면서요. 당신은 예뻐요. 난 남자고요. 원나잇도 괜찮다면 아래층 내 침실로 데리고 가서 자고 싶어요."

나는 그를 볼 수조차 없었다. 그의 말을 듣자 여러 가지 생각이 한꺼번에 밀려들었다.

"음, 난 원나잇 같은 거 관심 없어요."

"그럴 줄 알았어요." 그가 말했다. "당신 차례예요."

라일은 너무도 태연했다. 방금 말문이 막힐 정도로 날 놀라게 한 적이 없다는 듯이 행동했다.

"아까 그 말 때문에 잠시 마음을 가라앉힐 시간이 필요해요." 내가 웃으며 말했다. 그의 말이 잊힐 정도로 충격적인 뭔가를 생각하려 애썼지만 방금 라일이 그런 말을 했다는 사실이 도저히 잊히지 않았다. 그런 말을 **대놓고** 하다니. 그가 신경외과 의사라서, 그렇게 배운 사람이 '자고 싶다'는 말을 너무 아무렇지 않게 내뱉으리라고는 생각지 못했는지도 모른다.

나는 조금이나마…… 마음을 가라앉히고 나서 말했다. "좋아요. 그 얘기가 나왔으니 하는 말인데요, 내가 처음 잔 남자는 노숙인이었어요."

라일은 갑자기 생기를 띠며 나를 보았다. "오, 이 얘기는 더 들어 봐야겠어요."

나는 한 팔을 쭉 뻗은 다음 그 위에 머리를 기댔다. "난 메인주에서 자랐어요. 우리 집은 제법 멀끔한 동네에 있었지만 집 뒷길은 상태가 별로였죠. 우리 집 뒷마당은 폐가와 붙어 있었고 그 폐가 근처에는 버려진 터가 두 군데 있었어요. 난 그 폐가에 살던 아틀라스라는 남자와 친해졌어요. 그 사람이 폐가에 산다는 건 나 말고 아무도 몰랐죠. 난 그에게 먹을 것과 옷 같은 걸 갖다줬어요. 그러다가 아버지에게 들켰어요."

"아버지가 어떻게 했어요?"

나는 입을 꾹 다물었다. 지금도 매일 이 생각을 하지 않으려고 노력 중인데 어쩌자고 이 얘기를 꺼냈는지 알 수 없었다. "그 사람을 때렸어요." 내가 그 일에 대해 솔직하게 말할 수 있는 건 이 정도였다. "당신 차례예요."

라일은 잠시 말없이 나를 바라보았다. 이야기가 이게 전부가 아니라는 걸 아는 듯했다. 하지만 잠시 후 그는 시선을 돌렸다. "난 결혼을 생각하면 거부감이 들어요." 그가 말했다. "서른 살이 다 됐는데도 아내가 있으면 좋겠다는 생각이 전혀 안 들어요. 자식은 **더욱** 원치 않고요. 인생에서 내가 원하는 건 성공뿐이에요. 크게 성공하고 싶어요. 하지만 이런 얘기를 입 밖으로 내면 거만하게 들리죠."

"직업적인 성공이요? 아니면 사회적 지위?"

"둘 다요. 자식은 누구나 가질 수 있어요. 결혼도 누구나 할 수 있고요. 하지만 누구나 신경외과 의사가 될 순 없어요. 난 내 일에 엄청난 자부심을 느껴요. 그냥 훌륭한 신경외과 의사가 되고 싶은 게 아니에요. 이 분야에서 최고가 되고 싶어요."

"당신 말이 맞네요. 거만하게 들려요."

라일은 미소 지었다. "어머니는 내가 일만 하면서 인생을 헛되이 살까 봐 걱정하세요."

"신경외과 의사인데도 어머니가 **만족하지 못하신다고요**?" 나는 소리 내어 웃었다. "맙소사. 정말 말도 안 돼요. 자식에게 정말 만족하는 부모님이 있기나 한 걸까요? 자식이 얼마나 잘해야 부모님이 만족할까요?"

라일은 고개를 저었다. "내게 자식이 있다면 절대 만족 못 할 거예요. 나처럼 야망이 큰 사람이 그리 많지는 않거든요. 그러니 난 자식들이 실패했다고만 생각하겠죠. 그래서 자식을 안 낳으려는 거예요."

"라일, 그런 생각을 한다는 게 정말 대단한 것 같아요. 자식을 낳기에는 자신이 너무 이기적이라는 사실을 인정하지 않는 사람들이 많잖아요."

라일은 고개를 저었다. "난 자식을 낳기에는 **너무** 이기적인 사람이에요. 누군가를 진지하게 사귀기에도 그렇고요."

"그럼 어떻게 피해 다니는 거예요? 그냥 데이트를 안 하는 거예요?"

라일은 나를 흘끗 보더니 희미하게 미소 지었다. "시간만 있으면 그런 욕구를 채워줄 여자들은 얼마든지 있어요. 그걸 묻는 거라면 그 부분에서 부족한 건 아무것도 없어요. 하지만 사랑에는 마음이 끌리지 않아요. 사랑은 언제나 큰 부담이에요."

나도 사랑을 이렇게 바라볼 수 있으면 좋겠다. 그럼 인생이 상당히 쉬워질 텐데. "부럽네요. 난 내게 어울리는 완벽한 남자가 있다고 생각해요. 난 쉽게 싫증 내는 편인데 아직 내 기준에 맞는 사람을 못 만나서 그래요. 성배를 찾아 끝없이 헤매는 기분이에요."

"내 방법을 써봐요." 라일이 말했다.

"뭔데요?"

"원나잇이요." 그는 유혹하듯이 눈썹을 찡긋거렸다.

어두워서 다행이었다. 내 얼굴이 빨개졌기 때문이다. "앞으로 어떻게 될지도 모르는 사람과 절대 잘 수 없어요." 난 이렇게 외쳤지만 말하면서도 확신이 없었다.

라일은 천천히 길게 숨을 들이마시더니 다시 누웠다. "그런 여자가 아니라는 건가요?" 그는 실망한 목소리로 말했다.

나도 그 못지않게 실망했다. 그가 수작을 걸면 거절할 마음이 있기나 한지도 확실히 몰랐지만, 방금 그 가능성마저 없애버린 것 같았기 때문이다.

"방금 만난 사람이랑 **자는 게** 안 된다면 말이에요……." 라일은 다시 내 눈을 보았다. "정확히 어디까지 가능한 거죠?"

이 질문에 대한 답은 내게 없었다. 원나잇을 다시 생각해보고 싶게 만드는 그의 눈길에 나는 다시 누워버렸다. 내가 딱히 원나잇에 반대하는 건 아닌 것 같았다. 원나잇을 생각해볼 만한 사람에게 제안받은 적이 없을 뿐이었다.

오늘이 되기 전까지는 그랬다. 어디까지나 내 **생각**이지만. 라일이 나와 자고 싶다고 한 말은 진심이었을까? 늘 그렇듯 나는 유혹에 서툴렀다.

라일이 팔을 뻗어 내 의자 끄트머리를 잡았다. 그리고 별로 힘도 들이지 않고 단번에 내 의자를 끌어서 그의 의자와 바싹 붙였다.

나는 온몸이 굳었다. 그가 너무 가까이에 있었다. 찬 공기를 가르고 전해지는 그의 따뜻한 숨결이 느껴졌다. 지금 내가 그를 향해 고개를 돌리면 우리 둘의 얼굴은 불과 몇 센티미터밖에 떨어져 있지 않을 것이다. 나는 그를 보지 않았다. 내가 보면 그는 키스할 텐데 난 벌거벗은 진실 두 가지를 제외하면 이 남자에 대해 아무것도 몰랐다. 하지만 그가 내 배에 천천히 손을 올릴 때 나는 이런 상황이 조금도 양심에 찔리지 않았다.

"릴리, 어디까지 가능하냐고요?" 그의 목소리는 퇴폐적이었다. 그리고 부드러웠다. 그 목소리는 곧장 내 발끝까지 전달되었다.

"모르겠어요." 내가 속삭였다.

그의 손가락이 내 셔츠 끝자락을 타고 올라왔다. 그는 내 배가 약간 드러날 때까지 천천히 셔츠를 올렸다. **"아, 이런!"** 배를 타고 올라오는 손의 온기를 느끼며 내가 속삭였다.

나는 이성적인 판단을 무시한 채 그를 다시 바라보았고 그의 눈빛은 나를 완전히 사로잡았다. 그는 희망에 가득 차고 굶주려 보였으며 자신만만했다. 그는 아랫입술을 깨문 채 나를 어루만지며 계속 내 셔츠를 올렸다. 그가 내 가슴 속에서 요동치는 심장을 느꼈을 것 같았다. 망할, 소리마저 **들릴** 지경이었다.

"너무 나갔어요?" 그가 물었다.

어디에서 나의 이런 면이 나왔는지 모르지만 나는 고개를 저으며 말했다. "아직 멀었어요."

그는 씩 웃으며 브래지어 안으로 살며시 손을 넣고 소름이 돋은 내 맨살을 천천히 어루만졌다.

내가 눈을 꼭 감자마자 귀를 찌르는 벨 소리가 허공을 갈랐다. 라일의 손이 멈칫했고 우리 둘 다 그게 휴대전화 벨 소리라는 걸 알았다. **그의** 휴대전화였다.

라일은 고개를 숙여 내 어깨에 이마를 댔다. "젠장."

그의 손이 셔츠 아래에서 미끄러져 나가자 나는 인상을 찡그렸다. 그는 주머니를 더듬거리며 휴대전화를 찾더니 일어나서 몇 걸음 간 다음에 전화를 받았다.

"킨케이드입니다." 그가 말했다. 그는 한 손으로 목뒤를 잡고 집중해서 들었다. "로버츠는 어쩌고요? 난 지금 당직도 아닌데요." 잠시 침묵이 흘렀다. "알겠습니다. 10분만 기다려줘요. 갈게요."

그는 전화를 끊고 주머니에 다시 넣었다. 돌아서서 나를 본 그는 약간 실망한 표정이었다. 그는 계단으로 나가는 문을 가리켰다. "지금 가봐야……."

나는 고개를 끄덕였다. "괜찮아요."

그는 잠시 나를 보더니 손가락을 들었다. "움직이지 말아요." 그가 다시 휴대전화를 꺼내며 말했다. 그는 사진이라도 찍을 것처럼 전화기를 들고 내게 다가왔다. 나는 그가 왜 다가오는지도 모르면서 사진 찍지 말라고 할 뻔했다. 옷을 다 입고 있었는데도 옷을 입지 않은 기분이었다.

라일은 머리 위로 팔을 나른하게 뻗은 채 긴 의자에 누워 있는 내 사진을 찍었다. 그 사진으로 뭘 하려는지 몰랐지만 나는 그가 내 사진을 찍었다는 게 좋았다. 나를 다시 볼 수 없을 텐데도 그가 내 생김새를 기억하고 싶어 한다는 사실이 좋았다.

라일은 잠시 휴대전화 속 사진을 바라보며 미소 지었다. 나도 그의 사진을 찍을까 잠시 망설였지만 다시 보지 못할 사람을 떠올릴 만한 게 필요한지 확신이 들지 않았다. 이런 생각을 하자 약간 우울해졌다.

"릴리 블룸, 만나서 반가웠어요. 역경을 이겨내고 꿈을 이루기를 바랄게요."

나는 미소 지었다. 이 남자 때문에 슬프기도 하고 혼란스럽기도 했다. 이런 사람을, 나와 살아가는 방식도 소득수준도 전혀 다른 누군가를 만나본 적이 없는 것 같다. 다시는 못 만날 것 같기도 했다. 하지만 이런 사람이 나와 그다지 다르지 않다는 걸 알게 되어 놀라우면서도 기분이 좋았다.

내가 오해하고 있었다는 게 확인되었다.

라일은 망설이는 듯한 자세로 서서 잠시 발을 내려다보았다. 내게 무슨 말을 하고 싶은 마음과 그냥 가고 싶은 마음 사이에서 갈팡질팡하는 것 같았다. 그는 마지막으로 나를 한 번 더 보았다. 이번에는 표정을 숨기지 않았다. 돌아서서 반대 방향으로 가는 그의 입가에 실망감이 보였다. 그는 문을 열었고 그가 서둘러 계단을 내려가는 동안 점점 희미해지는 발소리가 들렸다. 나는 다시 옥상에 혼자 남았다. 놀랍게도 혼자라는 사실에 조금 슬퍼졌다.

$$2$$

노래 부르기를 좋아하는 룸메이트 루시가 거실을 바삐 오가며 열쇠, 신발, 선글라스를 챙겼다. 나는 소파에 앉아서 부모님과 함께 살았을 때 쓰던 오래된 물건을 모아둔 구두 상자를 열어보고 있었다. 이번 주에 아버지 장례식 때문에 집에 갔을 때 가져온 것이었다.

"오늘 일해?" 루시가 물었다.

"아니. 월요일까지 경조 휴가야."

루시는 걸음을 멈추었다. "월요일까지?" 그리고 어이가 없다는 듯이 말했다. "재수도 좋아."

"그래, 루시. 아버지가 돌아가시다니 **정말** 재수가 좋지 뭐야." 나는 루시의 말을 비꼬느라 이렇게 말했지만 실제로 그렇게 생각하고 있다는 사실을 깨닫고 움찔했다.

"내 말 무슨 뜻인지 알잖아." 루시가 중얼거렸다. 그는 한 발로 서서 균형을 잡고 다른 한 발을 신발에 밀어 넣으며 핸드백을 집었다. "오늘 밤에 안 들어올 거야. 알렉스 집에서 자려고." 루시가 나가고 문이 쾅 닫혔다.

우리는 겉으로는 공통점이 많아 보였지만 옷 사이즈와 나이가 같고 이름이 'L'로 시작해서 'Y'로 끝나는 네 글자라는 사실을 빼면, 룸메이트 이상의 관계가 될 정도로 공통점이 많지는 않았다. 물론 그런 건 괜찮았다. 루시는 쉴 새 없이 노래를 부르는 것만 빼면 그런대로 괜찮았다. 깔끔했고 집을 자주 비웠다. 룸메이트로서 매우 중요한 두 가지 자질이었다.

구두 상자 뚜껑을 열었을 때 휴대전화가 울렸다. 나는 소파 맞은편으로 손을 뻗어 전화기를 잡았다. 엄마 번호를 확인한 나는 소파에 엎드려 쿠션에 얼굴을 묻고 우는 시늉을 했다.

나는 전화기를 귀에 댔다. "여보세요?"

3초 동안 정적이 흐른 뒤에 목소리가 들렸다. "여보세요, 릴리?"

나는 한숨을 쉬고 소파에서 몸을 일으켜 앉았다. "엄마." 엄마가 내게 말을 하다니 정말 놀랐다. 장례식이 끝난 지 하루밖에 지나지 않았는데. 내가 예상한 것보다 364일이나 빨리 엄마에게 전화가 오다니.

"좀 어떠세요?" 내가 물었다.

엄마는 과장되게 한숨을 쉬며 말했다. "괜찮아. 네 이모랑 이모부가 오늘 아침에 네브래스카주로 돌아갔어. 처음으로 나 혼자 보내는 밤이야. 네 아빠가 떠나고……."

"엄마, 괜찮을 거예요." 나는 확신에 찬 목소리로 말하려고 애썼다.

엄마는 한참 조용히 있다가 말했다. "릴리. 어제 일로 난처해할 필요 없다는 말을 해주려고."

나는 멈칫했다. **나는 조금도 난처하지 않았다.**

"누구나 가끔은 긴장해서 얼어붙어. 네게 그런 부담을 주는 게 아니었어. 안 그래도 그날 많이 힘들었을 텐데. 그냥 삼촌에게 부탁할 걸 그랬어."

나는 눈을 감았다. **또 시작이구나.** 엄마는 보고 싶지 않은 걸 가려버린다. 자기 탓도 아닌 일에 비난을 자처한다. **당연히** 엄마는 어제 내가 긴장해서 얼어버렸기 때문에 말을 못 한 거라고 스스로를 납득시켰을 것이다. **당연히 그랬을 거다.** 나는 실수가 아니었다고 말하고 싶었다. 나는 긴장해서 얼어붙은 게 아니었다. 엄마가 내 아버지로 선택한 특별할 것 없는 남자의 좋은 점에 대해 말할 거리가 없었을 뿐이다.

하지만 내 마음 한구석에서는 그 일로 죄책감을 느꼈다. 구체적으로 말하자면 엄마가 있는 자리에서 할 짓은 아니었기 때문이다. 그래서 나는 엄마의 확신을 받아들이고 그에 동조했다.

"고마워요, 엄마. 죄송한데 목이 메었어요."

"릴리, 괜찮아. 이만 끊어야겠다. 보험사에 가봐야 해서. 아버지 보험 증권 때문에 약속이 잡혀 있어. 내일 다시 통화하자. 알겠지?"

"네. 엄마, 사랑해요."

나는 전화를 끊고 소파 맞은편에 전화기를 던져놓았다. 그리고 구두 상자를 무릎 위에 올려놓고 내용물을 꺼냈다. 맨 위에는 나무로 만든, 속이 빈 작은 하트가 있었다. 나는 그 하트를 살며시 어루만지며 이걸 받던 날 밤을 떠올렸다. 그러다가 기억에 너무 깊이 빠지려 하자 하트를 얼른 옆으로 치웠다. 과거를 그리워하는 건 우스운 일이었다.

오래된 편지 몇 통과 스크랩해둔 신문 기사를 한쪽으로 치우고 맨 밑에서 이 상자에 있기를 바랐던 것을 찾았다. **없기를** 바랐던 마음도 약간은 있었다.

엘런에게 쓴 내 일기장.

나는 일기장을 쓰다듬었다. 상자에는 세 권이 들어 있었는데 내가 쓴 일기장은 모두 여덟 권인가 아홉 권인가 그랬다. 일기를 쓰고 나서 다시 읽어본 적은 한 번도 없었다.

나는 어린 시절에 일기를 썼다는 사실을 인정하지 않았다. 일기라는 게 너무 진부하다는 이유였다. 하지만 내가 한 일은 멋있다고 자신했는데, 엄밀히 따지면 내가 쓴 글이 일기 형식이 아니었기 때문이다. 내 일기는 모두 엘런 드제너러스[•]에게 쓴 편지 형식이었다. 나는 어린아이였던 2003년에 시작된 그의 쇼를 방영 첫날부터 보기 시작했다. 학교에서 돌아오면 매일 그 쇼를 보았고 엘런이 나를

• Ellen DeGeneres, 미국의 희극인이자 배우. 〈엘런 드제너러스 쇼〉를 진행했다.

알게 된다면 나를 무척 좋아했을 거라고 확신했다. 그래서 열여섯 살이 될 때까지 그에게 주기적으로 편지를 썼는데, 일기장에 일기 쓰듯이 쓴 편지였다. 물론 엘런 드제너러스가 별 볼 일 없는 소녀의 일기장에 등장하는 걸 원치 않을 수도 있다는 건 잘 알았다. 다행히 실제로 편지를 보낸 적은 없었다. 그럼에도 그에게 쓰는 편지 형식으로 일기를 쓰는 게 좋았기 때문에 일기를 아예 안 쓰게 될 때까지 계속 써나갔다.

다른 구두 상자를 열자 일기장이 몇 권 더 있었다. 나는 일기장을 꼼꼼히 살펴보다가 열다섯 살 때 쓴 것을 집어 들었다. 그 일기장을 펼쳐서 아틀라스를 만난 날을 찾았다. 그를 만나기 전에는 일기장에 쓸 만한 일들이 별로 일어나지 않았는데 어찌 된 노릇인지 그가 등장하기 전에도 일기장 여섯 권을 꽉 채웠다.

일기장을 절대 다시 읽지 않겠다고 맹세했지만 아버지가 돌아가셔서 그런지 어릴 때 생각이 많이 났다. 이걸 읽고 나면 아버지를 용서할 용기가 조금은 생길지도 몰랐다. 물론 분노가 더 커질 위험을 무릅쓰는 게 아닐까 걱정되기도 했다.

나는 소파에 누워 일기장을 읽기 시작했다.

엘런에게.

오늘 무슨 일이 있었는지 말하기 전에 쇼의 새로운 코너로 넣을 만한 아주 좋은 아이디어를 알려줄게요. '엘런 앳 홈'이라는 코너예요.

제 생각에는 일하지 않을 때의 당신을 보고 싶어 하는 사람이 많을 것 같아요. 저 역시 카메라 없이 집에서 포셔*와 있을 때의 당신 모습이 늘 궁금했어요. 그러니까 프로듀서들이 포셔에게 카메라를 주고, 텔레비전을 보거나 요리하거나 정원을 가꾸는 당신 모습을 가끔 몰래 찍는 거예요. 이렇게 짧은 영상을 찍은 다음에 '엘런 앳 홈!'이라고 외쳐서 당신을 놀라게 하는 거죠. 당신은 장난을 좋아하니까 괜찮을 것 같은데요.

좋아요. 이 얘기를 했으니 어제 있었던 일을 얘기할게요. (그동안 계속 말하려고 했는데 잊어버렸어요.) 재미있는 얘기예요. 아마 지금까지 편지에 쓴 일 중에 가장 재미있을 거예요. 애비게일 아이보리 씨가 자기 가슴을 훔쳐봤다는 이유로 카슨 씨 뺨을 때린 일을 빼면요.

전에 우리 뒷집에 사는 벌러슨 할머니 얘기했던 거 기억나죠? 눈보라가 거세게 치던 날 밤에 할머니가 돌아가셨다고요. 아빠가 그러는데 할머니가 세금을 너무 많이 밀려서 딸이 그 집을 가질 수 없대요. 그 집 딸은 분명 괜찮다고 생각할 거예요. 어차피 무너져가는 집이거든요. 아마 물려받았더라도 엄청난 짐이었을 거예요.

그래서 벌러슨 할머니가 돌아가신 뒤로 2년 정도 그 집이 비어 있었어요. 제 방 창문으로 그 집 뒷마당이 보이기 때문에 비어 있다는 걸 알아요. 제가 기억하는 한 그 집에 개미 한 마리도 드나들지 않았어요.

---

* Portia, 엘런의 배우자.

어젯밤이 되기 전까지는요.

저는 침대에서 카드를 섞고 있었어요. 이상하게 들리겠지만 카드 게임도 할 줄 모르면서 그냥 섞는 거예요. 부모님이 싸울 때 카드를 섞고 있으면 마음이 진정될 때가 있거든요. 집중할 거리도 생기고요.

어쨌든 밖이 어두워서 불빛을 금세 알아차릴 수 있었어요. 밝은 빛은 아니었지만 그 낡은 집에서 새어 나오고 있었죠. 촛불 같아 보였어요. 그래서 저는 뒤 베란다로 나가서 아빠의 쌍안경을 찾았어요. 그 집에서 무슨 일이 벌어지는지 보려고 했지만 아무것도 안 보이더라고요. 너무 어두웠거든요. 그러다가 잠시 후에 불이 꺼졌어요.

오늘 아침에 학교 갈 준비를 하고 있는데 그 집 뒤에서 뭔가 움직이는 게 보이는 거예요. 저는 몸을 숙이고 창가로 다가갔고 뒷문에서 누가 몰래 빠져나오는 걸 봤어요. 가방을 멘 남자였어요. 그는 누가 보지 않는지 확인하려는 듯이 두리번거리더니 우리 집과 이웃집 사이를 지나서 버스 정류장에 서 있었어요.

처음 본 사람이었어요. 그 사람이랑 같은 버스를 탄 것도 처음이었고요. 그 사람은 뒤쪽에 앉았고 저는 가운데에 앉아서 말을 걸지는 못했어요. 하지만 학교에 도착하자 그 사람도 버스에서 내렸고 학교로 들어가는 걸 봤어요. 그러니 그도 학교에 다니는 게 틀림없겠죠.

그런데 그가 왜 그 집에서 잤는지 알 길이 없었어요. 전기도 안 들어오고 물도 안 나올 텐데요. 모험심 때문에 한번 해본 게 아닐까 생각했지만 오늘도 저와 같은 정류장에서 내리는 거예요. 그러더니 다른 곳에 가는 것처럼 걸어갔어요. 저는 얼른 뛰어서 곧장 제 방으로 올라가서 창밖을 보았어요. 짐작대로 몇 분 뒤에 빈집 뒤쪽으로 몰래 들어가는 그를 보았고요.

엄마한테 이 얘기를 해야 할지 모르겠어요. 저랑 상관없는 일인데 굳이 끼어들기는 싫거든요. 하지만 그가 오갈 데 없는 사람이라면 엄마가 도와줄 방법을 아시지 않을까 싶기도 해요. 엄마는 학교에서 일하시거든요.

모르겠어요. 며칠 기다리면서 그가 집으로 돌아가는지 지켜본 뒤에 말하는 게 좋을 것 같아요. 부모님에게서 잠시 벗어나고 싶은 것일 수도 있잖아요. 제가 가끔 바라는 것처럼요.

이게 다예요. 내일 무슨 일이 일어나면 다시 알려줄게요.

— 릴리

엘런에게.

요즘은 쇼를 볼 때 당신이 춤추는 장면을 빨리 감기로 넘기고 있어요. 원래는 당신이 관객들 틈에서 춤추는 시작 부분을 봤지만 이제는 좀 지루해지기도 했고 당신이 말하는 걸 듣는 게 더 좋아서요. 이것 때문에 화내지 않았으면 좋겠어요.

자, 그 남자가 누구인지 알아냈답니다. 맞아요. 그는 아직도 거기 살아요. 이제 이틀 지났는데 아직 아무에게도 말하지 않았어요.

그의 이름은 아틀라스 코리건이고 저보다 나이가 많아요. 제가 아는 건 이게 전부예요. 버스에서 제 옆자리에 앉은 케이티에게 그가 누구인지 물어봤어요. 케이티는 눈을 치켜뜨면서 그의 이름을 말해 줬고요. 그러고 나서 이런 말을 했어요. "이것 말고는 나도 아무것도 몰라. 하지만 그 남자한테 냄새가 나." 케이티는 비위가 상한다는 듯이 코를 찡그렸어요. 물이 안 나와서 그 사람도 어쩔 수 없다고 케이티에게 소리치고 싶었어요. 하지만 전 그냥 뒤돌아서 그를 보기만 했어요. 너무 오래 쳐다봤는지 그에게 들키고 말았죠.

집에 돌아와서 텃밭을 가꾸려고 뒷마당에 나갔어요. 순무가 잘 자라서 뽑으려고요. 마당에는 순무밖에 안 남아 있어요. 날씨가 추워져서 지금은 심을 만한 게 많지 않거든요. 며칠 더 기다렸다가 뽑는 게 좋을 것 같았지만 뒷집을 훔쳐보고 싶기도 했어요.

순무를 뽑는데 몇 개가 없는 거예요. 누가 뽑아 간 지 얼마 안 된 것 같았어요. 저는 뽑지 않았고 부모님은 제 텃밭을 건드리지 않아요.

그때 아틀라스가 떠올랐고 그가 뽑아 갔을 가능성이 아주 높다는 생각이 들었어요. 씻지도 못하는 상황이라면 먹을 것도 없을 수 있겠다는 생각이 그제야 들더라고요.

저는 집으로 들어가서 샌드위치를 두 개 만들었어요. 냉장고에서 음료수를 두 개 꺼내고 감자 칩도 한 봉지 챙겼어요. 그걸 도시락 가방에 넣고 폐가로 뛰어가서 뒤 베란다 문 앞에 놓았어요. 그가 저를 못 봤을 수도 있을 것 같아서 문을 세게 두드린 다음 다시 집으로 뛰어와서 곧장 방으로 올라갔어요. 그가 밖에 나왔는지 보려고 창가로 갔더니 도시락 가방은 이미 사라지고 없었어요.

그때 그가 저를 지켜보고 있다는 걸 알았어요. 그래서 지금 약간 초조해요. 그가 그 집에 사는 걸 제가 알고 있다는 사실을 들킨 거잖아요. 내일 그가 말을 걸면 뭐라고 해야 할지 모르겠어요.

— 릴리

엘런에게.

오늘 당신이 대통령 후보 버락 오바마를 인터뷰하는 영상을 봤어요. 긴장했나요? 나라를 운영하게 될지도 모르는 사람을 인터뷰해서 말이에요. 정치는 잘 모르지만 저라면 그렇게 부담스러운 상황에서는 못 웃길 것 같아요.

와. 우리 둘 다 정말 많은 일이 있었군요. 당신은 다음 대통령이 될지도 모르는 사람을 인터뷰했고 저는 집 없는 남자애에게 먹을 걸 줬어요.

오늘 아침에 버스 정류장에 갔더니 아틀라스가 벌써 와 있더라고요. 처음에는 우리 둘뿐이었는데요, 솔직히 어색했어요. 모퉁이를 돌아서 오는 버스가 보이자 저는 버스가 더 빨리 달리기를 바랐어요. 버스가 멈추자 아틀라스는 저에게 한 걸음 다가오더니 보지도 않고 "고마워"라고 말했어요.

버스 문이 열리자 아틀라스는 제게 먼저 타라고 했어요. 저는 "천만에"라는 말도 못 했어요. 제 반응에 너무 큰 충격을 받았거든요. 엘런, 아틀라스의 목소리를 듣자마자 온몸에 전율이 일었어요.

혹시 남자 목소리를 듣고 이런 적이 있나요?

아, 잠깐만요. 죄송해요. 여자 목소리를 듣고 이런 적이 있나요?[•]
아틀라스는 학교 가는 길에 제 옆에 앉지는 않았지만 집에 돌아오는
길에는 마지막으로 버스에 타더라고요. 빈자리가 하나도 없었지만
그가 버스에 탄 사람을 전부 살피는 것을 보고 빈자리를 찾는 게 아
니라는 걸 알았어요. 아틀라스는 저를 찾고 있었던 거예요.

그와 눈이 마주치자 저는 재빨리 시선을 내렸어요. 남자들 앞에서
자신감 없는 제가 정말 싫어요. 좀 더 커서 열여섯 살이 되면 달라지
겠죠.

아틀라스는 제 옆 통로에 주저앉아서 다리 사이에 가방을 내려놓
았어요. 그때 케이티가 말한 게 뭔지 알았어요. 그에게서 냄새가 났
어요. 하지만 저는 그걸로 그를 판단하지 않았어요.

아틀라스는 처음에는 아무 말도 하지 않고 청바지에 난 구멍만 만
지작거렸어요. 청바지를 멋지게 하려고 일부러 낸 구멍은 아니었어
요. 낡아서 생긴 진짜 구멍이라는 걸 알 수 있었죠. 사실 청바지는 그
에게 약간 작아 보이기도 했어요. 발목이 훤히 보였거든요. 하지만
아틀라스는 말라서 발목 말고 다른 데는 다 잘 맞았어요.

"다른 사람한테 얘기했어?" 그가 물었어요.

이 말을 할 때 그를 보니 걱정스러운 표정으로 저를 똑바로 바라보
고 있더라고요. 그를 제대로 본 건 그때가 처음이었어요. 머리카락

• 엘런 드제너러스는 동성애자다.

은 짙은 갈색이었는데 머리를 감으면 지금만큼 어둡지는 않을지도 모른다는 생각이 들었어요. 다른 부분과 달리 눈동자는 밝게 빛났어요. 시베리아허스키처럼 짙푸른 눈동자였죠. 그의 눈동자를 개에 비유해서 미안하지만 눈을 보자마자 이 생각이 제일 먼저 들었어요.

저는 고개를 젓고 창밖을 보았어요. 제가 아무에게도 말하지 않았다고 했기 때문에 그가 일어나서 다른 자리를 찾아갈 줄 알았는데 그러지 않았어요. 버스가 몇 번 더 정차했는데도 계속 제 옆에 앉아 있었죠. 그 덕분에 저는 용기가 약간 생겨서 속삭이는 목소리로 물었어요. "왜 부모님이랑 같이 안 살아?"

아틀라스는 저를 믿어도 될지 고민하는 듯이 잠시 저를 보았어요. 그러고 나서 말했죠. "부모님이 나랑 같이 살고 싶어 하지 않으니까."

그는 이렇게 말하고 일어났어요. 저 때문에 화난 줄 알았는데 알고 보니 내릴 정류장이 돼서 일어났더라고요. 저도 가방을 들고 그를 따라 버스에서 내렸어요. 오늘 그는 평소와 달리 어디로 가는지 숨기지 않았어요. 원래는 우리 집 뒷마당 사잇길을 지나는 걸 제가 볼까 봐, 길을 따라 걸어 내려가 블록을 빙 돌아갔거든요. 하지만 오늘은 저와 함께 우리 집 뒷마당 쪽으로 걸었어요.

평소에 제가 집으로 들어가고 그가 계속 걸어가는 지점에 이르자 우리 둘 다 걸음을 멈췄어요. 그는 한쪽 발로 땅을 툭툭 치며 뒤쪽 우리 집을 보았어요.

"부모님은 언제 오셔?"

"5시쯤." 제가 대답했어요. 그때가 3시 45분이었죠.

아틀라스는 고개를 끄덕였고 뭔가 할 말이 있는 듯했지만 말하지 않았어요. 그냥 다시 고개를 끄덕인 다음에 음식과 전기도 없고 물도 안 나오는 그 집을 향해 걸었죠.

엘런, 이제 저도 알아요. 그다음에 제가 한 행동이 얼마나 바보 같았는지 말이에요. 그러니까 콕 집어서 뭐라고 하지는 말아주세요. 저는 그의 이름을 불렀고 돌아선 그에게 이렇게 말했어요. "서두르면 부모님이 집에 오시기 전에 씻을 수 있어."

심장이 너무 빨리 뛰었어요. 부모님이 집에 와서 욕실에 노숙인 남자가 있는 걸 보면 제가 얼마나 난처해질지 잘 알았기 때문이죠. 저는 죽을지도 몰라요. 하지만 그에게 아무것도 안 해주고 그가 집으로 돌아가는 걸 보고만 있을 순 없었어요.

아틀라스는 다시 땅을 내려다보았고 저는 그가 얼마나 당황했는지 마음속 깊은 곳에서 느낄 수 있었죠. 그는 고개를 끄덕이지도 않았어요. 그냥 저를 따라 우리 집으로 들어왔고 말은 한마디도 하지 않았어요.

아틀라스가 씻는 내내 저는 전전긍긍했어요. 부모님이 오시려면 한 시간은 넘게 있어야 한다는 걸 알면서도 계속 창밖을 내다보며 부모님 차가 보이는지 확인했어요. 아틀라스가 우리 집에 들어오는 걸 이웃집에서 봤으면 어쩌나 초조했지만, 이웃들은 제가 친구를 데리고 오는 것이 이상하다고 생각할 만큼 저를 잘 알지 못해요.

저는 아틀라스에게 갈아입을 옷을 주었어요. 그러면서 부모님이 오시기 전에 그가 집에서 나가야 하는 것은 물론이고 우리 집에서 멀리 떨어진 곳에 있어야겠다고 생각했어요. 잘 모르는 이웃의 10대 아이가 자기 옷을 입고 있으면 아빠가 틀림없이 알아볼 테니까요.

저는 창밖을 내다보고 시계를 확인해가며 오래된 배낭에 필요한 걸 집어넣었어요. 냉장고에 넣지 않아도 되는 음식, 아빠의 티셔츠 두 벌, 아틀라스에게 두 사이즈나 커 보이는 청바지 한 벌, 갈아 신을 양말을 넣었죠.

배낭 지퍼를 채우는데 아틀라스가 복도에 나타났어요.

제 생각이 옳았어요. 머리카락이 젖어 있는데도 아까보다 색이 밝아 보였어요. 그래서인지 눈동자는 더 파래 보였고요.

씻기 전보다 더 어려 보이는 걸 보니 씻는 동안 면도를 한 게 틀림없어요. 저는 침을 꿀꺽 삼키고 배낭을 내려다보았어요. 아틀라스가 너무 달라 보여서 깜짝 놀랐거든요. 그가 제 얼굴에 드러난 생각을 알아차릴까 봐 무섭기도 했고요.

저는 창밖을 한 번 더 내다본 다음 그에게 배낭을 건넸어요. "뒷문으로 나가면 아무도 못 볼 거야."

그는 배낭을 받아 들고 잠시 제 얼굴을 보았어요. "이름이 뭐야?" 배낭을 어깨에 메며 그가 물었어요.

"릴리."

그는 미소 지었어요. 저를 향해 미소 지은 건 처음이었는데 그 순간 저는 끔찍하고 얄팍한 생각이 들었어요. 이렇게 미소가 멋진 사람에게 어떻게 그렇게 형편없는 부모가 있을 수 있을까 싶었죠. 하지만 이런 생각을 한 자신이 금세 싫어졌어요. 부모라면 당연히 자식이 귀엽든 못생겼든, 말랐든 뚱뚱하든, 똑똑하든 멍청하든 사랑할 테니까요. 하지만 생각의 흐름을 어쩔 수 없을 때도 있는 거죠. 다시는 그러지 않도록 훈련해야겠어요.

아틀라스는 손을 내밀고 말했어요. "난 아틀라스야."

"알아." 저는 악수는 하지 않고 이렇게 대답했어요. 왜 악수를 안 했는지 모르겠어요. 그를 건드리기가 무서워서는 아니었어요. 그러니까 제 말은, 그를 건드리기가 무섭기는 했지만 제가 더 나은 사람이라고 생각해서 그런 건 아니었다는 뜻이에요. 아틀라스 때문에 너무 긴장해서 그랬어요.

아틀라스는 손을 내리고 한 번 더 고개를 끄덕이더니 이렇게 말했어요. "이만 갈게."

저는 아틀라스가 지나갈 수 있도록 옆으로 비켜섰어요. 그는 주방 너머를 가리키며 그쪽으로 나가면 뒷문이 나오는지 조용히 물었어요. 저는 고개를 끄덕였고 복도를 걸어가는 그를 따라갔어요. 뒷문 앞에 간 그는 잠시 멈추고 제 방을 보더라고요.

그가 제 방을 봐서 저는 갑자기 당황했어요. 아무도 제 방을 본 적이 없기 때문에 방을 좀 더 어른스럽게 꾸며야 한다는 생각을 안 해봤거든요. 그래서 열두 살 때부터 쓰던 분홍색 침대보와 커튼을 계속 쓰고 있었어요. 애덤 브로디 포스터를 떼야겠다는 생각이 처음으로 들었어요.

아틀라스는 제 방이 어떻게 꾸며져 있는지는 신경 쓰지 않는 것 같았어요. 곧바로 뒷마당이 보이는 방 창문을 보더니 저를 흘끗 보았어요. 그리고 뒷문을 나서기 직전에 이렇게 말했죠. "릴리, 날 멸시하지 않아서 고마워."

잠시 후 그는 사라졌어요.

당연히 '멸시하다'라는 단어를 들어본 적이 있지만, 10대 남자애가 그 말을 쓰다니 이상했어요. 더 이상한 건 아틀라스를 둘러싼 모든 것이 너무 상반된다는 점이에요. 너무도 겸손하고 예의 바르고 '멸시하다' 같은 단어를 쓰는 사람이 어떻게 노숙인이 된 걸까요? 어떻게 10대 아이가 노숙인이 된 걸까요?

엘런, 저는 알아내고 말 거예요.

아틀라스에게 무슨 일이 일어났는지 알아내야겠어요. 두고 보세요.

— 릴리

다른 일기장을 열어보려던 찰나 휴대전화가 울렸다. 나는 소파 맞은편으로 기어가 전화기를 집어 들었고 다시 엄마의 번호를 보고 조금도 놀라지 않았다. 아버지가 돌아가시고 혼자가 된 엄마는 이전보다 두 배 자주 전화할 테니까.

"여보세요?"

"내가 보스턴으로 이사 가면 어떨까?" 엄마가 불쑥 물었다.

나는 옆에 있던 쿠션을 움켜쥐고 비명이 나오는 것을 막으려 얼굴을 파묻었다. "음, 와!" 내가 말했다. "정말요?"

엄마는 잠시 침묵한 뒤에 말했다. "그냥 생각이 그렇다고. 내일 얘기해보자. 약속 장소에 거의 다 왔어."

"알겠어요. 끊어요."

갑자기 매사추세츠주를 떠나고 싶었다. **엄마가 여기로 이사 오면 안 돼.** 엄마는 여기 아는 사람이 없고 매일 내가 엄마를 즐겁게 해주기를 바랄 것이다. 오해하지 마시길. 나도 엄마를 사랑한다. 하지만 나는 홀로 서기 위해 보스턴으로 이사 왔다. 그런데 엄마가 같은 도시에 산다면 독립한 느낌이 덜할 것이다.

3년 전, 내가 대학에 다닐 때 아버지는 암을 진단받았다. 지금 여기 라일 킨케이드가 있다면 나는 이런 벌거벗은 진실을 털어놓을 수 있을 것이다. 아버지가 엄마를 때리지 못할 정도로 아프다는 사실에 약간 안심했다고. 아버지의 암 진단으로 두 분의 관계 역학이 완전히 바뀌었고, 나는 더 이상 엄마가 괜찮은지 확인하려고 플레토라에 억지로 머물 이유가 없었다.

아버지가 돌아가시고 다시는 엄마를 걱정할 필요가 없게 된 지금, 나는 말하자면 날개를 활짝 펼 일만 손꼽아 기다리고 있는 셈이었다.

그런데 엄마가 보스턴으로 이사 온다고?

나는 방금 날개가 꺾인 기분이었다.

지금 고밀도 폴리에틸렌 의자가 필요한데 어디에 있는 거야?!

나는 심각하게 스트레스를 받고 있었고 엄마가 보스턴으로 이사 오면 뭘 어떻게 해야 할지 아무 생각도 떠오르지 않았다. 내게는 정원도, 마당도, 베란다도, 잡초도 없는데.

다른 분출구를 찾아야 해.

나는 청소를 하기로 했다. 일기장과 수첩이 가득한 낡은 구두 상자를 전부 침실 벽장에 갖다 넣었다. 그런 다음 벽장을 모두 정리했다. 보석, 신발, 옷…….

엄마가 보스턴으로 이사 오면 안 돼.

3

6개월 뒤.

"오."

엄마가 한 말은 이게 다였다.

엄마는 옆 창턱을 손가락으로 쓸더니 돌아서서 가게를 자세히 살펴보았다. 그리고 쌓인 먼지 뭉치를 집어 들더니 손가락을 문질러 털어냈다. "여긴……."

"여긴 손볼 데가 많죠. 저도 알아요." 내가 끼어들었다. 나는 엄마 뒤쪽의 창문들을 가리켰다. "하지만 가게 앞을 보세요. 가능성이 있다고요."

엄마는 고개를 끄덕이며 창문 너머를 이리저리 살폈다. 가끔 엄마가 목 깊은 곳에서 내는 소리가 있다. '흐음'과 비슷한 소리로 동의한다는 뜻이지만 이 소리를 낼 때면 엄마는 입을 굳게 다물었다. **실제로는** 동의하지 않는다는 뜻이다. 그런데 지금 엄마가 그 소리를 냈다. **두 번이나.**

나는 좌절해서 어깨를 축 늘어뜨렸다. "바보 같은 짓이라고 생각하세요?"

엄마는 고개를 살짝 저었다. "그건 결과에 따라 다르겠지, 릴리." 엄마가 말했다. 이 자리에는 원래 레스토랑이 있었는데 아직도 낡은 식탁과 의자가 가득했다. 엄마는 옆에 있는 식탁으로 가서 의자 하나를 꺼내 앉았다. "일이 잘 풀려서 꽃집이 잘되면 사람들은 사업을 시작한 게 용기 있고 대담하고 **똑똑한** 결정이었다고 하겠지. 하지만 실패해서 유산을 전부 날리면……."

"그럼 사람들이 사업을 시작한 게 **바보 같은** 결정이었다고 하겠죠."

엄마는 어깨를 으쓱했다. "다 그런 거야. 경영을 전공했으니 잘 알겠네." 엄마는 가게를 천천히 둘러보았다. 한 달 뒤의 모습을 상상하기라도 하는 듯했다. "릴리, 용기 있고 대담한 결정이 되도록 하렴."

나는 미소 지었다. **이 정도는 받아들일 수 있었다.** "엄마한테 먼저 물어보지도 않고 여길 덥석 사다니 말도 안 돼요." 나는 식탁 의자에 앉으며 말했다.

"넌 어른이잖니. 네 권리야." 엄마는 이렇게 말했지만 실망스러운 기색이었다. 내가 엄마를 점점 찾지 않게 되어 더 외로워하시는 것 같았다. 아버지가 돌아가신 지 6개월이 지났고 별로 좋은 남편이 아니었는데도 혼자라는 사실이 낯설고 이상한 모양이었다. 엄마는 초등학교에 일자리를 구해서 기어코 이곳으로 이사를 했다. 보스턴 외곽의 작은 주택단지였다. 길 끝에 자리 잡은 침실 두 개짜리 아담한 집을 샀는데 뒷마당이 널찍했다. 나는 그곳에 정원을 꾸미는 상상을 했지만 그러려면 매일 가서 돌봐야 했다. 내 마지노선은 일주일에 한 번 가는 것이었다. 가끔은 두 번.

"이 쓰레기는 다 어쩌려고?" 엄마가 물었다.

엄마 말이 옳았다. 쓰레기가 너무 많았다. 이곳을 치우는 데만 시간이 엄청나게 걸릴 것 같았다. "모르겠어요. 꾸밀 생각하기 전에 정신없이 치워야겠죠."

"마케팅 회사는 언제까지 출근인데?"

나는 씩 웃었다. "어제요."

엄마는 한숨을 쉬더니 고개를 저었다. "릴리, 네가 바라는 대로 잘되면 정말 좋겠구나."

둘 다 자리에서 일어났을 때 앞문이 열렸다. 선반이 문을 가리고 있어서 머리를 기울여 쳐다보니 어떤 여자가 들어왔다. 그는 가게를 재빨리 살피던 중에 나를 보았다.

"안녕하세요." 그가 손을 흔들며 말했다. 귀여웠다. 옷을 잘 입었는데, 흰색 카프리 바지 차림이었다. 이 먼지 구덩이에서 끔찍한 일을 당할 게 뻔했다.

"어떻게 오셨어요?"

그는 핸드백을 팔에 끼고 다가오며 손을 내밀었다. "전 앨리사라고 해요." 나는 그와 악수했다.

"릴리예요."

그는 엄지손가락으로 어깨 너머를 가리켰다. "밖에 구인 공고가 붙어 있던데요?"

나는 그가 가리키는 곳을 보며 눈썹을 치켜올렸다. "그래요?" **나는 구인 공고를 붙인 적이 없는데.**

그는 고개를 끄덕이고 어깨를 으쓱했다. "오래돼 보이기는 했어요." 그가 말했다. "붙여놓은 지 오래된 것 같아요. 그냥 산책 나왔다가 공고를 보고 호기심이 생겨서 들어와봤어요."

나는 이내 그가 마음에 들었다. 기분 좋은 목소리에 진심 어린 미소였다.

엄마는 내 어깨를 토닥이고 머리를 기울여 뺨에 입 맞췄다. "난 이만 갈게. 오늘 저녁에 집들이가 있어." 나는 작별 인사를 하고 엄마가 나가시는 걸 지켜본 다음, 다시 앨리사에게 주의를 돌렸다.

"아직 사람을 뽑고 있진 않아요." 내가 말했다. 나는 손으로 가게 안을 가리켰다. "꽃집을 열 생각이지만 최소한 두어 달은 더 있어야 할 것 같아요." 선입견으로 사람을 판단하면 안 된다는 건 알지만 그는 최저 임금에 만족하지 않을 것 같은 외모였다. 핸드백만 해도 이 가게보다 비싸 보였다.

그는 눈을 반짝였다. "정말요? 저는 꽃을 정말 좋아해요!" 그는 한 바퀴 빙 돌아보고 나서 말했다. "이곳은 가능성이 아주 많아 보여요. 페인트칠은 무슨 색으로 할 거예요?"

나는 팔짱을 끼고 팔꿈치를 잡은 다음 발뒤꿈치에 체중을 싣고 말했다. "글쎄요. 한 시간 전에 가게 열쇠를 받아서 아직 디자인 계획은 세우지 못한걸요."

"릴리라고 했죠?"

나는 고개를 끄덕였다.

"디자인을 전공했다는 거짓말은 하지 않을게요. 하지만 저는 디자인을 정말 좋아해요. 혹시 제 도움이 필요하면 공짜로 도울게요."

나는 고개를 갸웃했다. "공짜로 일을 하겠다고요?"

앨리사는 고개를 끄덕였다. "사실 전 일자리가 필요하진 않아요. 구인 공고를 보고 그냥 '이건 또 뭐지?'라고 생각했어요. 하지만 가끔 지루할 때가 있어서요. 그러니 뭐든 필요한 일을 도우면 정말 기쁠 것 같아요. 청소, 실내 장식, 페인트 색 고르기, 뭐든지요. 전 핀터레스트°에 빠져 살거든요." 내 뒤쪽에 있는 무언가가 시선을 사로잡았는지 그가 그쪽을 가리켰다. "저 망가진 문도 근사하게 바꿀 수 있어요. 아니, 여기 전부 다요. 뭐가 됐든 다 쓸모가 있잖아요."

나는 가게를 둘러보았다. 혼자 수습할 수 없다는 건 잘 알았다. 혼자서는 집기 절반도 들어내지 못할 것 같았다. 어쨌든 누군가를 고용하기는 해야 했다. "공짜로 일을 시킬 수는 없어요. 하지만 정말

° Pinterest, 그림이나 사진을 공유, 검색, 스크랩하는 이미지 중심의 소셜 네트워크 서비스.

일하고 싶다면 시간당 10달러를 줄 수 있어요."

앨리사는 박수를 치기 시작했다. 하이힐을 신지 않았다면 폴짝폴짝 뛸 것 같았다. "언제부터 하면 될까요?"

나는 그의 하얀 바지를 흘끔 보았다. "내일 괜찮아요? 버릴 옷을 입고 오는 게 좋을 거예요."

앨리사는 손사래를 치며 에르메스 핸드백을 먼지 자욱한 옆 식탁에 내려놓았다. "말도 안 돼요." 그가 말했다. "남편이 요 아래 술집에서 브루인스°경기를 보고 있어요. 괜찮으면 저는 그동안 여기서 당장 일을 시작하고 싶은데요."

두 시간 뒤, 나는 절친한 친구를 새로 만나게 되었다는 확신이 들었다. 그리고 앨리사는 정말이지 핀터레스트 광이었다.

우리는 점착 메모지에 '남길 것'과 '버릴 것'이라고 써서 가게 안의 모든 물건에 붙였다. 앨리사도 나와 마찬가지로 업사이클링에 관심이 많아서 우리는 가게에 있던 물건의 75퍼센트 정도를 새로 활용할 아이디어를 냈다. 나머지는 앨리사의 남편이 시간 날 때 실어다 버려줄 수 있다고 했다. 남긴 물건으로 뭘 할지 정하고 난 뒤에 나는 수첩과 펜을 가지고 와서 앨리사와 둘이 식탁에 앉아 디자인 아이디어를 기록했다.

• Bruins, 보스턴을 연고지로 하는 아이스하키 팀.

"좋아요." 앨리사가 의자에 기대앉으며 말했다. 나는 먼지로 뒤덮인 그의 흰 바지를 보고 웃음이 날 것 같았지만 앨리사는 신경 쓰지 않는 듯했다. "가게의 목표를 정했어요?" 그가 주위를 둘러보며 물었다.

"정했어요." 내가 말했다. "성공하는 거요."

앨리사는 웃음을 터뜨렸다. "그건 믿어 의심치 않아요. 그런 거 말고 비전이 필요해요."

나는 엄마가 하신 말씀을 떠올렸다. '릴리, 용기 있고 대담한 결정이 되도록 하렴.' 나는 미소 지으며 자세를 바르게 하고 앉았다. "용기 있고 대담하게." 내가 말했다. "난 이곳이 뭔가 다르기를 원해요. 그러기 위해 모험을 감행하고 싶어요."

앨리사는 펜 끄트머리를 깨물며 미간을 좁혔다. "하지만 꽃을 파는 거잖아요." 그가 말했다. "꽃을 파는데 어떻게 용기 있고 대담할 수 있죠?"

나는 가게를 둘러보며 머릿속에 떠오른 생각을 눈에 그려보려 애썼다. 사실 그 생각조차 확신할 수 없었다. 기발한 아이디어가 떠오를 듯 말 듯해서 안달 나고 안절부절못했다. "꽃을 떠올리면 무슨 단어가 떠올라요?" 나는 앨리사에게 물었다.

앨리사는 어깨를 으쓱했다. "글쎄요. 기분 좋다? 싱싱한 꽃을 보면 생명이 떠올라요. 분홍색도 떠오르네요. 봄도요."

"향기로움, 생명, 분홍색, 봄이요." 내가 따라 말했다. 그리고 잠시 후 "앨리사! 정말 대단한데요!"라고 외쳤다. 나는 벌떡 일어나서 왔다 갔다 하기 시작했다. "모든 사람이 좋아하는 꽃의 특징을 전부 모은 다음에 그와 정반대로 하는 거예요!"

앨리사는 무슨 말인지 모르겠다는 표정을 지었다.

"자." 내가 말했다. "꽃의 **기분 좋은** 면을 보여주는 대신 **불쾌한** 면을 보여주면 어떨까요? 분홍색에 중점을 두는 대신 짙은 자주색이나 심지어 검은색 같은 어두운색을 쓰고요. 그리고 봄과 생명 대신 겨울과 죽음을 테마로 하는 거예요."

앨리사의 눈이 휘둥그레졌다. "하지만…… 손님이 **분홍색** 꽃을 사고 싶어 하면요?"

"음, 원하는 꽃은 당연히 팔아야죠. 하지만 손님들이 원하는지도 몰랐던 걸 알려주는 거예요."

앨리사는 뺨을 붉혔였다. "그러니까 **검은색** 꽃을 생각하고 있다는 거죠?" 그는 걱정스러운 표정이었는데 그 탓이 아니었다. 앨리사는 내 비전의 어두운 면만 보고 있었다. 나는 다시 식탁에 앉아서 그를 이해시키려 했다.

"언젠가 누가 그러더라고요. 이 세상에 나쁜 사람 같은 건 없다고요. 우리 모두 가끔 나쁜 짓을 하는 사람들일 뿐이라고요. 이 말이 뇌리에 박혔어요. 정말 맞는 말이잖아요. 우리에겐 좋은 면과 나쁜 면이 모두 조금씩 있어요. 그걸 이 가게의 테마로 삼고 싶은 거예요. 구역질이 날 정도로 고운 색으로 벽을 칠하는 게 아니라 어두운 자주색으로 칠하고 검은색으로 악센트를 주는 거예요. 그리고 평범한 유리병에 파스텔 톤 꽃을 꽂아서 사람들이 생명을 떠올리게 하는 대신 다르게 가는 거예요. 용기 있고 대담하게요. 어두운색 꽃을 가죽이나 은색 사슬로 포장해서 진열한다든지요. 유리병 대신 검은색 오닉스나…… 뭐가 있을까……. 은장식을 두른 자주색 벨벳 꽃병 같은 데에 꽃을 꽂는 거예요. 아이디어야 무궁무진하죠." 나는 다시 일어섰다. "꽃을 좋아하는 사람들을 위한 꽃집은 어디에나 있어요. 하지만 꽃을 **싫어하는** 사람들의 요구를 들어주는 꽃집이 어디 있겠어요?"

앨리사는 고개를 저었다. "없죠." 그가 소곤거렸다.

"맞아요. 없어요."

우리는 잠시 서로 바라보았고 나는 더 이상 참을 수 없었다. 흥분으로 터져나갈 것 같아서 잔뜩 신이 난 아이처럼 소리 내어 웃기 시작했다. 앨리사도 웃기 시작하더니 벌떡 일어나 나를 껴안았다. "릴리, 정말 새롭고 멋져요!"

"그러게요!" 내 안에 새로 솟구친 에너지가 가득 찼다. "책상이 필요해요. 제대로 앉아서 사업 계획을 세워야겠어요! 하지만 내 사무실로 쓸 공간에는 낡은 채소 상자만 가득하군요!"

앨리사는 가게 뒤쪽으로 갔다. "상자를 다 밖으로 빼고 책상 사러 가요!"

우리는 사무실로 비집고 들어가 상자를 하나씩 뒷방으로 옮기기 시작했다. 나는 상자를 더 높이 쌓으려고 의자 위에 올라섰고 그 덕분에 움직일 수 있는 공간이 더 생겼다.

"이 상자들 말이에요, 내가 생각한 쇼윈도 진열에 딱 어울려요."

앨리사는 내게 상자를 두 개 더 건넨 다음 밖으로 나갔고, 내가 까치발을 들고 상자를 맨 위에 얹으려 하자 쌓아놓은 상자 더미가 흔들리기 시작했다. 나는 넘어지지 않으려고 뭐라도 잡으려 했지만 상자가 무너지는 바람에 의자에서 떨어졌다. 바닥에 떨어진 나는 발이 잘못된 방향으로 틀어진 것을 깨달았다. 잠시 후 극심한 통증이 다리에서 발끝까지 퍼져나갔다.

앨리사가 황급히 돌아와 내 몸 위에 있던 상자 두 개를 치웠다. "릴리! 세상에, 괜찮아요?"

나는 몸을 일으켜 앉으려 했으나 발목에 전혀 힘을 줄 수 없었다. 나는 고개를 저었다. "발목을 다쳤어요."

앨리사는 곧바로 내 신발을 벗기고 주머니에서 휴대전화를 꺼냈다. 그리고 숫자를 누르고는 나를 보았다. "바보 같은 질문인 거 알지만 혹시 얼음이 있는 냉장고가 있을까요?"

나는 고개를 저었다.

"그럴 줄 알았어요." 앨리사가 대답했다. 그는 휴대전화를 스피커 모드로 하고 바닥에 내려놓은 다음 내 바짓단을 접어 올리기 시작했다. 나는 인상을 썼지만 아파서만은 아니었다. 이렇게 바보 같은 짓을 하다니 믿기지 않았다. 발목이 부러진 거라면 완전 망했다. 가게를 구하느라 유산을 몽땅 써버려서 치료하느라 몇 달을 보낼 여유가 없었다.

"어이, 이사." 휴대전화에서 흥얼거리는 듯한 목소리가 흘러나왔다. "지금 어디야? 경기 끝났는데."

앨리사는 전화기를 집어 들고 입에 가까이 댔다. "일하고 있어. 있잖아. 지금……."

남자는 그의 말에 끼어들었다. "일한다고? 자기야, 자기는 직장이 없잖아."

앨리사는 고개를 저으며 말했다. "마셜, 내 말 좀 들어봐. 비상사태야. 내 상사가 발목을 삔 것 같아. 당신이 얼음을 가지고 여기로……."

남자는 웃으며 그의 말을 끊었다. "상사? 자기야, 자기는 직장이 없잖아." 그는 했던 말을 되풀이했다. 앨리사는 눈을 치켜떴다. "마셜, 술 취했어?"

"원지• 데이잖아." 그가 혀 꼬인 소리로 말했다. "우릴 내려줬을 때 알았을 거 아니야. 공짜 맥주를……."

앨리사가 못마땅한 소리를 냈다. "오빠 좀 바꿔봐."

"알았어, 알았어." 마셜이 중얼거렸다. 부스럭거리는 소리가 나더니 잠시 후 다른 목소리가 들렸다. "왜?"

앨리사는 지금 위치를 알렸다. "지금 당장 여기로 와줘. 부탁이야. 얼음 한 봉지 가져오고."

"네, **사모님**." 남자가 대답했다. 오빠라는 사람도 약간 취한 것 같았다. 웃음소리가 들리더니 한 사람이 '앨리사 기분이 별로인데'라

• onesie, 상하의가 일체형으로 된 옷.

고 말했고 잠시 후 전화가 끊어졌다.

앨리사는 휴대전화를 주머니에 넣었다. "밖에서 기다려야겠어요. 바로 요 아래에 있거든요. 여기 혼자 있어도 괜찮겠어요?"

나는 고개를 끄덕이며 의자로 손을 뻗었다. "걸으려고 시도는 해봐야겠어요."

앨리사는 내 어깨를 지그시 누르며 벽에 기대게 했다. "안 돼요. 움직이지 말아요. 남편이랑 오빠가 올 때까지 기다려요. 알겠죠?"

나는 술 취한 남자 둘이 날 위해 뭘 해줄 수 있을지 몰랐지만 고개를 끄덕였다. 지금 당장은 새로 뽑은 직원이 상사 같았고 나는 그가 약간 무서웠다.

10분 정도 사무실에서 기다리자 앞문이 열리는 소리가 들렸다. **"도대체** 무슨 일이야?" 남자 목소리가 들렸다. "이렇게 으스스한 곳에 왜 혼자 있는 거야?"

앨리사 목소리가 들렸다. "여기 뒤쪽에 있어." 그가 사무실로 들어왔고 원지를 입은 남자가 따라 들어왔다. 그는 키가 크고 호리호리한 편이었지만 남자답게 잘생겼다. 눈은 크고 정직해 보였고 짙은 색의 덥수룩한 머리는 이발할 때가 한참 지난 것 같았다. 그는 얼음봉지를 들고 있었다.

이 남자가 원지를 입고 있다는 말을 했던가?

그러니까, 어엿한 성인 남자가 스펀지밥 원지를 입고 있는 걸 말하는 거다.

"남편이에요?" 나는 앨리사에게 눈짓을 보내며 물었다.

앨리사는 눈을 치켜떴다. "안타깝게도요." 그가 남편을 보며 대답했다. (마찬가지로 원지를 입은) 남자 한 사람이 또 들어왔지만 나는 왜 이들이 평범한 수요일 오후에 원지를 입고 있는지 설명하는 앨리사에게 정신이 팔려 있었다. "요 아래에 술집이 있는데 브루인스가 경기하는 날 원지를 입고 오면 공짜 맥주를 준대요." 그는 나에게 다가오며 남자들에게 따라오라고 손짓했다. "의자에서 떨어져서 발목을 다쳤어." 앨리사가 뒤늦게 들어온 남자에게 설명했다. 그는 마셜 옆을 지나 앞으로 나왔고 내 눈에 처음 들어온 것은 그의 팔이었다.

이런 제기랄. 내가 아는 팔이었다.

신경외과 의사의 팔이었다.

앨리사가 그 사람 여동생이라고? 꼭대기 층 전체를 소유한, 잠옷을 입고 일하면서 한 해에 일곱 자리 단위로 돈을 버는 남편과 사는 그 여동생이라고?

내 시선이 라일에게 고정되자마자 그의 온 얼굴에 미소가 번졌다. 그를 본 게…… **세상에, 언제였더라?** 6개월 전인가? 지난 6개월 동안 라일 생각을 전혀 안 했다고는 못 하겠다. 꽤 자주 했다. 하지만 그를 다시 만나리라고는 전혀 생각하지 못했다.

"오빠, 이쪽은 릴리야. 릴리, 우리 오빠 라일이에요." 앨리사가 라일을 향해 손짓하며 말했다. "이쪽은 내 남편 마셜이고요."

라일은 내게 가까이 와서 무릎을 대고 앉았다. "릴리, 만나서 반가워요." 그는 나를 보며 미소 지었다.

나를 기억하는 게 틀림없었다. 분명 나를 안다는 미소였다. 하지만 그도 나처럼 우리가 처음 만난 체하고 있었다. 나는 우리가 이미 서로 알고 있다는 걸 설명할 상태가 아니었다.

라일은 내 발목을 만지며 점검했다. "움직일 수 있어요?"

나는 움직여보려 했지만 날카로운 통증이 다리 전체에 퍼졌다. 이를 악문 채 숨을 들이마시며 고개를 저었다. "못 움직이겠어요. 아파요."

라일은 마셜에게 손짓했다. "얼음을 댈 만한 게 있는지 찾아봐줘."

앨리사는 마셜을 따라 사무실에서 나갔다. 두 사람이 나가자 라일은 나를 보며 씩 웃었다. "내가 약간 취했으니 이 건은 진료비를 청구하지 않을게요." 그는 이렇게 말하며 윙크했다.

나는 고개를 갸웃했다. "처음 만났을 땐 마약에 취해 있더니 지금은 술에 취했군요. 아주 뛰어난 신경외과 의사가 될 수 있을지 걱정되기 시작하는데요."

라일은 웃음을 터뜨렸다. "그렇게 보일 수도 있겠네요. 하지만 장담하는데 마약에 취하는 일은 드물고 오늘은 한 달 반 만에 처음 쉬는 날이에요. 그래서 맥주를 꼭 한 잔 마셔야 했다고요. 아니, 다섯 잔."

마셜이 낡은 천으로 얼음을 감싸 왔다. 그는 라일에게 얼음을 건넸고 라일은 그걸 내 발목에 댔다. "너희 차 트렁크에 있는 구급상자 좀 갖다줘." 라일이 앨리사에게 말했다. 앨리사는 고개를 끄덕이더니 마셜의 손을 잡고 함께 사무실에서 나갔다.

라일은 내 발바닥에 손바닥을 댔다. "내 손을 눌러봐요." 그가 말했다.

나는 발목에 힘을 주어 눌렀다. 아팠지만 그의 손이 움직였다. "부러졌어요?"

그는 내 발을 좌우로 움직여본 다음에 말했다. "그런 것 같지는 않아요. 잠시 기다렸다가 힘을 제대로 줄 수 있는지 봐야겠어요."

나는 고개를 끄덕이고 맞은편에 자리 잡고 앉는 라일을 보았다. 그는 책상다리를 하고 앉아서 내 발을 자기 무릎에 올려놓았다. 그리고 사무실을 둘러보고 나를 다시 보았다. "여긴 뭐 하는 곳이에요?"

나는 지나칠 정도로 활짝 웃었다. "릴리 블룸의 가게죠. 두 달 뒤에는 꽃집이 되어 있을 거예요."

그의 온 얼굴이 뿌듯함으로 환해지는 걸 똑똑히 보았다. "설마요! 해낸 거예요? 정말 사업을 시작하는 거예요?"

나는 고개를 끄덕였다. "네. 실패해도 다시 일어날 수 있도록 젊을 때 시작해보는 게 좋겠다 싶어서요."

라일은 한 손으로 얼음주머니를 내 발목에 대고 다른 한 손으로 내 맨발을 잡고 있었다. 그는 엄지손가락을 왔다 갔다 움직이며 아무렇지 않게 나를 만졌다. 나는 발목 통증보다 내 발에서 움직이는 그의 손이 더 신경 쓰였다.

"내 꼴이 너무 우습죠?" 그가 무늬 없는 빨간색 원지를 내려다보며 물었다.

나는 어깨를 으쓱했다. "그래도 당신이 입은 건 캐릭터라도 없죠.

스펀지밥이 그려진 것보다는 약간 어른스러워 보여요."

라일은 웃음을 터뜨렸고 잠시 후 웃음기 없는 얼굴로 뒤쪽 문에 머리를 기댔다. 그는 감탄하는 눈길로 나를 바라보았다. "밝을 때 보니 더 예쁘군요."

바로 이런 순간 때문에 나는 내 머리카락이 빨갛고 피부가 하얀 게 정말 싫었다. 당황하면 뺨만 빨개지는 게 아니라 얼굴 전체, 팔, 목까지 빨개졌다.

나는 뒷벽에 머리를 기대고 라일이 그랬듯이 그를 바라보았다. "벌거벗은 진실을 듣고 싶어요?"

그는 고개를 끄덕였다.

"그날 밤 이후로 당신을 만난 옥상에 다시 가고 싶다는 생각을 몇 번 했어요. 하지만 당신이 정말 있을까 봐 겁났어요. 당신이 옆에 있으면 긴장되거든요."

내 발을 문지르던 그의 손이 멈추었다. "내 차례인가요?"

나는 고개를 끄덕였다.

그는 눈을 가늘게 뜨고 내 발바닥으로 손을 옮겼다. 그리고 내 발가락부터 발꿈치까지 손가락으로 천천히 쓸어내렸다. "아직도 당신이랑 정말 자고 싶어요."

그때 누군가가 놀라서 헉하고 숨을 들이마셨는데 나는 아니었다.

라일과 내가 문 쪽을 보니 앨리사가 눈을 크게 뜨고 서 있었다. 앨리사는 입을 벌린 채 바닥에 앉은 라일을 가리켰다. "방금 뭐라고……." 앨리사는 나를 보며 말했다. "릴리, 오빠 일은 **정말** 미안해요." 그는 잔뜩 화난 눈으로 라일을 다시 보았다. "방금 내 상사한테 **자고 싶다고** 말한 거야?"

아, 이런.

라일은 아랫입술을 깨물고 잠시 잘근잘근 씹었다. 앨리사를 뒤따라온 마셜이 말했다. "무슨 일이야?"

앨리사는 마셜을 보며 다시 라일을 가리켰다. "방금 오빠가 릴리에게 **자고 싶다고** 했어!"

마셜은 라일과 나를 번갈아 보았다. 나는 웃어야 할지 식탁 밑으로 기어들어가 숨어야 할지 몰랐다. "정말?" 그는 라일을 보며 말했다.

라일은 어깨를 으쓱했다. "그렇게 보일 수도 있었을 거야." 그가 말했다.

앨리사는 양손으로 머리를 감쌌다. "아이고, 맙소사." 그는 나를 보며 말했다. "술 취해서 그래요. 둘 다 취했어요. 부탁인데 오빠가 개차반인 걸로 날 판단하지는 말아줘요."

나는 그에게 미소 지으며 손사래 쳤다. "괜찮아요, 앨리사. 나랑 자고 싶어 하는 사람들 많아요." 나는 라일을 보았는데 그는 아무렇지 않게 계속 내 발을 문지르고 있었다. "적어도 라일은 솔직하게 말하잖아요. 생각하는 걸 솔직하게 말할 용기가 있는 사람이 많지는 않더라고요."

라일은 내게 윙크하더니 조심스럽게 내 발목을 내려놓았다. "힘을 줄 수 있는지 한번 봅시다."

라일과 마셜이 나를 부축해서 일으켰다. 라일은 몇 걸음 떨어진 곳에 있는, 벽에 붙여놓은 식탁을 가리켰다. "다친 곳을 감싸게 저기까지 가봅시다."

그는 내 허리를 팔로 단단히 감은 다음 내가 넘어지지 않도록 팔을 꽉 잡았다. 마셜은 도울 일이 생길 것에 대비해 옆에 서 있었다. 발목에 체중을 약간 신자 아팠지만 못 견디게 고통스럽지는 않았다. 라일의 부축을 받아 식탁까지 한 발로 뛰어갈 수 있었다. 그는 내가 식탁 위에 올라앉은 다음 벽에 기대 다친 다리를 앞으로 쭉 뻗도록 도와주었다.

"음, 좋은 소식은 발목이 부러지지는 않았다는 거예요."

"나쁜 소식은요?" 내가 물었다.

라일은 구급상자를 열며 말했다. "며칠은 발목을 쓰지 말아야 한다는 거예요. 회복 상황에 따라 일주일 이상이 될 수도 있어요."

나는 눈을 감고 뒷벽에 머리를 기댔다. "하지만 할 일이 정말 많은걸요." 나는 우는소리를 했다.

라일은 내 발목을 조심스레 감싸기 시작했다. 앨리사가 뒤에 서서 지켜보고 있었다.

"목이 마른데." 마셜이 말했다. "뭐 마실 사람? 길 건너에 편의점이 있던데."

"난 괜찮아." 라일이 말했다.

"저는 물이요." 내가 말했다.

"난 스프라이트." 앨리사가 말했다.

마셜이 그의 손을 잡았다. "자기는 같이 가야지."

앨리사는 잡힌 손을 빼고 팔짱을 끼었다. "난 아무 데도 안 가." 그가 말했다. "오빠를 믿을 수가 있어야지."

"앨리사, 괜찮아요." 내가 말했다. "농담한 거잖아요."

앨리사는 잠시 말없이 나를 보더니 말했다. "알겠어요. 하지만 오빠가 더 멍청한 짓거리를 한대도 날 해고하면 안 돼요."

"해고 안 한다고 약속할게요."

이 말을 들은 앨리사는 마셜의 손을 다시 잡고 사무실에서 나갔다. 라일은 계속 내 발을 감싸며 말했다. "내 동생이 당신이랑 일한다고요?"

"네. 몇 시간 전에 채용했어요."

라일은 구급상자에서 반창고를 꺼냈다. "앨리사가 평생 일이라고는 해본 적 없다는 거 알아요?"

"이미 얘기 들었어요." 내가 말했다. 라일은 턱이 굳었고 아까만큼 편안해 보이지 않았다. 그때 문득 내가 그와 가까워지기 위해 앨리사를 채용했다고 오해할 수도 있겠다는 생각이 들었다. "당신이 여기 오기 전까지는 앨리사가 당신 동생인지 몰랐어요. 맹세해요."

라일은 나를 보았다가 다시 발을 보았다. "당신이 알고서 그랬다는 뜻이 아니에요." 그는 붕대 위에 반창고를 감기 시작했다.

"그런 뜻이 아니란 거 알아요. 왠지 내가 당신을 함정에 빠뜨렸다고 오해하는 게 싫을 뿐이에요. 우리는 인생에서 원하는 게 다르잖아요. 기억나요?"

라일은 고개를 끄덕이고는 내 발을 조심스레 식탁에 내려놓았다.

"맞아요. 난 원나잇이 주특기인데 당신은 자신만의 성배를 찾는 사람이죠."

나는 웃음을 터뜨렸다. "기억력 좋은데요."

"그럼요." 그의 입가에 나른한 미소가 번졌다. "하지만 당신이 워낙 잊기 힘든 사람이기도 해요."

제기랄. 이런 말 좀 **그만**했으면 좋겠다. 나는 손바닥으로 식탁을 짚고 다리를 내렸다. "벌거벗은 진실을 말해줄게요."

라일은 식탁에 기댄 채 내 옆에 서서 말했다. "듣고 있어요."

나는 아무것도 숨기지 않았다. "당신에게 무척 끌려요." 내가 말했다. "당신에겐 내가 싫어하는 점이 별로 없어요. 우리 둘이 서로 다른 걸 원하는데도 혹시 다시 함께하게 된다면 날 당황스럽게 만드는 말은 안 하면 고맙겠어요, 정말 별로예요."

라일은 고개를 한 번 끄덕하고 말했다. "내 차례예요." 그는 내 옆자리의 식탁을 손으로 짚고 몸을 약간 기울였다. "나도 당신에게 정말 끌려요. 내가 싫어하는 점이 별로 없는 건 **당신도** 마찬가지예요. 하지만 난 우리가 다시 만날 일이 없으면 좋겠어요. 내가 당신을 너무 많이 생각하는 게 싫으니까요. 아주 많이 생각하는 건 아니지만 내가 원하는 것보단 많아요. 그러니 당신이 여전히 원나잇에 관심 없다면 우리가 서로 피하려고 노력하는 게 가장 좋을 것 같아요. 그러면 우리 둘 중 어느 한쪽만 좋아질 일이 없을 테니까요."

어쩌다가 라일이 이렇게 가까이 다가왔는지 알 수 없지만 지금 그는 나와 30센티미터 정도밖에 떨어져 있지 않았다. 그가 가까이 있는 바람에 그의 입에서 나오는 말에 집중하기가 힘들었다. 그는 잠시 내 입술을 내려다보았으나 가게 앞문이 열리는 소리가 들리자마자 방을 반쯤 가로질러 걸어갔다. 앨리사와 마셜이 들어왔을 때 라일은 떨어진 상자를 바쁘게 다시 쌓고 있었다. 앨리사는 내 발목을 보았다.

"판정 결과는요?" 그가 물었다.

나는 아랫입술을 내밀었다. "당신 의사 오빠 말에 따르면 며칠은 발목을 쓰지 말래요."

앨리사는 내게 물을 건넸다. "내가 있어서 다행이에요. 당신이 쉬는 동안 내가 일하면서 할 수 있는 만큼 치워놓을게요."

나는 물을 마시고 입을 닦았다. "앨리사, 당신을 이달의 우수 직원으로 뽑겠어요."

앨리사는 씩 웃더니 마셜을 보며 말했다. "들었지? 내가 우수 직원이래!"

마셜은 그를 안고 이마에 입 맞췄다. "이사, 당신이 자랑스러워."

나는 그가 앨리사를 '이사'라고 부르는 게 좋았다. 앨리사를 줄여서 부르는 애칭인 것 같았다. 나는 내 이름을 떠올리며 속이 울렁거릴 만큼 귀여운 애칭으로 날 불러줄 남자를 찾을 수 있을까 생각했다. 날 '일리'라고 불러줄 남자를.

안 돼. 따라 하는 건 곤란하지.

"집에 데려다줄까요?" 앨리사가 물었다.

나는 한 발로 식탁에서 내려와 다친 발을 시험해보았다. "차가 있

는 곳까지만 부탁해요. 왼발을 다쳐서 운전은 할 수 있을 것 같아
요."

앨리사는 다가와서 나를 안았다. "열쇠를 주고 가면 문 잠그고 갔
다가 내일 다시 와서 청소를 시작할게요."

세 사람은 나를 차까지 데려다주었지만 라일은 앨리사에게 부축
을 거의 맡겼다. 그는 무슨 이유에서인지 이제는 나와 닿는 것조차
무서워하는 듯했다. 내가 운전석에 앉자 앨리사는 내 핸드백과 다
른 물건들을 차 바닥에 놓고 옆자리에 탔다. 그리고 내 휴대전화를
꺼내더니 자기 번호를 입력했다.

라일은 창문에 기대 있었다. "며칠 동안은 가급적 오래 얼음을 대
고 있어요. 목욕도 도움이 될 거예요."

나는 고개를 끄덕였다. "도와줘서 고마워요."

앨리사가 몸을 기울여 말했다. "오빠! 혹시 모르니까 오빠가 운전
해서 집까지 데려다준 다음에 택시를 타고 아파트로 돌아오면 어떨
까?"

라일은 나를 본 다음 고개를 저었다. "별로 좋은 생각이 아닌 거
같은데." 그가 말했다. "릴리는 괜찮을 거야. 난 맥주도 몇 잔 마셔서
운전하면 안 될 것 같아."

"그럼 차에서 내려 집까지 가는 정도는 도와줄 수 있잖아." 앨리
사가 말했다.

라일은 고개를 젓더니 자동차 지붕을 가볍게 두드리고 돌아서서
가버렸다.

나는 그를 계속 보고 있었는데 앨리사가 내 전화기를 돌려주며 말했다. "정말이지 오빠 일은 너무 미안해요. 처음에는 수작을 걸더니 이제는 이기적인 놈이 되었네요." 앨리사는 차에서 내리고 문을 닫은 다음 창문으로 몸을 숙였다. "그래서 평생 혼자 살 거예요." 앨리사는 내 휴대전화를 가리켰다. "집에 가면 문자 보내요. 필요한 것 있으면 전화하고요. 부탁하는 건 일한 시간에 포함하지 않을 테니까요."

"고마워요, 앨리사."

그는 미소 지었다. "아니에요, 고마운 건 **나예요**. 작년에 파올로 누티니 콘서트에 다녀온 이후로 이렇게 신난 적은 없었어요." 그는 손을 흔들며 작별 인사를 하고 마셜과 라일이 서 있는 곳으로 갔다.

그들은 거리를 따라 걸어 내려갔고 나는 그들을 백미러로 지켜보았다. 그들이 모퉁이를 돌 때 라일은 어깨 너머로 내가 있는 쪽을 흘끗 보았다.

나는 눈을 감고 숨을 내쉬었다.

라일을 만난 두 번 다 잊어버리는 게 나을 것 같은 날들이었다. 아버지의 장례식 날과 발목을 삔 날. 하지만 어찌 된 일인지 그가 함께 있어서 그날들이 생각만큼 끔찍하게 느껴지지 않았다.

그가 앨리사의 오빠라는 게 싫었다. 다시 그를 만나게 될 것 같은 예감이 들었기 때문이다.

4

차에서 내려 아파트까지 가는 데 30분이 걸렸다. 루시에게 도움
을 청하려고 두 번이나 전화했지만 받지 않았다. 가까스로 집에 들
어갔을 때 전화기를 귀에 대고 소파에 누워 있는 루시를 보자 짜증
이 났다.

현관문을 쾅 소리 나게 닫자 루시가 나를 보았다. "무슨 일이야?"
루시가 물었다.

나는 벽을 짚고 한 발로 움직여 복도로 갔다. "발목을 삐었어."

침실 문에 이르렀을 때 루시가 외쳤다. "전화 못 받아서 미안해!
알렉스랑 통화 중이었어! 다시 걸려고 했다고!"

"됐어!" 나는 소리를 지르고 침실 문을 쾅 닫았다. 그리고 욕실로
가서 수납장에 처박아둔 오래된 진통제를 찾았다. 진통제 두 알을

삼킨 다음 침대에 쓰러져 천장을 바라보았다.

일주일 내내 집에 틀어박혀 있어야 한다니 믿기지 않았다. 나는 휴대전화를 들고 엄마에게 문자를 보냈다.

✉ 발목을 삐었어요. 괜찮기는 한데 제가 목록을 보낼 테니 가게에서 물건 좀 사다 주실 수 있을까요?

나는 휴대전화를 침대에 내려놓았다. 엄마가 보스턴으로 이사한 뒤 처음으로 엄마가 나와 가까이에 산다는 것이 감사했다. 사실 그다지 나쁘진 않았다. 아버지가 돌아가시고 나서 엄마를 더 좋아하게 된 것 같았다. 엄마에게 화가 났던 건 아버지를 떠나지 않았기 때문이었으니까. 이제 엄마에 대한 분노는 많이 사라졌지만 아버지를 생각하면 지금도 예전과 똑같은 감정을 느꼈다.

아버지에 대한 씁쓸한 감정을 아직도 이렇게 많이 품고 있는 게 좋을 리는 없다. 하지만 망할. 아버지는 끔찍했다. 엄마에게도, 내게도, 아틀라스에게도.

아틀라스.

엄마의 이사도 있었고 출근하면서 시간이 날 때마다 몰래 가게 자리를 찾아보느라 바빠서 몇 달 전에 읽기 시작한 일기장을 마저 읽을 시간이 없었다.

나는 한 발로 애처롭게 뛰어서 벽장으로 갔다. 딱 한 번 비틀거렸지만 다행히 서랍장을 잡아서 넘어지지 않았다. 일기장을 들고 다시 한 발 뛰기로 침대에 간 다음 편안하게 자리 잡았다.

일을 할 수 없게 돼서 앞으로 일주일 동안 할 일이 별로 없었다. 어쩔 수 없이 딱한 처지가 되어버린 지금, 과거의 나까지 딱하게 여기는 것도 괜찮을 것 같았다.

엘런에게.

작년에 텔레비전에서 본 것 중 가장 멋있었던 장면은 당신이 진행한 오스카 시상식이었어요. 생각해보니 이 얘기를 안 한 것 같아요. 진공청소기를 들고 나와서 청소하던 장면을 보고는 오줌 쌀 뻔했다니까요.

아, 그리고 오늘 아틀라스라는 새로운 엘런 추종자를 영입했어요. 그를 다시 집에 데려온 걸로 제게 뭐라고 하지 말고 어쩌다가 그렇게 됐는지 먼저 설명을 들어보세요.

어제 우리 집에서 씻고 간 뒤로 밤에는 아틀라스를 못 봤어요. 하지만 오늘 아침에 버스를 탔는데 이번에도 아틀라스가 제 옆에 앉더라고요. 전날보다 약간 더 기분이 좋은 것 같았어요. 자리에 앉아서 저를 보고 웃었거든요.

거짓말은 안 할게요. 우리 아빠 옷을 입은 아틀라스를 보니 기분이 좀 묘했어요. 하지만 바지가 생각보다 잘 맞았어요.

"그거 알아?" 아틀라스가 말했어요. 그는 몸을 숙여 가방 지퍼를 열었어요.

"뭐?"

그는 주머니를 하나 꺼내서 제게 건넸어요. "차고에서 이걸 찾았어. 묵은 먼지가 뒤덮여서 깨끗하게 털어내려고 했는데 물이 안 나와서 잘 안 되더라."

저는 주머니를 받아 들고 수상하다는 듯이 그를 보았죠. 그가 한 번에 이렇게 많이 말하는 건 처음이었어요. 저는 주머니를 보다가 결국 열었어요. 낡은 원예 도구 같은 것들이 들어 있었어요.

"요전 날 네가 이렇게 생긴 삽으로 땅 파는 걸 봤어. 네가 원예 도구를 가지고 있는지 잘 모르지만 아무도 이걸 사용하지 않아서……"

"고마워." 제가 말했어요. 정말 놀랐어요. 저는 원래 모종삽으로 텃밭을 가꾸는데 손잡이에 달린 플라스틱이 떨어져 나가서 손에 물집이 생겼거든요. 작년 생일에 엄마에게 원예 도구를 선물해달라고 했는데 글쎄 엄마가 큰 삽이랑 괭이를 사주셨지 뭐예요. 하지만 제가 원하는 건 그게 아니라고 말할 용기가 없었어요.

아틀라스는 목소리를 가다듬더니 더 조용하게 말했어요. "제대로 된 선물이 아니라는 거 나도 알아. 내가 산 게 아니니까. 하지만…… 네게 뭔가 주고 싶었어. 그러니까……"

그가 말을 잊지 못하기에 저는 고개를 끄덕이고 주머니의 끈을 다시 묶었어요. "학교 끝날 때까지 대신 갖고 있어줄 수 있어? 내 가방에 넣을 곳이 없어서."

아틀라스는 주머니를 가져가더니 바닥에 놓은 가방을 무릎에 올리고 주머니를 다시 넣었어요. 그는 가방을 끌어안았어요. "몇 살이야?"그가 물었어요.

"열다섯 살."

제 나이를 듣자 그의 눈빛이 약간 슬퍼진 것 같았는데 이유는 모르겠어요.

"10학년?"

저는 고개를 끄덕였지만 솔직히 무슨 말을 해야 할지 생각이 안 났어요. 남자애들과 별로 교류해본 적이 없거든요. 특히 저보다 나이 많은 남자애들과요. 저는 긴장하면 입을 꾹 다물어요.

"그 집에서 얼마나 더 있을지 모르겠어." 그가 다시 목소리를 낮추며 말했어요. "하지만 학교 끝나고 정원 가꾸거나 다른 거 할 때 도움이 필요하면 난 집에서 할 일이 별로 없으니까……. 전기도 안 들어오고."

저는 소리 내어 웃었다가 자기 처지를 비관하는 그의 말에 웃어도 되는 걸까 의문이 들었어요.

우리는 학교에 도착할 때까지 엘런 당신 이야기를 했어요. 아틀라스가 심심하다는 말을 하길래 저는 당신의 쇼를 본 적이 있는지 물어봤어요. 그는 당신이 재미있는 것 같아서 쇼를 보고 싶지만 텔레비전을 보려면 전기가 있어야 한다고 했어요. 또다시 웃어도 될까 고민하게 만든 말이었죠.

저는 학교 끝나고 같이 쇼를 볼 수 있다고 했어요. 저는 항상 쇼를 녹화해두었다가 잡다한 일을 할 때 틀어놓고 보거든요. 현관문을 꼭 잠가놓고 보다가 부모님이 일찍 오시면 아틀라스를 뒷문으로 내보내면 될 것 같았어요.

오늘 집에 오는 버스를 타기 전까지 그를 보지 못했어요. 이번에는 케이티가 먼저 타서 제 옆에 앉는 바람에 아틀라스가 옆에 앉지 못했죠. 케이티에게 다른 데 앉으라고 하고 싶었지만 그러면 제가 아틀라스를 좋아한다고 생각할 것 같았어요. 케이티는 신이 나서 떠들어댈 테니까 저는 그냥 가만히 있었어요.

아틀라스가 앞쪽에 앉아서 저보다 먼저 버스에서 내렸어요. 그는 버스 정류장에 쭈뼛거리며 서서 제가 내리기를 기다렸어요. 제가 내리자 그는 가방을 열어서 원예 도구가 든 주머니를 건넸어요. 오늘 아침에 같이 텔레비전 보자고 한 말에 별다른 말이 없기에 저는 그렇게 하기로 정해진 것처럼 행동했어요.

"들어가자." 제가 말했어요. 그는 저를 따라 집으로 들어왔고 저는 현관문을 단단히 잠갔어요. "부모님이 일찍 오시면 뒷문으로 나가. 그럼 안 보일 거야."

아틀라스는 고개를 끄덕였어요. "걱정 마. 그럴게." 그는 살짝 웃으며 말했어요.

제가 뭘 좀 마실 건지 물어보자 그는 좋다고 대답했어요. 그래서 저는 간식이랑 음료수를 챙겨서 거실로 갔죠. 저는 소파에, 아틀라스는 아빠 의자에 앉았어요. 저는 당신 쇼를 틀었고 이게 다예요. 우리는 말을 거의 하지 않았어요. 제가 광고를 빨리 감기로 넘겼거든요. 아틀라스는 쇼를 보는 동안 웃긴 부분에서 어김없이 웃었어요. 저는 타이밍을 잘 맞추는 유머 감각이 사람의 성격에서 정말 중요하다고 생각해요. 아틀라스가 당신의 농담에 웃을 때마다 그를 몰래 집에 데리고 오길 잘했다는 생각이 들었어요. 이유는 모르겠어요. 우리가 진짜 친구가 되면 그를 집에 데려온 데 대한 죄책감이 줄어들기 때문인 것도 같아요.

아틀라스는 쇼가 끝나자마자 떠났어요. 씻고 싶은지 물어보고 싶었지만 그러면 부모님 오실 시간과 아슬아슬하게 겹칠 것 같더라고요. 그가 씻다 말고 뛰쳐나와 알몸으로 우리 집 뒷마당을 달려가는 건 정말 싫거든요.

한편으로는 너무 웃기고 굉장한 구경거리일 것 같기도 하네요.

— 릴리

엘런에게.

이게 무슨 일이에요? 재방송이라니요? 일주일 내내 재방송을 한다고요? 쉴 시간이 필요하다는 건 이해하지만, 제가 한 가지 제안할게요. 쇼를 하루에 한 편 녹화하지 말고 두 편 하세요. 그렇게 하면 당신은 시간을 절반만 들이고 일을 두 배로 할 수 있고, 우리는 재방송을 안 봐도 되잖아요.

'우리'라고 말한 건 아틀라스와 저를 뜻한 거예요. 이제 아틀라스와 저는 엘런 쇼를 늘 같이 보거든요. 아틀라스도 저만큼이나 당신을 좋아하는 것 같지만 이렇게 일기 형식으로 당신에게 편지를 쓴다는 말은 하지 않을 거예요. 너무 광적인 팬으로 보일지도 모르잖아요.

아틀라스는 이제 2주째 그 집에서 살고 있어요. 우리 집에서 몇 번

씻었고 저는 그가 올 때마다 음식을 줬어요. 학교 끝나고 그가 우리 집에 있는 동안 제가 옷을 세탁해준 적도 있어요. 그는 짐이 되었다고 생각했는지 계속 사과했어요. 하지만 솔직히 저는 좋았어요. 아틀라스 덕분에 다른 일에 신경 쓰지 않을 수 있어서 매일 학교 끝나고 그와 보내는 시간이 정말 기다려지거든요.

어젯밤에는 아빠가 집에 늦게 왔어요. 퇴근 후에 술을 마시러 갔단 뜻이죠. 엄마에게 싸움을 걸 거라는 뜻이기도 하고요. 아빠가 또 바보 같은 짓을 할 수도 있다는 뜻이에요.

정말이지 가끔은 아빠를 떠나지 않는 엄마에게 너무 화가 나요. 제가 열다섯 살밖에 안 돼서 엄마가 떠나지 않는 이유를 전부 이해할 수 없다는 건 알아요. 하지만 엄마가 저를 핑계 삼는 건 싫어요. 아빠를 떠나는 바람에 너무 가난해져서 형편없는 아파트로 이사하고 제가 졸업할 때까지 라면만 먹어야 한대도 상관없어요. 지금보단 그편이 나아요.

지금 아빠가 엄마에게 소리 지르는 게 들리네요. 가끔 아빠가 이럴 때면 저는 아빠가 진정하기를 바라면서 거실로 나가요. 아빠는 제가 있는 데서는 엄마를 안 때리거든요. 거실로 나가보는 게 좋겠어요.

—릴리

엘런에게.

지금 당장 총이나 칼을 손에 넣을 수 있다면 아빠를 죽여버릴 거예요.

거실에 가자마자 아빠가 엄마를 밀쳐 넘어뜨리는 걸 봤어요. 부모님은 주방에 서 있었고 엄마는 아빠 팔을 잡고 진정시키려 했어요. 그런데 아빠가 백핸드 자세로 엄마를 힘껏 때렸고 엄마는 그대로 바닥에 쓰러졌어요. 아빠는 엄마를 발로 차려고 했던 게 틀림없어요. 하지만 거실에 나타난 저를 보고 멈췄죠. 아빠는 낮은 목소리로 엄마에게 뭐라고 중얼거린 다음 침실로 가서 문을 쾅 닫아버렸어요.

저는 황급히 주방으로 가서 엄마를 일으키려 했지만 엄마는 제게 이런 모습을 보이고 싶지 않아 하셨어요. 저에게 그만 가보라고 손짓하며 말했어요. "릴리, 난 괜찮아. 괜찮아. 바보처럼 좀 싸운 것뿐이야."

엄마는 울고 있었고 아빠에게 맞은 뺨은 이미 빨갛게 부어올랐어요. 괜찮은지 확인하려고 가까이 가자 엄마는 제게 등을 돌리고 조리대를 꽉 잡으며 말했어요. "릴리, 괜찮다니까. 네 방으로 돌아가렴."

저는 복도를 뛰어갔지만 제 방으로 가지는 않았어요. 곧장 뒷문으로 나가서 뒷마당을 가로질러 뛰었죠. 저를 퉁명스럽게 대한 엄마에게 정말 화가 났어요. 엄마, 아빠 누구와도 한집에 있고 싶지 않아서 이미 어두워졌는데도 아틀라스가 있는 집으로 가서 문을 두드렸어요.

안에서 그가 움직이는 소리가 들렸어요. 실수로 뭔가를 넘어뜨린 소리 같았어요. "나야, 릴리." 제가 속삭였어요. 잠시 후 뒷문이 열렸고 아틀라스는 제 뒤쪽, 왼쪽, 오른쪽을 차례로 살펴보았어요. 제 얼굴을 보고 나서야 비로소 울고 있다는 걸 알았죠.

"괜찮아?" 그가 밖으로 한 걸음 나오며 물었어요. 저는 입고 있던 셔츠로 눈물을 닦았고 그가 저를 안으로 들어오라고 하지 않고 밖으로 나왔다는 사실을 알아차렸어요. 저는 뒤 베란다 계단에 주저앉았고 아틀라스는 제 옆에 앉았어요.

"괜찮아. 그냥 화가 나서. 가끔 난 화가 나면 울거든."

그는 손을 뻗어 제 머리카락을 귀 뒤로 넘겨주었어요. 저는 그가 이렇게 해주는 게 좋았고 갑자기 더 이상 화가 나지 않았어요. 아틀라스는 저에게 팔을 두르고 끌어당겨서 제가 머리를 그의 어깨에 기대게 했어요. 말 한마디 하지 않고 어떻게 저를 진정시켰는지 모르지만 저는 아틀라스 덕분에 진정됐어요. 어떤 사람들은 옆에 있기만 해도 마음이 차분해지는데 아틀라스가 그런 사람인가 봐요. 아빠랑 정반대죠.

잠시 그렇게 앉아 있었는데 제 방에 불이 켜진 게 보이는 거예요.

"너 이제 가야 해." 그가 속삭였어요. 우리 둘 다 제 방에서 저를 찾는 엄마를 보았어요. 그제야 저는 아틀라스가 제 방을 아주 잘 볼 수 있다는 걸 깨달았어요.

집으로 돌아오면서 아틀라스가 그 집에 머문 기간을 모두 떠올려 보려 했어요. 그리고 밤에 해가 진 뒤에 제가 불을 켜놓고 방 안을 왔다 갔다 한 적이 있었는지도 떠올리려 애썼어요. 저는 밤에 방에 있을 때 주로 티셔츠 하나만 입거든요.

엘런, 정말 미친 게 뭔지 아세요? 제가 그런 적이 있기를 바랐다는 거예요.

— 릴리

진통제 효과가 나타나자 나는 일기장을 덮었다. 내일 읽어야지. **안 읽을 수도 있지만.** 아버지가 엄마에게 한 짓을 읽으니 기분이 나빠졌다.

아틀라스 이야기를 읽자 좀 **슬퍼졌다.**

나는 자려고 누워서 라일을 생각했다. 그와 있었던 일을 떠올리자 화가 나고 스스로가 한심하게 느껴졌다.

앨리사를 생각하는 게, 오늘 그가 나타나서 얼마나 다행인지 생각하는 게 좋을 것 같았다. 앞으로 몇 달 동안 도움의 손길은 물론이고 친구가 필요할 것 같았다. 내 예상보다 스트레스가 심할 것 같은 예감이 들었다.

5

라일이 옳았다. 며칠 지나자 발목이 많이 나아서 다시 딛고 설 수 있게 되었다. 하지만 나는 일주일을 꽉 채우고 나서야 집 밖으로 나갔다. 다시 다치는 일만은 정말 피하고 싶었기 때문이다.

맨 처음 간 곳은 당연히 내 꽃집이었다. 가게에는 앨리사가 있었는데 앞문으로 들어섰을 때의 느낌은 충격적이라는 말로 모자랐다. 내가 산 가게와 완전히 다른 곳이 되어 있었다. 아직 할 일이 산더미 같았지만, 앨리사와 마셜은 '버릴 것'이라고 표시해둔 것을 다 버리고 나머지 물건은 모두 가지런히 쌓아놓았다. 창문도 깨끗하게 닦았고 바닥은 걸레질까지 했다. 앨리사는 내가 사무실로 쓰려고 계획한 곳까지 깨끗하게 치워놓았다.

나는 몇 시간 동안 앨리사를 도왔다. 처음에는 그가 걸어 다녀야

하는 일을 못 하게 해서 나는 주로 계획안을 작성했다. 우리는 페인트 색과 개업일을 정했는데 개업일은 앞으로 54일 뒤였다. 앨리사가 가고 나서는 몇 시간 더 머물면서 그가 있는 동안 못 하게 한 일들을 처리했다. 다시 일하게 되어 기분이 좋았다. 하지만 **이럴 수가**. 피곤했다.

그래서 집에 돌아와 현관문 두드리는 소리가 났을 때 소파에서 일어날지 말지 고민했다. 루시는 오늘 밤에도 알렉스 집에 간다고 했고 엄마와는 5분 전에 통화했기 때문에 둘 다 아니었다.

현관문으로 가서 문을 열기 전에 외시경으로 밖을 보았다. 처음에는 고개를 숙이고 있어서 알아볼 수 없었지만 그가 고개를 들고 오른쪽을 보자 내 심장이 미친 듯이 뛰었다.

여기서 뭐 하는 거지?

라일은 다시 문을 두드렸고 나는 얼굴에 흘러내린 머리카락을 쓸어 올려 손으로 매만져봤지만 소용없었다. 오늘 일을 너무 열심히 해서 꼴이 엉망이었기 때문에 30분을 들여 샤워하고 화장하고 옷을 갈아입지 않는 한 달라질 게 없었다. 엉망인 지금 모습으로 그를 마주하는 수밖에 없었다.

나는 문을 열었고 그가 나를 보자마자 보인 반응에 어리둥절해졌다. "세상에! 이럴 수가!" 그는 현관문 틀에 머리를 기대며 말했다. 운동이라도 한 것처럼 숨을 헐떡였는데 그 순간 나는 그가 나보다 딱히 잘 쉬고 말끔한 모습이 아니라는 것을 알았다. 전에는 보지 못한 모습이었다. 얼굴은 며칠 면도를 안 한 듯했고 머리는 평소와 달리 잘 다듬어져 있지 않았다. 머리카락은 그의 눈빛처럼 알 수 없이 제멋대로 뻗쳐 있었다. "당신을 찾으려고 얼마나 여러 집 문을 두드리고 다녔는지 알아요?"

나는 고개를 저었다. 모르니까. 그런데 듣고 보니 **대체 내가 사는 아파트를 어떻게 알았을까?**

"스물아홉 집이요." 그는 이렇게 말하더니 양손을 들어서 손가락으로 숫자를 표시하며 속삭였다. **"스물······ 아홉."**

나는 그의 옷을 보았다. 그는 수술복을 입고 있었는데 나는 지금이 순간 그가 수술복을 입고 있다는 사실이 정말 **싫었다.** 젠장. 원지보다 훨씬 나았고 버버리보다도 나았다.

"왜 스물아홉 집이나 문을 두드렸어요?" 나는 고개를 갸웃하며 물었다.

"몇 호에 사는지 안 알려줬잖아요." 그가 심드렁하게 대답했다. "당신이 이 아파트에 산다고 얘기했는데 층을 알려줬는지 기억이 안 나더라고요. 참고로, 원래는 3층부터 내려오려고 했어요. 직감에 따라 움직였으면 한 시간 전에 여기 왔을 거라고요."

"여기에는 **왜** 왔어요?"

라일은 양손으로 얼굴을 문지르더니 내 어깨 너머를 가리켰다. "들어가도 돼요?"

나는 어깨 너머를 흘끗 본 다음에 문을 더 활짝 열었다. "아마도요. 왜 왔는지 얘기하면요."

그는 안으로 들어왔고 나는 문을 닫았다. 그는 빌어먹을 섹시한 수술복을 입고 주위를 돌아보더니 손을 허리에 얹고 나를 보았다. 약간 실망한 표정이었지만 나에게 실망했는지 자신에게 실망했는지는 알 수 없었다.

"벌거벗은 진실을 말할 거예요. 아주 중요한 거예요. 알겠어요?" 그가 말했다. "마음의 준비를 하라고요."

나는 팔짱을 낀 채, 말하려고 숨을 들이마시는 그를 바라보았다.

"앞으로 두 달은 내 의사 생활 전체에서 가장 중요한 시기예요. 집중해야 한다고요. 레지던트 생활을 마무리하고 시험을 준비해야 해요." 그는 거실을 서성대면서 정신없이 손짓하며 말했다. "하지만 지난 몇 주 동안 당신 생각을 지울 수가 없었어요. 이유는 나도 몰라요. 일할 때도, 집에서도요. 당신이 옆에 있으면 얼마나 좋을까 하는 생각뿐이었어요. 그리고 이걸 당신이 멈춰주면 좋겠어요, 릴리." 그는 걸음을 멈추고 나를 보았다. "**부탁인데** 멈추게 해줘요. 딱 한 번만요. 그게 전부예요. 맹세할게요."

나는 한 손으로 다른 쪽 팔을 꽉 잡은 채 그를 보았다. 아직 그는 약간 숨을 헐떡이고 있었고 눈에서는 다급함이 느껴졌지만 애원하는 표정으로 나를 보고 있었다.

"마지막으로 잠을 잔 게 언제예요?" 내가 물었다.

그는 눈을 치켜떴다. 내가 그의 말을 이해 못 했다고 생각하고 좌절하는 것 같았다. "48시간 동안 일하고 방금 교대했어요." 그는 이 얘기는 그만하라는 듯이 말했다. "릴리, **집중해요.**"

나는 고개를 끄덕이고 그의 말을 다시 떠올려보았다. 그가 어떤 사람인지 잘 몰랐다면…… 하마터면 오해할 뻔…….

나는 숨을 들이마시며 마음을 가라앉히고 조심스레 말을 꺼냈다. "라일, 내 생각하느라 삶이 엉망이 되었으니 내 생각을 다시는 하지 않게끔 당신과 한 번만 자달라는 말을 하려고 스물아홉 집 문을 두드리고 다녔다고요? 지금 **장난**해요?"

라일은 입을 꼭 다물고 잠시 생각하더니 천천히 고개를 끄덕였다. "음……. 그래요, 하지만…… 당신이 그렇게 얘기하니까 훨씬 안 좋게 들리네요."

나는 너무 화가 나서 헛웃음이 나왔다. "말도 안 되는 소리라서 그렇죠, 라일."

그는 아랫입술을 깨물고 갑자기 도망치고 싶어진 듯이 거실을 살펴보았다. 나는 현관문을 열고 그에게 나가라고 손짓했다. 그는 나가지 않고 내 발을 보았다. "발목은 괜찮아 보이네요. 좀 어때요?"

나는 눈을 치켜떴다. "많이 좋아졌어요. 오늘 처음으로 가게에서 앨리사를 도와 일했어요."

그는 고개를 끄덕이더니 나갈 것처럼 현관문으로 다가왔다. 하지만 내게 가까워지자 나를 돌려세우고 손바닥으로 내 머리 뒤의 문을 밀어서 닫아버렸다. 나는 그가 너무 가까이에 있어서, 그리고 그가 고집을 부려서 숨쉬기가 힘들었다. "부탁이에요." 그가 말했다.

나는 고개를 저었다. 비록 내 몸은 생각이 바뀌었는지 그의 뜻에 따르자고 머리에게 애원했지만.

"릴리, 나 정말 잘해요." 라일은 씩 웃었다. "당신은 거의 아무것도 안 해도 돼요."

나는 웃지 않으려 했지만 그의 단호함이 짜증 나는 동시에 귀여 웠다. "잘 가요, 라일."

그는 고개를 푹 숙이더니 이리저리 저었다. 그리고 문밖으로 나 가 꼿꼿한 자세로 섰다. 복도를 걸어가려고 몸을 반쯤 돌리는가 싶 더니 느닷없이 내 앞에 무릎을 꿇었다. 그는 내 허리를 끌어안았다. "릴리, 제발요." 자조적인 웃음이 섞인 말이었다. "제발 나랑 자요." 그는 강아지 같은 눈빛으로 애처로우면서도 희망을 잃지 않은 미소 를 지으며 나를 올려다보았다. "당신을 정말 간절히 원해요. 맹세컨 대 나랑 한 번 자주면 다시는 얼쩡대지 않을게요. 약속해요."

신경외과 의사라는 사람이 **그야말로** 무릎을 꿇고 한 번만 자달라 고 구걸하는 모습에 나는 정이 떨어졌다. **정말 딱하기도** 했다.

"일어나요." 나는 그의 팔을 떼어내며 말했다. "바보 같은 짓 하지 말고요."

라일은 천천히 일어서며 양손을 문 위로 올려 나를 그의 양팔 사 이에 가두었다. "좋다는 뜻인가요?" 그의 가슴이 내 가슴과 닿을락 말락 했는데 그가 이토록 나를 원한다는 사실에 기분 좋아하는 내 가 싫었다. 단호하게 뿌리쳐야 하는데 그를 보자 숨이 막힐 것 같았 다. 지금처럼 그가 도발적으로 웃을 때는 특히 더.

"라일, 지금은 별로 생각이 없어요. 하루 종일 일해서 피곤하고 땀 냄새도 나요. 먼지 맛도 날걸요. 먼저 씻을 시간을 좀 주면 당신과 자 고 싶다는 생각이 들지도 몰라요."

라일은 내 말이 끝나기도 전부터 열심히 고개를 끄덕였다. "샤워 좋아요. 천천히 씻어요. 기다릴게요."

나는 그를 밀어내고 현관문을 닫았다. 그는 나를 따라 침실로 왔고 나는 그에게 침대에서 기다리라고 했다.

다행히 어젯밤에 방을 치웠다. 평소에는 옷이 여기저기 흩어져 있고, 침대 옆 탁자에는 책이 쌓여 있고, 신발과 브래지어는 벽장이 아닌 다른 곳에 있었다. 하지만 오늘 밤에는 깨끗했다. 할머니가 가족 모두에게 하나씩 물려준 볼품없는 퀼트 쿠션이 놓인 침대도 정돈되어 있었다.

나는 그가 당황할 만한 무언가가 보이지 않는지 확인하려고 재빨리 방 안을 살펴보았다. 라일은 침대에 앉아 방을 둘러보고 있었다. 나는 욕실로 가다 말고 서서 마지막으로 한마디 했다.

"이걸로 생각을 멈출 수 있을 거라고 했죠? 하지만 경고할게요, 라일. 난 마약 같은 사람이에요. 오늘 밤에 나와 자고 나면 당신에겐 더 안 좋을 거예요. 하지만 딱 한 번이에요. 난 당신이 그동안 만난 수많은 여자들 중 하나가 되지는 않을 거예요. 그날 밤에 뭐라고 했죠? **욕구**를 **채워줄** 여자라고 했던가요?"

라일은 팔꿈치를 침대 위에 대고 뒤로 기댔다. "릴리, 당신은 그런 여자가 아니에요. 그리고 난 누군가를 두 번 이상 원하는 남자가 아니에요. 그러니 걱정할 것 없어요."

나는 이 남자가 도대체 어떻게 나를 이 일에 끌어들였을까 생각하며 욕실 문을 닫았다.

수술복 때문이었다. 그게 내 약점이었다. 라일과는 상관없었다.

나는 그가 나와 잘 때 수술복을 입고 있게 할 방법이 없을까 궁리했다.

원래 30분 넘게 준비하는 법이 없었지만 욕실에서 준비를 마치고 나니 거의 한 시간이 지나 있었다. 나는 제모를 필요 이상으로 꼼꼼하게 한 다음 안절부절못하느라 족히 20분을 보냈고, 문을 열고 나가 라일에게 돌아가라고 말하라고 나 자신을 다그쳤다. 하지만 머리를 말리고 어느 때보다 말끔해지자 해볼 수 있을 것 같다는 생각이 들었다. 나도 원나잇을 할 수 있다. 난 스물세 살이잖아.

욕실 문을 열고 나오니 라일은 계속 내 침대에 있었다. 그가 수술복 상의를 벗어서 바닥에 던져놓은 것을 보고 약간 실망했지만 바지가 안 보이는 걸 보니 계속 입고 있는 게 틀림없었다. 하지만 그가 이불을 덮고 있어서 알 수 없었다.

나는 문을 닫고 그가 몸을 돌려 나를 보기를 기다렸지만 그는 그러지 않았다. 몇 걸음 다가갔을 때 코 고는 소리가 들렸다.

'방금 잠들었어요' 하는 가벼운 코골이가 아니었다. 완전히 깊은 잠에 빠져 코 고는 소리였다.

"라일?" 내가 속삭였다. 그는 내가 흔들어도 꼼짝도 하지 않았다.

장난치는 거겠지.

나는 그가 깨든 말든 아랑곳하지 않고 침대에 털썩 쓰러지듯 누웠다. 하루 종일 엉덩이 붙일 새 없이 일하고 한 시간 꼬박 준비했는데 이 밤을 이렇게 대접한다고?

하지만 이렇게 평온한 표정으로 자고 있는 그에게 화낼 수는 없었다. 48시간 동안 일하고 교대하는 게 어떨지 상상조차 할 수 없었다. 게다가 내 침대는 정말 편했다. 밤새도록 잘 쉬고 난 사람도 곧바로 잠에 빠져들 수 있을 정도였다. **그걸 미리 경고했어야 하는데.**

휴대전화로 시간을 확인해보니 밤 10시 30분이 다 돼가고 있었다. 나는 휴대전화를 무음으로 해놓고 그의 옆에 누웠다. 그리고 그의 머리 옆 베개 위에 놓인 그의 휴대전화를 집어 들고 카메라를 켰다. 나는 휴대전화를 우리 둘 위쪽으로 들고 내 가슴이 근사하게 보이는지 확인한 다음, 그가 뭘 놓쳤는지 정도는 알 수 있도록 사진을 찍었다.

나는 불을 끄고 혼자 웃었다. 키스도 안 해본, 반쯤 벌거벗은 남자 옆에서 잠들게 생겼기 때문이다.

눈을 뜨기도 전에 내 팔을 타고 올라가는 그의 손가락이 느껴졌다. 나는 나른한 미소를 참으며 자는 척했다. 그의 손가락은 내 어깨까지 올라가더니 목에 이르기 직전에 쇄골에서 멈추었다. 대학생 때 새긴 작은 문신이 있는 곳이었다. 단순한 선으로 그린 하트 문양으로, 윗부분에 약간 틈이 있었다. 그가 문신을 따라 손가락을 움직이는 게 느껴졌다. 잠시 후 그는 고개를 숙여 문신에 입 맞췄다. 나는 눈을 더욱 꼭 감았다.

"릴리." 그가 허리를 감싸 안으며 속삭였다. 나는 잠에서 깨려고 약간 신음한 다음 그를 보려고 돌아누웠다. 눈을 뜨자 그가 나를 보고 있었다. 창문으로 들어온 햇살이 그의 얼굴을 가로지르는 모양을 보니 아직 아침 7시도 안 된 것 같았다.

"난 당신이 만난 가장 짜증 나는 남자예요. 그렇죠?"

나는 웃으며 고개를 약간 끄덕였다. "꽤 그렇죠."

라일은 미소 지으며 내 얼굴에 흘러내린 머리카락을 쓸어 넘겼다. 그리고 몸을 숙여 내 이마에 입 맞췄는데, 나는 이게 싫었다. 이제 이 기억을 계속 떠올리느라 잠 못 드는 밤을 보내는 사람이 **내가** 될 것 같았기 때문이다.

"가봐야겠어요." 그가 말했다. "많이 늦었어요. 하지만 1번, 미안해요. 2번, 다시는 안 그럴게요. 앞으로 연락하는 일 없을 거예요. 약속해요. 그리고 3번, **정말** 미안해요. 내가 얼마나 미안한지 모를 거예요."

나는 억지로 미소 지었지만 그가 말한 2번이 전혀 마음에 들지 않아서 인상을 찡그리고 싶었다. 그가 다시 이런 짓을 한다고 해도 상관없었다. 하지만 잠시 후, 우리가 삶에서 원하는 것이 서로 다르다는 사실을 다시 한번 상기했다. 그러니까 라일이 잠들고 우리가 키스조차 안 한 건 잘된 일이었다. 수술복을 입은 그와 잤다면 그의 집 문 앞에 나타나 무릎 꿇고 더 해달라고 애원하는 쪽은 나였을 테니까.

잘된 일이었다. 쇠뿔도 단김에 빼랬다고, 이제 그를 보내주면 그만이었다.

"라일, 잘 살아요. 세상 모든 성공이 함께하길 바랄게요."

그는 내 작별 인사에 별다른 반응을 보이지 않았다. 약간 찡그린 표정으로 말없이 나를 내려다보며 말할 뿐이었다. "그래요. 릴리, 당신도요."

잠시 후 그는 몸을 돌려 침대에서 일어났다. 나는 지금 당장은 그를 보기가 힘들어서 그를 등지고 돌아누웠다. 그가 신발을 신고 휴대전화를 집어 드는 소리가 들렸다. 그는 한참 뒤에야 다시 움직였는데 나를 보고 있었기 때문이라는 걸 알았다. 나는 현관문 닫히는 소리가 들릴 때까지 눈을 꼭 감고 있었다.

이내 얼굴이 뜨거워졌지만 침울해지지 않기로 했다. 억지로 침대에서 나왔다. 내게는 할 일이 있었다. 남자가 나를 위해 자기 인생의 목표를 수정하지 않는다고 해서 화낼 수는 없었다.

게다가 지금 내게는 걱정해야 할 **내** 인생의 목표가 있었다. 나는 그 목표 때문에 정말 신났다. 어쨌든 지금은 너무 신나서 남자에게 내어줄 시간이 없었다.

시간이 없고말고.

절대로.

난 바쁜 여자야.

수술복 입은 남자와 한 번도 못 자본, 용기 있고 대담한 사업가이기도 하고.

6

그날 아침에 라일이 내 아파트에서 나간 지 53일이 지났다. 이는 곧, 그에게 연락이 안 온 지 53일이 지났다는 뜻이다.

하지만 괜찮았다. 그동안 이 순간을 준비하느라 너무 바빠서 그의 생각을 많이 할 수도 없었다.

"준비됐어요?" 앨리사가 말했다.

내가 고개를 끄덕이자 그는 '영업 중'으로 팻말을 뒤집었고 우리는 어린애들처럼 끌어안으며 꺅 소리 질렀다.

우리는 서둘러 판매대로 가서 첫 손님을 기다렸다. 임시 오픈 기간이라 아직 본격적인 홍보에 돌입하지 않았지만 정식으로 문을 열기 전에 문제가 없는지 확인하고 싶었다.

"가게가 정말 예뻐요." 앨리사가 우리의 노고에 감탄하며 말했다.

가게를 둘러보니 나 역시 자부심으로 가슴이 터질 것 같았다. 당연히 성공하고 싶지만 지금 이 순간만큼은 성공이 그리 중요한 것 같지 않았다. 내게는 꿈이 있고 나는 그 꿈을 이루기 위해 바삐 움직였다. 오늘 이후로 무슨 일이 일어나든 내 꿈에 한걸음 다가가는 일이 될 뿐이다.

"향기가 참 좋아요. 난 이 향기를 **정말** 좋아해요." 내가 말했다.

오늘 손님이 올지는 모르지만 우리 둘 다 임시 오픈이 생애 최고의 사건인 듯이 행동하고 있었기 때문에 손님은 중요하지 않았다. 게다가 오늘 중 언젠가는 마셜이 올 테고 우리 엄마도 퇴근한 후에 오실 예정이었다. 그러니 손님 둘은 확보했고 그걸로 충분했다.

가게 앞문이 열리자 앨리사는 내 팔을 꼭 잡았다. 갑자기 나는 약간 허둥지둥했다. 뭔가 잘못되면 어쩌지 싶었기 때문이다.

그리고 잠시 후 뭔가 정말 잘못되었기 때문에 나는 진짜로 어쩔 줄 몰랐다. **단단히** 잘못됐다. 내 가게의 첫 손님이 다른 누구도 아닌 라일 킨케이드라니.

그는 문이 닫히자 가만히 서서 경이롭다는 듯이 가게 안을 둘러보았다. "이게 무슨?" 그가 빙글 돌며 말했다. "도대체 어떻게……?" 그는 나와 앨리사를 보았다. "정말 놀랍군요. 같은 공간인지도 모를 정도예요!"

좋아, 라일이 첫 손님이라도 괜찮을 것 같아.

그는 계속 물건을 만져보고 주위를 둘러보느라 판매대까지 오는 데 몇 분 걸렸다. 마침내 그가 가까이 오자 앨리사는 판매대에서 나가 그를 끌어안았다. "근사하지 않아?" 앨리사가 말하며 나를 향해 손짓했다. "전부 다 릴리의 아이디어야. 몽땅. 난 그냥 허드렛일을 돕기만 했어."

나는 고개를 끄덕였다. "앨리사가 겸손하게 말하는 거예요. 이 비전을 구현하는 데 앨리사의 솜씨가 절반 이상 몫을 한걸요."

라일은 나를 향해 미소 지었는데 그 미소는 가슴을 향해 날아든 칼 같았다. **아팠으니까.**

그는 양손으로 판매대를 탁 치며 말했다. "내가 공식적인 첫 손님인가요?"

앨리사는 그에게 가게 전단지를 건넸다. "그러려면 뭐라도 사야지."

라일은 전단지를 훑어본 다음 판매대에 내려놓았다. 그리고 진열대로 가더니 자주색 백합이 가득 꽂힌 꽃병을 집어 들었다. "이걸로 할게요." 그는 꽃병을 판매대에 내려놓으며 말했다.

나는 그가 방금 백합, 그러니까 릴리를 선택했다는 걸 알까 생각하며 미소 지었다. **좀 아이러니했다.**

"배달해줄까?" 앨리사가 물었다.

"배달도 돼?"

"앨리사랑 내가 하는 건 아니에요." 내가 대답했다. "배달 기사가 대기하고 있어요. 오늘 배달 주문이 있을 줄은 몰랐는데."

"여자한테 주려고?" 앨리사가 물었다. 그는 여동생들이 대개 그러듯이 오빠의 연애를 캐내려 했다. 나는 라일의 대답을 더 잘 들으려고 어느새 앨리사에게 한 걸음 다가갔다.

"응." 그가 대답했다. 그는 나와 눈이 마주친 다음에 한 마디 덧붙였다. "하지만 그 여자 생각을 그렇게 많이 하는 건 아니야. 거의 안한다고 봐야지."

앨리사는 카드를 꺼내서 그에게 내밀었다. "그 여자 안됐네." 앨리사가 말했다. "오빠는 진짜 왕재수야." 앨리사는 카드를 손가락으로톡톡 쳤다. "앞면에 전하고 싶은 메시지를 쓰고 뒷면에 배송지 주소를 써."

나는 허리를 숙이고 카드 앞뒷면을 채우는 라일을 바라보았다. 내게 그럴 권리가 없다는 걸 알면서도 질투가 넘쳐흘렀다.

"금요일 내 생일파티에 이 여자랑 같이 올 거야?" 앨리사가 물었다.

나는 그의 반응을 유심히 살폈다. 그는 앨리사를 쳐다보지도 않고 고개를 저으며 말했다. "아니. 릴리, 당신도 가나요?"

목소리만 들어서는 내가 가기를 바라는지 안 가기를 바라는지 알수 없었다. 내가 그에게 스트레스 준 걸 감안하면 후자일 것 같기는했다.

"아직 못 정했어요."

"올 거야." 앨리사가 대신 대답했다. 그는 나를 보며 눈을 가늘게떴다. "좋든 싫든 내 생일파티에 와줘요. 안 오면 그만둘 거예요."

라일은 카드를 다 쓴 다음 꽃병에 붙어 있는 봉투에 넣었다. 앨리사는 총액을 계산했고 라일은 현금을 냈다. 그는 돈을 세는 동안 나를 보았다. "릴리, 가게를 새로 열면 맨 처음 받은 달러를 액자에 걸

어두는 풍습이 있다는 거 알아요?"

나는 고개를 끄덕였다. **당연히** 나도 알고 있었다. 라일은 내가 안다는 걸 **알고 있었다.** 그는 자기가 낸 달러가 액자에 담겨 이 가게가 문을 닫는 날까지 벽에 걸려 있을 것이라고 알려주고 있었다. 나는 앨리사에게 그 돈을 환불해주라고 할 뻔했지만 이건 일이었다. 내 상처받은 자존심은 제쳐놓아야 했다.

라일은 영수증을 받아 들더니 내 주의를 끌려고 주먹으로 판매대를 톡톡 두드렸다. 그는 진심 어린 미소를 지으며 고개를 약간 숙이고 말했다. "릴리, 축하해요."

그는 돌아서서 가게에서 나갔다. 앨리사는 문이 닫히자마자 카드 봉투를 집었다. "도대체 누구한테 꽃을 보낸다는 걸까요?" 그는 이렇게 말하며 카드를 꺼냈다. "오빠는 꽃 같은 걸 보내는 사람이 아닌데 말이죠."

앨리사는 카드를 꺼내서 소리 내어 읽었다. "멈추게 해줘요."

이런 젠장.

앨리사는 잠시 카드를 바라보며 다시 한번 읽었다. **"멈추게 해줘요?** 대체 이게 무슨 뜻일까요?" 앨리사가 물었다.

나는 더 이상 참을 수 없었다. 앨리사에게서 카드를 낚아채서 뒤집어 보았다. 그는 몸을 기울여 카드 뒷면을 나와 함께 읽었다.

"이런 바보를 봤나." 앨리사가 웃음을 터뜨리며 말했다. "우리 가게 주소를 적었잖아요." 그는 내가 든 카드를 빼갔다.

와, 이런 일이.

조금 전에 라일이 내게 꽃을 사주었다. **그냥** 꽃이 아니었다. 백합을 한 다발 사주었다.

앨리사는 휴대전화를 집어 들었다. "오빠한테 문자 보내서 망했다고 알려줘야겠어요." 그는 라일에게 문자 메시지를 보내고는 꽃을 보며 웃었다. "신경외과 의사라는 사람이 어쩜 이렇게 **바보** 같을까요?"

나는 번지는 미소를 참을 수 없었다. 앨리사가 내가 아닌 꽃다발을 보고 있어서, 이 상황을 종합해서 뭔가를 추측하지 않아서 다행스러웠다. "라일이 이걸 어디에 보내려고 했는지 알아낼 때까지 사무실에 놔둬야겠어요." 나는 꽃병을 들고 내 꽃을 얼른 옮겼다.

7

"가만히 좀 있어." 데빈이 말했다.

"가만히 있잖아."

그는 나를 엘리베이터로 데려가며 내 팔짱을 꼈다. "잠시도 가만히 못 있던데. 그리고 가슴골 가리려고 자꾸 옷을 추켜올리면 이 검은 드레스를 입은 의미가 전혀 없잖아." 그는 내 드레스 윗부분을 다시 내리더니 브래지어를 똑바로 해주기 위해 손을 넣으려 했다.

"데빈!" 내가 손을 찰싹 때리자 그는 웃음을 터뜨렸다.

"릴리, 진정해. 네 가슴보다 훨씬 근사한 가슴을 여럿 만졌지만 난 여전히 남자를 좋아한다고."

"그래, 하지만 네가 가슴을 만졌다는 그 사람들은 나처럼 6개월에 한 번 만나는 사이가 아니겠지."

데빈은 웃었다. "그건 그래. 하지만 절반은 네 잘못이야. 꽃 만지 작거리느라 우리 사이를 방치한 건 너였다고."

데빈은 전에 일한 마케팅 회사에서 친하게 지낸 동료였지만 회사 밖에서 자주 만날 정도로 가깝지는 않았다. 그런데 앨리사가 오늘 오후에 꽃집에 들른 데빈을 즉석에서 초대했다. 그는 데빈에게 나를 데리고 생일파티에 와달라고 부탁했고 혼자 가고 싶지 않았던 나도 그에게 같이 가달라고 부탁하게 되었다.

나는 손으로 머리를 매만지고 엘리베이터 벽에 내 모습을 비춰 보았다.

"왜 이렇게 긴장해?" 데빈이 물었다.

"긴장한 거 아니야. 아는 사람이 없는 곳에 가는 게 싫어서 그래."

데빈은 다 안다는 듯이 히죽 웃고 나서 말했다. "그 남자 이름이 뭐야?"

나는 참고 있던 숨을 몰아 내쉬었다. **내가 그렇게 투명한가?** "라일. 신경외과 의사야. 그리고 나랑 자기를 간절히, 아주 간절히 원하고 있지."

"그 사람이 너랑 자고 싶어 하는지 어떻게 알아?"

"문자 그대로 무릎 꿇고 말했거든. '**릴리, 제발요. 제발 나랑 자요**' 라고."

데빈은 눈썹을 치켜올렸다. "애원했다고?"

나는 고개를 끄덕였다. "들리는 것만큼 불쌍하지는 않았어. 평소에는 침착한 사람이야."

엘리베이터 도착음이 울리고 문이 서서히 열렸다. 복도 아래쪽까지 음악 소리가 흘러나왔다. 데빈은 내 두 손을 잡고 말했다. "그래서 어쩔 생각인데? 그 남자가 질투하게 만들어줄까?"

"아니." 내가 고개를 저으며 말했다. "그건 옳지 않아." 하지만……. 라일은 나를 볼 때마다 나를 다시는 보고 싶지 않다는 점을 분명히 했다. "약간은 괜찮을 듯?" 내가 코를 찡긋하며 말했다. "아주 조금만?"

데빈은 턱을 내밀며 말했다. "나만 믿어." 그는 엘리베이터에서 나가며 내 허리에 손을 얹었다. 복도에서 보이는 문이 하나밖에 없어서 우리는 그쪽으로 가서 초인종을 눌렀다.

"왜 문이 하나뿐이지?" 데빈이 물었다.

"여기 꼭대기 층 전체를 쓰거든."

데빈은 킥킥댔다. "그런 사람이 **네** 밑에서 일한다고? 빌어먹을. 네 인생은 점점 흥미진진해지는군."

문이 열렸고 나는 앞에 선 앨리사를 보고 매우 안심했다. 안에서 음악과 웃음소리가 흘러나왔다. 앨리사는 한 손에는 샴페인 잔을, 다른 한 손에는 말채찍을 들고 있었다. 그는 어리둥절한 표정으로 말채찍을 보고 있는 나를 보더니 채찍을 어깨에 걸치고 내 손을 잡았다. "사연이 길어요." 그가 웃으며 말했다. "들어와요, 어서!"

그는 나를 끌어당겼고 나는 데빈의 손을 꼭 잡고 그를 잡아끌었다. 앨리사는 우리를 데리고 모여 있던 사람들을 헤치고 나가 거실 맞은편으로 갔다. "자기!" 그가 마셜의 팔을 잡아끌며 말했다. 그는 돌아서서 나를 보고 미소 지으며 포옹했다. 나는 그의 뒤쪽과 주변을 살펴보았지만 라일은 보이지 않았다. **다행히 오늘 밤에 병원에서 연락이 와서 일하러 갔을지도 몰라.**

마셜은 데빈과 악수했다. "어서 와요! 만나서 반가워요!"

데빈은 내 허리를 감쌌다. "데빈이라고 해요!" 그는 음악 소리에 묻히지 않게 크게 말했다. "릴리의 잠자리 파트너죠!"

나는 웃음을 터뜨리며 그를 팔꿈치로 찌른 다음 귓가에 속삭였다. "이 사람은 마셜이야. 잘못 짚었지만 잘했어."

앨리사는 내 팔을 잡고 나를 데빈에게서 데리고 나갔다. 마셜은 데빈과 이야기를 나누기 시작했고 나는 반대 방향으로 끌려 나가며 뒤쪽으로 손을 뻗었다.

"괜찮을 거야!" 데빈이 외쳤다.

앨리사를 따라 주방으로 가자 그는 내게 샴페인을 한 잔 쥐여주었다. "마셔요. 즐길 자격 있어요!"

나는 샴페인을 한 모금 마셨지만 레스토랑 주방처럼 널찍한 조리대 두 개와 내 아파트보다 큰 냉장고가 있는 주방을 살펴보느라 맛을 제대로 음미하지 못했다. "우와. 여기가 정말 **집 주방**이라고요?" 내가 속삭였다.

앨리사는 킥킥댔다. "그러게요. 그런데 생각해보니, 돈 때문에 마셜과 결혼한 건 아니었어요. 내가 사랑에 빠졌을 때 그에게는 7달러뿐이었고 포드 핀토를 타고 있었죠."

"지금도 그 차 타지 않아요?"

앨리사는 한숨을 쉬었다. "맞아요. 하지만 그 차에 좋은 추억이 너무 많아서요."

"대단한데요."

앨리사는 눈썹을 씰룩댔다. "그나저나…… 데빈 말이에요. 귀엽던데요."

"그리고 나보다 마셜한테 더 빠진 것 같고요."

"아, 남자 취향이군요." 앨리사가 말했다. "실망이에요. 오늘 밤 파티에 데빈을 초대할 때 두 사람을 이어줄 생각이었거든요."

주방 문이 열리더니 데빈이 들어왔다. "당신 남편이 찾던데요." 그가 앨리사에게 말했다. 그는 킥킥대며 빙그르르 돌아 주방에서 나갔다. "앨리사 정말 마음에 들어." 데빈이 말했다.

"기분 좋은 사람이지?"

데빈은 아일랜드 식탁에 기대서 말했다. "그건 그렇고. 좀 전에 '구걸남'을 만난 것 같아."

나는 심장이 요동쳤다. '신경외과 의사'라는 호칭이 더 적당하지 않나 생각하면서 샴페인을 한 모금 더 마셨다. "그 사람인 줄 어떻게 알아? 자기소개라도 했어?"

데빈은 고개를 저었다. "아니, 하지만 마셜이 다른 사람에게 나를 '릴리의 데이트 상대'라고 소개할 때 엿듣고 있던걸. 날 쳐다보는 눈빛이 불이라도 지를 것 같던데. 그래서 여기 온 거야. 널 좋아하지만 널 위해 죽고 싶진 않거든."

나는 웃음을 터뜨렸다. "걱정 마. 죽일 듯이 노려본 게 아니라 웃은 걸 거야. 그 두 가지를 구분하기 힘들 때가 많거든."

문이 다시 홱 열리는 바람에 나는 이내 긴장했지만 출장 뷔페 직원이었다. 나는 안도의 한숨을 내쉬었다. 데빈은 정말 실망스럽다는 듯이 '릴리' 하고 불렀다.

"왜?"

"너 토할 것 같아 보여." 그가 나무라듯이 말했다. "그 남자 정말 좋아하는구나?"

나는 눈을 치켜떴다. 하지만 잠시 후 어깨를 축 늘어뜨리고 우는 시늉을 했다. "맞아, 데빈. 좋아해. 좋아하고 싶지 않은데."

그는 내 샴페인 잔을 가져가 남은 샴페인을 다 마신 다음 내 팔짱을 꼈다. "가서 사람들이랑 놀자." 그는 이렇게 말하며 내 의지와 반대로 나를 주방에서 끌어냈다.

거실에는 사람이 더 많아져 있었다. 백 명도 넘는 게 틀림없었다. 내가 아는 사람을 다 합해도 이렇게 많지는 않을 것 같은데.

우리는 돌아다니며 모여 있는 사람들과 이야기를 나누었다. 데빈이 대화를 주도했고 나는 뒤에 서 있었다. 그는 누구를 만나든 공통적으로 아는 사람이 있었다. 약 30분 동안 그를 따라다닌 결과, 그가 이 자리에 모인 모든 사람들을 상대로 '공통적으로 아는 사람 찾기' 게임을 하고 있는 게 틀림없다고 생각할 정도였다. 데빈과 함께 다니는 동안 내 신경의 절반은 그에게, 나머지 절반은 거실을 살피며 라일을 찾는 데 집중되어 있었다. 라일이 어디에서도 보이지 않자 나는 데빈이 본 사람이 라일이 맞기나 한지 의심스러워졌다.

"음, 희한하네요." 어떤 여자가 말했다. "저게 뭐 같아요?"

시선을 들어 보니 여자는 벽에 걸린 예술 작품을 보고 있었다. 캔버스에 확대 인쇄한 사진 같았다. 나는 고개를 기울인 채 사진을 유심히 보았다. 여자는 콧대를 세우고 말했다. "왜 굳이 사진을 확대해서 벽에 걸었는지 모르겠어요. 너무 이상하잖아요. 흐릿해서 뭔지 알아볼 수도 없고요." 그가 씩씩대며 가버리자 나는 안심했다. 그러니까…… 약간 이상하긴 하지만 내가 뭐라고 앨리사의 취향을 판단하겠는가?

"당신 생각은 어때요?"

바로 뒤에서 그의 낮고 굵직한 목소리가 들렸다. 나는 잠시 눈을 감았다가 마음을 가라앉히려고 숨을 들이마신 다음 조용히 내쉬었다. 자기 목소리가 내게 어떤 영향을 미치는지 그가 눈치채지 않았기를 바라면서. "난 마음에 들어요. 뭔지는 모르지만 흥미로워요. 앨리사의 안목이 뛰어난데요."

라일은 내게 다가와 옆에 서서 나를 보았다. 그리고 팔이 스칠 정도로 가까워지도록 한 걸음 더 다가왔다. "데이트 상대를 데려왔어요?"

그는 아무렇지 않은 듯이 물었지만 나는 그렇지 않다는 걸 알았다. 내가 대답하지 않자 그는 몸을 기울여 내 귓가에 속삭였다. "**데이트 상대**를 데려왔다 이거죠?"

나는 용기를 내서 그를 보았고 곧바로 그러지 말걸 하고 후회했다. 라일은 검은색 정장을 입었는데 이 옷에 비하면 수술복은 애들

장난이었다. 나는 갑자기 목에 뭐가 걸린 느낌이 들어서 침을 꿀꺽 삼킨 다음에 말했다. "데이트 상대를 데려온 게 문제라도 되나요?" 나는 그에게서 시선을 돌려 다시 벽에 걸린 사진을 보았다. "당신을 편하게 해주려고 그러는 거 알잖아요. **멈추게 해주려는** 것뿐이에요."

라일은 씩 웃더니 남은 와인을 다 마셨다. "릴리, 정말 **배려**가 넘치네요." 그는 거실 한구석에 놓인 쓰레기통을 향해 빈 와인 잔을 던졌다. 와인 잔은 안으로 정확히 들어갔지만 쓰레기통이 비어 있었는지 바닥에 부딪쳐 깨졌다. 나는 주위를 둘러보았지만 방금 일어난 일을 본 사람은 없었다. 다시 라일을 보았을 때 그는 이미 복도를 반쯤 지나가고 있었다. 그는 어느 방으로 사라졌고 나는 그 자리에 서서 다시 사진을 보았다.

그제야 보였다.

사진이 흐릿해서 처음에는 알아보기가 어려웠다. 하지만 어디에서나 알아볼 수 있는 머리카락이었다. **내** 머리카락이었으니까. 내가 누워 있는 고밀도 폴리에틸렌 의자와 마찬가지로 모를 수가 없었다. **이건 우리가 처음 만난 날 밤에 옥상에서 라일이 찍은 사진이었다.** 그는 아무도 알아보지 못하도록 사진을 확대하여 일그러지게 한 게 틀림없었다. 나는 피가 끓어오르는 느낌이 들어서 목뒤를 잡았다. **여기 너무 더워.**

앨리사가 옆에 나타났다. "정말 이상하지 않아요?" 그가 사진을 보며 말했다.

나는 가슴팍을 긁적이며 말했다. "여기 정말 덥네요. 안 그래요?"

앨리사는 주위를 둘러보았다. "그래요? 몰랐어요. 좀 취했거든요. 마셜에게 에어컨 켜라고 할게요."

그는 다시 사라졌고 나는 사진을 볼수록 점점 화가 났다. 라일은 내 사진을 집에 걸어놓았다. 내게 꽃을 사주었다. 내가 여동생 생일 파티에 데이트 상대를 데려왔다는 이유로 무례하게 행동했다. 그는 우리 사이에 정말 뭐라도 있는 것처럼 행동하고 있었다. 우리는 키스도 안 한 사이인데!

모든 것이 나를 한꺼번에 덮쳤다. 분노…… 짜증……. 주방에서 마신 샴페인 반 잔. 너무 화가 나서 제대로 생각할 수조차 없었다. 나와의 하룻밤을 그토록 간절히 바랐다면…… 잠들지 말았어야지! 내가 푹 빠지기를 원치 않았다면 꽃을 선물하지 말아야 했다! 자기 집에 알 수 없는 내 사진을 걸어놓지 말아야 했다!

나는 맑은 공기를 마시고 싶다는 생각뿐이었다. 맑은 공기가 필요했다. 다행히 어디로 가면 되는지 알고 있었다.

잠시 후 나는 현관문을 나가서 옥상으로 갔다. 파티에서 나와 쉬고 있는 사람들이 있었다. 그들 셋은 야외용 의자에 앉아 있었다. 나는 그들을 못 본 체하고 경치가 좋은 난간으로 가서 몸을 앞으로 숙였다. 몇 번 심호흡을 하며 마음을 가라앉히려 했다. 아래층으로 내려가서 라일에게 빌어먹을 결정을 하라고 말하고 싶었지만 그 전에 먼저 머리를 맑게 해야 했다.

왠지 차가운 공기마저 라일 때문인 것 같았다. 오늘 밤에는 모든 게 그의 잘못이었다. **전부 다.** 전쟁도, 기근도, 총기 사고도. 모든 게 어떤 식으로든 라일과 관련되어 있었다.

"잠깐 자리 좀 비켜주실 수 있을까요?"

돌아보니 라일이 다른 손님들 가까이에 서 있었다. 다른 손님 셋은 곧바로 고개를 끄덕이고 일어나 우리 둘만 있게 해주었다. 나는 손을 들고 말했다. "잠깐만요." 하지만 아무도 나를 보지 않았다. "이러실 필요 없어요. 정말이지 안 가져도 돼요."

손님 한 사람이 '괜찮아요. 신경 쓰지 마세요'라고 중얼거리는 동안 라일은 주머니에 손을 넣고 태연하게 서 있었다. 손님들은 줄지어 계단을 내려가고 있었다. 라일과 둘만 남게 되자 나는 눈을 치켜뜨고 난간을 향해 돌아섰다.

"모든 사람이 항상 당신 말대로 하나 봐요?" 내가 짜증을 내며 물었다.

라일은 대답이 없었다. 그는 느리고 신중한 발걸음으로 내게 다가왔다. 나는 스피드 데이트˚에 나간 것처럼 가슴이 두근거리기 시작했고 다시 가슴팍을 긁적였다.

"릴리." 라일이 뒤에서 말했다.

나는 돌아서서 양손으로 뒤쪽 난간을 잡았다. 라일의 시선이 내

˚ speed-date, 여러 사람이 모여 짧은 시간 동안 돌아가며 이야기하여 마음에 드는 상대를 찾는 모임.

가슴으로 향했다. 나는 그가 보지 못하도록 곧바로 드레스 윗부분을 휙 추켜올린 다음 다시 난간을 잡았다. 그는 웃음을 터뜨리며 한 걸음 더 다가왔다. 이제 우리는 닿을락 말락 한 거리에 있었고 내 머릿속은 엉망진창이 되었다. 측은했다. 내가 참 측은했다.

"나한테 할 말이 많은 것 같던데요." 그가 말했다. "그래서 벌거벗은 진실을 말할 기회를 주려고요."

"하!" 나는 기가 막혀서 웃으며 말했다. "진심이에요?"

라일이 고개를 끄덕이자 나는 벌거벗은 진실을 말할 준비를 했다. 나는 그의 가슴팍을 밀치고 나와서 그가 난간에 기대서도록 했다.

"라일, 당신이 뭘 원하는지 모르겠어요! 내가 당신을 신경 쓰지 않게 되는 시점이 되면 어김없이 어디선가 불쑥 나타났어요! 가게에도, 집에도 나타났고 파티에도 나타났죠. 당신은······."

"난 여기 사는걸요." 그는 마지막 말에 핑계를 댔다. 이 말 때문에 더 화가 났다. 나는 주먹을 꽉 쥐었다.

"악! 정말 사람 미치게 만드네요! 날 원해요, **안** 원해요?"

라일은 꼿꼿한 자세로 내게 다가왔다. "릴리, 당신을 원해요. 그건 진짜예요. 당신을 원하는 내가 싫은 것뿐이에요."

이 말에 나의 온몸이 탄식했다. 좌절감 때문이기도 했고, 그의 모든 말에 몸이 떨렸기 때문이기도 했고, 이 사람 때문에 이렇게 느끼는 내가 싫기 때문이기도 했다.

나는 고개를 저었다. "내 말 이해 못 했죠?" 나는 목소리를 낮추었다. 패배감이 너무 심해서 계속 소리 지를 수 없었다. "라일, 당신을 좋아해요. 그래서 당신이 내게 원나잇만 원한다는 걸 알기 때문에 정말, 정말 슬퍼요. 몇 달 전이었다면 하룻밤 같이 보내고 나서도 괜찮을 수 있었을 거예요. 당신이 떠나도 나는 금세 잊고 잘 살았을 거예요. 하지만 지금은 몇 달 전과 달라요. 당신은 너무 오래 기다렸고, 이제 나는 당신에게 너무 푹 빠져버렸어요. 그러니까 부탁할게요. 나한테 장난으로 치근덕대지 말아요. 집에 내 사진을 걸지도 말고요. 꽃도 보내지 말아요. 라일, 당신이 이런 짓을 할 때마다 기분이 안 좋아서 그래요. 정말 상처가 된다고요."

나는 자존심이 상하고 기운이 빠져서 이 자리를 떠나고 싶었다. 라일은 말없이 나를 보았고 나는 예의상 그에게 반박할 시간을 주었다. 하지만 그는 그러지 않았다. 돌아서서 난간에 기대 몸을 숙이고 내 말을 전혀 듣지 못했다는 듯이 아래쪽 거리를 바라보기만 했다.

나는 그가 내 이름을 부르거나 가지 말라고 부탁하기를 반쯤 바라면서 옥상을 가로질러 문을 열었다. 그리고 그런 일이 일어날지도 모른다는 희망이 모두 사라지기 전에 아파트로 돌아갔다. 모여 있는 사람들을 헤치고 방 세 곳을 돌아다닌 뒤에야 데빈을 발견했다. 내 표정을 본 그는 고개를 끄덕이고 방을 가로질러 다가왔다.

"갈까?" 그가 팔짱을 끼며 물었다.

나는 고개를 끄덕였다. "응. 가고 싶어."

우리는 거실에서 앨리사를 찾았다. 나는 꽃집 임시 오픈 때문에 너무 피곤해서 내일 일하기 전까지 집에서 좀 자야겠다는 핑계를 대고 그와 마셜에게 작별 인사를 했다. 앨리사는 나를 포옹하고 현관문까지 배웅했다.

"난 월요일에 출근할게요." 그가 뺨에 입 맞추며 말했다.

"생일 축하해요." 내가 그에게 말했다. 데빈이 현관문을 열었고 우리가 복도로 나서기 전에 누가 내 이름을 불렀다.

돌아보니 라일이 반대편에서 사람들을 밀치며 다가오고 있었다. "릴리, 기다려요!" 그가 내게 다가오며 외쳤다. 내 심장이 미친 듯이 뛰었다. 그는 사람들에게 부딪쳐 길이 막힐 때마다 점점 조급해하며 사람들을 빙 둘러 빠르게 걸어왔다. 그리고 마침내 사람이 없는 지점에 이르러 다시 나와 눈이 마주쳤다. 그는 내 눈에서 시선을 떼지 않은 채 나를 향해 걸어왔다. 속도를 늦추지 않았다. 그가 나를 향해 곧장 다가오는 바람에 앨리사는 길을 비켜줘야 했다. 처음에는 그가 내게 키스하거나 적어도 옥상에서 했던 모든 말에 반박할 줄 알았다. 하지만 그는 내가 전혀 대비하지 못한 일을 했다. 그는 나를 안아 올렸다.

"라일!" 나는 그가 나를 떨어뜨릴까 봐 무서워서 그의 목을 끌어안고 소리 질렀다. "내려줘요!" 그는 한 팔로는 내 다리 아래를, 다른 한 팔로는 등 아래를 감싸 안고 있었다.

"오늘 밤엔 내가 릴리를 빌려야겠어요." 그가 데빈에게 말했다. "괜찮죠?"

나는 데빈을 보며 눈을 크게 뜨고 고개를 저었다. 데빈은 킥킥대며 말했다. "얼마든지요."

배신자!

라일은 돌아서서 다시 거실 쪽으로 걷기 시작했다. 나는 지나가면서 앨리사를 보았다. 그는 어리둥절한 채 눈을 크게 뜨고 있었다. "당신 오빠 내가 죽일 거예요!" 나는 그를 향해 소리쳤다.

이제 거실에 있던 모든 사람들이 쳐다보고 있었다. 나는 너무 당혹스러워서 라일이 나를 안고 복도를 지나 자기 방으로 가는 동안 그의 가슴에 얼굴을 파묻고 있었다. 방문이 닫히자 그는 천천히 나를 내려 세웠다. 나는 곧바로 그에게 소리 지르기 시작했고 그를 문밖으로 밀어내려 했지만 그는 나를 돌려세워 문으로 밀치고 양쪽 손목을 꽉 잡았다. 그리고 내 머리 위로 손목을 올려 벽에 대고 누르며 말했다. "릴리?"

그가 나를 너무 강렬하게 바라보고 있어서 나는 몸부림쳐서 그에게서 벗어나려다 말고 숨을 죽였다. 그의 가슴이 내 가슴을 누르고 있었고 내 등은 방문을 누르고 있었다. 잠시 후 그의 입술이 내 입술을 덮었다. 내 입술 위로 따뜻하게 누르는 힘이 느껴졌다.

그의 입술은 힘이 있으면서도 실크 같았다. 나는 다급하게 새어나오는 신음에 충격을 받았고 내가 입술을 벌리며 더 원하고 있다는 사실에 더 큰 충격을 받았다. 그의 혀가 미끄러지듯 들어왔고 그는 내 손목을 놓고 얼굴을 감쌌다. 키스가 깊어지자 나는 그의 머리를 끌어안으며 키스를 온몸으로 느꼈다.

키스에 이끌려 벼랑 끝으로 간 우리 둘의 신음과 가쁜 숨이 뒤섞였고 우리 몸은 입술이 전하는 것 이상을 원했다. 그는 손을 내려 내 다리를 잡더니 나를 들어 올려 다리로 그의 허리를 감싸게 했다.

세상에, 이 남자는 키스 장인이었다. 그는 자기 직업만큼이나 키스에 진심이었다. 그가 나를 문에서 떼어내자 나는 그의 입술이 키스 말고도 여러 가지를 할 수 있다는 사실이 퍼뜩 떠올랐다. 그의 입술이 내가 옥상에서 한 그 모든 말에 대답하지 않았다는 사실도.

나는 그냥 무릎 꿇고 말았다. 나는 그가 원하는 것을 주고 있었다. 바로 원나잇을. 하지만 지금 그는 원하는 것을 가질 자격이 전혀 없었다.

나는 입술을 떼고 그의 어깨를 밀쳤다. "내려줘요."

그가 계속 침대로 갔기 때문에 나는 다시 말했다. "라일, 당장 내려줘요."

그는 걸음을 멈추고 나를 바닥에 내려줬다. 나는 생각을 정리하기 위해 한 걸음 물러나 뒤로 돌아서야 했다. 그의 입술이 전하는 느낌이 생생한 지금, 그를 보고 있으면 감당이 안 될 것 같았다.

라일은 내 허리를 끌어안고 어깨에 머리를 묻었다. "미안해요." 그가 속삭였다. 그는 나를 돌려세우고 한 손으로 내 얼굴을 어루만지며 엄지손가락으로 뺨을 쓸었다. "이제 내 차례예요, 맞죠?"

나는 그의 손길에 아무런 반응을 보이지 않았다. 그의 손길에 나도 모르게 반응할까 봐 계속 팔짱을 낀 채 그의 말을 기다렸다.

"거실에 걸린 사진은 찍은 다음 날 제작했어요." 그가 말했다. "몇 달 동안 집에 걸어놨어요. 당신은 내가 본 중 가장 아름다운 사람이고 난 매일 당신을 보고 싶었으니까요."

아, 이런.

"그리고 당신 아파트에 찾아간 그날 밤 말이에요. 당신처럼 날 신경 쓰이게 하고 내 머릿속에서 떠나지 않았던 사람은 평생 처음이었어요. 그래서 당신을 찾아 나선 거예요. 이런 날 어떻게 해야 할지 몰랐어요. 그리고 이번 주에 당신에게 꽃을 보낸 건 꿈을 좇는 당신이 정말, 정말 자랑스럽기 때문이었어요. 내가 보내고 싶을 때마다 꽃을 보내면 당신 집에 다 놔두지도 못할걸요. 그만큼 당신 생각을 많이 하니까요. 그래요, 릴리. 당신 말이 맞아요. 난 당신에게 상처 주고 있어요. 하지만 나도 상처받고 있다고요. 그리고 오늘 밤에야…… 이유를 알았어요."

이 말을 들은 나는 간신히 힘을 끌어모아 물었다. "왜 상처받는데요?"

그는 고개를 숙여 나와 이마를 맞대고서 말했다. "왜냐하면, 내가 뭘 하고 있는지 모르겠어요. 당신 때문에 다른 사람이 되고 싶어져요. 하지만 어떻게 하면 당신이 원하는 사람이 될 수 있는지 모르겠어요. 이 상황이 정말 낯선데, 당신을 하룻밤 상대 이상으로 훨씬 많이 원한다는 걸 증명하고 싶어요."

지금 라일은 정말 약하고 상처받기 쉬워 보였다. 나는 그의 눈에 담긴 진심을 믿고 싶었지만 그는 우리가 처음 만날 날 이후로 줄곧 내가 원하는 것과 정반대의 것을 원한다는 입장을 고수했다. 그래서 내가 그를 받아주고 나면 그가 떠나는 게 아닐까 두려웠다.

"릴리, 당신에게 날 어떻게 증명해야 할까요? 말해주면 그대로 할게요."

나도 알 수 없었다. 나는 이 남자를 잘 몰랐다. 하지만 내가 그와 보내는 하룻밤만으로 만족하지 못할 것이라는 정도는 알았다. 그런데 그가 하룻밤이 아닌 그 이상의 관계를 원한다는 걸 어떻게 알 수 있을까?

나는 라일의 눈을 뚫어지게 바라보았다. "나랑 자지 말아요."

그는 전혀 알 수 없는 눈빛으로 나를 잠시 바라보았다. 하지만 잠시 후 이해했다는 듯이 고개를 끄덕였다. "알겠어요." 그가 계속 고개를 끄덕이며 말했다. "알겠어요. 릴리 블룸, 당신과 안 잘 거예요."

그는 나를 지나쳐 방문으로 가더니 문을 잠갔다. 그리고 스탠드만 남기고 불을 끈 다음 내게 다가오며 셔츠를 벗었다.

"뭐 하는 거예요?"

그는 셔츠를 의자에 던져놓고 신발을 벗었다. "당신이랑 잠잘 거예요."

나는 그의 침대를 흘끗 보고 그를 보았다. "지금요?"

그는 고개를 끄덕이고 내게 다가왔다. 그리고 단번에 내 드레스를 뒤집어 올려 머리 위로 벗겼고 나는 속옷만 입고 그의 침실 한가운데에 서 있었다. 나는 몸을 가렸지만 그는 나를 다시 쳐다보지도 않았다. 그는 나를 침대로 데려가더니 이불을 젖히고 눕혔다. 그리고 맞은편으로 가면서 말했다. "전에도 같이 잠만 잔 적 있잖아요. 식은 죽 먹기지."

나는 웃음을 터뜨렸다. 그는 서랍장으로 손을 뻗어 휴대전화를 충전기에 꽂았다. 나는 잠시 그의 방을 살펴보았다. 내가 익숙하게 보던 종류의 손님용 침실은 분명 아니었다. 내 방 세 개가 들어갈 만한 크기였다. 맞은편 벽에는 소파가 놓여 있었고 텔레비전 앞에는 의자가 하나 있었다. 그리고 침실 공간을 지나면 제대로 된 사무실이 있었는데 바닥부터 천장까지 책이 꽉 찬 서재 공간마저 갖추었다. 전부 다 보고 싶어서 계속 주위를 둘러보고 있는데 스탠드가 꺼졌다.

"당신 여동생 정말 부자군요." 이렇게 말하는 사이에 라일은 이불을 덮고 내게도 덮어주었다. "내가 주는 시급 10달러로는 도대체 뭘 하는 걸까요? 볼일 볼 때 쓰려나요?"

라일은 웃으며 내 손을 잡고 깍지를 꼈다. "수표를 현금으로 바꾸지도 않을걸요." 그가 말했다. "확인해본 적 있어요?"

없었다. 그런데 이제 궁금해졌다.

"릴리, 잘 자요."

나는 이 상황이 어이없고 웃겨서 계속 웃음이 났다. 그리고 정말 좋았다.

"라일, 잘 자요."

나는 길을 잃은 것 같았다.

모든 것이 너무 하얗고 깨끗해서 눈이 멀 것 같았다. 나는 거실 여러 개 중 한 곳을 이리저리 다니며 주방으로 가는 길을 찾아보았다. 어젯밤에 내 드레스를 어디에 두었는지 몰라서 라일의 셔츠를 입었다. 셔츠는 내 무릎 아래까지 내려왔는데 나는 라일이 팔 사이즈에 맞춰서 큰 셔츠를 사는 게 아닐까 생각했다.

창문이 너무 많아서 햇빛이 한꺼번에 쏟아져 들어오는 바람에 커피를 찾으러 가면서 눈가를 가렸다.

드디어 주방 문을 밀고 들어가 커피 메이커를 찾았다.

감사합니다, 주여.

커피를 내리려고 커피 메이커를 켠 다음 머그잔을 찾고 있는데 뒤쪽의 주방 문이 열렸다. 돌아서서 앨리사가 화장과 액세서리를 항상 완벽하게 갖추고 있는 건 아니라는 사실을 확인하고 안심했다. 그의 머리는 상투를 틀어 올린 듯 헝클어져 있었고 뺨에는 마스카라가 번져 있었다. 그는 커피 메이커를 가리켰다. "나도 저게 필요해요." 그가 말했다. 그는 아일랜드 조리대에 올라앉아 몸을 앞으로 숙였다.

"뭐 하나 물어봐도 돼요?" 내가 말했다.

앨리사는 간신히 고개를 끄덕일 정도의 기운만 있었다.

나는 손을 들어 주방을 빙 둘러 가리켰다. "이게 어찌 된 일이죠? 어젯밤에 파티를 했고 난 방금 일어났는데 도대체 어떻게 온 집 안에 티끌 하나 없는 거죠? 밤새도록 치웠어요?"

앨리사는 웃음을 터뜨렸다. "치워주는 사람들이 있어요." 그가 말했다.

"사람들이라고요?"

그는 고개를 끄덕였다. "네. 무슨 일이든 대신 해주는 사람들이 있어요." 그가 말했다. "놀랄 거예요. 뭐든 생각해봐요. 아무거나. 그게 뭐가 됐든 다 해주는 사람들이 있어요."

"장 보는 것도요?"

"그럼요." 앨리사가 말했다.

"크리스마스 장식도?"

그는 고개를 끄덕였다. "그것도 해주는 사람들이 있어요."

"생일 선물은요? 가족의 생일 같은 날 말이에요."

앨리사는 빙긋 웃었다. "그것도 마찬가지예요. 우리 가족은 모두 특별한 일이 있을 때마다 선물과 카드를 받지만 난 손 하나 까딱하지 않아요."

나는 고개를 저었다. "와. 이렇게 부자로 산 지 얼마나 됐어요?"

"3년이요." 앨리사가 말했다. "마셜이 개발한 애플리케이션 몇 개를 거액을 받고 애플에 팔았어요. 6개월마다 업데이트를 개발해서 그것도 판매하고요."

커피 내려오는 속도가 느려지자 나는 머그잔을 가져가 커피를 따랐다. "커피 마실래요?" 내가 물었다. "혹시 이것도 해주는 사람들이 있나요?"

앨리사는 웃었다. "그럼요. 지금은 당신이 있잖아요. 설탕 넣어주세요."

나는 머그잔에 설탕을 넣고 저은 다음 앨리사에게 건넸다. 그러고 나서 나도 한 잔 따랐다. 그가 나와 라일에 관해 뭐라고 말하기를 기다리며 크림을 섞는 동안 잠시 조용해졌다. 이 이야기는 피할 수 없었다.

"우리 이 어색함을 좀 없애볼까요?" 앨리사가 말했다.

나는 안도의 한숨을 쉬었다. "제발요. 이런 거 정말 싫거든요." 나는 그를 보며 커피를 한 모금 마셨다. 앨리사는 잔을 옆에 내려놓고 아일랜드 조리대 상판을 잡았다.

"어떻게 된 거예요?"

나는 사랑에 푹 빠진 사람처럼 웃지 않으려고 최선을 다하며 고개를 저었다. 앨리사가 나를 나약하다거나 라일에게 무릎 꿇은 바보라고 생각하는 건 원치 않았다. "당신을 알기 전에 라일을 만났어요."

앨리사는 고개를 갸웃했다. "잠깐만요. 우리가 서로 잘 알게 되기 전을 말하는 거예요, 아니면 존재를 알기 전을 말하는 거예요?"

"존재를 알기 전이요." 내가 말했다. "라일과 밤에 잠깐 본 적이 있어요. 당신을 만나기 6개월 전쯤에요."

"잠깐이라고요?" 앨리사가 말했다. "혹시…… 원나잇 같은 건가요?"

"아니에요. 그건 아니에요. 어젯밤이 되기 전까지 키스도 안 한 사이였어요. 모르겠어요. 설명을 못 하겠어요. 정말 오랫동안 이런 식으로 썸을 타다가 결국 어젯밤에 빵 터진 거예요. 그게 다예요."

앨리사는 다시 커피 잔을 들고 천천히 마셨다. 그리고 잠시 바닥을 내려다보았는데 그가 약간 슬퍼 보인다는 것을 눈치채지 않을 수 없었다.

"앨리사? 나한테 화난 거 아니죠?"

그는 곧바로 고개를 저었다. "아니에요, 릴리. 난 그냥……." 그는 다시 커피를 내려놓았다. "난 오빠를 알아요. 그리고 오빠를 사랑하고요. 정말로요. 하지만……."

"하지만 뭐?"

앨리사와 나는 목소리가 들리는 쪽을 보았다. 라일이 팔짱을 끼고 문 앞에 서 있었다. 그는 회색 트레이닝 바지를 골반에 아슬아슬하게 걸치고 있었다. 셔츠는 입지 않았다. **나는 머릿속에 만들어둔 옷차림 목록에 이 옷들을 추가하기로 했다.**

라일은 문을 밀고 주방 안으로 들어왔다. 그는 내게 다가와 손에 든 커피 잔을 가져갔다. 그리고 고개를 숙여 내 이마에 입 맞춘 다음 조리대에 기대서서 커피를 마셨다.

"방해할 생각은 아니었어." 그가 앨리사에게 말했다. "그러니 하던 얘기 얼마든지 계속해."

앨리사는 눈을 치켜뜨고 말했다. "그만해."

라일은 내게 커피 잔을 돌려주더니 돌아서서 머그잔을 하나 가져와 커피 메이커의 커피를 따르기 시작했다. "듣자 하니 릴리에게 경고를 하려는 것 같던데. 네가 무슨 말을 할지 궁금해서 그래."

앨리사는 조리대에서 내려와 머그잔을 가지고 싱크대로 갔다. "오빠, 릴리는 내 친구야. 오빠의 연애 전력이 그렇게 좋은 건 아니잖아." 그는 머그잔을 씻은 다음 싱크대에 기대서서 우리를 보았다. "릴리의 **친구**로서, 그가 데이트하는 남자에 대해 내 의견을 말해줄 권리가 있다고. 그게 친구잖아."

둘 사이의 긴장감이 커지자 나는 갑자기 불편해졌다. 라일은 잔에 따른 커피를 마시지도 않았다. 그는 앨리사를 향해 가더니 커피를 싱크대에 버렸다. 그리고 앨리사 바로 앞에 섰지만 그는 라일을 보지도 않다. "음, **오빠**로서 하는 말인데, 지금보다 날 좀 더 믿어주면 좋겠어. 그게 **남매**잖아."

그는 문을 힘껏 밀어젖히고 주방에서 나갔다. 그가 나가자 앨리사는 깊은 한숨을 쉬었다. 그는 고개를 젓고 양손으로 얼굴을 감쌌다. "미안해요." 그가 애써 미소 지으며 말했다. "난 씻어야겠어요."

"그걸 해주는 사람은 없어요?"

앨리사는 주방에서 나가며 웃음을 터뜨렸다. 나는 싱크대로 가서 내가 마신 머그잔을 씻은 다음 라일의 방으로 갔다. 문을 열자 그는 소파에 앉아서 휴대전화를 보고 있었다. 그는 내가 들어갔는데도 쳐다보지 않았다. 그래서 나는 그가 내게도 화난 줄 알았다. 하지만 잠시 후 그는 휴대전화를 한쪽에 던져놓고 소파에 깊숙이 기댔다.

"이리 와요." 그가 말했다.

그는 내 손을 잡고 끌어당겨서 내가 다리를 벌린 채 그의 무릎 위에 앉게 했다. 그리고 내 입술을 자기 쪽으로 당겨 진하게 키스했는데, 나는 그가 여동생이 틀렸다는 걸 증명하려고 이러는 게 아닌가 싶었다.

라일은 입술을 떼고 천천히 내 몸을 훑어보았다. "내 옷을 입은 당신 모습이 좋아요."

나는 미소 지었다. "그런데 안타깝게도 일하러 가야 해서 계속 입고 있지는 못하겠어요."

그는 내 얼굴에 흘러내린 머리카락을 넘겨주며 말했다. "난 정말 중요한 수술을 앞두고 있어서 그걸 준비해야 해요. 며칠 동안은 당신을 못 볼지도 모른다는 뜻이에요."

나는 실망감을 감추려 했다. 우리가 잘되기를 바라는 그의 마음이 진심이라면 이런 일에 익숙해져야 했다. 그는 자기가 일을 아주 많이 하는 사람이라고 이미 경고했다. "나도 바빠요. 금요일이 정식 개업이니까요."

"금요일이 되기 전에는 만나러 갈게요. 꼭이요." 그가 말했다.

나는 이번에는 숨기지 않고 활짝 웃었다. "좋아요."

그는 내게 다시 키스했다. 이번에는 1분을 꽉 채워서. 그는 나를 소파에 눕히다가 몸을 떼며 말했다. "안 돼. 당신을 너무 좋아하니까 자는 건 안 돼."

나는 소파에 누워서 출근하려고 옷을 갈아입는 그를 바라보았다.

기쁘게도 그는 수술복을 입었다.

8

"얘기 좀 해." 루시가 말했다.

그는 소파에 앉아 있었는데 뺨에 마스카라가 흘러내려 있었다.

아, 망했다.

나는 핸드백을 놓고 황급히 그에게 갔다. 내가 옆에 앉자마자 루시는 울기 시작했다.

"무슨 일이야? 알렉스랑 헤어졌어?"

루시는 고개를 저었고 잠시 후 나는 정말 무서워지기 시작했다.

제발 암이라는 얘기는 하지 마. 나는 그의 손을 잡았고 그제야 그걸 보았다. "루시! 너 약혼했어?"

그는 고개를 끄덕였다. "미안해. 아직 집 임대 계약 기간이 6개월 남은 거 알지만 알렉스가 나랑 같이 살고 싶대."

나는 잠시 루시를 물끄러미 보았다. **그래서 울었다고? 계약 기간이 끝나기 전에 나가고 싶어서?** 그는 휴지를 뽑아서 눈을 꾹꾹 눌렀다. "릴리, 기분이 너무 안 좋아. 네가 혼자 지내게 되잖아. 난 이사 나가고 너한테는 **아무도 없잖아.**"

뭐 이런…….

"루시? 음……. 난 괜찮을 거야. 정말이야."

그는 희망찬 표정으로 나를 보았다. "정말?"

대체 루시는 나에 대해 왜 이렇게 생각하는 걸까? 나는 다시 고개를 끄덕였다. "그럼. 그리고 나 화 안 났어. 정말 잘됐다."

루시는 두 팔을 벌려 나를 껴안았다. "아, 고마워, 릴리!" 그는 눈물 바람을 하다 말고 킥킥거리기 시작했다. 그리고 나를 놓고 벌떡 일어나서 말했다. "가서 알렉스에게 말해야겠다! 네가 계약 기간 전에 나가는 건 안 된다고 할까 봐 걱정했거든!" 루시는 핸드백과 신발을 집어 들고 현관문 밖으로 사라졌다.

나는 소파에 누워서 천장을 멍하니 바라보았다. **방금 날 갖고 논 건가?**

나는 웃기 시작했다. 이 순간이 오고 나서야 비로소 내가 이런 일이 일어나기를 얼마나 기다렸는지 깨달았기 때문이다. **집을 독차지할 수 있다니!**

더 좋은 점은 라일과 자기로 마음먹게 되면 여기서 언제든 잘 수 있고 소리가 날까 봐 걱정할 필요도 없다는 것이다.

라일과 마지막으로 이야기를 나눈 것은 지난 토요일에 그의 아파트를 나설 때였다. 우리는 시험 기간을 갖기로 했다. 아직 사귀는 관계는 아니었다. 우리 둘 다 사귀는 관계를 원하는지 알아보기 위해 관계를 맛보기하는 중이었다. 지금이 월요일 밤인데 나는 그에게 연락이 없어서 좀 실망했다. 토요일에 헤어지기 전에 그에게 내 휴대전화 번호를 알려주었지만 이런 사이, 그러니까 시험 기간을 보내는 사이의 문자 에티켓이 뭔지는 나도 몰랐다.

그럼에도 나는 그에게 먼저 문자 메시지를 보내지는 않았다.

대신 나는 10대 시절의 불안과 엘런 드제너러스로 시간을 보내기로 했다. 같이 자지도 않은 남자의 연락을 기다리기는 싫었다. 하지만 **처음 같이 잔** 남자에 대한 글을 읽으면서 아직 같이 자지 않은 남자 생각을 떨칠 수 있으리라고 생각한 이유도 잘 모르겠다.

엘런에게.

제 증조할아버지 이름은 엘리스예요. 저는 지금껏 그 이름이 나이 많은 남자 이름치고는 정말 멋있다고 생각했어요. 증조할아버지가 돌아가시고 나서 제가 추도사를 읽었어요. 그런데 믿을 수 없게도 엘리스가 본명이 아니었어요. 증조할아버지의 본명이 리바이 샘슨이라는 걸 몰랐어요.

그래서 어쩌다가 엘리스라는 이름으로 불리게 되었는지 할머니께 여쭤보았어요. 할머니 말씀에 따르면 증조할아버지 이름의 머리글자가 'L. S.'라서 오랫동안 모두들 '엘에스'라고 불렀대요. 그러다가 세월이 지나면서 발음이 섞이게 된 것이고요.

그래서 사람들이 증조할아버지를 엘리스라고 부른 거예요.

방금 당신 이름을 보다가 증조할아버지 이름이 생각났어요. 엘런.

이게 본명인가요? 어쩌면 증조할아버지처럼 머리글자를 가명으로 쓰는 것인지도 모르겠네요.

L.N.

저는 다 알고 있다고요. '엘런.'

이름 얘기가 나와서 말인데요, 아틀라스라는 이름이 이상하다고 생각해요? 이상하지 않나요?

어제 아틀라스와 함께 당신 쇼를 보다가 그에게 누가 이름을 지어 줬는지 물어봤어요. 아틀라스는 모른다고 했고요. 저는 아무 생각 없이 왜 이름을 그렇게 지었는지 엄마에게 물어보라고 했어요. 그러자 아틀라스는 잠시 저를 보더니 이렇게 말했어요. "그러기엔 너무 늦었어."

그 말이 무슨 뜻인지 모르겠어요. 엄마가 돌아가셨다는 건지, 엄마가 그를 입양 보냈다는 건지 모르겠더라고요. 이제 그와 친구가 된 지 몇 주나 지났는데도 그에 대해, 왜 그에게 살 곳이 없는지 전혀 몰라요. 그냥 물어보면 되겠지만 아틀라스가 저를 정말 믿는지 아직 모르겠어요. 그는 사람을 잘 믿지 못하는 것 같은데 그게 그의 잘못은 아닌 것 같아요.

아틀라스가 걱정돼요. 이번 주부터 정말 추워졌는데, 다음 주에는 더 추워질 거래요. 전기가 안 들어오면 난방도 안 되는 거잖아요. 담요라도 있어야 할 텐데요. 혹시라도 그가 얼어 죽기라도 하면 얼마나 끔찍할까요? 전 너무너무 괴로울 것 같아요, 엘런.

이번 주에 담요를 좀 찾아서 갖다줘야겠어요.

—릴리

엘런에게.

곧 눈이 올 것 같아서 오늘 텃밭 농작물을 수확하기로 했어요. 순무는 이미 뽑았으니 퇴비를 뿌리고 뿌리 덮개를 씌우려고요. 오래 걸리는 일은 아니지만 아틀라스가 도와주겠다고 고집을 부렸어요.

그는 마당 가꾸는 일에 대해 이것저것 많이 물어봤는데 제가 관심 있는 일에 그도 관심을 보이는 것 같아서 좋았어요. 저는 그에게 눈이 와도 피해가 없도록 퇴비를 뿌리고 뿌리 덮개를 씌워서 땅을 덮는 방법을 알려주었어요. 제 텃밭은 다른 텃밭에 비하면 작아요. 가로세로 3미터 정도 되는 것 같아요. 하지만 뒷마당에서 아빠가 제게 허락한 공간은 이게 전부예요.

제가 잔디밭에 책상다리를 하고 앉아서 지켜보는 동안 아틀라스가 일을 전부 다 했어요. 게으름 피우려고 한 건 아닌데 아틀라스가 다 하고 싶다고 하기에 그러라고 했죠. 그가 정말 열심히 일하는 사람이라는 걸 알 수 있었어요. 계속 바쁘게 일하면 다른 일들을 잊을 수 있어서 그렇게 언제나 저를 도와주고 싶어 한 게 아닐까 하는 생각이 들었어요.

아틀라스는 일을 마치고 제 옆으로 와서 잔디 위에 털썩 앉았어요.

"왜 식물을 기르고 싶어?" 그가 물었어요.

흘끗 보았더니 아틀라스는 책상다리를 하고 앉아서 궁금하다는 듯이 저를 보고 있었어요. 그 순간 저는 그가 지금껏 만난 친구 중 가장 친한 친구일지도 모른다는 걸 깨달았어요. 우리가 서로에 대해 아는 게 거의 없는데도 말이에요. 학교에 친구가 있기는 하지만 그 애들을 집에 데려올 수 없는 분명한 이유가 있어요. 엄마는 아빠와 무슨 일이 생길까 봐, 그래서 아빠의 성격에 대한 말이 밖으로 나갈까 봐 늘 걱정이세요. 그렇다고 제가 다른 친구들의 집에 가본 것도 아니에요. 이유는 모르지만요. 아빠는 제가 친구 집에 가는 게 싫대요. 제가 다른 집에 가서 좋은 남편이 자기 아내를 어떻게 대하는지 볼까 봐 그런 건지도 몰라요. 아빠는 자기가 엄마를 대하는 방식이 다른 집과 똑같다고, 제가 그렇게 믿기를 원하겠죠.

아틀라스는 제가 집에 데리고 온 첫 번째 친구예요. 제가 마당 가꾸는 걸 얼마나 좋아하는지를 아는 첫 번째 친구이기도 하고요. 그리고 방금 왜 마당을 가꾸느냐고 물어본 첫 번째 친구가 되었어요.

저는 그의 질문을 생각하며 손을 뻗어 잡초를 뽑아 잘게 찢었어요.

"열 살 때 엄마가 〈시즈 어나니머스Seeds Anonymous(이름 모를 씨앗들)〉라는 웹사이트를 구독해주셨어." 제가 말했어요. "매달 우편으로 이름이 쓰여 있지 않은 씨앗 꾸러미를 받았는데 씨를 뿌리고 돌보는 방법도 함께 들어 있었지. 싹이 날 때까지 내가 뭘 심었는지 알 수 없었어. 나는 매일 학교가 끝나면 씨앗이 얼마나 자랐는지 보려고 곧장 뒷마당으로 뛰어갔어. 그 덕분에 뭔가 기대할 거리가 생겼지. 식물을 기르는 게 보상처럼 느껴졌어."

아틀라스의 시선이 느껴지는 가운데 그가 물었어요. "뭐에 대한 보상?"

저는 어깨를 으쓱했어요. "내 식물을 제대로 사랑해준 데 대한 보상. 식물은 얼마나 많은 사랑을 쏟았는지에 따라 보상을 줘. 식물을 잔혹하게 대하고 아무것도 주지 않으면 식물도 아무것도 안 줘. 하지만 잘 돌봐주고 제대로 사랑해주면 채소나 과일이나 꽃 같은 선물로 보상하지." 손에 들고 쥐어뜯던 잡초를 내려다보니 풀이 거의 남아 있지 않았어요. 저는 손가락으로 조각을 뭉쳐서 휙 튕겨버렸어요.

아틀라스의 시선이 계속 느껴졌기 때문에 그를 보고 싶지 않았어요. 그래서 뿌리 덮개가 덮인 텃밭을 바라보았어요.

"우린 닮았어." 아틀라스가 말했어요.

저는 그를 휙 쳐다보았어요. "나랑 네가?"

그는 고개를 저었어요. "아니. 식물과 인간이. 식물은 제대로 사랑 받아야 잘 자라잖아. 인간도 그렇고. 우리는 태어날 때부터 부모님의 사랑에 의지해. 우리를 계속 살아 있게 하는 사랑이지. 부모님이 제대로 된 사랑을 주면 우리는 전체적으로 더 나은 인간이 되는 거야. 하지만 방치당하면……."

그는 말끝을 흐렸어요. 슬픈 듯했어요. 그는 무릎에서 흙을 털어냈어요. "그럼 결국 집도 없고 의미 있는 일은 아무것도 할 수 없는 사람이 되지."

그의 말에 제 마음은 뿌리 덮개를 씌운 것처럼 뭔가를 한 겹 뒤집어쓴 것 같아졌어요. 조금 전에 아틀라스가 했던 그거요. 저는 뭐라고 대꾸해야 할지도 모르겠더라고요. 아틀라스가 정말 자기 얘기를 한 걸까요?

그는 일어나려고 했지만, 그 전에 제가 그의 이름을 불렀어요.

그래서 아틀라스는 다시 잔디에 앉았어요. 저는 마당 왼쪽 울타리에 나란히 선 나무들을 가리켰어요. "저기 나무 보여?" 나무 가운데 유독 키가 큰 오크나무가 한 그루 있었어요.

아틀라스는 나무를 흘끗 보더니 꼭대기까지 유심히 보더라고요.

"저 나무는 스스로 자랐어." 제가 말했어요. "대부분의 식물들은 잘 자라려면 보살핌을 많이 받아야 해. 하지만 저 나무처럼 다른 누가 아닌 자신에게만 의지해서 잘 자라는 강인한 식물도 있어."

직접적으로 설명한 게 아니라서 제가 하고 싶은 말을 그가 알아들었을지 모르겠어요. 하지만 그가 삶에 어떤 일이 닥쳐도 살아남을 만큼 강인하다는 걸 알고 있다고 말해주고 싶었어요. 저는 아틀라스를 잘 모르지만 그에게 회복력이 있다는 건 알 수 있어요. 제가 아틀라스와 같은 처지였다고 생각해보면 아틀라스가 저보다 훨씬 나을 거예요.

아틀라스는 나무에서 눈을 떼지 않았어요. 눈도 깜빡이지 않고 한참 쳐다봤죠. 그러다가 마침내 눈을 깜빡이더니 약간 고개를 끄덕하며 잔디를 내려다보았어요. 그의 입가가 실룩대는 걸 보고 찌푸리는 줄 알았는데 그게 아니라 희미하게 미소 짓는 거더라고요.

그 미소를 보자 전 깊이 자다가 갑자기 깬 것처럼 심장이 뛰었어요.

"우린 닮았어." 그는 아까 한 말을 똑같이 말했어요.

"식물과 인간이?"

"아니. 너랑 나."

엘런, 저는 놀라서 헉하고 숨을 들이마셨어요. 아틀라스가 눈치채지 않았기를 바랐지만 누가 봐도 티 나게 공기를 훅 들이마셨죠. 그의 말에 도대체 뭐라고 대답해야 했을까요?

저는 아틀라스가 일어날 때까지 말없이 정말 어색하게 앉아만 있었어요. 그는 집에 갈 것처럼 돌아섰어요.

"아틀라스, 잠깐만."

그는 저를 내려다보았어요. 저는 그의 손을 가리키며 말했어요. "가기 전에 잠깐 씻고 싶을 것 같아서. 퇴비는 소똥으로 만들어."

그는 양손을 들어 보더니 퇴비가 잔뜩 묻은 옷도 내려다보았어요.

"소똥? 진짜?"

저는 썩 웃으며 고개를 끄덕였어요. 아틀라스는 잠시 웃더니 어느새 옆에 주저앉아 저한테 손을 닦더라고요. 그러고는 옆에 있던 자루에 손을 집어넣었다가 도로 제 팔에 문질렀고 그러는 동안 우리 둘다 웃었어요.

엘런, 자신 있게 말하는데요. 이제부터 쓸 문장은 전에는 한 번도 글로 쓰거나 말해본 적이 없는 거예요.

아틀라스가 그렇게 제게 소똥을 묻히는데 저는 태어나서 가장 흥분됐던 것 같아요.

몇 분 뒤에 우리 둘 다 바닥에 누워서 가쁘게 숨 쉬며 계속 웃었어요. 마침내 아틀라스가 일어나서 저를 일으켜주었어요. 부모님이 오시기 전에 씻으려면 시간을 낭비할 수 없다는 걸 안 거죠.

그가 씻는 동안 저는 싱크대에서 손을 씻고 그대로 서서 우리가 닮았다는 그의 말이 무슨 뜻일지 생각했어요.

칭찬이었을까요? 분명 그런 느낌이었어요. 저도 강한 사람이라고 생각한다는 말이었을까요? 저는 스스로 강하다고 느끼지 않을 때가 많거든요. 그 순간, 저는 아틀라스를 떠올리는 것만으로도 나약해진 기분이었어요. 그와 함께 있을 때면 이런 기분이 드는데 이걸 어떻게 해야 할지 모르겠어요.

언제까지 부모님께 아틀라스를 숨겨야 할지도 모르겠고요. 그가 얼마나 오래 그 집에 머무를지도 궁금했어요. 메인주의 겨울은 견딜 수 없이 추워서 난방이 되지 않는 집에서는 버티지 못할 거예요.

담요도 없이 말이에요.

저는 정신을 차리고 눈에 띄는 여분의 담요를 몽땅 챙겼어요. 아틀라스가 씻고 나오면 주려고 했는데 이미 5시가 돼서 그는 황급히 떠났죠.

담요는 내일 줘야겠어요.

—릴리

엘런에게.

해리 코닉 주니어는 정말 웃기더라고요. 당신 쇼에 그가 출연한 적이 있는지 모르겠네요. 인정하긴 싫지만 쇼를 한두 번 놓친 적이 있거든요. 하지만 아직 그가 출연하지 않았다면 꼭 불러야 해요. 혹시 코난 오브라이언이 진행하는 〈레이트 나이트〉 쇼를 본 적이 있나요? 거기 보면 모든 코너에 앤디라는 남자가 소파에 앉아 있거든요. 그것처럼 당신 쇼의 모든 코너에 해리가 앉아 있으면 좋겠어요. 그가 던지는 짧은 농담은 진짜 웃겨서 당신과 둘이 만나면 어마어마할 거예요.

당신에게 고맙다는 말을 하고 싶어요. 당신이 오직 저를 웃게 하려고 텔레비전 쇼를 진행하는 게 아니란 걸 알지만 가끔은 그렇게 느껴져요. 살다 보면 웃거나 미소 짓는 능력을 잃은 듯한 날이 있잖아요. 그때 당신 쇼를 틀면, 텔레비전을 틀 때 기분이 어땠든지 간에 쇼가 끝날 때쯤에는 늘 기분이 좋아져요.

그래서 고마워요.

아틀라스의 근황이 궁금할 테니 바로 얘기할게요. 하지만 먼저 어제 일을 이야기해야겠어요.

엄마는 브라이머 초등학교에서 보조교사로 일하세요. 차를 타고 좀 가야 하기 때문에 5시는 돼야 집에 오시죠. 아빠는 집에서 3킬로미터 정도 떨어진 곳에서 일하시는데 항상 5시가 조금 넘으면 집에 오세요.

우리 집에는 차고가 있지만 아빠 물건이 너무 많아서 차가 한 대밖에 안 들어가요. 차고에는 아빠가 차를 세우고 엄마는 차고 진입로에 세워요.

그런데 어제 엄마가 평소보다 조금 일찍 집에 오셨어요. 아틀라스가 아직 집에 있었고 우리는 당신 쇼의 끝부분을 보고 있었죠. 그때 차고 문 열리는 소리가 들린 거예요. 아틀라스는 뒷문으로 뛰쳐나갔고 저는 황급히 거실을 뛰어다니며 음료수 캔과 간식을 치웠어요.

어제 점심시간 무렵부터 눈이 정말 많이 내리기 시작했어요. 엄마는 차에서 가지고 내릴 물건이 많아서 주방 문으로 물건을 들여놓을 수 있도록 차고에 주차를 한 거죠. 엄마 짐은 일거리와 장 본 식료품이었어요. 엄마가 물건 옮기는 걸 돕고 있는데 아빠가 차고 진입로에 차를 댔어요. 아빠는 엄마가 차고에 차를 세운 것 때문에 화가 나서 경적을 울려댔어요. 눈 때문에 차에서 내리기 싫었나 봐요. 엄마가 물건을 다 내릴 때까지 기다리지 않고 당장 차를 빼길 원하는 이유로 이것 말고는 생각나는 게 없었어요. 생각해보니 왜 아빠가 항상 차고를 차지할까요? 일반적으로 남자들은 사랑하는 여자가 더 안 좋은 곳에 주차하는 걸 원치 않을 텐데 말이죠.

어쨌든 아빠가 경적을 울리기 시작하자 엄마는 잔뜩 겁에 질린 표정이 되더니 제게 엄마가 차를 뺄 동안 꺼내놓은 물건을 전부 식탁으로 옮겨달라고 했어요.

엄마가 밖으로 나갔을 때 무슨 일이 있었는지는 몰라요. 뭔가 부서지는 굉음이 들렸고 엄마의 비명이 들렸죠. 그래서 저는 엄마가 미끄러져 넘어진 줄 알고 차고로 뛰어갔어요.

엘런…… 그 후 무슨 일이 벌어졌는지 자세히 설명하고 싶지는 않아요. 그 일 때문에 아직도 충격이 가시지 않았거든요.

차고 문을 열었는데 엄마가 안 보였어요. 아빠가 차 뒤에서 뭔가를 하는 게 보였죠. 가까이 가서야 왜 엄마가 안 보였는지 알았어요.

아빠가 자동차 후드 위로 엄마를 밀친 채 양손으로 목을 감싸고 있었어요.

엘런, 아빠가 엄마 목을 조르고 있었어요!

이 장면을 생각만 해도 눈물이 날 것 같아요. 아빠는 증오심 가득한 표정으로 엄마를 내려다보며 소리 질렀어요. 자기가 힘들게 일하는 걸 존중해주지 않는다나 뭐라나 하면서요. 아빠가 왜 그렇게까지 화났는지 몰라요. 엄마는 숨 쉬려고 안간힘을 쓰느라 아무 말도 할 수 없었는데 말이에요. 그다음 몇 분은 기억이 흐릿하지만 제가 아빠를 향해 소리 지른 건 기억나요. 저는 아빠 등에 올라타서 머리 옆쪽을 때렸어요.

잠시 후에는 아니었고요.

무슨 일이 일어났는지 자세히는 모르지만 아빠가 저를 내동댕이친 것 같아요. 저는 아빠 등에 올라타 있었는데 어느 순간 바닥에 떨어져 있었고 이마가 말도 안 되게 아팠어요. 엄마는 옆에 앉아서 제 머리를 끌어안고 미안하다고 했어요. 주위를 둘러보았지만 아빠는 보이지 않았어요. 제가 머리를 부딪치고 나서 차를 몰고 나가버렸어요.

엄마는 천 조각을 건네며 머리에서 피가 나니까 대고 있으라고 했어요. 그러더니 저를 부축해서 차에 태운 다음 병원으로 데려갔어요. 병원에 가는 동안 엄마가 제게 한 말은 딱 하나였어요.

"병원에서 왜 다쳤는지 물어보면 빙판에서 넘어졌다고 해."

이 말을 들은 저는 창밖을 보며 울기 시작했어요. 이제 더 이상은 견딜 수 없다고 확신했거든요. 아빠가 절 다치게 했으니 엄마가 아빠를 떠날 줄 알았거든요. 그제야 저는 엄마가 아빠를 절대 떠나지 않으리라는 걸 깨달았어요. 엄청난 패배감을 느꼈지만 너무 무서워서 엄마한테 아무 말도 못 했어요.

저는 이마를 아홉 바늘 꿰맸어요. 머리가 어디에 부딪쳤는지는 아직 모르지만 사실 그건 중요하지 않아요. 제가 아빠 때문에 다쳤는데도 옆에서 저를 보살펴주지 않았다는 게 중요하죠. 아빠는 차고 바닥에 우리 둘을 버리고 떠나버렸어요.

어젯밤 아주 늦은 시간에 집에 돌아온 저는 곧바로 잠들었어요. 병원에서 진통제를 줬거든요.

오늘 아침에 버스를 타러 걸어갈 때에는 아틀라스가 이마를 볼까 봐 그를 똑바로 보지 않으려고 했어요. 상처가 보이지 않도록 머리카락을 고정했기 때문에 그가 곧바로 알아차리지는 못했어요. 우리는 버스에 나란히 앉았고 바닥에 물건을 내려놓는데 손이 서로 부딪혔어요.

엘런, 그의 손은 얼음장 같았어요. 얼음이요.

그제야 저는 어제 그에게 주려고 담요를 꺼내놓았다가 엄마가 예상보다 일찍 오시는 바람에 깜빡하고 주지 못한 게 생각났어요. 차고에서 일어난 일에 생각이 온통 쏠려 있어서 아틀라스를 까맣게 잊어버렸어요. 밤새도록 눈이 와서 꽁꽁 얼어붙었는데 아틀라스는 컴컴한 그 집에 혼자 있었던 거예요. 몸이 얼어붙어서 저는 그가 어떻게 움직이는지조차 모를 정도였어요.

저는 그의 양손을 잡고 말했어요. "아틀라스, 꽁꽁 얼었어."

그는 아무 말도 하지 않았어요. 저는 그의 손을 따뜻하게 하려고 문질렀어요. 그리고 그의 어깨에 머리를 기댔는데 잠시 후 정말 당혹스러운 짓을 했어요. 저는 울기 시작했어요. 원래 잘 울지 않는 편인데 어제 일로 기분이 계속 너무 엉망인 데다가 아틀라스에게 담요 가져다주는 걸 잊었다는 죄책감까지, 이 모든 것이 학교 가는 버스 안에서 한꺼번에 밀려왔어요. 아틀라스는 말이 없었어요. 제 손에서 자기 손을 빼서 그만 문지르도록 한 다음 제 손 위에 자기 손을 포갰어요. 우리는 학교까지 가는 내내 그렇게 서로 머리를 기대고 그의 손이 제 손을 덮은 채 앉아 있었어요.

제 마음이 슬프지 않았다면 다정한 한때였다고 생각했을지도 몰라요.

학교 끝나고 집에 오는 버스에서 결국 아틀라스가 제 머리의 상처를 알아차렸어요.

솔직히 저는 잊고 있었거든요. 학교에서 아무도 상처에 대해 묻지 않았기 때문에 버스에서 그가 옆자리에 앉았을 때 머리카락으로 가릴 생각조차 못 한 거예요. 그는 저를 똑바로 보며 물었어요. "머리는 왜 다쳤어?"

뭐라고 해야 할지 모르겠더라고요. 그래서 그냥 손가락으로 상처를 만지고서 창밖을 내다보았어요. 그에게 거짓말하고 싶지는 않았어요. 그가 왜 집이 없는지 말해주지 않을까 하는 희망을 품고 그에게 더욱 믿음을 주려고 노력 중이었으니까요. 하지만 솔직하게 말하고 싶지도 않았어요.

버스가 움직이기 시작하자 그가 말했어요. "어제 내가 너희 집에서 나오고 나서 너희 집 쪽에서 무슨 소리가 들리던데. 누가 소리를 질렀어. 네 비명이 들렸고 잠시 후에 너희 아버지가 집을 나가시는 걸 봤어. 네가 괜찮은지 확인하려고 너희 집으로 가고 있었는데 걸어가는 동안 네가 어머니 차를 타고 집을 나가는 게 보였어."

아틀라스는 차고에서 싸우는 소리를 들었고 엄마가 저를 데리고 상처를 꿰매러 가는 걸 본 게 틀림없었어요. 그가 우리 집으로 오려고 했다는 사실이 믿기지 않았어요. 아빠가 자기 옷을 입은 아틀라스를 보면 무슨 짓을 할까요? 저는 아틀라스가 너무 걱정됐어요. 그는 아빠가 무슨 짓까지 할 수 있는지 모르는 것 같거든요.

저는 그를 보며 말했어요. "아틀라스, 그러면 안 돼! 부모님이 계실 때 우리 집에 오면 안 돼!"

아틀라스는 아주 조용히 있다가 잠시 후에 말했어요. "릴리, 네 비명 소리를 들었다고." 그는 제가 위험에 처하면 뭐든 할 수 있다는 듯이 말했어요.

저는 기분이 좋지 않았어요. 그가 도와주려 한 것뿐이라는 걸 알지만 그것 때문에 상황이 더 안 좋아질 수 있으니까요.

"넘어졌어." 저는 이렇게 말했어요. 이렇게 말하자마자 거짓말을 해서 기분이 안 좋았어요. 그리고 솔직히 말하자면 아틀라스는 제게 좀 실망한 것 같았어요. 그 순간 우리 둘 다 넘어진 정도로 간단한 일이 아니라는 걸 알았으니까요.

잠시 후 그는 셔츠 소매를 걷고 팔을 내밀었어요.

엘런, 저는 가슴이 철렁했어요. 너무 끔찍했거든요. 그의 팔은 작은 상처투성이였어요. 그중에는 담배로 지진 듯한 상처도 보였어요.

아틀라스는 반대편 상처도 보여주려고 팔을 비틀었어요. "릴리, 나도 많이 넘어졌어." 그러더니 셔츠 소매를 내리고 아무 말도 하지 않았어요.

잠시 동안 저는 그에게 그런 게 아니라고, 아빠가 날 다치게 한 게 아니라 날 떼어내려고 한 것뿐이라고 말하고 싶었어요. 하지만 제가 엄마와 똑같은 핑계를 대고 있다는 걸 깨달았어요.

저는 아틀라스가 우리 집에서 일어난 일을 알고 있다는 사실에 약간 당황했어요. 무슨 말을 해야 할지 몰라서 버스에서 내릴 때까지 계속 창밖만 보았고요.

집에 도착했는데 엄마 차가 있었어요. 물론 차고 진입로에요. 차고 안이 아니고요.

아틀라스가 우리 집에서 저와 함께 당신의 쇼를 볼 수 없다는 뜻이었죠. 저는 그에게 이따가 담요를 갖다주겠다고 말하려 했는데 버스에서 내린 그는 저에게 인사도 하지 않았어요. 화가 난 것처럼 길을 따라 걸어 내려가기만 했어요.

이제 밖이 어두워요. 저는 부모님이 주무시기를 기다리고 있어요. 하지만 조금만 더 있다가 그에게 담요를 갖다줘야겠어요.

—릴리

엘런에게.

지금 이 상황이 감당이 안 돼요.

그러면 안 된다는 걸 알면서도 옳은 일일 수도 있다고 생각하기 때문에 뭔가를 해본 적이 있나요? 어떻게 하면 이 상황을 이보다 더 간단하게 설명할 수 있을지 모르겠어요.

그러니까 저는 열다섯 살밖에 안 됐고 제 방에서 남자와 함께 밤을 보내면 절대 안 된다는 걸 알아요. 하지만 누군가에게 머물 곳이 필요하다는 걸 알면 그 사람을 돕는 게 인간 된 책임 아닐까요?

어젯밤에 부모님이 잠드신 뒤에 저는 아틀라스에게 담요를 갖다주려고 몰래 뒷문으로 나갔어요. 캄캄했기 때문에 손전등을 가져갔죠. 눈이 계속 쏟아졌고 아틀라스가 있는 집에 도착할 때쯤에는 얼어 죽을 것 같았어요. 저는 뒷문을 두드렸고 아틀라스가 문을 열자마자 추위를 피하려고 그를 밀치고 안으로 들어갔어요.

하지만…… 추위를 피할 순 없었죠. 어찌 된 노릇인지 그 낡은 집은 바깥보다 더 추웠어요. 저는 들고 있던 손전등으로 거실과 주방 곳곳을 비춰 보았어요. 엘런, 아무것도 없었어요!

소파도, 의자도, 매트리스도 없었어요. 저는 아틀라스에게 담요를 건네고 계속 주위를 살펴보았어요. 주방 쪽 지붕에 구멍이 크게 나서 바람과 눈이 쏟아져 들어오고 있었어요. 거실을 비춰 보니 한쪽 구석에 아틀라스의 물건이 보였어요. 그의 가방과 제가 준 가방이었어요. 아빠 옷을 비롯해 제가 준 물건들도 조금 쌓여 있었어요. 그리고 바닥에 수건이 두 장 깔려 있었어요. 한 장은 깔고 한 장은 덮는 용도 같았어요.

저는 충격이 너무 커서 손으로 입을 막았어요. 아틀라스는 몇 주

동안이나 이렇게 지냈던 거예요!

그는 제 등에 손을 얹고 저를 밖으로 내보내려 했어요. "릴리, 여기 있으면 안 돼. 난처해질지도 몰라."

바로 그때 저는 그의 손을 잡고 말했어요. "너도 여기 있으면 안 돼." 저는 그를 데리고 현관문으로 나가려 했지만 그는 손을 뺐어요. 그때 저는 이렇게 말했어요. "오늘 밤에는 내 방 바닥에서 자. 방문을 잠그면 돼. 아틀라스, 여기에서 잘 순 없어. 너무 추워서 폐렴에 걸려 죽을 거야."

그는 어쩌해야 할지 모르는 것 같았어요. 분명, 제 방에 있다가 들키는 게 폐렴에 걸려 죽는 것만큼이나 무서웠을 거예요. 그는 거실에 수건을 펴둔 자리를 보더니 딱 한 번 고개를 끄덕이고 말했어요. "알겠어."

엘런, 말해줘요. 어젯밤에 그를 제 방에 데려와 재운 게 잘못한 일인가요? 잘못했다는 생각은 들지 않아요. 옳은 일을 한 것 같아요. 하지만 들키면 분명 무척 곤란해지겠죠. 아틀라스는 바닥에서 잤으니까 제가 그에게 따뜻한 잠자리를 제공한 것뿐, 그 이상은 아니었어요.

어젯밤에 아틀라스에 대해 조금 더 알게 되었어요. 저는 그를 데리고 몰래 뒷문으로 들어와 제 방으로 간 다음, 문을 잠그고 침대 옆 바닥에 그가 누울 자리를 만들어주었어요. 그리고 아침 6시로 알람을 맞추고 그에게 부모님이 일어나기 전에 먼저 일어나서 나가야 한다고 말했어요. 가끔 엄마가 아침에 저를 깨우러 오기도 하거든요.

저는 침대에 누워 있었고 우리가 잠시 이야기를 나누는 동안 아틀라스를 보려고 침대 모서리에 바싹 다가갔어요. 그에게 저 집에 얼마나 오래 있을 생각인지 물어보았는데 그는 모르겠다고 대답하더라고요. 그때 어쩌다가 저 집에 머물게 되었는지도 물어봤어요. 우리는 스탠드를 켜놓은 채 속삭이고 있었는데 제 질문에 아틀라스는 정말 조용해졌어요. 그는 잠시 양손으로 머리를 받치고는 저를 물끄러미 보기만 했어요. 그러고 나서 말했죠. "난 친아빠를 몰라. 나와 상관없는 사람이었어. 언제나 나와 엄마 둘뿐이었는데, 5년 전쯤에 엄마가 날 별로 좋아하지 않는 남자와 재혼했어. 우린 많이 싸웠어. 몇 달 전에 내가 열여덟 살이 되었을 때 우린 아주 크게 싸웠고 그 사람이 날 집에서 쫓아냈어."

아틀라스는 더 이상 말하고 싶지 않다는 듯 숨을 깊이 들이마셨어요. 하지만 잠시 후 다시 이야기를 시작했어요. "그 후로 친구 가족과 함께 지냈는데 그 친구 아빠가 콜로라도주로 전근을 가는 바람에 이사 갔어. 당연히 나는 함께 갈 수 없었고. 걔네 부모님이 함께 가도 된다고 했지만 예의상 한 말이라는 걸 알았어. 그래서 엄마에게 집으로 돌아가겠다고 말했지. 친구네 가족이 떠난 날, 갈 데가 없더라고. 그래서 집에 돌아가서 엄마에게 졸업할 때까지만 함께 지내겠다고 말했어. 하지만 엄마는 날 받아주지 않았어. 새아버지가 화낼 거라면서."

아틀라스는 고개를 돌리고 벽을 보았어요. "그래서 며칠 돌아다니다가 저 집을 본 거야. 상황이 좀 나아지거나 졸업할 때까지 저 집에 있어야겠다고 생각했지. 다가오는 5월에 해병대에 입대하기로 서명했으니까 그때까지만 버티려고."

엘런, 5월이 되려면 6개월이나 남았어요. 6개월.

그가 이야기를 마쳤을 때 제 눈에는 눈물이 고였어요. 저는 왜 누군가에게 도움을 청하지 않느냐고 물었어요. 그가 말하기를, 시도해봤지만 아이가 아니면 성인이 도움을 받기는 더 힘들대요. 그는 이미 열여덟 살이니까요. 누가 도움받을 만한 쉼터 몇 군데의 전화번호를 줬대요. 우리 동네에서 반경 40킬로미터 이내에 쉼터가 세 군데 있지만 그중 두 곳은 매 맞는 여성들을 위한 곳이라고 하더군요. 나머지 한 곳은 노숙인 쉼터지만 자리가 별로 없고 매일 학교에 가야 할 텐데 걸어 다니기에 너무 멀었어요. 입소하려면 한참 기다려야 하기도 했고요. 아틀라스는 그곳에 한 번 들어간 적이 있었는데 쉼터보다 낡은 집이 더 안전하다고 했어요.

저는 순진해빠진 여자애가 이런 상황에서 할 법한 말을 했어요. "그런데 다른 선택권은 없어? 학교 상담 선생님에게 엄마가 한 짓을 말하면 안 돼?"

아틀라스는 고개를 젓더니 나이가 너무 많아서 위탁 가정의 돌봄을 받을 수 없다고 했어요. 그는 열여덟 살이라 집에 돌아오지 못하게 한다고 해서 엄마에게 곤란한 일이 생기지는 않더라고요. 지난주에는 전화로 푸드 스탬프*를 알아봤지만 지정 장소까지 타고 갈 차편이나 교통비가 없다고 했어요. 차가 없으니 당연히 일자리를 구하기도 쉽지 않겠죠. 하지만 아틀라스는 일자리를 찾고 있다고 했어요. 오후에 우리 집에서 나간 뒤에 여러 곳에 가서 지원해보지만 지원서에 적을 주소나 전화번호가 없어서 일자리 구하기가 더 힘들댔어요.

엘런, 정말이지 아틀라스는 제가 한 모든 질문에 대답해줬어요. 그는 지금 상황에서 벗어나려고 온갖 노력을 해봤지만 그와 같은 처지의 사람들을 도와줄 손길이 충분치 않은 것 같았어요. 저는 그의 모든 상황에 너무 화가 났고 군대에 가고 싶어 하다니 미쳤다고 말했어요. 그래서 속삭이지도 않고 이렇게 말해버렸어요. "도대체 왜 널 이런 상황에 몰아넣은 나라를 위해 봉사하고 싶어 하는 거야?"

엘런, 아틀라스가 뭐라고 했는지 알아요? 그는 슬픈 눈빛으로 이렇게 말했어요. "엄마가 내게 조금도 신경 쓰지 않는 건 국가의 잘못이 아니야." 그런 다음 그는 손을 뻗어 스탠드를 껐어요. "잘 자, 릴리."

그러고 나서 저는 잠을 별로 못 잤어요. 너무 화가 났거든요. 누구에게 화가 났는지도 모르면서 말이에요. 저는 우리나라와 전 세계와 사람들이 서로를 위해 더 많은 일을 하지 않는 현실이 얼마나 엉망진

• Food Stamp, 미국의 저소득층 식료품 구입 지원 제도.

창인지 계속 생각했어요. 언제부터 인간이 이렇게 자기 생각만 하게 되었는지 모르겠어요. 어쩌면 늘 이랬는지도 모르죠. 이런 생각을 하다 보니 이 세상에 아틀라스 같은 사람이 얼마나 많을까 싶었어요. 우리 학교에 집 없는 아이들이 또 있지 않을까 하는 생각도 들었고요.

저는 매일 학교에 가서 주로 속으로 불평만 할 뿐 학교가 유일한 집인 아이들이 있을 수 있다는 생각을 한 번도 안 해봤어요. 학교는 아틀라스가 가서 음식을 먹을 수 있는 유일한 곳이었어요.

이제부터 저는 절대 부자들을 존경하지 않을 거예요. 그들이 다른 사람을 돕는 데 돈을 쓰기보다 물질적인 것에 기꺼이 돈을 쓴다는 걸 알았으니까요.

엘런, 기분 나빠하지 말아요. 당신이 부자라는 거 알아요. 하지만 제가 말하는 부자는 당신 같은 사람들이 아니에요. 쇼를 통해서 당신이 다른 사람들을 위해 한 일을 전부 다 봤고 당신이 지원하는 자선단체도 모두 알아요. 하지만 이기적인 부자들이 많다는 것도 알아요. 젠장. 가난하고 이기적인 사람들도 있어요. 이기적인 중산층도 있고요. 우리 부모님을 봐요. 우리는 부자는 아니지만 남을 돕지 못할 정도로 가난하지도 않아요. 그런데도 아빠는 자선단체를 위해 아무것도 한 적이 없는 것 같아요.

언젠가 식료품점에 갔을 때가 생각나네요. 어떤 노인이 구세군 종을 울리고 있었어요. 저는 아빠에게 돈을 내자고 했는데 아빠는 안 된다고, 자기가 힘들게 일해서 번 돈을 거저 줄 수는 없다고 말했어요. 그러면서 다른 사람들이 일하기 싫어하는 게 아빠 잘못은 아니라고도 했죠. 아빠는 식료품점에 있는 내내 사람들이 어떤 식으로 정부를 이용하는지 설명하면서 정부가 이 사람들에게 주는 지원금을 중단하기 전까지는 문제가 결코 사라지지 않을 거라고 말했어요.

엘런, 저는 아빠의 말을 믿었어요. 그게 3년 전이었는데, 저는 지금껏 노숙인들은 게으르거나 마약에 중독됐거나 남들처럼 일하기 싫어서 노숙인이 된 사람들이라고 생각했어요. 하지만 이제 그렇지 않다는 걸 알아요. 물론 아빠 말이 어느 정도는 맞겠지만 아빠는 최악의 상황을 예로 들었어요. 모든 사람이 자기가 원해서 노숙인이 되는 건 아니에요. 그들은 자신에게 돌아올 도움의 손길이 충분치 않아서 노숙인이 되는 거예요.

그리고 아빠 같은 사람들이야말로 문제죠. 남을 돕기보다 사람들이 처한 최악의 상황을 이용해서 자신의 이기심과 탐욕에 핑계를 대잖아요.

저는 절대 그렇게 되지 않을 거예요. 당신에게 맹세해요. 어른이 되면 다른 사람을 돕기 위해 할 수 있는 모든 일을 할 거예요. 엘런, 저는 당신 같은 어른이 될 거예요. 그 정도로 부자가 되지는 못하겠지만요.

—릴리

나는 가슴팍에 일기장을 떨어뜨렸다. 뺨에 눈물이 흐르고 있어서 깜짝 놀랐다. 일기장을 집어들 때마다 괜찮을 거라고, 모두 오래전 일이니까 그때 느꼈던 감정을 지금은 느끼지 않을 거라고 생각했다.

이렇게 바보 같을 수가. 일기를 읽으니 과거의 많은 사람들을 안 아주고 싶은 마음이 들었다. 특히 엄마를 안아주고 싶었는데, 아버지가 돌아가시기 전까지 지난 1년 동안 엄마가 감내해야 했던 그 모든 일들을 한 번도 생각해본 적이 없었기 때문이다. 엄마가 그 일로 아직 마음 아파할 것 같았다.

나는 엄마에게 전화하려고 휴대전화를 들고 화면을 보았다. 라일에게 문자 메시지가 네 개 와 있었다. 이내 가슴이 두근거렸다. **휴대전화를 무음으로 해놓다니!** 잠시 후 나는 이런 나에게 짜증이 나서 눈을 치켜떴다. 이렇게까지 흥분할 일은 아닌데.

📧 라일: 자?
📧 라일: 자는 듯.
📧 라일: 릴리……
📧 라일: ☹

슬픈 표정이 온 게 10분 전이었다. 나는 답을 보냈다. '아니. 안 자.' 10초 뒤에 문자가 왔다.

📧 라일: 다행. 지금 당신 아파트 계단 올라가고 있어. 20초 뒤에 도착.

나는 활짝 웃으며 침대에서 뛰어나갔고 욕실로 가서 얼굴을 확인 했다. **이 정도면 충분히 괜찮군.** 달려가서 현관문을 열자마자 계단 을 올라오는 라일이 보였다. 그는 그야말로 몸을 힘겹게 끌고 계단 을 올랐고 잠시 후 마침내 우리 집 문 앞에 도착하자 걸음을 멈추고 쉬었다. 그는 정말 피곤해 보였다. 눈은 충혈되었고 눈 아래에는 다 크서클이 생겼다. 그는 내 허리를 끌어안아 바싹 당기고는 목덜미 에 얼굴을 묻었다.

"좋은 냄새가 나."

나는 그를 집 안으로 끌어당겼다. "배고파? 먹을 거 만들어줄 수 있는데."

라일은 재킷을 벗으려 씨름하며 고개를 저었다. 그래서 나는 주방으로 가지 않고 침실로 향했다. 그는 나를 따라와서 의자 등받이에 재킷을 던져놓았다. 그리고 발을 차서 신발을 벗은 다음 벽 쪽으로 밀어놓았다.

그는 수술복을 입고 있었다.

"너무 지쳐 보여." 내가 말했다.

그는 미소 지으며 내 허리에 양손을 올렸다. "응. 열여덟 시간짜리 수술에 어시스트로 들어갔거든." 그는 고개를 숙여 내 쇄골의 하트 모양 문신에 입 맞췄다.

녹초가 된 게 당연하지. "그게 가능해? 열여덟 시간이라고?"

라일은 고개를 끄덕인 다음 나를 침대로 데려가서 옆에 눕혔다. 우리는 베개 하나를 같이 베고 서로 마주 보도록 몸을 움직였다. "응, 대단했지. 새로운 수술법을 시도했어. 의학 저널에 이 수술에 대한 논문을 실을 거야. 나도 이름을 올릴 거라 불평하진 않을래. 그냥 너무 피곤해."

나는 고개를 숙여서 그의 입술에 입 맞췄다. 그도 내 얼굴을 잡고 입 맞췄다. "화끈하고 땀에 젖은 섹스를 할 준비가 되었을지 모르지만 오늘 밤에는 기운이 없어. 미안해. 하지만 당신이 보고 싶었고 왠지 당신이 옆에 있으면 더 푹 잘 수 있을 것 같았어. 여기서 자도 괜찮아?"

나는 미소 지었다. "괜찮고말고."

라일은 고개를 숙여 내 이마에 입 맞췄다. 그리고 내 손을 잡더니 맞잡은 손을 우리 사이의 베개 위에 놓았다. 그는 눈을 감고 있었지만 나는 계속 눈을 뜨고 그를 바라보았다. 그의 얼굴은 사람들이 꺼리는 유형이었다. 푹 빠져서 그 안에서 길을 잃을지도 모르기 때문이었다. 그런데 내가 이 얼굴을 항상 보게 되다니! 게다가 내숭 떨면서 시선을 피할 필요도 없었다. 그는 내 거니까.

아마도.

지금은 시험 기간이었다. 그걸 잊지 말아야 했다.

잠시 후 라일은 내 손을 놓고 손가락을 풀기 시작했다. 나는 그의 손을 보며 그렇게 오랫동안 서서 열여덟 시간 내내 소근육을 움직이는 게 어떤 걸까 생각했다. 그 정도로 피곤할 만한 다른 일이 별로 생각나지 않았다.

나는 침대에서 살며시 빠져나와 욕실에서 로션을 가져왔다. 그리고 다시 침대로 가서 라일 옆에 책상다리를 하고 앉았다. 나는 손에 로션을 조금 덜어낸 다음 그의 팔을 내 다리에 올렸다. 그는 눈을 뜨고 나를 올려다보았다.

"뭐 하는 거야?" 그가 중얼거렸다.

"쉿. 다시 자." 나는 양쪽 엄지손가락으로 그의 손바닥을 누른 다음 위쪽으로 움직이며 빙글빙글 돌려 마사지했다. 라일은 눈을 꼭 감고 베개를 벤 채 신음했다. 나는 5분 정도 마사지를 계속한 뒤에 다른 쪽 손으로 옮겨 갔다. 그는 계속 눈을 감고 있었다. 나는 마사지를 끝낸 다음 그를 엎드리게 하고 등에 앉았다. 그는 셔츠를 벗기는 나를 도왔지만 팔이 국수 가락처럼 흐느적거렸다.

나는 그의 어깨와 목과 등과 팔을 마사지했다. 다 끝낸 다음 등에서 내려와 옆에 누웠다.

그의 머리카락 사이에서 손가락을 움직이며 두피를 마사지하고 있는데 그가 눈을 떴다. "릴리?" 그가 진심 어린 눈빛으로 나를 바라보며 속삭였다. "지금껏 내게 일어난 일 중 가장 좋은 일이 당신인 것 같아."

그의 말은 따뜻한 담요처럼 나를 감쌌다. 나는 뭐라고 대답해야 할지 몰랐다. 라일은 손을 들어 내 뺨을 다정하게 감쌌고 나는 그의 시선을 마음속 깊은 곳까지 느꼈다. 그는 천천히 고개를 숙여 내 입술에 자기 입술을 갖다 댔다. 짧은 입맞춤인 줄 알았으나 그는 물러나지 않았다. 그의 혀끝이 내 입술 사이로 미끄러져 들어오자 나는 입술을 살짝 벌렸다. 그의 입술은 너무도 따뜻했고 나는 키스가 깊어지자 신음했다.

그는 나를 똑바로 눕히더니 내 몸을 더듬으며 허리까지 내려갔다. 그리고 손을 허벅지까지 내리며 더 은밀하게 파고들었다. 그가 내게 몸을 밀착하자 내 안에서 열이 솟구쳐 올랐다. 나는 그의 머리카락을 움켜쥐고 귓가에 속삭였다. "충분히 오래 기다린 것 같아. 지금 당장 하고 싶어."

라일은 기운이 새롭게 솟았는지 그야말로 으르렁대며 내 셔츠를 벗기기 시작했다. 손과 신음과 혀와 땀이 간주곡을 연주했다. 나는 마치 처음으로 어른 남자의 손길을 느껴본 것 같았다. 라일을 만나기 전에 만난 몇 명은 모두 초조하게 손을 놀리고 소심하게 입술을 움직이던 어린애들이었다. 하지만 라일은 자신감이 넘쳤다. 그는 정확히 어디를 만져야 하고 정확히 어떻게 키스해야 하는지 알고 있었다.

라일이 내 몸에 온전히 집중하지 않은 유일한 순간은 바닥에 손을 뻗어 지갑에서 콘돔을 낚아챌 때뿐이었다. 이불 속으로 돌아와 콘돔을 착용한 그는 머뭇거리지 않았다. 그는 부끄러워하는 기색 없이 단번에 빠르게 내 안으로 밀고 들어왔고 나는 그의 입술 아래에서 숨을 헐떡였다. 내 몸의 모든 근육이 긴장했다.

그의 입술은 맹렬하고 굶주린 상태로 닿을 수 있는 내 몸의 모든 곳에 입 맞췄다. 나는 너무 아찔해서 그에게 무릎 꿇을 수밖에 없었다. 그의 섹스는 거침없었다. 그는 침대 머리판과 내 머리 사이에 손을 갖다 대고 점점 거세게 밀고 들어왔다. 그럴 때마다 침대가 벽에 부딪쳤다.

그가 내 목덜미에 얼굴을 묻었을 때 나는 손톱으로 그의 등을 꽉 누르고 있었다.

"라일." 내가 속삭였다.

"아, **세상에**." 내가 말했다.

"라일!" 나는 소리를 질렀다.

잠시 후 나는 쏟아져 나오는 모든 소리를 죽이기 위해 그의 어깨로 입을 막았다. 나는 온몸으로 느꼈다. 그 느낌은 머리끝에서 발끝까지 갔다가 다시 올라왔다.

잠시 기절하지 않을까 걱정돼서 그를 감싸고 있던 다리에 힘을 주자 라일의 온몸이 긴장했다. "**아**, 릴리." 그의 몸이 잔물결 일 듯이 떨렸고 그는 마지막으로 한 번 더 밀고 들어왔다. 그는 내 위에 머문 채 신음했다. 그가 사정하며 몸을 움찔하자 내 머리가 베개 위로 떨어졌다.

우리는 1분 동안 꼼짝도 할 수 없었다. 1분이 지나고 나서도 움직이지 않았다. 라일은 베개에 얼굴을 대고 깊은 한숨을 내쉬었다. "난……." 그는 몸을 떼고 나를 보았다. 그의 눈에는…… 내가 모르는 뭔가가 가득했다. 그는 내 입술에 입 맞추고 나서 말했다. "당신이 정말 옳았어."

"뭐가?"

그는 팔꿈치로 바닥을 짚고 천천히 내게서 빠져나갔다. "당신이 경고했잖아. 한 번으로 만족 못 할 거라고. 당신은 마약 같은 사람이라고. 하지만 세상에서 제일 중독성 강한 마약이라곤 안 했잖아."

10

"개인적인 질문 하나 해도 돼요?"

앨리사는 배달 보낼 꽃다발을 마무리하며 고개를 끄덕였다. 개업일까지는 3일이 남았고 하루하루 더욱 바빠졌다.

"뭔데요?" 앨리사가 나를 보며 물었다. 그는 판매대에 기대서 손톱을 물어뜯었다.

"대답하기 싫으면 안 해도 돼요." 내가 말했다.

"음, 질문을 해야 대답을 하든 말든 하죠."

좋은 지적이었다. "당신과 마셜은 자선단체에 기부하나요?"

앨리사는 어리둥절한 표정으로 말했다. "네. 그건 왜요?"

나는 어깨를 으쓱했다. "그냥 궁금해서요. 당신을 평가하려는 건 아니에요. 요즘 어떤 식으로 자선 활동을 시작하는 게 좋을까 생각하고 있거든요."

"어떤 자선 활동이요?" 그가 물었다. "우리 부부는 돈이 좀 생기고 나서 몇 군데 기부를 하고 있어요. 그중에서도 작년에 시작한 곳이 마음에 들더라고요. 다른 나라에 학교를 지어주는 단체예요. 우리는 작년 한 해에만 학교 세 개를 지을 자금을 지원했어요."

내가 그를 좋아하는 데는 이유가 있었다.

"당연히 나한테 그만한 돈은 없지만 뭐라도 하고 싶어요. 뭘 해야 할지는 아직 모르지만요."

"먼저 꽃집을 무사히 개업하고 나서 자선 활동을 생각해보는 게 좋겠어요. 릴리, 꿈은 한 번에 하나씩 이루자고요." 그는 판매대를 지나 쓰레기통을 집어 들었다. 나는 그가 쓰레기봉투를 꺼내서 묶는 것을 지켜보았다. 그러자 문득 궁금해졌다. 뭐든지 해주는 사람들이 있는 앨리사가 왜 쓰레기를 내다 버리고 손을 더럽히는 곳에서 일을 하고 싶어 한 걸까?

"왜 여기에서 일해요?"

앨리사는 나를 흘끗 보고 미소 지었다. "당신이 좋아서요." 하지만 나는 그가 돌아서서 쓰레기를 버리러 가게 뒤쪽으로 가기 전에 그 미소가 눈에서 완전히 사라지는 걸 보았다. 그가 돌아오고 나서도 나는 호기심 어린 눈빛으로 그를 계속 보았다. 그리고 다시 물어보았다.

"앨리사? 왜 여기에서 일하는 거예요?"

앨리사는 하던 일을 멈추고 천천히 숨을 들이마셨다. 내게 솔직하게 말할까 말까 고민하는 듯했다. 그는 다시 판매대로 와서 다리를 꼬고 기대섰다.

"그건 말이죠." 그가 발을 내려다보며 말했다. "난 아기를 가질 수 없기 때문이에요. 우린 2년 동안 노력했지만 아무것도 소용없었어요. 난 집에 들어앉아서 계속 우는 데 지쳤어요. 그래서 바쁘게 집중할 뭔가를 찾기로 결심한 거예요." 그는 똑바로 서서 청바지에 손을 닦았다. "그런데 릴리 블룸, 당신이 계속 날 정말 바쁘게 만들고 있죠." 그는 돌아서서 같은 꽃다발을 다시 매만지기 시작했다. 30분째 손보고 있던 꽃다발이었다. 그는 카드를 집어서 꽃다발에 꽂더니 돌아서서 내게 꽃다발이 꽂힌 꽃병을 건넸다. "그건 그렇고 이 꽃다발은 당신 거예요."

앨리사가 대화 주제를 바꾸고 싶어 하는 것 같아서 나는 일단 꽃다발을 받았다. "무슨 말이에요?"

그는 눈을 치켜뜨며 나를 사무실로 쫓아 보냈다. "카드 보면 알아요. 가서 읽어봐요."

그의 짜증 섞인 반응으로 보아 라일이 보내는 꽃다발인 것 같았다. 나는 활짝 웃으며 사무실로 달려갔다. 그리고 책상에 앉아서 카드를 꺼냈다.

> 릴리,
>
> 금단 현상이 너무 심각해.
>
> —라일

나는 미소 지으며 카드를 봉투에 다시 넣었다. 그리고 휴대전화를 꺼내 꽃다발을 들고 혀를 내민 사진을 찍은 다음 라일에게 문자와 함께 보냈다.

✉ 나: 경고했잖아.

그는 곧장 문자를 확인했다. 나는 그가 답장을 쓰는 동안 화면에 떠다니는 점을 초조하게 지켜보았다.

✉ 라일: 약이 더 필요해. 30분쯤 뒤에 퇴근할 것 같은데. 같이 저녁 먹을까?

✉ 나: 안 돼. 오늘 엄마랑 새로 문 연 레스토랑에 가기로 했어. 엄마는 먹는 걸 정말 좋아하셔. ☹

✉ 라일: 나도 먹는 거 좋아해. 잘 먹기도 해. 어디에 가려고?

✉ 나: 마켓슨에 있는 빕스Bib's라는 곳이야.

✉ 라일: 한 사람 더 앉을 자리가 있으려나?

나는 그의 문자를 잠시 물끄러미 바라보았다. **라일이 우리 엄마를 만나고 싶어 한다고?** 우리는 정식으로 사귀는 사이도 아니었다. 그러니까…… 그가 엄마를 만나는 건 상관없었다. 엄마는 라일을 좋아할 테니까. 하지만 진지하게 사귀는 건 싫다던 사람이 정식으로 사귀기 전에 시험 기간을 갖는 데 동의하더니 이제는 부모님을 만나겠다고? 이 모든 일이 5일 만에 벌어진다고? **맙소사.** 내가 **정말**

마약 같은 사람이긴 한 모양이다.

📧 나: 당연하지. 30분 뒤에 거기서 만나.

나는 사무실에서 나와 곧장 앨리사에게 갔다. 그리고 휴대전화 화면을 그의 얼굴 앞에 들이밀었다. "그 사람이 우리 엄마를 만나고 싶다는데요."

"누구요?"

"라일이요."

"우리 오빠요?" 앨리사는 나만큼이나 충격받은 표정으로 말했다.

나는 고개를 끄덕였다. "당신 오빠가 **우리 엄마**를 만나겠대요."

앨리사는 내 전화기를 들고 문자 메시지를 보았다. "오빠가요? 그 것참, 희한하네요."

나는 그에게서 전화기를 받아 들었다. "힘 나는 말 고마워요."

앨리사는 웃으며 말했다. "무슨 말인지 알잖아요. 다른 사람도 아 니고 우리 오빠라고요. 지금까지 라일 킨케이드가 여자의 부모님을 만난 적은 단 한 번도 없어요."

앨리사의 말을 듣고 있던 나는 웃음이 났지만 문득 라일이 내 기 분을 맞춰주려고 그러는 게 아닐까 하는 생각이 들었다. 내가 진지 하게 사귀는 관계를 원하는 걸 알기 때문에 자신이 원치 않는 일을 하는 것인지도 몰랐다.

하지만 잠시 후 나는 더욱 환하게 웃었다. 좋아하는 사람이 행복해하는 모습을 보기 위해 희생하는 게 정말 중요한 게 아닐까 하는 생각이 들었기 때문이었다.

"오빠가 날 **정말** 좋아하는 게 틀림없어요." 나는 장난스럽게 말하며 앨리사가 웃을 거라는 생각에 그를 보았지만 그의 표정은 진지했다.

앨리사는 고개를 끄덕이며 말했다. "그러게요. 그런 것 같네요." 그는 판매대 아래에서 핸드백을 꺼내며 말했다. "난 퇴근할게요. 어떻게 됐는지 알려줘요, 알겠죠?" 그는 나를 지나갔고 나는 문을 열고 나가는 그를 지켜보았다. 그렇게 오랫동안 문을 멍하니 바라보았다.

앨리사가 나와 라일이 사귈 수도 있다는 사실에 기뻐하지 않는 게 마음에 걸렸다. 그의 이런 반응이 나에 대한 감정과 관련이 있는지 아니면 라일에 대한 감정과 관련이 있는지 궁금했다.

20분 뒤, 나는 '영업 마감'으로 팻말을 뒤집었다. **이제 며칠 안 남았다.** 가게 문을 잠그고 차로 갔는데 차에 누가 기대서 있는 걸 보고 걸음을 멈추었다. 라일이라는 걸 알아보기까지 시간이 약간 걸렸다. 그는 다른 방향을 보며 통화하고 있었다.

레스토랑에서 만나는 줄 알았는데. 하지만 괜찮아.

자동차 열쇠의 버튼을 누르자 차에서 경적 소리가 짧게 울렸고 라일이 돌아보았다. 그는 나를 보고 환하게 웃었다. "네, 저도 그렇게 생각합니다." 그가 전화에 대고 말했다. 그는 내 어깨를 감싸 끌어안고는 머리에 입 맞췄다. "내일 얘기하시죠." 그가 말했다. "아주 중요한 일이 생겨서요."

그는 전화를 끊고 주머니에 전화기를 넣은 다음 내게 키스했다. 만나서 반갑다는 키스가 아니었다. '그동안 잠시도 쉬지 않고 너를 생각했어'라고 말하는 키스였다. 그는 두 팔로 나를 끌어안고 빙빙 돈 다음 차에 기대 세웠다. 그리고 다시 아찔함이 밀려들 때까지 계속 키스했다. 그는 입술을 떼고 나서 감탄하는 눈빛으로 나를 보았다.

"당신의 어떤 점이 날 가장 미치게 하는지 알아?" 그는 미소 짓고 있는 내 입술을 손가락으로 훑었다. "이거." 그가 말했다. "이 입술. 당신 머리카락만큼 붉고 립스틱을 안 발라도 되는 이 입술이 너무 좋아."

나는 활짝 웃으며 그의 손가락에 입 맞췄다. "그럼 우리 엄마를 만났을 때 당신이 어떤 반응을 보일지 잘 봐야겠다. 사람들이 엄마랑 나랑 입술이 똑같다고 하거든."

라일은 입술을 쓰다듬던 손가락을 멈추었다. 그의 얼굴에서 미소가 사라졌다. "릴리. 무슨 생각을……. **그러지 마.**"

나는 웃음을 터뜨리며 차 문을 열었다. "각자 차를 가지고 가야겠지?"

그는 내가 탈 때까지 차 문을 잡아주며 말했다. "난 우버를 타고 왔어. 그러니까 같이 타고 가."

우리가 도착했을 때 엄마는 이미 레스토랑에 도착해서 앉아 있었다. 들어가면서 보니 엄마는 출입문을 등지고 있었다.

나는 레스토랑에 들어서자마자 깊은 인상을 받았다. 따뜻한 느낌의 무채색으로 칠한 벽과 레스토랑 한가운데에 놓인, 실제 크기에 가까운 나무에 시선이 저절로 향했다. 나무는 바닥에 뿌리를 내리고 자라난 것처럼 보여서 원래 있던 나무를 둘러싸고 레스토랑을 설계한 것만 같았다. 라일은 내 허리에 손을 얹고 뒤에 딱 붙어서 따라왔다. 엄마가 앉은 자리에 다다른 나는 재킷을 벗었다. "엄마."

휴대전화를 보던 엄마가 나를 보며 말했다. "오, 왔구나." 엄마는 휴대전화를 핸드백에 넣고 손을 빙 둘러 레스토랑을 가리켰다. "난 이곳이 벌써 마음에 들어. 저 조명 좀 봐." 엄마가 조명을 가리키며 말했다. "꼭 네가 마당에서 기르던 식물처럼 생겼어." 엄마가 라일을 본 건 그때였다. 그는 내가 부스*에 앉는 동안 참을성 있게 옆에 서 있었다. 엄마는 그에게 미소 지으며 말했다. "우선 물 두 잔 주세요."

나는 재빨리 라일을 보았다가 다시 엄마를 보았다. "**엄마**. 저랑 같이 온 사람이에요. 웨이터가 아니라고요."

엄마는 어리둥절한 표정으로 라일을 다시 보았다. 라일은 미소 지으며 손을 내밀었다. "모르고 그러실 수도 있죠. 라일 킨케이드라고 합니다."

———

* booth, 2인 이상이 앉을 수 있는 의자가 바닥에 고정되어 있고 등받이가 높아서 칸막이 역할을 하는 자리. 대개 벽 쪽에 있다.

172

엄마는 우리 둘을 번갈아 쳐다보며 라일과 악수했다. 그는 엄마의 손을 놓고 자리에 앉았다. 엄마는 약간 허둥지둥하며 말했다. "제니 블룸이에요. 만나서 반가워요." 엄마는 다시 나를 보며 한쪽 눈썹을 치켜올렸다. "릴리, 친구니?"

이 순간을 대비하지 않았다니 말도 안 돼. 도대체 라일을 누구라고 소개한단 말인가? 시험 삼아 만나는 사람? **남자 친구**라고 말할 수도, 그렇다고 **친구**라고 말할 수도 없었다. 남자 친구 **후보**는 좀 구닥다리였다.

라일은 내가 말이 없는 걸 알아차리고는 내 무릎에 손을 얹고 안심하라는 듯이 꽉 잡았다. "제 여동생이 릴리의 가게에서 일해요." 그가 말했다. "혹시 앨리사를 만나신 적이 있나요?"

엄마는 몸을 앞으로 숙이면서 말했다. "아! 그럼요! 물론이죠. 듣고 보니 두 사람 무척 닮았군요. 눈이 많이 닮은 것 같아요. 입도 그렇고요."

라일은 고개를 끄덕였다. "둘 다 어머니를 닮았죠."

엄마는 나를 향해 미소 지었다. "릴리도 늘 날 닮았다는 얘기를 듣는답니다."

"그러네요." 라일이 말했다. "입술이 똑같아요. 신기할 정도로요." 내가 웃음을 참으려고 애쓰는 동안 라일이 다시 한번 식탁 아래에서 내 무릎을 힘주어 잡았다. "숙녀분들, 실례지만 화장실에 다녀와야겠어요." 그는 몸을 기울여 내 머리 옆쪽에 입 맞춘 뒤에 일어났다. "웨이터가 오면 저는 그냥 물 달라고 해주세요."

엄마는 걸어가는 라일을 바라보더니 천천히 내게 눈을 돌렸다. 그리고 나와 라일이 앉았던 자리를 차례로 가리켰다. "왜 내가 이 남자 얘길 못 들었을까?"

나는 애매하게 미소 지었다. "그러니까 그게…… 사실 그런 게 아니라……." 우리 상황을 엄마에게 어떻게 설명해야 할지 몰랐다. "라일이 너무 바빠서 아직 같이 보낸 시간이 그렇게까지 많지 않아요. 거의 없다고 봐야죠. 사실 같이 저녁 먹는 것도 오늘이 처음인걸요."

엄마는 눈썹을 치켜올렸다. "정말?" 엄마는 자리에 기대앉으며 말했다. "그 사람은 분명 널 그렇게 대하지 않던데. 그러니까 내 말은 너한테 편하게 애정 표현을 하는 것 같더라고. 만난 지 얼마 안 된 사람이 흔히 하는 행동이 아니었어."

"만난 지 얼마 안 된 건 아니에요. 처음 만날 날부터 따지면 1년 정도 됐어요. 데이트를 한 건 아니지만 같이 보낸 시간도 있긴 했고요. 라일이 많이 바쁘거든요."

"어디에서 일하는데?"

"매사추세츠 종합병원이요."

엄마는 몸을 앞으로 숙였는데 눈이 튀어나올 것 같았다. "릴리!" 엄마가 낮은 소리로 외쳤다. "저 사람 **의사**니?"

나는 웃음이 나는 걸 애써 참으며 고개를 끄덕였다. "신경외과 의사예요."

"음료 주문하시겠어요?" 웨이터가 물었다.

"네." 내가 대답했다. "셋 다……."

잠시 후 나는 입을 꼭 다물었다.

나는 웨이터를 바라보았고 그는 나를 바라보았다. 심장이 튀어나올 것 같았다. 말하는 법이 기억나지 않았다.

"릴리?" 엄마가 말했다. 엄마는 웨이터를 향해 손을 휙 움직였다. "음료 주문을 기다리고 있잖니."

나는 고개를 젓고 더듬더듬 말하기 시작했다. "저…… 저는……. 음……."

"물 세 잔 주세요." 엄마가 더듬거리는 내 말에 끼어들며 말했다. 웨이터는 한참 동안 넋을 놓고 있다가 정신을 차리려는 듯이 메모장을 연필로 톡톡 두드렸다.

"물 세 잔이요." 그가 말했다. "알겠습니다." 그는 돌아서서 갔지만 나는 그를 계속 지켜보았다. 그는 고개를 돌려 흘끔 나를 보고 나서 문을 밀고 주방으로 들어갔다.

엄마가 몸을 숙이며 말했다. "도대체 왜 그래?"

나는 어깨 너머를 가리켰다. "저 웨이터 말이에요." 나는 고개를 저으며 말했다. "정말 똑같이 생겼어요……."

'아틀라스 코리건이랑요'라고 말하려던 찰나 라일이 와서 자리에 앉았다.

그는 엄마와 나를 번갈아 보았다. "무슨 얘기 하고 있었어요?"

나는 고개를 저으며 침을 꿀꺽 삼켰다. **저 사람이 진짜 아틀라스일 리 없잖아.** 하지만 아틀라스의 눈과 입이었다. 그를 본 지 몇 년이

175

나 지났지만 생김새를 절대 잊을 수는 없다. **분명** 아틀라스였다. 나는 그 사람이 아틀라스라는 걸 알았고 그가 날 알아봤다는 것도 알았다. 나와 눈이 마주친 순간…… 그는 귀신을 본 표정이었기 때문이다.

"릴리?" 라일이 내 손을 꼭 잡으며 말했다. "괜찮아?"

나는 고개를 끄덕이고 애써 미소 지은 다음 목소리를 가다듬었다. "응. 당신 얘기를 하고 있었어." 나는 엄마를 흘끗 보며 말했다. "이번 주에 라일이 열여덟 시간짜리 수술에 어시스트로 들어갔어요."

엄마는 흥미롭다는 듯이 몸을 앞으로 숙였다. 라일은 엄마에게 수술 이야기를 했다. 주문한 물이 나왔지만 이번에는 다른 웨이터였다. 웨이터는 우리에게 메뉴판을 보았는지 묻고 나서 주방장 특선 메뉴를 설명했다. 우리 셋은 음식을 주문했고 나는 집중하려고 최선을 다했지만 내 신경은 온통 레스토랑에서 아틀라스를 찾는 데 쏠려 있었다. **마음을 가라앉혀야 해.** 잠시 후 나는 라일에게 몸을 기울이며 말했다. "화장실에 다녀올게."

그는 내가 나갈 수 있도록 자리에서 일어났고 나는 레스토랑을 가로질러 가면서 모든 웨이터의 얼굴을 살폈다. 나는 화장실이 있는 복도로 연결된 문을 밀고 나갔다. 혼자가 되자마자 복도 벽에 등을 기댔다. 그리고 몸을 앞으로 숙여 깊은 한숨을 토해냈다. 잠시 마음을 가다듬고 평정을 되찾은 다음 자리로 돌아갈 생각이었다. 나는 양손으로 이마를 짚고 눈을 감았다.

9년 동안 아틀라스에게 무슨 일이 있었을까 궁금했다. 9년 동안.

"릴리?"

나는 눈을 뜨고 올려다보고서 깜짝 놀라 숨을 들이마셨다. 아틀라스가 과거에서 방금 튀어나온 유령처럼 복도 끝에 서 있었다. 나는 그가 허공에 떠 있는 게 아닌지 확인하려고 발을 살펴보았다.

떠 있지 않았다. 그는 진짜였고 바로 내 앞에 서 있었다.

나는 무슨 말을 해야 할지 몰라서 벽에 계속 딱 붙어 있었다. "아틀라스?"

내가 이름을 말하기가 무섭게 그는 안도의 한숨을 짧게 내쉬더니 성큼성큼 세 걸음을 다가왔다. 어느새 나도 그에게 다가갔다. 우리는 복도 한가운데에서 만나 서로 얼싸안았다. "아니, 어떻게 이럴 수가!" 그가 나를 꼭 안으며 말했다.

나는 고개를 끄덕였다. "그러게. 어떻게 이럴 수가!"

그는 내 어깨에 손을 얹은 채 한 걸음 물러나 나를 보았다. "하나도 안 변했어."

나는 계속 충격에 빠져 한 손으로 입을 막은 채 그를 다시 한번 보았다. 얼굴은 똑같았지만 이제는 내가 알던 깡마른 10대 소년이 아니었다. "너한테는 그 말 못 하겠는데."

아틀라스는 자기 몸을 내려다보더니 웃었다. "그래. 군대에서 8년을 보내면 너도 이렇게 될 거야."

우리 둘 다 너무 놀라서 그 후로 말이 없었다. 그저 믿기지 않는다는 듯이 계속 고개만 저었다. 그가 웃으면 나도 웃었다. 마침내 그가 내 어깨에서 손을 내리고 팔짱을 꼈다. "보스턴에는 어쩐 일이야?"

그가 물었다.

아틀라스는 정말 아무렇지 않게 말했고 나는 그 점이 고마웠다. 그는 오래전에 우리가 보스턴에 대해 나눈 대화를 기억하지 못하는 것 같았고 그 덕분에 나는 그나마 덜 당황했다.

"나 여기 살아." 나는 그의 질문처럼 아무렇지 않은 투로 말하려 애썼다. "파크 플라자에서 꽃집 하고 있어."

아틀라스는 전혀 놀라지 않은 듯이 그럴 줄 알았다는 미소를 지었다. 나는 자리로 돌아가야 한다는 생각에 문 쪽을 보았다. 그는 눈치를 채고 한 걸음 더 물러나서 잠시 내 눈을 바라보았다. 우리 둘 다 지나칠 정도로 말이 없었다. 할 말이 정말 많았지만 둘 다 어디에서부터 시작해야 할지 몰랐다. 잠시 그의 눈에서 웃음기가 사라지더니 문 쪽을 가리켰다. "일행에게 가봐야지." 그가 말했다. "언제 내가 찾아갈게. 파크 플라자라고 했지?"

나는 고개를 끄덕였다.

그도 고개를 끄덕였다.

문이 열리더니 어떤 여자가 아기 손을 잡고 걸어왔다. 그가 나와 아틀라스 사이를 지나가는 바람에 우리 사이는 더 멀어졌다. 나는 문 쪽으로 한 걸음 다가갔지만 아틀라스는 같은 자리에 있었다. 나는 문으로 나가기 전에 그를 보며 미소 지었다. "아틀라스, 이렇게 보니까 정말 좋다."

그는 희미하게 미소 지었지만 눈은 웃지 않았다. "응. 나도, 릴리."

식사하는 동안 나는 말이 별로 없었다. 라일이나 엄마가 눈치채기나 했는지 알 수 없었다. 엄마가 아무 거리낌 없이 라일에게 질문을 퍼붓고 있었기 때문이다. 라일은 퍼붓는 질문에 더할 나위 없이 훌륭하게 대응했다. 그는 아주 예의 바르면서도 사교적으로 엄마를 대했다.

오늘 밤, 뜻밖에 아틀라스를 마주치는 바람에 내 기분이 구겨졌지만 저녁 식사가 끝날 때쯤 라일이 그 주름을 다시 펴주었다.

엄마는 냅킨으로 입을 닦고서 나를 가리켰다. "좋아하는 레스토랑에 추가해야겠어." 엄마가 말했다. "아주 훌륭해."

라일은 고개를 끄덕였다. "저도 그렇게 생각해요. 앨리사를 데려와야겠어요. 새로운 레스토랑에 가는 걸 좋아하거든요."

나는 음식은 정말 맛있었지만 둘 중 어느 한 사람이라도 여기 다시 오는 건 정말 싫었다. "괜찮았어." 내가 말했다.

라일은 당연하다는 듯이 계산을 하더니 엄마를 차까지 배웅해야 한다고 고집했다. 너무나 뿌듯해하는 엄마의 표정만 봐도 밤에 엄마가 전화로 라일 얘기를 할 거라는 걸 이미 알 수 있었다.

엄마가 가고 나서 라일은 나를 차로 데려다주었다.

"난 우버를 불렀으니 가는 길에 날 집에 내려주지 않아도 돼. 키스할 수 있는 시간이……." 그는 휴대전화를 보았다. "1분 30초쯤 남았군."

나는 웃음을 터뜨렸다. 그는 나를 안고 먼저 목에, 그다음에 뺨에 입 맞췄다. "당신 집으로 가고 싶지만 내일 아침 일찍 수술이 있어서.

내가 당신 품에 있느라 밤새지 않으면 환자가 분명 고마워할 거야."

나는 그가 집에 오지 않는다는 사실에 실망과 안도를 동시에 느끼며 그에게 입 맞췄다. "며칠 뒤면 정식 개업이야. 나도 좀 자야겠어."

"다음 쉬는 날이 언제야?" 그가 물었다.

"없어. 당신은?"

"나도 없어."

나는 고개를 저었다. "망했네. 무리한 야망과 성공이 우리 둘 사이를 가로막고 있어."

"그럼 여든 살이 될 때까지 만난 지 얼마 안 된 커플처럼 설레겠군." 그가 말했다. "금요일에 정식 개업할 때 갈게. 그날 넷이 근사한 데 가서 축하하자." 차 한 대가 옆에 와서 서자 라일은 내 머리카락을 감싸고 작별 키스를 했다. "그건 그렇고 어머니 정말 좋으시더라. 같이 저녁 먹게 해줘서 고마워."

그는 뒷걸음질로 걸어가서 차에 탔다. 나는 주차장을 빠져나가는 차를 보았다.

저 남자 참 호감 간단 말이지.

나는 미소 지으며 차를 향해 돌아섰지만, 그를 보자마자 가슴을 쓸어내렸다.

내 차 뒤에 아틀라스가 서 있었다.

"미안해. 놀라게 하려던 건 아니었어."

나는 숨을 내뱉었다. "아, 놀랐어." 나는 차에 기댔고 아틀라스는 1미터쯤 떨어진 그 자리에 계속 서 있었다. 그는 거리를 내다보며 물었다. "그래, 저 운 좋은 남자는 누구야?"

"그 사람은……." 내 목소리가 흔들렸다. 이 모든 상황이 너무 이상했다. 계속 가슴이 조이고 배 속이 떨렸는데 라일과 키스한 느낌이 남아서인지 아틀라스가 나타나서인지 분간할 수 없었다. "그 사람은 라일이야. 1년 전쯤 만났어."

나는 우리가 그렇게 오래전에 만났다고 말한 걸 이내 후회했다. 라일과 내가 오랫동안 사귄 것처럼 들릴 수도 있었다. 우리는 아직 정식으로 사귀는 사이도 아닌데. "넌 어때? 결혼은 했어? 여자 친구는?"

아틀라스가 시작한 대화를 이어가려고 한 질문인지, 정말 궁금해서 한 질문인지 알 수 없었다.

"사실 나도 있어. 이름은 캐시야. 이제 만난 지 1년쯤 됐고."

마음이 아렸다. 나는 마음이 아린 느낌이었다. **1년이라고?** 나는 가슴에 손을 얹고 고개를 끄덕였다. "잘됐네. 행복해 보여."

행복해 보이나? 모르겠다.

"응. 음…… 릴리, 널 만나게 돼서 정말 기뻐." 그는 돌아서서 가는가 싶더니 뒷주머니에 손을 넣은 채 휙 돌아서 나를 다시 보았다. "내가 하려는 말은…… 널 1년 전에 만났다면 정말 좋았을 거야."

그의 말을 들은 나는 움찔했지만 겉으로 드러내지 않으려 애썼다. 아틀라스는 돌아서서 레스토랑을 향해 걸어갔다.

나는 더듬더듬 자동차 열쇠를 찾아서 잠금장치 버튼을 눌렀다. 차에 타서 문을 닫고는 핸들을 잡고 잠시 앉아 있었다. 이유는 모르겠지만 뺨을 타고 굵직한 눈물이 흘러내렸다. 굵직하고 애처롭고 '도대체 이 축축함은 뭐란 말인가?' 싶은 눈물이었다. 나는 눈물을 닦고 시동을 걸었다.

아틀라스를 만나고 나서 이 정도로 마음이 아플 줄은 몰랐다.

하지만 잘된 일이다. 이런 일이 일어난 데는 이유가 있다. 라일에게 마음을 주려면 아틀라스에 대한 마음에 마침표를 찍어야 했는데 오늘 일이 일어나기 전까지는 그렇게 하지 못했던 것 같다.

잘된 일이다.

그런데 난 울고 있었다.

하지만 나아질 것이다. 새로 한 겹 덧씌울 준비를 하기 위해 옛 상처를 치유하는 것, 이것이 인간의 본성이다.

그뿐이었다.

$$11$$

나는 침대에 웅크린 채 일기장을 바라보았다. 거의 다 읽었고 몇 권 남지 않았다. 나는 일기장을 집어 들어 옆에 있는 베개에 올려놓 았다.

"널 읽지 않을 거야." 내가 속삭였다. 하지만 남은 걸 읽게 된다면 끝까지 읽을 생각이었다. 오늘 저녁에 아틀라스를 만나서 그에게 여자 친구와 직업이 있다는 걸, 그리고 집도 있을지 모른다는 걸 알 게 되었다. 이 정도면 그를 향한 마음에 마침표를 찍기에 충분했다. 이 상태에서 저 망할 일기장을 마저 다 읽고 나면 구두 상자에 넣고 다시는 펼쳐보지 않을 수 있을 것 같았다.

결국 나는 일기장을 들고 누웠다. "엘런 드제너러스, 당신 **정말** 재 수 없어요."

엘런에게.

"그냥 계속 헤엄치는 거야."

엘런, 이 말 뭔지 알겠어요? 〈니모를 찾아서〉에서 도리가 말린에게 한 말이에요.

"그냥 계속 헤엄쳐, 계속, 계속."

만화를 아주 많이 좋아하지는 않지만 이건 추천해요. 저는 웃기면서도 뭔가 느끼게 해주는 만화를 좋아해요. 오늘 이후로 이 만화를 좋아하게 됐어요. 요즘 물속으로 가라앉고 있는 듯한 기분이었거든요. 가끔은 그냥 계속 헤엄쳐야 한다는 걸 일깨워주는 게 필요해요.

아틀라스가 아팠어요. 아주 많이.

요 며칠 계속 제 방 창문으로 몰래 들어와 방바닥에서 자고 갔는데요. 어젯밤에는 그를 보자마자 뭔가 일이 생겼다는 걸 알겠더라고요. 어제가 일요일이라서 토요일 밤 이후로 그를 못 봤는데 꼴이 말이 아니었어요. 눈은 충혈되었고 피부는 창백했고 추운데도 머리카락이 땀에 젖어 있었어요. 저는 괜찮냐고 물어보지도 않았어요. 괜찮지 않다는 걸 이미 알았으니까요. 이마를 짚어보니 너무 뜨거워서 하마터면 엄마를 소리쳐 부를 뻔했어요.

아틀라스가 말했어요. "릴리, 괜찮아질 거야." 그는 바닥에 이불을 펴기 시작했어요. 저는 잠깐 기다리라고 한 다음 주방으로 가서 물을 한 잔 따라 왔어요. 선반에서 약도 찾았어요. 감기약이었는데 그가 어디가 아픈지도 몰랐지만 어쨌든 갖다 먹였어요.

아틀라스는 몸을 잔뜩 웅크리고 바닥에 누워 있다가 30분쯤 지나서 말했어요. "릴리, 나 쓰레기통이 필요할 것 같아."

저는 벌떡 일어나서 책상 밑에 있던 쓰레기통을 가져왔어요. 쓰레기통을 가져와서 그의 앞에 무릎을 꿇고 앉자마자 그는 몸을 숙이고 토하기 시작했어요.

세상에, 그가 너무 안쓰러웠어요. 이렇게 아픈데 욕실도 침대도 집도 엄마도 없잖아요. 그에게는 저뿐인데 저는 뭘 어떻게 해줘야 할지도 몰랐어요.

아틀라스가 다 토하고 나자 저는 그에게 물을 좀 마시게 한 다음 침대에 누우라고 했어요. 그는 싫다고 했지만 저는 굽히지 않았어요. 저는 침대 옆 바닥에 쓰레기통을 놔두고 그를 침대로 옮겼어요.

몸이 너무 뜨겁고 심하게 떨어서 그를 바닥에 두기가 겁났어요. 저는 옆에 누워 있었는데 그 후 여섯 시간 내내 아틀라스는 점점 안 좋아졌어요. 저는 계속 쓰레기통을 욕실로 가져가 비워야 했어요. 솔직히 구역질 났어요. 평생 가장 구역질 나는 밤을 보냈지만 이것 말고 제가 뭘 할 수 있었겠어요? 아틀라스에게는 도움을 줄 누군가가 필요했고 그에게는 저뿐이었어요.

오늘 아침, 아틀라스가 우리 집에서 나갈 시간이 됐을 때 그에게 집에 돌아가 있으면 학교 가기 전에 들르겠다고 말했어요. 그에게 제 방 창문을 기어 나갈 기운이 남아 있다는 게 놀라웠어요. 저는 침대 옆에 쓰레기통을 두고 엄마가 깨우러 오기를 기다렸어요. 방에 들어온 엄마는 쓰레기통을 보자마자 제 이마를 손으로 짚었어요. "릴리, 괜찮니?"

저는 신음하며 고개를 저었어요. "아니요. 아파서 밤새 깨어 있었어요. 지금은 괜찮은 것 같지만 잠을 못 잤어요."

엄마는 쓰레기통을 집어 들며 저에게 누워 있으라고, 학교에 전화해서 못 간다고 알리겠다고 했어요. 엄마가 출근하신 뒤에 저는 아틀라스에게 가서 그를 데려왔고 하루 종일 집에서 함께 있을 수 있다고 말했어요. 그가 계속 아파서 저는 그를 제 방에서 재웠어요. 그리고 30분마다 확인했는데 점심시간 즈음이 되자 드디어 토하기를 멈췄어요. 그는 일어나서 씻었고 저는 수프를 끓여주었어요.

아틀라스는 수프를 먹을 기운도 없었어요. 저는 담요를 가져왔고 둘이 그걸 덮고 소파에 앉았죠. 언제부터 그에게 바싹 달라붙을 정도로 편안해졌는지는 몰라도 바로 이거라는 느낌이었어요. 잠시 후 아틀라스가 고개를 약간 기울이더니 제 어깨와 목 사이의 쇄골에 입술을 댔어요. 짧은 입맞춤이었고 그가 연애 감정으로 그런 건 아니라고 생각했어요. 말없이 고맙다는 표시를 한 거라고 생각했죠. 하지만 그 일 때문에 저는 온갖 감정에 휩싸였어요. 몇 시간이 지난 지금도 손가락으로 계속 쇄골을 만지고 있어요. 그 느낌이 생생해서 말이에요.

엘런, 오늘이 아틀라스에게는 생애 최악의 날일지도 모른다는 거 알아요. 하지만 저에겐 좋은 날이 되었어요.

그래서 기분이 씁쓸해요.

우리는 〈니모를 찾아서〉를 봤는데 말린이 니모를 찾다가 몹시 좌절하는 장면이 나왔어요. 그때 도리가 이렇게 말했어요. "사는 게 힘들 때 뭘 해야 하는지 알고 싶어? …… 그냥 헤엄치는 거야. 그냥 헤엄쳐. 그냥 헤엄치라고. 계속, 계속."

도리가 이렇게 말할 때 아틀라스가 제 손을 잡았어요. 남자 친구가 여자 친구 손을 잡듯이 잡은 건 아니었어요. 만화 속 등장인물이 우리 같다고 말하는 듯이 꼭 잡았죠. 그는 말린이고 제가 도리였어요. 저는 그가 헤엄치도록 도왔고요.

"그냥 계속 헤엄치는 거야." 저는 그에게 이렇게 속삭였어요.

— 릴리

엘런에게.

저는 겁이 나요. 너무 겁이 나요.

아틀라스를 많이 좋아해요. 같이 있을 때에도 온통 아틀라스 생각뿐이고 떨어져 있을 때에는 그가 걱정돼 죽겠어요. 제 삶은 그를 중심으로 돌아가요. 그게 좋지 않다는 건 저도 알아요. 하지만 어쩔 수 없어요. 어떻게 해야 할지 모르겠어요. 게다가 이제 그는 떠날지도 모르는데요.

어제 아틀라스는 〈니모를 찾아서〉를 다 보고 집으로 돌아갔다가 부모님이 잠든 뒤 다시 제 방 창문으로 몰래 들어왔어요. 전날에 그는 아파서 제 침대에서 잤죠. 그러면 안 된다는 걸 알면서도 저는 침대에 들어가기 직전에 그의 담요를 세탁기에 넣었어요. 그는 담요가 어디 있는지 물었어요. 저는 담요를 깨끗하게 빨고 싶었다고, 그래야 다시 병에 걸리지 않는다고 둘러대며 침대에서 자야 한다고 말했어요.

잠깐이었지만 그는 창문으로 나가서 돌아가려고 하는 듯했어요. 하지만 잠시 후 창문을 닫고 신발을 벗더니 침대로 와서 제 옆에 누웠어요.

아틀라스는 더 이상 아프지 않았지만 그가 옆에 눕자 저는 속이 울렁거려서 병이 날 것만 같았어요. 하지만 아픈 건 아니었어요. 그가 다가올 때면 언제나 울렁거렸거든요.

침대에 누워 서로 마주 보고 있는데 그가 말했어요. "넌 언제 열여섯 살이 되는 거야?"

"두 달 뒤에." 제가 속삭였어요. 그냥 서로 바라보기만 했는데도 제 심장은 점점 빨리 뛰었어요. "넌 언제 열아홉 살이 되는데?" 저는 그가 거세게 뛰는 심장박동을 듣지 못하게 하려고 애써 대화를 이어 갔어요.

"10월이 돼야 해." 그가 말했어요.

저는 고개를 끄덕였어요. 그가 왜 제 나이를 알고 싶어 하는지, 열다섯 살에 대해 어떻게 생각하는지 궁금했어요. 그는 저를 어린애로 보는 걸까요? 여동생으로요? 저는 곧 열여섯 살이 되는데 두 살 반의 나이 차는 그리 나쁘지 않잖아요. 물론 열다섯 살과 열여덟 살이라고 하면 차이가 좀 나 보일 수도 있지만요. 하지만 제가 열여섯 살이 되면 두 살 반 나이 차를 심각하게 생각하는 사람은 아무도 없을 거라고 장담해요.

"할 말이 있어." 아틀라스가 말했어요.

저는 그가 무슨 말을 할지 몰라서 숨을 죽였어요.

"오늘 외삼촌이랑 연락이 됐어. 전에 보스턴에서 엄마랑 외삼촌이랑 같이 살았거든. 외삼촌이 출장에서 돌아오는 대로 같이 지내자고 했어."

그 순간 정말 잘됐다는 생각이 들어야 했어요. 미소 지으며 축하한다고 말해야 했어요. 하지만 저는 실망감에 눈을 감았어요. 열다섯 살이 얼마나 철없는 나이인지 느낀 순간이었죠.

"그럴 거야?" 제가 물었어요.

아틀라스는 어깨를 으쓱했어요. "모르겠어. 너랑 먼저 얘기해보고 싶었어."

침대에서 그는 저와 아주 가까이에 있었어요. 따스한 숨결이 느껴질 정도였죠. 박하향 같은 냄새가 났는데 그가 여기 오기 전에 생수로 양치질을 하고 온 게 아닐까 생각했어요. 그가 집에 갈 때마다 생수를 잔뜩 줬었거든요.

저는 손을 베개에 올리고 튀어나온 깃털을 뽑기 시작했어요. 모두 뽑고 나서는 손가락 사이에 넣고 뭉쳤어요. "아틀라스, 무슨 말을 해야 할지 모르겠어. 네게 머물 곳이 생긴 건 좋아. 하지만 학교는 어쩌고?"

"거기서 마저 다녀야지." 그가 말했어요.

저는 고개를 끄덕였어요. 아틀라스는 이미 마음을 먹은 것 같았어요. "언제 가려고?"

보스턴이 얼마나 먼지 궁금했어요. 아마 몇 시간 걸리겠지만 차가 없으면 세상 멀게 느껴지겠죠.

"가는 게 맞는지 확신이 안 서."

저는 깃털 뭉치를 베개에 놓고 손을 내렸어요. "왜 망설이는데? 외삼촌이 같이 지내자고 했다면서. 좋은 거 아니야?"

아틀라스는 입을 굳게 다문 채 고개를 끄덕였어요. 잠시 후 그는 제가 만지작거리던 깃털을 집어서 손가락으로 비비기 시작했어요. 그리고 다시 베개 위에 놓더니 뜻밖의 행동을 했어요. 그는 손가락 으로 제 입술을 어루만졌어요.

세상에나, 엘런. 그때 저는 그 자리에서 죽는 줄 알았어요. 한꺼번 에 그렇게 여러 가지 감각을 느껴본 건 처음이었어요. 그는 잠시 손 가락을 제 입술에 대고 있다가 말했어요. "릴리, 고마워. 전부 다." 그는 손을 올려 제 머리를 쓰다듬더니 고개를 숙여 이마에 입 맞췄어 요. 저는 숨쉬기가 너무 힘들어서 입을 벌리고 공기를 들이마셔야 했어요. 그의 가슴팍이 저만큼이나 격렬하게 움직이는 게 보였어요. 그는 저를 내려다보았는데 그의 시선이 곧바로 제 입술로 향했어요. "키스해본 적 있어?"

저는 고개를 젓고 그를 향해 얼굴을 들었어요. 당장 그가 키스하 지 않으면 숨을 쉴 수 없을 것 같았거든요.

잠시 후 아틀라스는 제가 달걀 껍데기로 만들어지기라도 한 것처 럼 조심스레 입술을 갖다 대고 그대로 있었어요. 저는 뭘 어떻게 해 야 할지 몰랐지만 그런 건 상관없었어요. 밤새도록 입술을 움직이지 않고 그대로 있는데도 상관없었어요. 그게 전부였어요.

아틀라스의 입술이 제 입술을 덮고 있는 동안 그의 손이 떨리는 게 느껴졌어요. 저는 그가 하는 걸 따라서 입술을 움직이기 시작했어요. 그의 혀끝이 제 입술을 스치자 눈이 머릿속으로 쑥 들어갈 것만 같았어요. 그가 다시 그렇게 했고, 잠시 후 세 번째로 그의 혀끝이 입술을 스친 뒤에 저도 똑같이 따라 했어요. 혀가 처음으로 만난 순간 저는 희미하게 미소 지었어요. 첫 키스에 대해 많이 생각했거든요. 어디에서 누구랑 할지 말이에요. 하지만 이런 느낌일 거라고는 전혀 상상하지 못했어요.

아틀라스는 저를 똑바로 눕히더니 제 뺨을 감싸고 계속 키스했어요. 마음이 편해지자 기분이 점점 좋아졌어요. 그가 잠시 입술을 떼고 저를 바라보았다가 다시 더욱 격렬하게 키스하던 순간이 정말 좋았어요.

얼마나 오랫동안 키스했는지 모르겠어요. 아주 오랫동안이었어요. 입술이 약간 쓰라리고 눈을 뜨고 있을 수 없을 정도로 긴 시간이었어요. 둘 다 잠들고 나서도 그의 입술이 제 입술과 닿아 있는 것 같았어요.

보스턴 이야기는 다시 하지 않았어요.

그래서 그가 떠날지 안 떠날지는 아직 몰라요.

— 릴리

엘런에게.

당신에게 사과해야겠어요.

당신에게 편지를 쓴 지 일주일이 지났고 당신 쇼를 본 지도 일주일이 지났어요. 걱정 마세요. 녹화는 매일 하고 있으니 시청률에는 지장 없을 거예요. 하지만 우리는 매일 버스에서 내려 아틀라스가 재빨리 씻고 나면 키스를 했어요.

매일이요.

정말 굉장해요.

그는 어떤지 모르지만 저는 그와 함께 있는 게 정말 편안해요. 아틀라스는 정말 다정하고 배려심이 있어요. 제가 불편해하는 행동은 절대 하지 않는데 지금까지는 제가 불편해하는 행동 비슷한 것조차 한 적이 없어요.

여기에 어디까지 이야기해야 할지 모르겠네요. 당신과 나는 직접 만난 적이 없으니까요. 하지만 이건 얘기해야겠어요. 아틀라스가 제 가슴이 어떤 느낌일지 궁금해한 적이 있는데요······. 이제는 알아요.

저는 사람들이 누군가를 이렇게 많이 좋아하면서 어떻게 매일 할 일을 다 하고 지내는지 도무지 이해할 수가 없어요. 마음대로 할 수만 있다면 저는 하루 종일 밤낮으로 키스하고 중간에 잠깐씩 이야기하는 것 말고는 아무것도 하지 않을 거예요. 아틀라스가 웃기는 이야기를 해줬어요. 그리 자주 있는 일이 아니기 때문에 저는 그가 수다쟁이일 때가 좋아요. 하지만 손은 아주 많이 사용해요. 자주 웃기도 하고요. 저는 그의 키스보다 미소가 더 좋아요. 가끔은 그에게 웃지도 말고 키스하지도 말고 아무 말도 하지 말고 입 다물고 가만히 있으라고 할 때가 있어요. 그냥 가만히 그를 보고 싶어서요. 그의 눈을 보는 게 좋아요. 눈동자가 어찌나 새파란지 방 건너편에 서 있는 사람도 그의 눈이 얼마나 파란지 알 수 있을 정도예요. 키스할 때 가끔 딱 하나 안 좋은 게 있는데 그가 눈을 감는다는 거예요.

그리고 아직요. 보스턴 이야기는 아직 하지 않았어요.

—릴리

엘런에게.

어제 오후에 버스를 타고 오는데 아틀라스가 제게 키스했어요. 이제 키스를 하도 많이 해서 새로울 건 없었지만 사람들이 있는 데서 키스한 건 처음이었어요. 둘이 같이 있으면 다른 건 전부 희미하게 사라지는 것 같아서 다른 사람이 볼 수 있다는 생각을 못 한 것 같아요. 하지만 케이티가 봤어요. 그 애는 우리 뒷자리에 앉아 있었는데 아틀라스가 제게 몸을 기울여 키스하자마자 '윽, 토 나와'라고 말하는 걸 들었어요.

케이티는 옆에 앉은 여자애랑 이야기하면서 이렇게 말했어요. "릴리가 저 남자가 손대는 걸 허락하다니 믿을 수 없어. 저 사람은 거의 매일 같은 옷을 입잖아."

엘런, 저는 정말 화가 났어요. 아틀라스를 그렇게 말하다니 기분이 너무 나빴고요. 그가 입술을 뗀 걸 보면 케이티의 말이 신경 쓰이는 것 같았어요. 저는 알지도 못하는 사람을 제멋대로 판단하지 말라고 케이티에게 소리치려고 뒤돌아보려 했지만 아틀라스가 제 손을 잡으며 하지 말라고 고개를 저었어요.

"릴리, 그러지 마."

그래서 안 했어요.

하지만 버스를 타고 오는 내내 정말 화가 났어요. 케이티가 자기보다 못하다고 생각하는 사람에게 상처 주려고 그렇게 상대를 무시하는 말을 했다는 게 화가 났어요. 그리고 아틀라스가 그런 말에 익숙한 것 같아 보여서 마음이 아팠어요.

그가 저에게 키스하는 걸 누가 봤다는 이유로 제가 창피해했다고 생각하는 건 원치 않았어요. 저는 그들보다 아틀라스를 잘 알아요. 그가 어떤 옷을 입든, 우리 집에서 씻기 전에 냄새가 나든 안 나든, 정말 좋은 사람이라는 걸 알아요.

저는 몸을 기울여 그의 뺨에 입 맞춘 다음 어깨에 머리를 기댔어요. "그거 알아?" 제가 말했어요.

아틀라스는 제 손가락에 자기 손가락을 슬며시 끼우고 손을 꽉 잡았어요. "뭐?"

"넌 내가 제일 좋아하는 사람이야."

그가 약간 웃는 게 느껴져서 저도 웃음이 났어요.

"얼마나 많은 사람들 중에?"

"전부 다."

그는 제 머리에 입 맞추고 말했어요. "릴리, 너도 내가 제일 좋아하는 사람이야. 지금까지 만난 모든 사람 중에."

버스가 우리 동네에 도착해서 내릴 때까지도 아틀라스는 제 손을 놓지 않았어요. 그가 앞에서 걷고 제가 뒤에서 걸었기 때문에 그는 제가 돌아보며 케이티에게 손가락으로 욕하는 걸 보지 못했어요.

그러지 말았어야 했는지도 모르지만 케이티의 표정을 보니 그럴 가치가 있었어요.

우리 집에 도착하자 그는 제 손에서 열쇠를 가져가 현관문을 열었어요. 그가 이제 아주 편안하게 우리 집에 있는 걸 보자 기분이 묘했어요. 그는 집으로 들어가 문을 잠갔어요. 그때 우리는 전기가 들어오지 않는다는 걸 알았어요. 창밖을 보니 길 아래쪽에서 작은 트럭이 전선에 뭔가를 하고 있더라고요. 곧 당신 쇼를 볼 수 없다는 뜻이었죠. 저는 그렇게까지 짜증 나지는 않았어요. 그럼 한 시간 반 동안 키스할 수 있으니까요.

"너희 집 오븐은 가스로 작동해, 아니면 전기로 해?"

"가스." 저는 그가 오븐에 대해 물어봐서 약간 어리둥절했어요.

그는 (원래 우리 아빠가 신던 낡은) 신발을 벗고 주방으로 갔어요. "내가 뭘 만들어줄게."

"요리할 줄 알아?"

그는 냉장고를 열고 물건을 이리저리 옮기기 시작했어요. "그럼. 네가 식물 가꾸는 걸 좋아하는 만큼 난 요리를 좋아할걸." 그는 냉장고에서 몇 가지를 꺼내더니 오븐을 예열했어요. 저는 조리대에 기대서 그를 지켜봤고요. 아틀라스는 조리법을 보지도 않더라고요. 계량컵도 사용하지 않고 그냥 큰 그릇에 재료를 모두 담고 섞었어요.

저는 아빠가 주방에서 손가락 까딱하는 걸 본 적이 없어요. 분명 아빠는 오븐 예열하는 법도 모를 거예요. 저는 남자들이 거의 다 그런 줄 알았는데 아틀라스가 우리 집 주방에서 요리하는 걸 보면서 그 생각이 틀렸다는 걸 알았어요.

"뭐 만드는 거야?" 저는 아일랜드 식탁을 짚고 그 위에 올라가 앉았어요.

"쿠키." 그는 그릇을 들고 저에게 와서 반죽에 숟가락을 집어넣었어요. 그리고 한 숟가락 떠서 제 입에 넣어주었고 저는 맛을 보았죠. 저는 쿠키 반죽을 정말 좋아하는데 이건 지금까지 먹어본 중에 최고였어요.

"와." 제가 입술을 핥으며 말했어요.

아틀라스는 그릇을 제 옆에 내려놓고 몸을 기울여 키스했어요. 궁금해할까 봐 하는 말인데요, 쿠키 반죽과 아틀라스의 입술이 섞이자 천국 같았어요. 목 깊숙한 곳에서 소리가 흘러나오는 바람에 제가 이 조합을 얼마나 좋아하는지 들켰고 아틀라스는 웃었어요. 그러면서도 키스를 멈추지는 않았어요. 그는 키스하는 중간중간 웃었는데 그것 때문에 제 심장은 완전히 녹아버렸죠. 행복해하는 그의 모습에 넋이 나갈 지경이었어요. 그 모습을 보자 이 세상에서 그가 좋아하는 걸 전부 찾아내서 갖다주고 싶었어요.

키스하는 동안 저는 그를 사랑하는 걸까 궁금했어요. 남자 친구는 처음이라서 제 감정을 비교할 대상이 없어요. 사실 아틀라스를 만나기 전까지는 남자 친구를 원하거나 사귀고 싶다는 생각을 한 적이 없어요. 저는 남자가 사랑하는 사람을 어떻게 대하는지 좋은 예를 보여주는 집에서 자라질 않아서, 남녀 관계는 물론이고 다른 사람들에 대해서 언제나 비정상적일 정도로 불신을 품고 있거든요.

제가 남자를 믿을 수 있을까 고민한 적도 있어요. 일반적으로 저는 남자를 싫어했는데 유일하게 보는 사례가 아빠이기 때문이었어요. 하지만 아틀라스와 많은 시간을 보내며 달라지고 있었어요. 아주 많이 달라졌다고 생각하지는 않아요. 아직 대부분의 사람들을 믿지는 못하니까요. 하지만 저는 아틀라스 때문에 달라지고 있어요. 그가 일반적인 사람들과 다를지도 모른다는 생각이 들 만큼요.

아틀라스는 키스를 멈추고 다시 그릇을 들었어요. 그리고 맞은편 조리대로 가서 쿠키 시트 두 개에 반죽을 떠놓았어요.

"가스 오븐으로 쿠키 굽는 비법을 알려줄까?" 그가 물었어요.

저는 요리에 관심을 가져본 적이 없었던 것 같은데 어쩌 된 일인지 아틀라스가 알고 있는 모든 것을 알고 싶어졌어요. 그가 요리 이야기를 할 때 정말 행복해 보였기 때문인지도 몰라요.

"가스 오븐에는 유독 뜨거운 부분이 있어." 그가 오븐 문을 열고 쿠키 시트를 넣으며 말했어요. "그래서 쿠키가 골고루 익도록 팬을 반드시 돌려야 해." 그는 문을 닫고 끼고 있던 오븐용 장갑을 벗어서 조리대에 던져놓았어요. "피자 구울 때 까는 판도 도움이 돼. 피자를 구울 때가 아니더라도 그걸 오븐에 넣으면 유독 뜨거운 부분이 안 생기거든."

그는 다가와서 제 양쪽 어깨를 손으로 짚었어요. 그가 제 셔츠 깃을 내리고 있을 때 전기가 들어왔어요. 제 어깨에는 아틀라스가 늘 입 맞추기 좋아하는 부분이 있는데요, 그는 그곳에 입 맞추고는 손을 천천히 올려 등을 쓰다듬었어요. 맹세하는데 가끔은 그가 옆에 없는데도 쇄골에서 그의 입술이 느껴져요.

그가 입술에 키스하려던 찰나 차고 진입로로 차가 들어오는 소리와 차고 열리는 소리가 들렸어요. 저는 아일랜드 식탁에서 재빨리 내려와 정신없이 주방을 둘러보았죠. 아틀라스는 양손으로 제 뺨을 잡고 자기를 보게 했어요.

"쿠키 잘 보고 있어. 20분이면 다 될 거야." 그는 입술에 가볍게 입 맞춘 다음 저를 놓아주고 가방을 가지러 거실로 뛰어갔어요. 아빠 차 엔진이 꺼지는 소리가 들리자 곧바로 뒷문으로 빠져나갔고요.

아빠가 차고에서 주방으로 왔을 때 저는 재료를 주섬주섬 모으고 있었어요. 아빠는 주방을 둘러보다가 오븐에 불이 켜진 걸 보았어요.

"요리를 하고 있어?" 아빠가 물었어요.

저는 고개를 끄덕였어요. 심장이 너무 빨리 뛰었고 소리 내서 대답하면 아빠가 제 떨리는 목소리를 알아차릴까 봐 무서웠거든요. 저는 티끌 하나 없이 깨끗한 조리대를 괜히 문질러 닦았어요. 그리고 목소리를 가다듬고 말했죠. "쿠키예요. 쿠키를 굽고 있어요."

아빠는 식탁에 서류 가방을 내려놓고 냉장고로 가서 맥주를 꺼냈어요.

"전기가 나갔었어요. 전기가 들어오기를 기다리는 동안 심심해서 쿠키를 굽기로 했어요."

아빠는 식탁에 앉더니 10분 동안 저에게 학교에 대해서, 그리고 대학에 갈 생각이 있는지 물었어요. 가끔 아빠와 둘만 있을 때면 평범한 부녀 관계가 어떤 것인지 어렴풋이 알 수 있었어요. 식탁에 같이 앉아서 대학이나 진로 선택이나 고등학교 이야기 같은 걸 하고 있을 때면 말이에요. 아빠를 미워하는 시간이 대부분이었지만 아빠와 이런 시간을 더 많이 보낼 수 있기를 지금도 간절히 바라요. 아빠가 언제나 이런 모습일 수 있다면 상황이 아주 많이 달라졌겠죠. 우리 모두에게요.

저는 아틀라스가 알려준 대로 쿠키 팬을 돌렸고 다 구워진 뒤에 오븐에서 꺼냈어요. 그리고 쿠키 시트에서 하나를 떼어 아빠에게 건넸어요. 아빠를 상냥하게 대하는 제가 싫었어요. 아틀라스의 쿠키 하나를 낭비하는 듯한 기분마저 들었죠.

"와." 아빠가 말했어요. "릴리, 정말 맛있구나."

저는 직접 만들지도 않았으면서 억지로 고맙다고 했어요. 당연히 아빠에게는 제가 만든 게 아니라고 말할 수 없었죠.

"학교에 가져갈 거라 하나만 드실 수 있어요." 저는 거짓말을 했어요. 그리고 나머지 쿠키가 식기를 기다린 다음 그걸 통에 넣어서 방으로 가져갔어요. 아틀라스 없이는 하나도 먹고 싶지 않아서 밤에 그가 올 때까지 기다렸어요.

"따뜻할 때 하나 먹어보지 그랬어." 아틀라스가 말했어요. "그때가 제일 맛있는데."

"너 없이는 먹고 싶지 않았어." 우리는 침대에 앉아 벽에 기댄 채 통에 담긴 쿠키 절반을 먹었어요. 저는 그에게 쿠키가 맛있다고 했지만 지금까지 먹어본 쿠키 중에 가장 맛있다는 말은 하지 않았어요. 그의 자존심을 세워주고 싶지는 않았으니까요. 저는 그의 겸손함이 좋거든요.

하나 더 먹으려고 했는데 아틀라스가 통을 뺏어서 뚜껑을 닫았어요. "한꺼번에 너무 많이 먹으면 물려서 더 이상 내 쿠키를 좋아하지 않을지도 몰라."

저는 웃었어요. "말도 안 돼."

그는 물을 마시고 일어나서 침대를 보고 섰어요. "널 위해 뭘 만들었어." 그가 주머니에 손을 넣으며 말했어요.

"또 쿠키?" 제가 물었어요.

그는 미소 짓더니 고개를 젓고 주먹을 내밀었어요. 제가 손을 내밀자 그는 제 손바닥에 뭔가 단단한 걸 떨어뜨렸어요. 길이가 5센티미터쯤 되는, 나무를 깎아 만든 작고 납작한 하트였어요.

저는 너무 활짝 웃지 않으려 애쓰며 엄지손가락으로 하트 조각을 쓰다듬었어요. 제대로 된 하트 모양은 아니었지만 손으로 그린 모양 같지도 않았어요. 모양이 울퉁불퉁했고 속이 비어 있었죠.

"이걸 직접 만들었어?" 저는 아틀라스를 올려다보며 물었어요.

그는 고개를 끄덕였어요. "집에서 발견한 낡은 조각칼로 깎았어."

하트는 윗부분이 연결되어 있지 않았어요. 윗부분이 약간 휘어서 작은 틈이 있었죠. 저는 무슨 말을 해야 할지 몰랐어요. 아틀라스가 다시 침대에 기대앉는 게 느껴졌지만 고맙다는 말조차 하지 않은 채 하트를 오랫동안 바라봤어요.

"나뭇가지를 깎은 거야." 아틀라스가 속삭였어요. "너희 집 뒷마당의 오크나무 가지야."

엘런, 맹세해요. 제가 뭔가를 이 정도로 많이 사랑할 수 있을 줄은 몰랐어요. 어쩌면 제 감정이 선물을 향한 게 아니라 아틀라스를 향한 것인지도 몰라요. 저는 하트를 손에 꼭 쥐고 몸을 기울여 그에게 키스했어요. 어찌나 거세게 키스했는지 그가 침대 위에서 넘어졌지 뭐예요. 제가 아틀라스에게 다리를 뻗어 위에 올라타자 그는 제 허리를 안고 입 맞추며 활짝 웃었어요.

"이런 상을 받을 줄 알았다면 오크나무로 근사한 집을 만들어주는 거였는데." 그가 속삭였어요.

저는 웃음을 터뜨렸어요. "이제 그만 완벽해져." 제가 말했어요. "넌 이미 내가 가장 좋아하는 사람인데 자꾸 이러면 다른 사람들한테 너무 불공평하잖아. 아무도 널 따라잡을 수 없을 테니까."

아틀라스는 제 뒤통수를 손으로 받치고 저를 똑바로 눕히더니 제 위로 올라왔어요. "그럼 내 계획이 제대로 먹히는 거네." 그가 이렇게 말하자마자 제가 다시 키스했어요.

키스하는 동안 저는 하트를 꼭 쥐고 있었어요. 아무 이유 없는 선물이라고 믿고 싶었어요. 하지만 마음 한구석에서는 그가 보스턴으로 떠나도 기억해달라는 선물인 것 같아서 두려웠어요.

저는 그를 기억하고 싶지 않아요. 기억해야 한다는 건 더 이상 제 삶의 일부가 아니라는 뜻이잖아요.

엘런, 저는 그가 보스턴으로 이사 가는 걸 원치 않아요. 이기적인 생각이란 거 알아요. 아틀라스가 계속 저 집에서 살 수는 없으니까요. 제가 어느 쪽을 더 두려워하는지 모르겠어요. 떠나는 아틀라스를 보는 걸까요, 아니면 이기적인 마음으로 그에게 가지 말라고 애원하는 걸까요?

우리가 이 이야기를 해야 한다는 건 알아요. 오늘 밤에 아틀라스가 오면 보스턴 일을 물어봐야겠어요. 어젯밤에는 그러고 싶지 않았어요. 정말 완벽한 날이었거든요.

—릴리

엘런에게.

그냥 계속 헤엄치는 거야. 그냥 계속 헤엄치는 거야.

아틀라스가 보스턴으로 이사 간대요.

이 얘기는 정말 하고 싶지 않아요.

—릴리

엘런에게.

엄마에게 숨길 수 없을 만큼 엄청난 일이 있었어요.

원래 아빠는 엄마를 때릴 때 어디를 때려야 멍이 보이지 않는지 잘 알고 있어요. 아빠가 가장 바라지 않는 일이 있다면, 동네 사람들이 아빠가 엄마에게 무슨 짓을 하는지 알게 되는 걸 거예요. 저는 아빠가 엄마를 발로 차는 걸 몇 번 봤고 목을 조르고 등과 배를 때리고 머리채를 잡는 것도 봤어요. 얼굴을 때린 적도 몇 번 있었는데 전부 다 뺨을 때린 거라서 자국이 오래가지 않았어요.

하지만 아빠가 어젯밤 같은 짓을 하는 건 처음 봤어요.

부모님은 아주 늦게 집에 돌아왔어요. 주말이라서 동네 행사에 참석했거든요. 아빠는 부동산 중개소를 소유하고 있고 시장이기도 해요. 그래서 자선 만찬에 참석한다든지 사람들과 어울려야 하는 일이 많아요. 정말 아이러니하죠. 아빠는 자선을 싫어하는데 말이에요. 하지만 체면상 가는 것 같아요.

부모님이 집에 왔을 때 아틀라스는 이미 제 방에 와 있었어요. 현관문을 열고 들어오자마자 싸우는 소리가 났죠. 대화의 대부분은 잘 들리지 않았지만 엄마가 다른 남자와 시시덕거렸다고 나무라는 게 주된 내용인 것 같았어요.

엘런, 저는 엄마를 알아요. 엄마는 그런 짓을 할 사람이 아니에요. 혹시 뭔가 있었더라도 어떤 남자가 엄마를 쳐다봤을 테고 그것 때문에 아빠가 질투하는 걸 거예요. 우리 엄마는 정말 예쁘거든요.

아빠가 엄마한테 창녀라고 하는 소리가 들리더니 잠시 후 처음으로 때리는 소리가 났어요. 저는 침대에서 나가려 했지만 아틀라스가 잡아당기며 가지 말라고 했어요. 제가 다칠지도 모른다고요. 저는 그에게 가끔은 제가 가는 게 실제로 도움이 된다고 말했어요. 제가 나타나면 아빠가 물러난다고요.

아틀라스는 저를 설득하려 했지만 결국 저는 일어나서 거실로 나갔어요.

엘런.

뭐라고 해야 할지……

아빠가 엄마 위에 올라타고 있었어요.

부모님은 소파에 있었는데 아빠가 한 손으로 엄마의 목을 조르고 다른 한 손으로 드레스를 올리고 있었어요. 엄마는 아빠에게서 벗어나려고 몸부림치고 있었고요. 저는 그 자리에 얼어붙은 채 서 있었어요. 엄마가 아빠에게 놔달라고 애원하자 아빠는 엄마 얼굴을 정통으로 때리고 닥치라고 말했어요. 아빠의 이 말을 잊을 수가 없어요. "관심을 원해? 망할 놈의 관심, 내가 주지." 그리고 그때 엄마가 잠잠해지며 몸부림을 멈췄어요. 엄마의 울음소리가 들렸어요. 엄마는 이렇게 말했어요. "제발 조용히 해. 릴리가 듣겠어."

여보, 날 강간하는 동안 제발 조용히 해.

엘런, 사람이 심장 하나에 그렇게 많은 증오를 품을 수 있는 줄 몰랐어요. 아빠 얘기가 아니에요. 제 얘기예요.

저는 곧장 주방으로 가서 서랍을 열었어요. 그리고 눈에 띄는 가장 큰 칼을 집어 들고…… 어떻게 설명해야 할지 모르겠어요. 제 몸이 아닌 것 같았어요. 칼을 들고 주방을 지나가는 제 모습이 보였어요. 그걸 진짜 사용하지 않을 거라는 건 알았어요. 그저 엄마에게서 아빠를 쫓을 수 있는, 저보다 더 강력한 뭔가가 필요했어요. 하지만 제가 주방에서 나가기 직전에 두 팔이 제 허리를 감고 뒤에서 들어올렸어요. 저는 칼을 떨어뜨렸고 아빠는 이 소리를 못 들었지만 엄마는 들었어요. 아틀라스에게 들려 제 방으로 갈 때 엄마와 눈이 마주쳤어요. 방에 돌아간 저는 다시 엄마에게 가려고 아틀라스의 가슴팍을 때렸어요. 울면서 아빠를 없앨 수만 있다면 뭐든 다 하겠다고 했지만 아틀라스는 꿈쩍도 하지 않았어요.

그는 저를 안고 이렇게 말했어요. "릴리, 진정해." 그는 이 말을 되풀이했고, 다시는 거실로 나가도록 놓아주지 않을 거라는 걸 제가 받아들일 때까지 오랫동안 그렇게 안고 있었어요. 아틀라스는 제가 다시 칼을 쥐게 하지 않을 작정이었어요.

그는 침대로 가서 재킷을 집어 들고 신발을 신기 시작했어요. "옆집으로 가자." 그가 말했어요. "가서 경찰에 신고하자."

경찰이라니.

예전에 엄마가 제게 경찰에 신고하지 말라고 주의를 준 적이 있어요. 아빠의 사회생활이 위태로워질 거라면서요. 하지만 솔직히 전 그런 건 상관 안 해요. 아빠가 시장이라는 것과 아빠를 좋아하는 모든 사람들이 아빠의 끔찍한 본모습을 모른다는 것 따위에는 관심 없어요. 제가 신경 쓰는 건 오직 엄마를 돕는 일뿐이에요. 그래서 저는 재킷을 입고 신발을 신으러 벽장으로 갔어요. 벽장에서 나왔을 때 아틀라스는 방문을 보고 있었어요.

문이 열려 있었어요.

엄마는 재빨리 안으로 들어와 문을 닫고 잠갔어요. 그때 엄마의 모습을 절대 잊지 못할 거예요. 엄마 입술에서 피가 나고 있었어요. 눈은 이미 부풀어 오르기 시작했고 어깨에는 머리카락 뭉치가 걸려 있었어요. 엄마는 이런 모습으로 아틀라스와 저를 번갈아 보았어요. 방에서 남자랑 있다가 엄마에게 들켰다는 걸 무서워할 겨를도 없었어요. 그런 건 신경 쓰이지 않았어요. 엄마가 걱정될 뿐이었어요. 저는 엄마에게 다가가 손을 잡고 침대로 데려왔어요. 그리고 어깨의 머리카락 뭉치를 털어내고 이마에 붙은 머리카락도 떼어주었어요.

"엄마, 아틀라스가 경찰에 신고하러 갈 거예요. 알겠죠?"

엄마는 눈을 정말 크게 뜨더니 고개를 젓기 시작했어요. "안 돼." 엄마가 말했어요. 엄마는 아틀라스를 보며 말했어요. "안 돼요. 하지 말아요."

이미 나가려고 창문에 가 있던 아틀라스는 걸음을 멈추고 나를 보았어요.

"릴리, 아빠는 술에 취했어." 엄마가 말했어요. "네 방문 닫는 소리를 듣고 안방으로 갔어. 이제 안 그럴 거야. 경찰에 신고하면 상황이 더 안 좋아질 거야. 엄마 말 들어. 그냥 아빠를 자게 놔둬. 내일이되면 나아질 테니까."

저는 고개를 저었고 눈물이 나서 눈이 따끔거렸어요. "엄마, 아빠는 엄마를 강간하려고 했다고요!"

이 말을 들은 엄마는 고개를 숙이고 얼굴을 찡그렸어요. 그리고 다시 고개를 저으며 말했죠. "릴리, 그런 게 아니야. 우린 부부야. 그리고 결혼 생활은 때로……. 넌 너무 어려서 이해 못 할 거야."

저는 잠시 조용히 있다가 말했어요. "난 절대 결혼 같은 건 안 할 거야."

그때 엄마가 울기 시작했어요. 엄마는 손으로 얼굴을 가린 채 흐느꼈고 제가 할 수 있는 거라고는 엄마를 안고 같이 우는 것뿐이었어요. 엄마가 이렇게까지 속상해하는 건 처음 봤어요. 이렇게까지 마음 아파하는 것도요. 이렇게까지 무서워하는 것도요. 엘런, 그래서 저는 마음이 너무 아팠어요.

저는 완전히 산산조각 났어요.

엄마가 울음을 그친 다음에 방 안을 살펴보았는데 아틀라스가 가고 없더라고요. 우리는 주방으로 갔고 저는 입술과 눈을 닦아내는 엄마를 도왔어요. 엄마는 아틀라스가 제 방에 있었던 일에 대해 아무 말도 하지 않았어요. 한 마디도요. 엄마가 외출 금지라고 말할 줄 알고 기다렸지만 엄마는 그러지 않았어요. 엄마 때문에 생긴 일이라서 굳이 아는 척하지 않은 게 아닐까 싶어요. 엄마에게 상처를 준 일들은 이렇게 감춰졌고 다시 입에 오르지 않았어요.

—릴리

엘런에게.

이제 보스턴 얘기를 할 마음의 준비가 된 것 같아요.

아틀라스는 오늘 떠났어요.

카드 뭉치를 얼마나 많이 만지작거렸는지 손이 아파요. 카드라도 만지면서 감정을 쏟아내야지 전부 속에 담고 있다가는 미쳐버릴 것 같아서 두려워요.

우리의 마지막 밤은 별로 좋지 않았어요. 처음에는 잔뜩 키스를 했지만 둘 다 너무 슬퍼서 집중할 수가 없었어요. 이틀 사이에 두 번째로 그는 마음이 바뀌었다고, 떠나지 않겠다고 했어요. 이 집에 저를 혼자 두고 떠나고 싶지 않다고 했어요. 하지만 저는 이런 부모와 거의 16년을 살았는걸요. 그러니 집 없는 그에게 함께 살자고 한 외삼촌의 호의를 저 때문에 거절하는 건 바보 같은 짓이에요. 우리 둘 다 이걸 알지만 그래도 마음이 아파요.

저는 너무 슬퍼 보이지 않으려고 애썼어요. 그래서 같이 누워 있을 때 아틀라스에게 보스턴 이야기를 해달라고 했어요. 그리고 학교를 졸업하면 언젠가 그곳에 갈 수 있지 않을까 하는 말도 했어요.

아틀라스는 보스턴 이야기를 시작하자 눈빛이 달라졌어요. 한 번도 본 적 없는 눈빛이었죠. 천국 이야기를 하는 것 같았다고 할까요. 그는 보스턴 사람들의 악센트가 얼마나 멋있는지 이야기했어요. 그곳 사람들은 자동차를 말할 때 '카-르〔kɑːr〕'라고 하지 않고 '카〔kɑː〕'라고 한다면서요. 아틀라스는 자기도 가끔 그렇게 단어 끝에 'r'을 발음하지 않는다는 걸 모르는 게 틀림없었어요. 그는 아홉 살부터 열네 살까지 보스턴에 살았다는데 그래서 그런 악센트를 배운 것 같아요.

아틀라스는 외삼촌이 사는 아파트 건물의 옥상 데크가 얼마나 근사한지 얘기해주었어요.

"보스턴에는 옥상에 데크가 있는 아파트가 정말 많아." 그가 말했어요. "수영장이 있는 곳도 있어."

메인주 플레토라에는 옥상 데크가 있을 정도로 높은 건물조차 없는 것 같아요. 저는 그렇게 높은 데 있으면 기분이 어떨지 궁금했어요. 그래서 그에게 올라가본 적이 있냐고 물었더니 그는 그렇다고 했어요. 지금보다 어릴 때였는데 가끔 옥상에 올라가서 가만히 앉아

도시를 내려다보며 생각에 잠겼다고 했어요.

음식 이야기도 해주었어요. 그가 요리를 좋아한다는 건 알고 있었지만 요리에 대한 열정이 이 정도로 대단한지는 몰랐어요. 그에게는 가스레인지도 주방도 없어서 제게 쿠키를 구워줬을 때를 제외하면 요리 이야기를 하지 못했던 것 같아요.

그는 항구 이야기도 했고 엄마가 재혼하기 전에 같이 항구로 낚시하러 갔다는 이야기도 했어요. "보스턴이 다른 대도시와 많이 다른 것 같지는 않아." 그가 말했어요. "보스턴이 특별할 만한 건 별로 없어. 그냥……. 모르겠다. 특유의 분위기가 있어. 정말 좋은 기운이 느껴지거든. 사람들은 보스턴에서 산다고 이야기하면서 자부심을 느껴. 가끔은 그런 게 그리워."

저는 그의 머리카락을 쓰다듬으며 말했어요. "음, 네 얘기를 들으니까 세상에서 제일 좋은 곳 같은데. 보스턴의 모든 것이 여기보다 더 좋은 것 같아."

아틀라스는 슬픈 눈빛으로 저를 보며 말했어요. "보스턴의 거의 모든 것이 더 좋지. 여자애들만 빼고. 거기에는 네가 없잖아."

이 말을 들은 저는 얼굴이 빨개졌어요. 그는 정말 다정하게 제게 키스했고 잠시 후 저는 이렇게 말했죠. "아직은 없지. 언젠가는 거기 가서 널 찾을 거야."

그는 제게 약속하라고 했어요. 제가 보스턴으로 이사하면 모든 게 더 좋아질 테고 그곳은 세계 최고의 도시가 될 거라면서요.

우리는 키스를 좀 더 했어요. 다른 것도 했는데 이 이야기로 당신을 지루하게 하지는 않을래요. 물론 지루한 건 아니었지만요.

전혀 지루하지 않았어요.

하지만 오늘 아침에는 그에게 작별 인사를 해야만 했죠. 아틀라스는 저를 안고 키스를 정말 많이 했어요. 그가 놓아버리면 죽을지도 모른다는 생각이 들었어요.

하지만 저는 죽지 않았어요. 그가 놓았는데도 여기 이렇게 있네요. 계속 살아 숨 쉬면서요.

아주 간신히요.

—릴리

나는 다음 장으로 넘겼다가 일기장을 덮어버렸다. 딱 하나가 남아 있었는데 지금은, 아니 앞으로도 그걸 읽고 싶은지 알 수 없었다. 나는 아틀라스와 함께 한 인생의 장이 끝났다고 생각하며 일기장을 벽장에 갖다놓았다. 지금 아틀라스는 행복하다.

나도 행복하다.

분명 시간은 모든 상처를 치유할 수 있다.

적어도 대부분은.

나는 스탠드를 끄고 휴대전화를 충전하려고 집어 들었다. 라일에게 두 통, 엄마에게 한 통의 문자 메시지가 와 있었다.

✉ 라일: 곧 벌거벗은 진실을 말해줄게. 3, 2…….

✉ 라일: 난 누군가를 사귀면 책임이 더 무거워질까 봐 걱정했어. 그래서 평생 아

무도 사귀지 않았지. 내가 책임져야 할 일들은 이미 충분한 데다가 부모님의 결혼 생활과 친구들의 실패한 결혼 생활을 지켜보며 스트레스를 받아서 그런 것 같아. 그런 일에 휘말리고 싶지 않았지. 하지만 오늘 밤에 깨달았어. 많은 사람들이 결혼 생활을 잘못하고 있을 뿐이라는 걸. 우리 사이의 일들은 무거운 책임으로 느껴지지 않거든. 상을 받는 것 같아. 내가 이런 상을 받을 만한 일을 한 게 있나 생각하다가 자야겠어.

나는 전화기를 끌어안고 미소 지었다. 이 메시지를 평생 간직하려고 화면을 캡처했다. 그리고 세 번째 문자 메시지를 읽었다.

✉ 엄마: 릴리, 의사라니! 게다가 넌 네 가게를 운영하고! 너무 부럽구나. 나중에 커서 너 같은 사람이 되고 싶을 정도로.

나는 이 문자 메시지도 캡처했다.

12

"이 가여운 꽃들에게 뭘 하는 거죠?" 앨리사가 내 뒤에서 물었다.

나는 은색 고리를 하나 더 채워서 줄기에 끼웠다. "스팀펑크 스타일이에요."

우리는 물러서서 꽃다발을 감상했다. 최소한…… 앨리사가 꽃다발을 보고 감탄하기를 **바랐다**. 꽃다발은 내 생각보다 괜찮게 나왔다. 꽃 염색제를 써서 흰 장미를 진한 자주색으로 물들였다. 그런 다음 작은 금속 고리와 톱니 같은 스팀펑크 스타일 장식으로 줄기를 꾸몄고 꽃다발을 묶은 갈색 가죽 줄에는 강력 접착제로 작은 시계를 붙였다.

"스팀펑크요?"

"요즘 유행이에요. 원래 소설의 하위 장르인데 다른 분야에도 등장하고 있죠. 미술, 음악 같은 분야요." 나는 꽃다발을 들고 돌아서서 씩 웃었다. "그리고 이제…… **꽃**에도요."

앨리사는 꽃다발을 가져가 눈앞에 들어 올렸다. "뭐랄까…… 독특해요. 정말 마음에 들어요." 그는 꽃다발을 안았다. "내가 가져도 돼요?"

나는 꽃다발을 도로 가져왔다. "안 돼요. 개업 기념 장식으로 쓸 거예요. 파는 게 아니라고요." 그리고 꽃다발을 안고 어제 만든 꽃병을 집어 들었다. 지난주에 벼룩시장에서 낡은 여성용 버튼업 부츠를 건졌다. 부츠를 보자 스팀펑크 스타일이 떠올랐고 사실은 부츠에서 꽃다발 아이디어를 얻은 거였다. 지난주에 직접 부츠를 세탁해서 말린 다음 접착제로 금속 장식을 붙여두었다. 그리고 마드 파지•를 칠한 뒤에 물을 담을 수 있도록 안에 꽃병을 끼웠다.

"앨리사?" 나는 가게 중앙의 진열대에 꽃다발을 놓았다. "이거야말로 내가 살면서 꼭 해야 할 일이 틀림없어요."

"스팀펑크요?" 그가 물었다.

나는 웃으며 돌아섰다. "뭔가를 만드는 일이요!" 나는 이렇게 말한 다음 예정보다 15분 일찍 팻말을 '영업 중'으로 뒤집어놓았다.

우리 둘 다 생각보다 바쁜 하루를 보냈다. 전화와 인터넷 주문에다 가게에 온 손님들의 주문까지 받아내느라 둘 다 점심 먹을 시간

• Mod Podge, 접착, 실링, 코팅 용도의 공예용 화학제품.

도 없었다.

"직원이 더 필요해요." 앨리사가 꽃다발을 두 개 들고 옆을 지나가며 말했다. 1시였다.

"직원이 더 필요해요." 2시에도 이렇게 말했다. 그는 계산대에서 귀와 어깨 사이에 전화기를 끼운 채 누군가와 통화를 하며 주문을 받아 적고 있었다.

3시가 넘어서 마셜이 잠시 들러 잘 되어가는지 물었다. 그러자 앨리사가 말했다. "직원이 더 필요해."

4시, 나는 여자 손님이 구입한 꽃다발을 차로 가져다주고 가게로 들어오고 있었고 앨리사는 꽃다발을 들고 밖으로 나가고 있었다. "직원이 더 필요해요." 그는 매우 화가 나 있었다.

6시가 되자 그는 가게 문을 잠그고 팻말을 뒤집어놓았다. 그러고 나서 문에 기대 스르륵 바닥에 주저앉더니 나를 쳐다보았다.

"알아요." 내가 말했다. "직원이 더 필요하죠."

그는 고개를 끄덕였다.

잠시 후 우리는 웃음을 터뜨렸다. 나는 그의 옆으로 가서 앉았다. 우리는 서로 머리를 기대고 가게를 둘러보았다. 가장 눈에 띄는 자리에 스팀펑크 꽃다발이 보였다. 이 특별한 꽃다발은 팔지 않겠다고 했지만 똑같은 꽃다발 여덟 개를 예약 주문받았다.

"릴리, 당신이 자랑스러워요." 앨리사가 말했다.

나는 미소 지었다. "이사, 당신이 없었으면 해내지 못했을 거예요."

우리는 잠시 그렇게 앉아서 발을 쉬게 하며 휴식을 누렸다. 솔직히 내 생애 최고의 날이었지만 라일이 들르지 못해서 약간 속상한 기분은 어쩔 수 없었다. 라일은 문자 메시지도 보내지 않았다.

"오늘 라일한테 연락받은 적 있어요?" 내가 물었다.

앨리사는 고개를 저었다. "아니요. 분명 바쁠 거예요."

나는 고개를 끄덕였다. 그가 바쁘다는 건 알았다.

문 두드리는 소리에 우리 둘 다 위를 쳐다보았다. 얼굴을 창문에 붙인 채 손을 둥글게 오므려 눈 주변에 갖다 대고 안을 들여다보는 라일을 보고 나는 미소 지었다. 아래쪽을 본 그는 바닥에 앉은 우리를 발견했다.

"호랑이도 제 말 하면 온다더니." 앨리사가 말했다.

나는 벌떡 일어나서 문을 열고 그를 맞이했다. 그는 문을 열자마자 안으로 들어왔다. "내가 늦었나? 늦었네. 늦고 말았어." 그는 나를 껴안았다. "미안해. 최대한 빨리 온 건데."

나도 그를 안고서 말했다. "괜찮아. 지금 왔잖아. 완벽해." 나는 결국 라일이 왔다는 사실에 흥분해서 매우 들떴다.

"완벽한 건 **당신**이지." 그가 내게 키스하며 말했다.

앨리사가 우리를 스쳐 지나갔다. "완벽한 건 당신이지." 그는 라일을 흉내 냈다. "오빠, 그거 알아?"

라일은 나를 놓아주었다. "뭐?"

앨리사는 쓰레기통을 들었다가 주문대에 내려놓았다. "릴리에게는 직원이 더 필요해."

나는 그가 끝없이 되풀이하는 말에 웃음을 터뜨렸다. 라일은 내 손을 꼭 잡으며 말했다. "일이 아주 잘 풀리는 모양인데."

나는 어깨를 으쓱했다. "그럭저럭. 그러니까…… 신경외과 의사 만큼은 아니더라도 나도 제법 하는 것 같아."

라일은 소리 내어 웃었다. "청소 도와줄까?"

앨리사와 나는 그에게 일을 시켰고 그는 중요한 일을 치른 우리를 도와 청소를 했다. 청소를 마치고 내일 영업 준비까지 끝낸 다음 마감하려는데 마셜이 왔다. 그는 가방을 들고 들어와 주문대에 놓더니 덩어리처럼 보이는 커다란 물건을 꺼내서 하나씩 나눠주었다. 나도 하나 받아 들고 풀어보았다.

원지였다.

아기 고양이가 잔뜩 그려진.

"브루인스가 경기하는 날이야. 공짜 맥주 마셔야지. 다들 어서 입어!"

앨리사가 불만스러운 소리를 내며 말했다. "마셜, 당신 올해 600만 달러나 벌었잖아. 그런데도 정말 공짜 맥주를 마시고 싶어?"

마셜은 그의 입술에 손가락을 갖다 대고 반대 방향으로 미는 시늉을 했다. "쉿! 이사, 부자처럼 말하지 마. 천국 못 갈라."

앨리사는 웃었고 마셜은 그가 들고 있던 원지를 가져왔다. 그는 원지 지퍼를 열어서 앨리사에게 입혔다. 우리는 모두 원지를 입고서 가게 문을 잠그고 술집으로 갔다.

원지를 입은 남자들을 그렇게 많이 본 건 난생처음이었다. 여자들 중 원지를 입은 사람은 앨리사와 나밖에 없었는데 그 점은 약간 좋았다. 술집은 시끄러웠다. 어찌나 시끄러운지 브루인스가 좋은 경기를 펼칠 때마다 앨리사와 나는 함성 때문에 귀를 막아야 했다. 30분쯤 지나서 꼭대기 층 자리가 개방되자 우리는 모두 그곳에 앉으려고 올라갔다.

"훨씬 낫네요." 다 같이 자리 잡고 앉을 때 앨리사가 말했다. 위층은 훨씬 조용했다. 물론 일반적인 기준에 비하면 여전히 시끄러웠지만.

웨이트리스가 술을 주문받으러 왔다. 나는 레드 와인을 주문했는데 말하기가 무섭게 마셜이 그야말로 자리에서 펄쩍 뛰었다. "와인이라고요?" 그가 외쳤다. "지금 원지를 입고 있잖아요! 원지 입은 사람에게 와인을 공짜로 주지는 않는다고요!"

그는 웨이트리스에게 와인 말고 맥주를 갖다달라고 했다. 그러자 라일이 그냥 와인을 달라고 했다. 앨리사가 물을 달라고 하자 마셜은 더욱 못마땅해했다. 그가 웨이트리스에게 맥주를 네 병 갖다달라고 하자 라일이 말했다. "맥주 두 병, 레드 와인, 물 주세요." 웨이트리스는 매우 혼란스러워하며 자리를 떠났다.

마셜이 앨리사에게 팔을 두르고 키스했다. "당신이 하나도 안 취하면 오늘 밤에 어떻게 아기를 만들겠어?"

앨리사의 표정이 달라졌고 나는 그 표정을 보자마자 그가 안쓰러웠다. 마셜이 농담으로 한 말이라는 걸 알지만 앨리사의 신경을 긁었다. 며칠 전 그는 내게 아기가 안 생겨서 정말 우울하다고 했다.

"마셜, 나 맥주 못 마셔."

"그럼 와인이라도 마시지 그래. 당신은 술기운이 약간 있을 때 나를 더 좋아하잖아." 마셜은 자기 말에 혼자 웃었고 앨리사는 웃지 않았다.

"와인도 못 마셔. 술은 **전부 다** 마시면 안 돼."

마셜은 웃음을 멈추었다.

나는 가슴이 콩닥거렸다.

마셜은 돌아앉아서 앨리사의 어깨를 잡고 정면으로 마주 보았다. "앨리사?"

앨리사는 고개를 끄덕였고 누가 먼저 울기 시작했는지는 알 수 없었다. 나인지 마셜인지 앨리사인지. "나 아빠 되는 거야?" 그가 외쳤다.

앨리사는 계속 고개를 끄덕였고 나는 바보처럼 울었다. 마셜은 자리에서 벌떡 일어나서 외쳤다. "내가 아빠가 된다!"

이 순간이 어땠는지 설명조차 못 하겠다. 원지를 입은 성인 남자가 술집 부스에서 일어나 누가 듣든 말든 아빠가 될 거라고 외치고 있었다. 그가 일으켜 세우는 바람에 앨리사도 일어나게 되었다. 그는 앨리사에게 키스했는데 이 모습은 내가 본 중 가장 사랑스러웠다. 라일을 보기 전까지는 그랬다. 그는 금방이라도 터지려는 눈물을 애써 삼키는 듯이 아랫입술을 꽉 깨물고 있었다. 그는 자신을 바라보는 나를 보더니 시선을 피했다. "아무 말도 하지 마." 그가 말했다. "저 앤 내 동생이잖아."

나는 미소 지으며 몸을 기울여 라일의 뺨에 입 맞췄다. "축하해, 라일 외삼촌."

부스에서 일어난 예비 부모가 키스를 마치자 라일과 나도 일어나서 축하했다. 앨리사는 얼마 전부터 몸이 안 좋았는데 오늘 아침에 가게 문을 열기 전에 테스트를 해보았다고 했다. 기다렸다가 오늘 밤에 집에 가서 마셜에게 말하려고 했지만 더 이상은 참을 수 없었다고도 했다.

음료가 도착했고 우리는 음식을 주문했다. 웨이트리스가 주문을 받아가고 나서 나는 마셜을 보았다. "두 사람은 어떻게 만났어요?"

"앨리사가 나보다 이야기를 더 잘할 거예요." 그가 말했다.

앨리사는 생기를 띠며 몸을 앞으로 숙였다. "난 마셜을 싫어했어요. 마셜은 오빠의 가장 친한 친구였는데 늘 우리 집에 와 있었죠. 그때는 그가 정말 짜증 난다고 생각했어요. 그는 보스턴에서 오하이오주로 이사 온 지 얼마 안 돼서 보스턴 악센트가 있었어요. 마셜은 그 악센트가 정말 멋있는 줄 알았지만 난 그가 말할 때마다 뺨을 때리고 싶었다고요."

"**이렇게** 다정한 사람이라니까요." 마셜이 빈정대며 말했다.

"당신은 바보였고." 앨리사가 눈을 치켜뜨며 말했다. "어쨌든, 어느 날 오빠랑 나는 친구들 몇 명을 초대했어요. 거창한 파티는 아니었고 부모님이 멀리 가셔서 작은 모임을 열었죠."

"서른 명이 왔잖아." 라일이 말했다. "파티였지."

"그래, 파티라고 하자." 앨리사가 말했다. "주방으로 갔는데 마셜이 웬 헤퍼 보이는 여자애랑 딱 붙어 있는 거예요."

"그런 애 아니었어." 마셜이 말했다. "괜찮은 애였어. 치토스 맛이 났지만……."

앨리사가 노려보자 그는 입을 다물었다. 앨리사는 다시 나를 보았다. "난 갑자기 화가 치밀었어요. 그래서 마셜에게 그년 데리고 너희 집으로 꺼지라고 소리 질렀죠. 그 여자는 나 때문에 완전히 겁에 질려서 문으로 뛰쳐나갔고 다시 돌아오지 않았어요."

"완전 산통을 깼지." 마셜이 말했다.

앨리사는 주먹으로 그의 어깨를 쳤다. "아무튼 난 분위기를 깨놓고 내가 한 짓이 당황스러워서 방으로 뛰어갔어요. 순전히 질투심 때문에 한 행동이더라고요. 마셜의 손이 다른 여자 엉덩이에 가 있는 걸 보기 전까지는 그를 이 정도로 좋아하는 줄 몰랐던 거죠. 난 침대에 엎드려서 울었어요. 잠시 후 마셜이 방으로 와서 괜찮냐고 물어봤어요. 난 돌아누워서 외쳤죠. '널 **좋아해**, 이 바보 멍청이야!'"

"그다음은 굳이 말할 필요가 없겠죠……." 마셜이 말했다.

나는 웃었다. "오, 바보 멍청이라니 정말 다정한데요."

라일이 손가락을 들고서 말했다. "제일 재미있는 대목을 빼먹었네."

앨리사는 어깨를 으쓱했다. "아, 그거. 마셜은 다가와 날 침대에서 일으키더니 방금 전에 치토스 맛 나는 여자랑 키스한 그 입술로 나한테 키스했어요. 30분 동안이요. 그런데 내 방에 온 오빠가 우릴 보고 마셜에게 소리 지르기 시작했어요. 그러자 마셜이 오빠를 방에서 쫓아내고 문을 잠갔고 우리는 한 시간 더 키스했죠."

라일은 고개를 저었다. "제일 친한 친구에게 배신당했어."

마셜은 앨리사를 끌어당겼다. "앨 좋아해, 이 바보 멍청이야."

나는 웃음을 터뜨렸지만 라일은 진지한 표정으로 나를 보았다. "얘랑 한 달 동안 말을 안 했어. 너무 화가 났거든. 결국은 풀었지만. 우린 열여덟 살이었고 앨리사는 열일곱 살이었어. 내가 얘들을 갈라놓을 방법이 별로 없었지."

"와." 내가 말했다. "두 사람 나이 차이가 별로 나지 않는다는 걸 가끔은 잊어버려."

앨리사가 미소 지으며 말했다. "3년 동안 셋이 태어났으니까요. 부모님이 너무 안됐어요."

모두 조용해졌다. 나는 앨리사에 이어 안타까워하는 라일의 표정을 보았다.

"셋이라고요?" 내가 물었다. "형제가 또 있어요?"

라일은 똑바로 앉았더니 맥주를 한 모금 마셨다. 그리고 잔을 다시 내려놓고 말했다. "형이 있었어. 어릴 때 세상을 떠났지."

짧은 질문 하나로 이렇게 멋진 밤을 망쳐놓다니. 다행히 마셜이 프로처럼 대화 주제를 다른 데로 돌렸다.

나는 저녁 시간 동안 이들의 성장기를 들었다. 지금껏 오늘 밤처럼 실컷 웃은 적이 있나 싶었다.

경기가 끝나자 우리는 모두 차를 가지러 꽃집으로 돌아갔다. 라일은 우버를 타고 왔기 때문에 내 차를 타고 가겠다고 했다. 앨리사와 마셜이 떠나기 전에 나는 앨리사에게 잠깐 기다리라고 했다. 그리고 가게로 뛰어가서 스팀펑크 꽃다발을 가지고 그들의 차로 달려 갔다. 내가 꽃다발을 건네자 앨리사의 얼굴이 환해졌다.

"아기가 생겨서 기쁘지만 그래서 꽃다발을 주는 건 아니에요. 그냥 주고 싶었어요. 당신은 내 가장 친한 친구니까요."

앨리사는 나를 꼭 안고 귓가에 속삭였다. "언젠가 오빠가 당신과 결혼하면 좋겠어요. 우린 아주 사이좋은 자매가 될 거예요."

그는 차에 타고 마셜과 함께 떠났고 나는 그 자리에 서서 그들을 바라보았다. 평생 앨리사 같은 친구가 생길 줄은 몰랐기 때문이다. 아니면 와인을 마셔서 그런지도 몰랐다. 무엇 때문인지는 모르겠지만 오늘이 정말 좋았다. 모든 게 다. 특히 내 차에 기대서 나를 보는 라일의 눈빛이 좋았다.

"행복해하는 당신 모습은 정말 아름다워."

우와! 이렇게까지 완벽한 날이라니!

아파트 계단을 올라가는데 라일이 내 허리를 안더니 나를 벽으로 밀었다. 그리고 계단에 선 채 키스하기 시작했다.

"급하기는." 내가 중얼거렸다.

그는 웃으며 양손으로 내 엉덩이를 감쌌다. "아니야. 원지 때문에 그래. 일할 때 이거 입는 걸 진지하게 생각해봐." 그는 다시 내게 키스했고 누군가가 우리를 지나 계단을 올라갈 때까지 멈추지 않았다.

지나가던 남자가 중얼거렸다. "원지 근사한데요. 브루인스가 이겼어요?"

라일은 고개를 끄덕였다. "3 대 1 로요." 그는 남자를 보지도 않고 말했다.

"좋았어." 남자가 말했다.

남자가 가고 난 뒤 나는 라일에게서 한 걸음 물러섰다. "도대체 이 원지가 뭐야? 보스턴에 있는 남자들은 모두 이게 뭔지 아는 거야?"

라일은 웃음을 터뜨리며 말했다. "릴리, 공짜 맥주야. 공짜 맥주라고." 그는 나를 끌어당기며 계단을 올라갔고 현관문을 열고 들어가자 루시가 식탁에 앉아 어떤 상자를 포장하고 있었다. 아직 테이프를 붙이지 않은 상자도 있었는데 맨 위에 비죽 나와 있는 건 내가 홈굿즈에서 산 그릇이 틀림없었다. 루시는 다음 주까지 자기 물건을 모두 가져가겠다고 했는데 자기 마음대로 내 물건도 일부 가져갈 것 같은 예감이 들었다.

"누구세요?" 루시가 라일을 아래위로 살피며 물었다.

"라일 킨케이드입니다. 릴리의 남자 친구죠."

릴리의 남자 친구.

다들 들었어요?

남자 친구.

라일이 우리 관계를 확실히 한 건 처음이었는데 그는 이 말을 아주 자신 있게 했다. "내 남자 친구라고?" 나는 주방으로 가서 와인 한 병과 와인 잔 두 개를 꺼냈다.

와인을 따르고 있는데 라일이 뒤로 와서 허리를 안았다. "응. 당신 남자 친구."

나는 그에게 와인을 한 잔 건네고 말했다. "그럼 난 여자 친구겠네?"

그는 와인 잔을 들고 내 잔에 가볍게 부딪쳐 건배했다. "시험 기간 종료와 확실한 관계의 시작을 위하여."

우리 둘 다 와인을 마시며 미소 지었다.

루시는 상자를 쌓더니 현관문으로 가며 말했다. "내가 타이밍 좋게 빠지는 것 같군."

문이 닫히자 라일은 눈썹을 치켜올렸다. "당신 룸메이트가 날 별로 안 좋아하는 것 같아."

"이 얘기 들으면 놀랄걸. 루시가 나도 별로 안 좋아하는 것 같았는데 어제 나한테 결혼식에서 신부 들러리를 서달라는 거야. 꽃을 공짜로 해달라고 하려나 싶긴 하지만. 루시는 엄청난 기회주의자거든."

라일은 웃으며 냉장고에 기댔다. 그의 시선이 '보스턴'이라고 쓰인 냉장고 자석에 멈췄다. 그는 자석을 떼더니 눈썹을 치켜올렸다. "관광객처럼 냉장고에 보스턴 기념품을 계속 붙여놓으면 보스턴 연옥에서 빠져나오지 못할 텐데."

나는 웃으며 자석을 가져와 다시 냉장고에 붙였다. 라일이 우리가 만난 첫날 밤을 그렇게 자세히 기억한다는 사실이 좋았다. "선물 받아서. 내가 직접 사야 기념품이잖아."

라일은 다가와서 내가 들고 있던 와인 잔을 가져갔다. 그리고 잔 두 개를 조리대 위에 놓더니 몸을 숙여 진하고 열정적인 취중 키스를 했다. 그의 혀에서 느껴지는 와인의 떫은 과일 맛이 좋았다. 그의 손은 내 원지 지퍼로 향했다. "여기서 나오게 해줄게."

그는 침실로 나를 이끌었고 둘 다 옷을 벗으려고 씨름하는 동안에도 계속 키스했다. 침실에 들어갔을 때 나는 속옷만 입고 있었다.

라일이 나를 문에 밀어붙이자 나는 기대감에 숨쉬기가 힘들었다.

"움직이지 마." 그가 말했다. 그는 내 가슴에 입술을 댄 다음 천천히 키스하며 아래로 내려갔다.

오, 맙소사. 오늘 하루가 이보다 더 좋을 수 있을까?

나는 그의 머리카락을 어루만졌지만 그는 내 손목을 잡더니 문에 밀어붙였다. 그리고 손목을 꼭 잡은 채 내 몸 위쪽으로 올라왔다. 그는 경고한다는 듯이 한쪽 눈썹을 찡긋했다. "움직이지 말라니까."

나는 웃지 않으려 했지만 참기 힘들었다. 라일은 다시 내 몸으로 입술을 가져갔다. 그가 천천히 내린 팬티가 발목에 걸렸지만 움직이지 말라고 했기 때문에 발로 밀어내지 않았다.

그의 입술은 내 허벅지를 타고 올라와⋯⋯.

그렇지.

생애.

최고의.

날이다.

13

✉ 라일: 집이야? 아니면 아직 가게?

✉ 나: 가게. 한 시간쯤 더 있어야 끝나.

✉ 라일: 보러 가도 돼?

✉ 나: 사람들이 세상에 바보 같은 질문은 없다고 하잖아. 틀렸어. 방금 그거 바
　　보 같은 질문이야.

✉ 라일: ☺

　30분 뒤, 라일이 꽃집 앞문을 두드렸다. 가게 문은 세 시간 전에
닫았지만 나는 혼자 남아서 첫 달이라 혼란스러운 여러 가지 일들
을 따라잡으려고 노력 중이었다. 아직 가게를 연 지 얼마 되지 않아
서 잘되는지 안되는지 정확하게 가늠하기가 힘들었다. 잘되는 날도

있었고 손님이 없어서 앨리사를 퇴근시킨 날도 있었다. 하지만 아직까지의 상황은 전반적으로 만족스러웠다.

라일과의 관계도 만족스럽게 흘러갔다.

나는 문을 열고 그에게 들어오라고 했다. 그는 이번에도 하늘색 수술복을 입고 있었고 청진기를 목에 걸고 있었다. 방금 퇴근한 모습이었다. 아주 좋았어. 나는 교대 근무를 마치고 곧바로 온 라일을 볼 때마다 바보 같은 미소를 애써 감춰야 했다. 나는 그에게 짧게 입맞춘 다음 사무실로 다시 들어갔다. "몇 가지 마무리하고 나서 우리 집으로 가자."

라일은 사무실로 따라 들어와서 문을 닫았다. "소파가 있네?" 그가 사무실을 둘러보며 물었다.

나는 이번 주에 시간을 좀 내서 사무실 꾸미기를 마무리했다. 전기가 많이 소모되는 형광등 대신 켜려고 스탠드도 두 개 샀다. 스탠드 덕분에 사무실에 은은한 빛이 감돌았다. 사무실에 두고 키울 화분도 몇 개 샀다. 정원은 아니지만 최대한 그에 가깝게 꾸몄다. 원래 이곳은 채소 상자를 쌓아놓는 창고였기 때문에 엄청나게 발전한 모습이었다.

라일은 소파로 가서 얼굴을 대고 털썩 누웠다. "천천히 해." 그가 쿠션에 대고 중얼거렸다. "난 끝날 때까지 잠깐 잘게."

나는 가끔 그가 스스로 몰아붙이며 너무 열심히 일하는 것 같아서 걱정이었지만 아무 말도 하지 않았다. 사무실에 열두 시간째 앉아 있는 내가 야망이 넘치는 것과 관련해 무슨 할 말이 있을까 싶었다.

일을 마무리하는 데 15분쯤 걸렸다. 다 끝내고 노트북을 닫은 나는 라일을 바라보았다.

자는 줄 알았는데 옆으로 누워서 한 손으로 머리를 받치고 있었다. 그는 계속 나를 지켜보고 있었다. 씩 웃는 그를 보자 얼굴이 달아올랐다. 나는 의자를 밀고 일어났다.

"릴리, 난 당신을 너무 많이 좋아하는 것 같아." 내가 다가가자 그가 말했다. 그는 소파에서 일어나 앉더니 나를 끌어당겨 무릎에 앉혔고 나는 코를 찡긋했다. "'너무 많이'라고? 좋은 말 같지 않은데."

"좋은 말인지 아닌지 나도 모르니까." 그는 내가 다리를 벌리고 마주 앉게 한 다음 내 허리를 안았다. "정식으로 여자를 사귀는 건 이번이 처음이거든. 당신을 이렇게까지 좋아해도 되는 건지 아직 모르겠어. 당신이 겁나서 도망가는 건 싫은데."

나는 웃음을 터뜨렸다. "그런 일은 없을 거야. 날 숨 막히게 하기에는 당신이 일을 너무 많이 하는걸."

라일은 내 등을 쓰다듬었다. "내가 일을 너무 많이 하는 게 신경 쓰여?"

나는 고개를 저었다. "아니. 당신이 번아웃에 시달릴까 봐 가끔 걱정될 뿐, 당신을 그 열정과 나눠 가져야 하는 건 괜찮아. 사실 야망이 넘치는 당신이 정말 좋아. 섹시하다고 할까. 어쩌면 내가 가장 좋아하는 당신 모습일지도 모르지."

"내가 가장 좋아하는 당신 모습은 뭔지 알아?"

"난 이미 알고 있지." 내가 웃으며 말했다. "입술이잖아."

라일은 고개를 젖히고 소파에 기댔다. "아, 그렇지. 그게 먼저지. 그럼 내가 두 번째로 좋아하는 건 뭔지 알아?"

나는 고개를 저었다.

"당신은 내가 할 수 없는 일로 부담을 주지 않아. 정확히 있는 그 대로의 나를 받아들여줘."

나는 미소 지었다. "음, 솔직히 말하자면 당신은 처음 만났을 때와 좀 달라졌어. 이제는 여자 친구 사귀는 걸 결사반대하지 않잖아."

"그거야 당신 덕분에 쉬웠지." 라일이 내 셔츠 안으로 손을 넣어 등을 만지며 말했다. "당신과 함께하는 건 쉬운 결정이지. 내가 늘 원했던 일을 계속할 수 있는 건 물론이고 당신 응원 덕분에 열 배는 더 잘하게 돼. 당신과 함께 있으면 케이크를 가진 것은 물론이고 먹기까지 한 것 같아."

이제 라일은 양손을 다 내 셔츠 안에 넣어 등을 받치고 있었다. 그러더니 나를 끌어당겨 키스했다. 나는 그의 입술과 닿은 채 미소 지으며 속삭였다. "먹어본 케이크 중에 최고지?"

그는 한 손으로 쉽게 브래지어를 풀었다. "그런 것 같긴 한데 확신하려면 한 입 더 먹어봐야겠어." 그는 내 셔츠와 브래지어를 머리 위로 올려 벗겼다. 나는 청바지를 벗으려고 그에게서 몸을 떼려 했지만 그는 나를 다시 무릎에 앉혔다. 그리고 청진기를 귀에 꽂더니 내 심장 바로 위, 가슴에 갖다 댔다.

"릴리, 심장이 왜 이렇게 빨리 뛰는 거지?"

나는 천진난만하게 어깨를 으쓱했다. "당신과 약간 관련이 있는 것 같은데요, 킨케이드 선생님."

그는 대고 있던 청진기를 내리더니 나를 들어 올려 소파에 눕혔다. 그리고 내 다리를 벌리고 그 사이에 무릎 꿇고는 다시 가슴에 청진기를 갖다 댔다. 그는 한 손으로 자기 몸을 지탱한 채 계속 내 심장 박동을 들었다.

"1분에 90회 정도 뛰는데."

"좋은 거야, 나쁜 거야?"

라일은 씩 웃으며 내 위로 몸을 내렸다. "140회는 뛰어야 만족하겠는데."

그렇다. 나도 1분에 140회는 뛰어야 만족할 것 같았다.

그는 내 가슴에 입을 갖다 댔고 나는 가슴에서 미끄러지듯 움직이는 그의 혀가 느껴지자 눈을 감았다. 그는 내 몸에 입 맞추며 계속 청진기를 가슴에 갖다 댔다. "이제 100회쯤 되는군." 그는 귀에서 청진기를 빼서 목에 걸고 뒤로 물러난 다음 내 바지 단추를 풀었다. 바지를 벗긴 다음에는 나를 엎드리게 했다. 나는 팔을 뻗어 소파 팔걸이에 걸쳤다.

"무릎 꿇어 봐." 그가 말했다.

나는 그의 말대로 했고 내가 자세를 제대로 잡기도 전에 금속 청진기의 차가운 감촉이 다시 가슴에서 느껴졌다. 이번에 라일은 뒤에서 나를 안고 있었다. 그가 심장박동을 듣는 동안 나는 가만히 있었다. 그의 다른 한 손이 천천히 내 다리 사이로 파고들어 팬티 안으로, 그리고 내 안으로 들어왔다. 나는 소파를 꽉 잡았지만 그가 심장

230

박동을 듣는 동안 소리를 최대한 내지 않으려고 애썼다.

"110회야." 그가 아직 만족스럽지 않다는 듯이 말했다.

그는 내 엉덩이를 끌어당겨 자기 몸에 붙였다. 잠시 후 그가 수술복을 벗는 느낌이 들었다. 그는 한 손으로는 내 허리를 안고 다른 한 손으로는 계속 내 안을 누볐다.

그가 다시 심장박동을 들으려고 잠시 멈췄을 때 소파를 잡은 내 두 손은 필사적으로 주먹을 쥐었다. "릴리." 그가 실망한 체하며 말했다. "120회야. 아직 내가 원하는 지점에 도달하지 못했어."

청진기가 다시 사라졌고 그의 팔이 내 허리를 안았다. 그의 한 손이 다시 아래로 내려가 다리 사이에 자리 잡았다. 나는 더 이상 그의 리듬을 따라갈 수 없었다. 계속 무릎 꿇고 있기도 힘들 정도였다. 어떻게 했는지는 모르지만 그는 한 손으로 나를 안은 채 다른 한 손으로는 지금 가능한 최고의 방식으로 나를 무너뜨리고 있었다. 내가 몸을 떨기 시작하자 그는 곧바로 내 몸을 위로 당겼고 내 등과 그의 가슴이 닿았다. 그는 계속 내 안에 있었지만 이제 청진기를 앞으로 돌려 내 가슴에 대며 심장박동에 집중했다.

내가 신음을 내뱉자 그가 내 귀에 입술을 갖다 댔다. "쉿. 소리 내지 마."

그 후 30초 동안 내가 어떻게 아무 소리도 안 낼 수 있었는지 모르겠다. 그는 한 팔로 나를 안은 채 청진기를 대고 있었다. 다른 팔은 내 배에 딱 붙인 채 손가락으로 내 다리 사이에서 마법을 부렸다. 그는 내 안 깊숙한 곳에 계속 머물렀고 나는 몸을 움직이려 애썼다. 하지만 내가 온몸을 심하게 떠는데도 그는 바위처럼 꿈쩍도 하지 않았다. 내 다리가 떨리기 시작했고 그의 이름을 외치지 않으려 온 힘을 쥐어짜느라 두 팔을 내려 그의 다리 윗부분을 꽉 잡았다.

라일이 내 손을 들고 손목에 청진기를 갖다 댈 때에도 나는 계속 떨고 있었다. 잠시 후 그는 청진기를 벗어서 바닥에 던졌다. "150회야." 그가 만족스러워하며 말했다. 그는 손을 빼고 나를 똑바로 눕힌 다음 내게 키스하며 다시 내 안으로 들어왔다.

나는 몸에 힘이 하나도 없어서 움직일 수 없었고 눈을 뜨고 그를 보지도 못할 정도였다. 라일은 몇 차례 거칠게 밀고 들어오더니 내 입술 위에서 신음하며 가만히 있었다. 그러다가 온몸이 팽팽해진 채 내 위에 엎드려 몸을 떨었다.

그는 내 목에 입 맞춘 뒤에 쇄골의 하트 문신에 입술을 댔다. 그리고 마침내 목덜미에 얼굴을 파묻고 숨을 길게 내쉬었다.

"내가 당신을 얼마나 좋아하는지 오늘 밤에 말했던가?"

나는 웃었다. "한 번인가 두 번."

"그럼 이걸 세 번째로 쳐야지." 그가 말했다. "당신을 좋아해. 릴리, 당신의 모든 걸. 당신 안에 있는 것도, 밖에 있는 것도, 당신 근처에 있는 것도. 전부 다 좋아."

나는 맨살로 그의 말을 기분 좋게 느끼며 미소 지었다. 내 마음에서도 느꼈다. 나도 좋아한다고 말하려고 입을 열었지만 그의 휴대전화 소리에 목소리가 묻혔다.

내 목덜미에 얼굴을 묻고 있던 라일은 못마땅한 소리를 내더니 몸을 일으켜 휴대전화를 찾았다. 그는 수술복을 잡아당겨 가져온 다음 발신자를 보고 웃었다.

"어머니야." 그는 이렇게 말하고 고개를 숙여 소파 등받이에 올리고 있던 내 무릎에 입 맞췄다. 그는 전화기를 한쪽에 던져놓고는 일어서서 책상으로 가 휴지 상자를 집어 들었다.

섹스 후 뒷정리는 늘 어색하다. 그의 어머니가 전화했다는 걸 알고 나자 그 어느 때보다 어색했다.

내가 옷을 다 입자 라일은 나를 소파로 끌어당겼고 나는 그의 위에 누워 가슴에 머리를 기댔다.

10시가 넘었고 지금 이 상태가 너무 편했기 때문에 오늘 밤에 여기에서 잘까 고민했다. 그때 라일의 휴대전화가 또 울리며 음성 메시지가 도착했음을 알렸다. 그가 어머니와 이야기하는 모습을 상상하자 미소가 번졌다. 앨리사가 부모님 이야기를 가끔 했지만 라일이 부모님에 대해 얘기한 적은 없었다.

"부모님이랑 친해?"

그의 팔이 내 팔에 부드럽게 스쳤다. "응. 좋은 분들이야. 내가 10대일 때는 부모님이 힘드셨지만 잘 이겨내셨어. 요즘은 거의 매일 어머니와 통화해."

나는 그의 가슴에 두 팔을 올리고 턱을 괸 다음 그를 바라보았다. "어머니 얘기 더 해줄래? 몇 년 전에 영국으로 이사 가셨다는 얘기는 앨리사에게 들었어. 휴가차 오스트레일리아에 가셨다는 얘기도. 이 얘기는 한 달 전쯤 들은 것 같네."

라일은 웃었다. "우리 어머니? 음……. 어머니는 아주 고압적인 분이야. 아주 비판적이기도 해. 사랑하는 사람들에게는 특히 심하시지. 교회 예배는 절대 안 빠지시고. 그리고 난 어머니가 아버지를 '킨케이드 선생' 말고 다른 호칭으로 부르는 걸 들어본 적이 없어."

말은 이렇게 해도 그는 어머니 이야기를 하는 내내 미소 짓고 있었다.

"아버지도 의사이셔?"

라일은 고개를 끄덕였다. "정신과 의사셔. 일에 너무 치이지 않고 살 수 있다는 것도 정신건강의학과를 선택하신 이유 중 하나지. 똑똑하신 분이야."

"보스턴에 당신을 만나러 오신 적이 있어?"

"아니. 어머니가 비행기 타는 걸 싫어하셔서 앨리사랑 내가 1년에 두어 번 영국으로 가. 어머니가 당신을 정말 만나고 싶어 하시니까 다음에는 같이 가게 될 수도 있겠다."

나는 씩 웃었다. "어머니께 내 얘기를 했어?"

"당연하지." 라일이 말했다. "당신도 알다시피 기념비적인 일이잖아. 나한테 여자 친구가 생기다니. 어머니는 내가 우리 관계를 망치지 않았는지 확인하려고 매일 전화하셔."

내가 웃음을 터뜨리자 라일은 휴대전화를 집어 들었다. "농담인 것 같아? 장담하는데 방금 남긴 음성 메시지에 당신 이야기가 있을 걸." 그는 버튼을 몇 개 눌러서 음성 메시지를 들었다.

'아들! 엄마야. 오늘 통화를 못 했네. 보고 싶구나. 릴리에게 내 포옹을 전해주렴. 아직 만나는 거 맞지? 앨리사가 그러는데 릴리 이야기를 쉴 새 없이 한다면서. 아직 잘 사귀고 있는 거지? 그래. 그레첸이 와서 하이 티* 마시는 중이야. 사랑한다. 쪽쪽.'

나는 그의 가슴에 얼굴을 대고 웃었다. "우린 만난 지 몇 달밖에 안 됐잖아. 내 얘기를 얼마나 많이 한 거야?"

그는 우리 사이에 있던 내 손을 끌어당겨 입 맞췄다. "릴리, 정말 많이 했어. 아주, 아주 많이."

나는 미소 지었다. "부모님 빨리 뵙고 싶다. 딸도 멋지게 길러냈는데 당신까지 잘 키우셨잖아. 정말 대단하셔."

라일은 나를 꼭 안고 머리에 입 맞췄다.

"형은 이름이 뭐야?" 내가 물었다.

질문을 듣고 라일이 약간 긴장하는 게 느껴졌다. 나는 얘기를 꺼낸 걸 후회했지만 주워 담기에는 너무 늦었다.

"에머슨."

그의 목소리에서 지금 이 이야기를 하고 싶지 않다는 게 느껴졌다. 그래서 더 이상 묻지 않고 고개를 들어 황급히 그의 입술에 키스했다.

그러지 말았어야 했다. 나와 라일 사이에 키스가 키스로 끝날 수는 없었다. 몇 분 뒤, 그는 다시 내 안에 들어왔지만 이번에는 조금

• high tea, 이른 저녁에 간단하게 식사하며 마시는 차.

전과 전혀 달랐다.

이번에 우리는 사랑을 나누었다.

$$14$$

휴대전화가 울렸다. 전화기를 집어 들고 누구인지 확인한 나는 약간 당황했다. 라일이 전화를 한 건 처음이었다. 우리는 늘 문자 메시지만 주고받았다. 사귄 지 3개월이 넘었는데 전화 통화를 해본 적이 없다니 정말 이상한 일이었다.

"여보세요?"

"안녕, 여친님."

그의 목소리를 듣자 히죽 웃음이 났다. "안녕, 남친님."

"그거 알아?"

"뭐?"

"나 내일 휴가야. 내일이 일요일이라 꽃집도 1시나 되어야 열잖아. 지금 와인 두 병 가지고 당신 아파트로 가는 길이야. 남자 친구랑

하룻밤 보내면서 술에 취해 밤새도록 섹스하고 대낮까지 자고 싶지 않아?"

그의 말에 나는 무척 당혹스럽게 반응했다. 나는 씩 웃으며 말했다. "그거 알아?"

"뭐?"

"나 지금 저녁 만들고 있어. 앞치마 두르고."

"그래?"

"앞치마만 두르고." 나는 이렇게 말하고 전화를 끊었다.

잠시 후 문자 메시지가 왔다.

> ✉ 라일: 사진 좀.
> ✉ 나: 와서 직접 찍어.

현관문이 열릴 때쯤에는 캐서롤* 재료 준비가 거의 끝나 있었다. 나는 준비한 재료를 넓은 유리그릇에 쏟아부었고 라일이 주방으로 들어오는 소리를 들었으면서도 돌아보지 않았다. 앞치마만 두르고 있다는 말은 진짜였다. 팬티도 입지 않았다.

오븐으로 가서 캐서롤 그릇을 집어넣을 때 라일이 황급히 숨을

• casserole, 다양한 재료를 큰 그릇에 담아 치즈 등을 얹어 오븐에서 천천히 익히는 요리.

들이마시는 소리가 들렸다. 나는 그에게 보여주려고 약간 멀찌감치서서 그릇을 넣었다. 오븐을 닫고 나서도 라일을 돌아보지 않았다. 일부러 엉덩이를 최대한 흔들면서 행주로 오븐을 닦기 시작했다. 그러다가 오른쪽 엉덩이가 찔린 듯이 따끔해서 꺅 소리를 질렀다. 돌아보니 라일이 와인을 두 병 들고 씩 웃고 있었다.

"방금 날 **깨문** 거야?"

라일은 아무 잘못 없다는 표정을 지었다. "물리고 싶지 않으면 전갈을 유혹하질 말았어야지." 그는 와인을 한 병 따면서 나를 아래위로 훑어보았다. 그러더니 와인 병을 받쳐 들고 잔 두 개에 따른 뒤에 말했다. "고급 와인이야."

"**고급 와인이구나.**"나는 놀란 체하며 말했다. "무슨 특별한 일이라도?"

라일은 내게 한 잔을 건네며 말했다. "내가 외삼촌이 된다잖아. 끝내주게 섹시한 여자 친구도 있고. 게다가 월요일에는 평생 한 번 할 수 있을까 말까 할 정도로 드문 두개 유합 분리 수술을 할 거야."

"두개…… **뭐라고?**"

라일은 잔에 따른 와인을 다 마시고 한 잔 더 따랐다. "두개 유합 분리 수술. 결합 쌍둥이야." 그는 자기 정수리를 손가락으로 가리키더니 톡톡 쳤다. "여기가 붙어 있어. 쌍둥이가 태어난 뒤로 계속 연구했지. 정말 드문 수술이야. **정말로.**"

의사로서 라일의 모습에 진심으로 흥분한 적은 처음인 것 같다. 물론 평소에도 그의 야망을 높이 평가했다. 열심히 일하는 것도 대단하다고 생각했다. 하지만 직업 삼아 하는 일에 이렇게 신이 난 모습을 보니 말도 안 되게 섹시했다.

"시간이 얼마나 걸릴 것 같아?" 내가 물었다.

라일은 어깨를 으쓱했다. "글쎄. 어려서 너무 오래 전신마취를 하는 게 걱정이야." 그는 오른손을 들고 손가락을 꼼지락거렸다. "하지만 이 손으로 말하자면 거의 50만 달러를 들여서 전문 교육을 받은 아주 특별한 손이지. 난 이 손을 굳게 믿는다고."

나는 그에게 다가가 손바닥에 입 맞췄다. "나도 이 손을 좀 좋아하는데 말이지."

라일은 그 손으로 내 목을 쓰다듬더니 나를 돌려세워 조리대에 바싹 밀어붙였다. 뜻밖의 행동에 놀란 나는 숨이 턱 막혔다.

그는 뒤에서 몸을 붙이고 손으로 내 옆구리를 쓸어내렸다. 나는 이미 와인 술기운이 오른 상태로 화강암 조리대를 손바닥으로 꽉 누른 채 눈을 감았다.

"이 손은 말이지." 그가 속삭였다. "보스턴에서 가장 확실한 손이야."

그가 내 목덜미를 밀자 나는 조리대 쪽으로 몸을 더 깊이 숙였다. 그의 손은 내 무릎 안쪽을 어루만진 다음 미끄러지듯 위로 올라갔다. 천천히. **오, 주여.**

라일은 내 다리를 벌리더니 손가락을 내 안에 넣었다. 나는 신음하며 뭐라도 움켜쥐려 했다. 그가 마법을 부리기 시작할 무렵 나는 수도꼭지를 꽉 잡았다.

잠시 후 마술처럼 그의 손이 사라졌다.

라일이 주방에서 나가는 소리가 들렸다. 나는 조리대 앞을 지나가는 그를 바라보았다. 그는 내게 윙크하고 잔에 남은 와인을 다 마시고서 말했다. "빨리 샤워하고 올게."

이런 식으로 애를 태우다니.

"재수 없어!" 그의 뒤에 대고 내가 외쳤다.

"재수 없는 놈 아니야!" 라일이 침실에서 소리쳤다. "아주 유능한 신경외과 의사라고!"

나는 웃음을 터뜨리며 와인을 한 잔 더 따랐다.

애태우는 게 뭔지 제대로 보여주겠어.

와인을 세 잔째 마시고 있을 때 라일이 침실에서 나왔다.

나는 엄마와 통화하느라 소파에 앉아 있었고 그가 주방으로 가서 와인 따르는 모습을 지켜보았다.

정말 좋은 와인이야.

"오늘 밤에는 뭐 하니?" 엄마가 물었다.

나는 스피커 모드로 통화하고 있었다. 라일은 벽에 기대서서 엄마와 이야기하는 나를 바라보았다. "별거 안 해요. 라일 공부하는 것 좀 도와주려고요."

"그것참…… 재미없겠다." 엄마가 말했다.

라일은 내게 윙크했다.

"정말 재미있어요." 내가 엄마에게 말했다. "라일이 공부하는 걸 많이 도와주거든요. 주로 손의 소근육 운동을 점검해줘요. 어쩌면 밤새도록 공부할지도 몰라요."

나는 와인을 세 잔 마셨더니 장난기가 심해졌다. 엄마와 통화하면서 라일에게 추파를 던지다니 믿을 수가 없었다. **웩.**

"그만 끊어야겠어요. 내일은 앨리사와 마셜과 저녁 먹으러 나갈 거니까 월요일에 전화할게요."

"그래, 어디로 가려고?"

나는 눈을 치켜떴다. 엄마가 내 말뜻을 눈치채지 못하다니. "모르겠어요. 라일, 우리 어디로 가?"

"지난번에 당신 어머니랑 같이 갔던 곳으로." 라일이 말했다. "빕스였나? 6시로 예약했어."

나는 심장이 스르륵 내려앉는 것 같았다. 엄마가 말했다. "오, 잘 했네."

"네. 오래된 빵을 좋아하는 사람은 좋겠죠. 엄마, 끊을게요." 나는 전화를 끊고 라일을 보았다. "난 거기 또 가고 싶지 않은데. 별로였어. 다른 데 가자."

나는 그곳에 다시 가고 싶지 않은 진짜 이유를 라일에게 말하지 않았다. 사귄 지 얼마 안 된 남자 친구에게 첫사랑과 마주치지 않으려고 그런다는 말을 어떻게 하겠는가?

라일은 벽에 기댄 몸을 똑바로 세웠다. "괜찮을 거야." 그가 말했다. "앨리사는 거기서 저녁 먹는다고 신났어. 내가 다 얘기했거든."

운 좋게 아틀라스가 일하지 않는 날일지도 몰라.

"음식 얘기가 나와서 말인데." 라일이 말했다. "나 배고파서 죽을 거 같아."

캐서롤!

"아, 젠장!" 내가 웃으며 말했다.

라일이 서둘러 주방으로 갔고 나도 벌떡 일어나서 그를 따라 주방으로 갔다. 내가 주방에 갔을 때 라일은 오븐 문을 열고 연기를 없애려고 손을 휘젓고 있었다. **망했다.**

나는 와인을 세 잔 마시고 너무 급하게 일어나서 그런지 갑자기 어지러웠다. 그래서 균형을 잃지 않으려고 라일 옆의 조리대를 잡았다. 바로 그때 라일이 시커멓게 탄 캐서롤을 꺼내려고 손을 뻗었다.

"라일! 장갑……."

"제길!" 그가 소리쳤다.

"껴야지."

그의 손에서 바닥으로 떨어진 캐서롤 그릇이 산산조각 나 사방에 흩어졌다. 나는 유리 파편과 여기저기 튀는 버섯과 닭고기를 피하려고 발을 들었다. 라일이 오븐용 장갑을 낄 생각조차 못 했다는 걸 알고서 웃음이 났다.

와인을 마셔서 그런 게 분명했다. **정말 독한 와인이군.**

라일은 오븐 문을 쾅 닫고 개수대로 가서 욕을 중얼거리며 찬물에 손을 밀어 넣었다. 나는 웃음을 참으려 애썼지만 와인을 마신 데다가 방금 일어난 말도 안 되는 사건 때문에 참기가 힘들었다. 이제부터 치워야 할, 엉망이 된 바닥을 보자 웃음이 터지고 말았다. 라일의 손이 어떤지 보려고 몸을 숙일 때에도 계속 웃음이 났다. 그가 많이 다치지 않았기를 바랐다.

하지만 곧 내 웃음은 뚝 끊어졌다. 나는 눈가를 손으로 누른 채 바닥에 쓰러졌다.

순식간에 라일의 팔이 불쑥 튀어나와 나를 치는 바람에 뒤로 넘어진 것이다. 내가 균형을 잃을 정도의 힘이었다. 나는 넘어지다가 선반 문손잡이에 얼굴을 부딪쳤다.

관자놀이 근처 눈가에 통증이 느껴졌다.

잠시 후 묵직한 느낌이 들었다.

뒤이은 엄청난 무게감이 내 모든 것을 짓눌렀다. 어마어마한 중력이 내 감정을 끌어내리고 있었다. 모든 것이 산산조각 났다.

내 눈물, 마음, 웃음, **영혼까지도**. 모두 깨진 유리처럼 산산이 부서져 내 주위에 비처럼 내렸다.

나는 두 팔을 올려 머리를 감쌌고 조금 전 10초가 사라지기를 바랐다.

"젠장, 릴리!" 라일의 목소리가 들렸다. "이게 웃겨? 빌어먹을, 이 손은 내 일과 직결된 거라고."

나는 그를 보지 않았다. 이번에는 그의 목소리가 내 몸을 꿰뚫지 않았다. 지금 그 목소리는 나를 찌르는 것 같았다. 그의 말 한 마디 한 마디는 날카로운 칼이 되어 내게 꽂혔다. 잠시 후, 내 옆에 와 있는 그가, 내 등에 댄 그의 **빌어먹을 손**이 느껴졌다.

그는 내 등을 문지르고 있었다.

"릴리." 그가 말했다. "이럴 수가. 릴리." 그는 머리를 감싼 내 팔을 내리려 했지만 나는 꼼짝도 하지 않았다. 나는 방금 전 15초가 사라지기를 바라며 고개를 저었다. **15초.** 어떤 사람에 대한 모든 것이 완전히 뒤바뀌는 데는 15초면 충분했다.

절대 되돌릴 수 없는 15초.

라일은 나를 끌어당기더니 머리에 입 맞추기 시작했다. "정말 미안해. 내가…… 내가 손을 데어서 제정신이 아니었어. 당신은 웃고 있었고……. 정말 미안해. 모든 게 순식간에 벌어졌어. 릴리, 당신을 밀치려 한 건 아니었어. 미안해."

이번에는 라일의 목소리가 들리지 않았다. 내 귀에는 아버지의 목소리만 들렸다.

'미안해, 제니. 사고였어. 정말 미안해.'

"미안해, 릴리. 사고였어. 정말 미안해."

난 라일이 내게서 물러나기만을 바랐다. 그래서 손과 다리의 온 힘을 다해 그를 내게서 억지로 떼어놓았다.

그는 뒤로 주저앉으며 손으로 바닥을 짚었다. 진심 어린 슬픔이 가득하던 그의 눈에는 이제 다른 무언가가 가득했다.

걱정인가? 아니면 공포?

그는 천천히 오른손을 들었는데 손이 피범벅이 되어 있었다. 손바닥에서 흐른 피는 손목을 타고 내려왔다. 나는 바닥을, 산산조각 나 흩어져 있는 캐서롤 그릇을 보았다. 그리고 **그의 손**을. 조금 전 나는 유리 위로 그를 밀어버린 것이다.

그는 등을 돌리고 몸을 일으켰다. 그리고 흐르는 물에 손을 대고 피를 씻어냈다. 일어나보니 그는 손바닥에 박힌 유리 파편을 빼내 조리대에 던지고 있었다.

나는 머리끝까지 화가 났지만 어찌 된 노릇인지 그의 손을 걱정하는 마음이 계속 비집고 들어왔다. 나는 수건을 가져다가 그의 주먹에 밀어 넣었다. 피가 정말 많이 났다.

오른손이었다.

월요일에 수술이 있댔는데.

나는 지혈을 도우려 했지만 몸이 너무 심하게 떨렸다. "라일, 당신 손이."

그는 피가 나는 손을 치우더니 멀쩡한 손으로 내 턱을 들어 올렸다. "릴리, 손은 **될 대로 되라지**. 내 손은 신경 안 써. 당신 괜찮아?" 그는 내 얼굴의 상처를 자세히 살피며 정신 나간 사람처럼 내 눈 사이를 여기저기 보았다.

나는 어깨가 떨렸고 상처 가득한 굵은 눈물방울이 뺨을 타고 흘렀다. "아니." 나는 약간 쇼크 상태였다. 이 말 한마디에, 내 마음이 찢어지는 소리가 라일에게도 들린 것 같았다. 그걸 온몸으로 느낄 수 있었다. "이럴 수가. 라일, 당신이 날 **밀쳤어**. 당신이……." 조금 전에 무슨 일이 일어났는지 깨닫자 나는 실제로 일이 벌어졌을 때보다 마음이 더 아팠다.

라일은 한 팔을 내 목에 두르고 필사적으로 안으려 했다. "릴리, 정말 미안해. 세상에, 정말 미안해." 그는 내 머리카락에 얼굴을 묻은 채 모든 감정을 쏟아내며 나를 꽉 안았다. "날 미워하지 말아줘. **제발.**"

그의 목소리는 서서히 라일의 목소리로 돌아왔고 나는 그 목소리를 배 속과 발끝에서 느꼈다. 그의 손에 의사 경력 전체가 달려 있었다. 그런 손을 걱정조차 하지 않는다는 그의 말에는 뭔가 의미가 있었다. **아닌가?** 나는 너무 혼란스러웠다.

너무 감당하기 힘든 일이 벌어졌다. 연기, 와인, 깨진 유리, 사방에 튄 음식, 피, 분노, 사과. **전부 감당하기 힘들었다.**

"정말 미안해." 그가 다시 말했다. 물러서서 보니 그의 눈은 빨갰고 그렇게 슬픈 표정은 처음이었다. "너무 당황했어. 당신을 밀칠 생각은 아니었는데 그냥 너무 당황했어. 월요일에 수술을 해야 하는데 손을 다쳤다는 생각밖에 안 났어. 그리고…… 정말 미안해." 그는 내게 입 맞추며 숨결을 불어넣었다.

라일은 아버지와 달라. 그럴 리 없어. 라일은 그렇게 무신경한 쓰레기가 아니야.

우리는 둘 다 엉망진창인 상태로 키스했고 혼란스럽고 슬펐다. 이렇게 끔찍하고 고통스러운 기분은 처음이었다. 하지만 어찌 된 일인지 이 남자 때문에 받은 상처를 달래주는 유일한 것은 **이 남자**였다. 그의 슬픔에 내 눈물이 잦아들었고 그의 키스와 절대 놓아주지 않겠다는 듯이 나를 안은 손에 내 감정이 진정되었다.

그는 내 허리에 손을 감아 나를 안고서 우리가 엉망진창으로 만들어놓은 곳을 조심스레 지나갔다. 내가 그와 나 중에 누구에게 더 실망했는지 알 수 없었다. 애당초 화가 나서 이성을 잃은 그에게 실망했는지, 아니면 그의 사과에서 위안을 얻은 내게 실망했는지.

라일은 침실로 가는 내내 나를 안고 키스했다. 침대에 나를 눕힐 때까지도 계속 키스하다가 이렇게 속삭였다. "릴리, 미안해." 그는 선반에 부딪혀 다친 눈가에 입 맞췄다. "정말 미안해."

그는 다시 내 입술에 키스했다. 뜨겁고 축축했다. 나는 내게 무슨 일이 일어나고 있는지 알 수조차 없었다. 마음은 심하게 상처 입었지만 몸은 입술과 손으로 전하는 그의 사과를 간절히 기다렸다. 그를 몰아세우며 아버지에게 맞은 엄마에게 늘 바랐던 그런 반응을 보이고 싶은 한편, 마음 깊은 곳에서는 정말 사고였다고 믿고 싶었다. 라일은 아버지와 다르다고. **조금도 비슷하지 않다고.**

나는 그의 슬픔을, 후회를 느끼고 싶었다. 그리고 그의 키스에서 둘 다 느꼈다. 내가 다리를 벌리자 그의 슬픔은 다른 형태로 다가왔다. 그의 슬픔은 미안해하며 천천히 내 안으로 밀고 들어왔다. 그는 내 안에 들어올 때마다 다른 사과의 말을 속삭였다. 그리고 기적처럼, 그가 내게 들어왔다 나갈 때마다 내 분노도 함께 나갔다.

라일은 내 어깨에 입 맞췄다. 뺨에도. 눈에도. 그는 아직 내 위에서 나를 부드럽게 어루만지고 있었다. 누가 날 이렇게…… 이렇게 다정하게 어루만진 건 처음이었다. 나는 주방에서 있었던 일을 잊으려 애썼지만 지금은 온통 그 생각뿐이었다.

그가 나를 밀어냈다.

라일이 나를 밀쳤다.

15초 동안 나는 그가 아닌 다른 사람을 보았다. 나도 내가 아니었다. 나는 걱정해야 할 상황에서 웃었다. 그는 내게 손대지 말아야 할 상황에서 나를 밀었다. 내가 그를 미는 바람에 그는 손을 다쳤다.

끔찍했다. 15초 동안의 모든 것이 정말 끔찍했다. 나는 그때를 다시 떠올리고 싶지 않았다.

라일은 손에 계속 수건을 감고 있었는데 수건이 피에 흠뻑 젖어 있었다. 나는 그의 가슴을 가볍게 밀었다.

"금방 올게." 내가 말했다. 그는 내게 한 번 더 키스하고 내려갔다. 나는 욕실로 가서 문을 닫았다. 그리고 거울을 보고 놀라서 숨이 막혔다.

머리카락, 뺨, 몸에 피가 묻어 있었다. 모두 라일의 피였다. 나는 수건으로 피를 닦아내다가 세면대 아래에서 구급상자를 찾았다. 그가 이렇게 심하게 다친 줄 몰랐다. 처음에는 손에 화상을 입었고 그다음에는 손을 베었다. 월요일 수술이 얼마나 중요한지 말하고 나서 한 시간도 안 지났는데.

이제 와인은 안 돼. 고급 와인 같은 건 다시는 같이 마시지 말아야지.

나는 세면대 아래에서 구급상자를 꺼내 들고 침실 문을 열었다. 라일은 주방에서 작은 비닐봉지에 얼음을 넣어 침실로 가지고 오던 참이었다. 그는 주머니를 들며 "당신 눈 때문에"라고 말했다.

나는 구급상자를 들어 보였다. "당신 손 때문에."

우리는 둘 다 미소 지으며 침대에 앉았다. 내가 무릎에 라일의 손을 올려놓자 그는 침대 머리판에 기댔다. 내가 그의 상처를 소독하는 동안 그는 내 눈가에 얼음주머니를 대주었다.

나는 소독 연고를 내 손가락에 짜서 화상을 입은 그의 손가락에 문질렀다. 생각했던 것만큼 심각해 보이지 않아서 마음이 놓였다. "물집이 안 생기게 할 수는 없을까?" 내가 물었다.

그는 고개를 저었다. "2도 화상이면 물집이 안 생길 순 없어."

나는 다가오는 월요일에 손가락에 물집이 있어도 수술을 할 수 있는지 물어보고 싶었지만 그 얘기는 꺼내지 않았다. 분명 지금 그의 머릿속은 온통 수술 생각일 테니까.

"베인 상처에도 연고 바를까?"

그는 고개를 끄덕였다. 피는 멈추었다. 꿰매야 한대도 몇 바늘 정도일 것 같았고 상처가 깊지 않아 보였다. 나는 구급상자에서 에이스 붕대를 꺼내 그의 손에 감았다.

"릴리." 그가 속삭였다. 나는 그를 보았다. 침대 머리판에 머리를 기대고 있던 그는 울 것 같았다. "기분이 정말 끔찍해." 그가 말했다. "돌이킬 수만 있다면……."

"알아." 나는 그의 말을 잘랐다. "라일, 알아. 끔찍한 일이었어. 당신이 날 밀쳤어. 그래서 내가 안다고 생각했던 당신의 모든 면에 의문이 생겼어. 하지만 당신이 그 일로 괴로워한다는 거 알아. 어차피 돌이킬 순 없어. 그 이야기는 다시 안 했으면 좋겠어." 나는 그의 손에 붕대를 꼼꼼히 감은 다음 그의 눈을 보았다. "그런데 라일. 혹시라도 이런 일이 다시 일어나면…… 그때는 단순한 사고가 아닐 거야. 그리고 난 두 번 생각할 것 없이 당신을 떠날 거고."

라일은 후회막심한 듯 눈썹을 찡그린 채 한참 동안 나를 바라보았다. 그러더니 고개를 숙여 키스했다. "릴리, 이런 일 다시는 없을 거야. 맹세해. 난 당신 아버지와 달라. 당신이 그 생각 한다는 거 알아. 하지만 맹세코……."

나는 그에게 그만하라는 의미로 고개를 저었다. 그의 목소리에 담긴 고통을 견딜 수 없었다. "당신이 우리 아버지와 다르다는 거 알아." 내가 말했다. "그러니까…… 다시는 내가 당신을 의심하게 만들지 말아줘. 부탁해."

라일은 내 이마에 흘러내린 머리카락을 쓸어 올렸다. "릴리, 당신은 내 인생에서 가장 중요해. 난 당신을 행복하게 해주는 존재이고 싶어. 상처를 주는 존재가 아니라." 그는 내게 키스한 다음 일어나서 몸을 숙여 내 얼굴에 얼음을 댔다. "10분 정도만 대고 있어. 그럼 붓지 않을 거야."

나는 그가 잡고 있던 얼음주머니를 잡았다. "어디 가려고?"

그는 내 이마에 입 맞추고 말했다. "내가 엉망진창으로 만들어놓은 걸 치워야지."

그는 20분 동안 주방을 치웠다. 쓰레기통에 유리 버리는 소리와 싱크대에 와인 버리는 소리가 들렸다. 나는 욕실로 가서 샤워를 했다. 그의 피를 씻어낸 다음 침대 시트를 갈았다. 라일은 주방 청소를 마친 후 유리잔을 하나 들고 침실로 왔다. 그는 내게 잔을 건넸다. "탄산음료야. 카페인이 도움이 될 거야."

나는 음료를 마시며 목을 타고 내려가는 탄산을 느꼈다. 지금 딱 맞는 음료였다. 한 모금 더 마신 다음 침대 옆 탁자에 잔을 내려놓았다. "뭐에 도움이 되는데? 숙취?"

라일은 침대로 들어와 우리 둘 위로 이불을 덮었다. 그는 고개를 저었다. "아니, 실제로는 아무런 도움이 안 되는 것 같아. 하지만 우리 어머니는 내게 안 좋은 일이 있을 때 탄산음료를 주셨는데 그걸 마시면 늘 기분이 좀 나아지더라고."

나는 미소 지었다. "음, 효과가 있어."

그는 내 뺨을 쓰다듬었고 나는 그의 눈을 보고 나를 쓰다듬는 손길을 느끼며 그가 적어도 한 번쯤은 용서받을 자격이 있다고 생각했다. 그를 용서할 방법을 찾지 못하면 아직도 아버지에게 품고 있는 분노의 일부를 그에게 책임 지울 것 같았다. **그는 내 아버지와 다른데.**

라일은 나를 사랑한다. 직접적으로 말한 적은 없지만 그가 날 사랑한다는 걸 안다. 그리고 나는 그를 사랑한다. 나는 오늘 밤 주방에서 있었던 일이 다시는 일어나지 않으리라고 확신했다. 날 아프게 하고 나서 그가 얼마나 속상해하는지 보았기 때문이다.

인간은 누구나 실수한다. 누군가의 성격을 결정하는 것은 그 사람이 한 실수가 아니다. 그 실수를 어떻게 받아들이는지, 어떻게 그걸 핑계가 아닌 교훈으로 삼는지다.

라일은 왠지 더욱 진심이 깃든 눈빛으로 고개를 숙여 내 손에 입맞췄다. 그는 베개를 베고 누웠고 우리는 그렇게 누워서 서로 바라보며 이 밤이 우리에게 남긴 구멍을 모두 메워주는 무언의 에너지를 나누었다.

잠시 후 그는 내 손을 꼭 잡았다. "릴리." 그가 엄지손가락으로 내 손을 쓰다듬으며 말했다. "사랑해."

나는 온몸 구석구석에서 그의 말을 느꼈다. 그리고 **'나도 사랑해'** 라고 속삭였다. 지금까지 그에게 한 말 중 가장 벌거벗은 진실이었다.

15

나는 레스토랑에 15분 늦게 도착했다. 가게 문을 닫으려는 찰나 손님이 와서 장례식에 쓸 꽃을 주문했다. 장례식 손님은 거절할 수가 없다. 슬프지만⋯⋯ 꽃집 주인에게 장례식은 돈이 되기 때문이다.

자리에 앉아 있던 라일이 나를 향해 손을 흔들었고 나는 둘러보지 않으려고 최대한 노력하며 곧장 그들에게 갔다. 아틀라스를 보고 싶지 않았다. 다른 곳에서 식사하려고 두 번이나 시도해봤지만 라일에게서 이곳이 얼마나 좋은지 들은 앨리사는 필사적으로 여기에서 먹으려 했다.

자리에 앉자 라일이 뺨에 입 맞췄다. "어서 와, 여친님."

앨리사는 못마땅해하는 소리를 냈다. "맙소사, 둘이 너무 귀여워서 속이 안 좋아지려고 해." 나는 그를 보고 미소 지었고 그의 시선은 곧바로 내 눈꼬리로 향했다. 상처는 생각했던 것만큼 심해 보이지 않았는데 라일이 계속 얼음을 대고 있으라고 한 덕분인 것 같았다. "세상에." 앨리사가 말했다. "오빠한테 무슨 일이 있었는지 들었지만 이 정도로 많이 다친 줄은 몰랐어요."

나는 라일이 뭐라고 말했을지 궁금해서 그를 흘끗 보았다. **사실대로 말했을까?** 라일은 웃으며 말했다. "올리브유가 사방에 튀었어. 릴리는 넘어질 때도 어찌나 우아하던지 발레리나 같았다니까."

거짓말했구나.

괜찮다. 나라도 그랬을 테니까.

"정말 한심했죠." 내가 웃으며 말했다.

우리는 그럭저럭 아무 일 없이 저녁을 먹었다. 아틀라스는 보이지 않았고 어젯밤 생각도 하지 않았고 라일과 나는 와인도 마시지 않았다. 음식을 다 먹자 웨이터가 왔다. "후식 주문하시겠어요?" 그가 물었다.

나는 고개를 저었지만 앨리사는 생기가 돌았다. "뭐가 있죠?"

마셜도 마찬가지로 관심을 보였다. "두 사람이 먹을 건데 초콜릿 들어간 거 아무거나 주세요." 그가 말했다.

웨이터가 고개를 끄덕이고 가자 앨리사는 마셜을 보았다. "아기는 지금 빈대만 한 크기라고. 앞으로 몇 달 동안 나쁜 습관을 부추기지 않는 게 좋을 거야."

웨이터가 후식을 담은 카트를 끌고 왔다. "주방장님은 모든 예비 엄마에게 후식을 무료로 드립니다." 그가 말했다. "축하합니다."

"그래요?" 앨리사가 신나서 말했다.

"여기 이름이 왜 빕스*인지 생각해봐." 마셜이 말했다. "주방장이 아기를 좋아하나 봐."

우리는 모두 카트를 보았다. "와, 대단한데요." 나는 카트에 담긴 갖가지 후식을 보며 말했다.

"이제부터 여기가 내가 제일 좋아하는 레스토랑이야." 앨리사가 말했다.

우리는 세 가지 후식을 골랐다. 우리 넷은 후식이 차려지기를 기다리는 동안 아기 이름을 의논했다.

"안 돼." 앨리사가 마셜에게 말했다. "아기 이름을 도시 이름에서 따올 수는 없어."

"하지만 난 네브래스카가 좋단 말이야." 마셜이 우는소리를 했다. "그럼 아이다호는?"

앨리사는 양손으로 머리를 감쌌다. "그럼 우리 결혼 생활에 종말**이 오는 거지."

"디마이즈." 마셜이 말했다. "그것도 괜찮은 이름인데."

마셜은 후식이 도착하는 바람에 살해당할 위기를 모면했다. 웨이터는 앨리사 앞에 초콜릿 케이크를 놓은 다음, 나머지 후식 두 가지

- 'bib'은 '아기 턱받이'라는 뜻이다.
- demise(디마이즈).

를 들고 뒤에 서 있던 남자가 앞으로 나올 수 있도록 비켜섰다. 웨이터는 나머지 후식을 내려놓는 남자를 향해 몸짓하며 말했다. "주방장님께서 직접 축하를 전하고 싶으시답니다."

"음식은 어떠셨나요?" 주방장이 앨리사와 마셜을 보며 물었다.

주방장의 시선이 내게 닿을 때쯤 나는 불안이 스멀스멀 피어오르는 것을 느꼈다. 아틀라스의 시선이 내게 고정되자 나는 아무 생각 없이 불쑥 물었다. **"주방장이라고?"**

웨이터는 아틀라스를 피해 몸을 숙이고 말했다. "주방장이자 레스토랑 주인이시죠. 가끔은 웨이터 일도 하고 설거지도 하시고요. 솔선수범의 새로운 차원을 보여주시는 분이에요."

일행 아무도 눈치채지 못했지만, 그 후 5초 동안 내 눈에는 그들이 느린 동작으로 움직이는 것처럼 보였다.

아틀라스는 내 눈가의 상처를 보았다.

라일의 손에 감긴 붕대를 보았다.

그리고 다시 내 눈을 보았다.

"레스토랑이 정말 좋아요." 앨리사가 말했다. "정말 멋진 곳이에요."

아틀라스는 그를 보지 않았다. 그가 침을 꿀꺽 삼켜 목젖이 움직이는 게 보였다. 그의 턱은 경직되어 보였고, 그대로 말 한마디 없이 가버렸다.

젠장.

웨이터는 아틀라스가 황급히 가버린 것을 무마하려고 과장되게 미소 지었다. "후식 맛있게 드십시오." 그는 이렇게 말하고 재빨리 주방으로 향했다.

"실망인데." 앨리사가 말했다. "마음에 드는 레스토랑을 발견했는데 주방장이 재수 없어."

라일은 웃음을 터뜨렸다. "그러네. 하지만 재수 없는 사람들이 실력이 좋잖아. 고든 램지도 그렇고."

"좋은 지적이야." 마셜이 말했다.

나는 라일의 팔에 손을 올리고 말했다. "화장실 다녀올게."

나는 황급히 자리에서 일어났고 그는 고개를 끄덕였다. "볼프강 퍽은 어때? 그 사람도 재수 없는 것 같아?" 마셜이 말했다.

나는 고개를 숙이고 빠른 걸음으로 레스토랑을 가로질렀다. 낯익은 복도로 나가서도 계속 걸었다. 그리고 여자 화장실 문을 열고 들어간 다음 돌아서서 문을 잠갔다.

젠장. 젠장, 젠장, 젠장.

아틀라스의 눈빛. 턱에서 느껴진 분노.

나는 그가 가버려서 안도했지만, 우리가 집에 갈 때 라일의 엉덩이를 걷어차기 위해 레스토랑 밖에서 기다리고 있을 거라 반쯤 확신했다.

나는 코로 숨을 들이마시고 입으로 내뱉었다. 손을 씻으며 이 호흡을 반복했다. 좀 더 진정되자 수건에 손을 닦았다.

자리로 돌아가서 라일에게 몸이 좋지 않다고 할 생각이었다. 다 같이 그대로 레스토랑을 나가서 다시는 오지 않는 거다. 다들 주방장이 재수 없다고 생각하니까 그걸 핑계 삼을 수 있었다.

나는 화장실 문의 잠금장치를 풀었지만 문을 당겨서 열지 못했다. 반대편에서 누가 문을 밀고 들어와 한 걸음 물러서야 했기 때문이다. 아틀라스가 화장실로 들어와서 문을 잠갔다. 그는 문에 기대서서 나를, 특히 눈가 상처를 뚫어지게 보았다.

"무슨 일이야?" 그가 물었다.

나는 고개를 저었다. "아무 일도 아니야."

아틀라스는 인상을 썼다. 여전히 얼음장처럼 차가웠지만 어찌 보면 불타오르는 것 같기도 했다. "릴리, 거짓말하지 마."

나는 이 상황을 모면하려고 최대한 밝게 웃었다. "사고였어."

아틀라스는 웃었지만 금세 표정이 굳었다. "그 남자랑 헤어져."

헤어지라고?

세상에, 아틀라스는 이 일을 완전히 다르게 생각하고 있었다. 나는 한 걸음 앞으로 나가서 고개를 저었다. "아틀라스, 그는 그런 사람이 아니야. 그런 게 아니라고. 라일은 좋은 사람이야."

아틀라스는 고개를 갸웃하더니 몸을 약간 앞으로 숙였다. "우습네. 방금 그 말 너희 어머니 같았어."

그의 말이 나를 찔렀다. 나는 곧바로 그를 지나 문으로 나가려 했지만 그가 손목을 잡았다. "릴리, 그 남자랑 **헤어져**."

나는 손을 뿌리치고 아틀라스에게 등을 돌린 채 숨을 깊이 들이마셨다. 그리고 돌아서서 다시 그를 마주하며 천천히 숨을 내쉬었다. "비교가 될지 모르겠지만 굳이 하자면, 이제껏 본 라일의 그 어떤 모습보다 지금의 네가 더 무서워."

내 말에 아틀라스는 잠시 멈칫했다. 그는 천천히 고개를 끄덕이기 시작했고 문에서 물러날 때는 더 분명하게 고개를 끄덕였다. "널 불편하게 하려고 한 말은 절대 아니야." 그는 문을 향해 손짓했다. "네가 늘 내 걱정을 해줬던 걸 갚으려는 것뿐이야."

나는 이 말을 어떻게 받아들여야 할지 몰라서 잠시 아틀라스를 바라보았다. 아직 속으로는 화가 난 게 보였다. 하지만 겉으로는 차분하고 아주 침착해 보였다. 그는 나를 보내주었고 나는 손을 뻗어 잠금장치를 푼 다음 문을 열었다.

그리고 라일과 눈이 마주치자 놀라서 숨이 막혔다. 나는 뒤따라 나오던 아틀라스를 어깨 너머로 재빨리 살폈다.

라일은 어리둥절한 눈빛으로 나와 아틀라스를 번갈아 보았다. "릴리, **대체** 어떻게 된 거야?"

"라일." 내 목소리가 떨렸다. **이런, 목소리가 떨리는 바람에 상황이 더 안 좋게 비칠 것 같았다.**

아틀라스는 라일은 눈에 보이지도 않는 것처럼 나를 지나쳐 주방 문으로 향했다. 라일의 시선이 아틀라스의 등에 고정되었다. **아틀라스, 계속 가.**

아틀라스는 주방 문 앞에 도착하자 걸음을 멈추었다.

안 돼, 안 돼, 안 된다고. 계속 가.

그리고 내가 상상할 수 있는 가장 두려운 순간이 펼쳐졌다. 아틀라스는 돌아서서 라일에게 성큼성큼 다가오더니 그의 멱살을 잡았다. 라일은 멱살이 잡히기가 무섭게 아틀라스를 밀어 맞은편 벽에 내동댕이쳤다. 아틀라스는 다시 라일에게 달려들었는데 이번에는 라일을 벽에 밀어붙이고 팔로 목을 눌렀다.

"한 번만 더 릴리를 건드리면 네놈의 빌어먹을 손을 잘라서 목구멍에 쑤셔 박아주겠어, 이 쓸모없는 개자식아!"

"아틀라스, 하지 마!" 내가 소리 질렀다.

아틀라스는 뒤로 성큼 물러나며 마지못해 라일을 놓아주었다. 라일은 거칠게 숨 쉬며 아틀라스를 오랫동안 노려보았다. 잠시 후 그는 나를 뚫어지게 쳐다보았다. "아틀라스?" 라일은 그의 이름이 익숙한 듯 말했다.

왜 라일이 아틀라스의 이름을 저렇게 익숙하게 말할까? 전에 들어본 적이 있나? 그에게 아틀라스 얘기를 한 적은 없었다.

잠깐만.

했구나.

옥상에서 처음 만난 날. 내가 말한 벌거벗은 진실 중 하나였다.

라일은 기가 막힌다는 듯이 웃으며 아틀라스를 가리켰지만 계속 나를 보고 있었다. "이 사람이 아틀라스라고? **불쌍해서** 같이 잤다던 집 없는 남자애?"

아, 이런.

순식간에 복도는 주먹과 팔꿈치와 이들을 말리는 내 고함 소리로 얼룩졌다. 내 뒤쪽 문에서 웨이터 두 명이 나와 나를 지나치더니 싸움이 시작된 것만큼이나 순식간에 둘을 떼어놓았다.

라일과 아틀라스는 양쪽 벽에 각각 떨어져 서로 죽일 듯이 노려

보며 숨을 몰아쉬고 있었다. 나는 둘 중 어느 누구도 볼 수 없었다.

아틀라스도 볼 수 없었다. 방금 라일이 한 말 때문이었다. 라일도 볼 수 없었다. 지금 그가 최악의 상황을 생각하고 있을 것 같았기 때문이다.

"나가!" 아틀라스는 라일을 보며 문을 가리켰다. "내 레스토랑에서 당장 꺼져!"

나는 라일의 눈에서 무엇을 보게 될지 두려워하며 나를 스쳐 지나는 그의 눈을 보았다. 하지만 그의 눈 속에 분노는 없었다.

상처뿐이었다.

상처만 한가득이었다.

라일은 내게 무슨 말이라도 할 것처럼 잠시 멈췄다. 하지만 그는 실망으로 일그러진 표정을 한 채 레스토랑으로 들어갔다.

마침내 아틀라스를 보았을 때 그는 잔뜩 실망한 표정이었다. 내가 라일의 말에 대해 해명하기도 전에 아틀라스는 돌아서서 주방 문을 밀고 들어가버렸다.

나는 곧장 돌아서서 라일을 따라갔다. 그는 자리에서 재킷을 집어 들고 앨리사와 마셜을 보지도 않은 채 밖으로 나갔다.

앨리사는 나를 보더니 궁금하다는 듯이 양손을 으쓱했다. 나는 고개를 젓고 핸드백을 챙기며 말했다. "얘기가 길어요. 내일 얘기해요."

나는 라일을 따라 밖으로 나갔고 그는 주차장 쪽으로 걸어가고 있었다. 나는 그를 따라잡으려고 뛰었다. 그는 걸음을 멈추더니 허공에 주먹질을 했다.

"망할, 차를 안 가져왔잖아!" 그가 좌절하며 외쳤다.

내가 핸드백에서 내 차 열쇠를 꺼내자 그가 다가와서 낚아채 갔다. 나는 다시 그를 따라갔다. 이번에는 내 차로 가는 그를.

뭘 어떻게 해야 할지 몰랐다. 지금 라일이 나와 말을 하고 싶기나 한지도 알 수 없었다. 그는 내가 예전에 사랑했던 남자와 문을 잠그고 화장실에 있는 것을 보았다. 그리고 난데없이 그 남자에게 공격당했다.

맙소사, 상황이 너무 안 좋아.

내 차로 간 그는 곧바로 운전석 문을 열었다. 그리고 조수석을 가리키며 말했다. "릴리, 타."

그는 운전하는 내내 아무 말도 하지 않았다. 내가 그의 이름을 한 번 불렀지만 그는 아직 내 해명을 들을 준비가 안 되었다는 듯이 고개를 저을 뿐이었다. 주차장에 차를 댄 그는 내게서 최대한 빨리 도망치고 싶다는 듯이 시동을 끄자마자 차에서 내렸다.

내가 차에서 내렸을 때 그는 차 길이만큼 멀어져 있었다. "라일, 보이는 것처럼 그런 게 아니야. 맹세해."

그는 걸음을 멈추었다. 그가 나를 보자 내 심장은 두 배로 빨리 뛰었다. 그의 눈에는 고통이 가득했다. 애당초 느낄 필요조차 없는 고통이었다. 이게 다 바보 같은 오해 때문이었다.

"릴리, 난 이런 걸 원한 게 아니야." 그가 말했다. "난 아무도 사귀고 싶지 않았다고! 내 삶에 이런 스트레스는 원치 않아!"

그가 아까 본 장면을 오해해서 심하게 상처받은 걸 알면서도 나는 그의 말에 화가 났다. "그럼, **헤어져!**"

"뭐라고?"

나는 두 손을 들었다. "라일, 난 당신에게 부담이 되고 싶지 않아! 당신 삶에 내가 그렇게 **견딜 수 없는** 존재라니 정말 미안해!"

그는 한 걸음 다가왔다. "릴리, 내 말은 그게 아니잖아." 그는 절망에 차서 두 손을 들더니 다가와 나를 지나갔다. 그리고 차에 기대어 팔짱을 꼈다. 나는 그가 무슨 말을 하기를 기다렸고 오랜 시간 침묵이 흘렀다. 그는 고개를 숙이고 있다가 이내 나를 보았다.

"릴리, 벌거벗은 진실을 말해줘. 지금 당신에게 원하는 건 그뿐이야. 그렇게 해줄 수 있어?"

나는 고개를 끄덕였다.

"그 사람이 거기서 일하는 거 알고 있었어?"

나는 입술을 오므린 채 팔짱을 끼고 팔꿈치를 잡았다. "응. 그래서 다시 가고 싶지 않다고 한 거야. 마주치고 싶지 않아서."

내 대답에 라일은 긴장이 약간 풀린 것 같았다. 그는 손으로 얼굴을 문질렀다. "어젯밤에 있었던 일을 얘기했어? 우리가 싸운 걸 그 사람한테 말했어?"

나는 한 걸음 다가가서 단호하게 고개를 저었다. "아니, 그 사람이 추측한 거야. 내 눈과 당신 손을 보고 그냥 넘겨짚은 거야."

라일은 무거운 숨을 뱉어내고 고개를 젖혀 옥상을 쳐다보았다. 다음 질문을 하는 것조차 너무 고통스러운 듯했다.

"왜 화장실에 둘이 같이 있었어?"

나는 한 걸음 더 다가갔다. "그 사람이 날 따라 들어왔어. 라일, 이제 난 그 사람에 대해 아무것도 몰라. 레스토랑 주인인 것도 몰랐어. 그냥 웨이터인 줄 알았다고. 그 사람은 더 이상 내 삶의 일부가 아니야. 맹세해. 그는 그저……." 나는 다시 팔짱을 끼고 목소리를 낮췄다. "우리 둘 다 학대 가정에서 자랐어. 그는 내 얼굴과 당신 손을 보고…… 내가 걱정돼서 그런 거야. 그뿐이야."

라일은 양손으로 입을 막았다. 그가 숨을 내쉬자 손가락 사이로 공기가 빠져나오는 소리가 들렸다. 그는 똑바로 서서 잠시 시간을 가지며 방금 내가 한 말을 제대로 이해하려고 했다.

"내 차례야." 그가 말했다.

그는 차에서 몸을 떼고 세 걸음 떨어져 있던 내게 가까이 왔다. 그리고 두 손으로 내 뺨을 감싸고 눈을 똑바로 보았다. "나와 함께하고 싶지 않으면…… 지금 말해줘, 릴리. 당신이 그 사람과 같이 있는 걸 봤을 때…… 마음이 아팠어. 그런 감정을 다시 느끼고 싶지 않아. 지금도 이렇게 아픈데 1년을 더 함께 보내고 나면 얼마나 아플까 두려워."

내 뺨을 타고 눈물이 흘러내리기 시작했다. 나는 내 뺨을 감싼 그의 손을 감싸고 고개를 저었다. "라일, 다른 누구도 원치 않아. 당신만 원해."

그는 억지로 미소 지었다. 인간이 지을 수 있는 가장 슬픈 미소였다. 그리고 나를 끌어당겨 안았다. 나는 있는 힘껏 그를 안았고 그는 내 머리에 입 맞췄다.

"릴리, 사랑해. **세상에**, 당신을 사랑해."

나는 그를 꼭 안고 어깨에 입 맞췄다. "나도 사랑해."

나는 눈을 감았고 지난 이틀이 사라지기를 바랐다.

아틀라스는 라일을 잘못 봤다.

나는 **아틀라스**가 자신이 틀렸다는 걸 알기를 바랐다.

16

"그러니까…… 강요하려는 건 아니지만…… 릴리, 후식에 손도 안 댔더라고요." 앨리사가 괴로운 듯 신음했다. "**진짜** 맛있었는데."

"거기 다시는 안 갈 거예요." 내가 말했다.

앨리사는 아이처럼 발을 굴렀다. "하지만……."

"안 돼요. 라일의 감정을 존중해야죠."

앨리사는 팔짱을 꼈다. "그건 나도 알아요, 안다고요. 그런데 10대 시절에 어쩌다가 그렇게 호르몬의 노예가 돼서 보스턴 최고의 요리사와 사랑에 빠진 거예요?"

"그때 그는 요리사가 아니었어요."

"어쨌든요." 앨리사가 말했다. 그는 사무실에서 나가더니 문을 닫았다.

휴대전화에서 문자 메시지 알림음이 울렸다.

✉ 라일: 다섯 시간째야. 아직 다섯 시간 더 남았어. 아직까지는 괜찮아. 손도 상
태 좋아.

나는 안도의 한숨을 쉬었다. 오늘 라일이 수술을 할 수 있을까 싶
었다. 하지만 그가 오늘 수술을 얼마나 기다렸는지 알기 때문에 문
자를 보고 다행이라 생각했다.

✉ 나: 보스턴에서 가장 확실한 손이지.

나는 노트북을 열고 이메일을 확인했다. 가장 먼저 확인한 것은
〈보스턴 글로브〉에서 보낸 문의 메일이었다. 기자가 보낸 메일이었
는데 꽃집에 대한 기사를 쓰고 싶다는 내용이었다. 바보처럼 빙그
레 웃으며 답장을 쓰고 있는데 앨리사가 문을 두드렸다. 그는 문을
열고 머리를 들이밀었다.

"저기." 그가 말했다.

"네." 내가 대답했다.

앨리사는 문틀을 손가락으로 두드렸다. "좀 전에 나한테 빕스에
다시 못 가는 이유가 어린 시절에 사랑했던 남자가 주인이라는 게
오빠한테 부당하기 때문이라고 했죠?"

나는 의자 등받이에 기댔다. "앨리사, 무슨 말을 하고 싶은 거예

요?"

그는 코를 찡긋하고 말했다. "우리가 주인 때문에 거기 다시 가는 게 부당하면, 레스토랑 주인이 여기 오는 것도 부당한 거 아니에요?"

뭐라고?

나는 노트북을 닫고 벌떡 일어났다. "왜 그걸 물어요? 그 사람이 여기 왔어요?"

앨리사는 고개를 끄덕이며 사무실로 살며시 들어와 문을 닫았다. "네. 당신을 찾고 있어요. 그런데 당신은 우리 오빠랑 사귀고 난 임신 중이지만 저 남자의 완벽한 외모를 잠깐만 조용히 감탄하면 안 될까요?"

앨리사는 꿈꾸는 듯한 미소를 지었고 나는 눈을 치켜떴다.

"앨리사."

"그럼 **눈**만이라도요." 그는 문을 열고 나갔다. 그를 따라 나가자 아틀라스가 보였다. "여기 왔어요." 앨리사가 말했다. "외투를 받아 드릴까요?"

우리는 외투를 받아주지 않잖아.

내가 사무실에서 나가자 아틀라스는 나를 보았다. 그는 앨리사를 보며 고개를 저었다. "괜찮아요. 오래 안 걸릴 거예요."

앨리사는 판매대에 몸을 숙이고 턱을 괬다. "원하는 만큼 있다 가세요. 혹시 다른 일도 하실 생각은 없나요? 릴리가 직원을 더 채용해야 하거든요. 아주 무거운 걸 옮길 수 있는 사람을 찾고 있어요. 아주 유연해야 하죠. 몸을 숙여야 하니까요."

나는 앨리사를 향해 눈을 찡그리며 입 모양으로 말했다. **"그만해."**

그는 아무 잘못이 없다는 듯이 어깨를 으쓱했다. 나는 아틀라스가 들어오도록 사무실 문을 잡아주면서도 지나가는 그의 눈을 똑바로 보지 않았다. 어젯밤 일로 죄책감이 들었지만 화가 많이 나기도 했다.

나는 말다툼할 마음의 준비를 하고 책상으로 가서 의자에 앉았다. 하지만 아틀라스를 보자 입을 꾹 다물 수밖에 없었다.

그는 미소 짓고 있었다. 그리고 내 맞은편에 앉으며 손으로 원을 그려 주위를 가리켰다. "릴리, 여기 정말 근사해."

나는 멈칫했다. "고마워."

그는 내가 자랑스럽다는 듯이 나를 보며 계속 미소 지었다. 그러더니 잠시 후 우리 사이에 놓인 책상 위에 쇼핑백을 올리고 내 앞으로 밀었다. "선물이야. 나중에 열어봐."

왜 내게 선물을 주는 걸까? 그에게는 여자 친구가 있다. 내게도 남자 친구가 있다. 우리의 과거 때문에 내 현재가 이미 충분히 곤란해졌다. 이런 상황을 악화시킬 수 있는 선물은 전혀 필요하지 않았다.

"아틀라스, 왜 내게 선물을 주는 거야?"

그는 뒤로 기대앉아 팔짱을 꼈다. "3년 전에 산 거야. 혹시 널 우연히 만나지 않을까 해서 간직하고 있었어."

배려심 많은 아틀라스. 그는 변하지 않았다. 젠장.

나는 선물을 집어서 책상 뒤 바닥에 내려놓았다. 지금 느껴지는 긴장감을 풀려고 애썼지만 아틀라스의 모든 것이 날 긴장하게 만드는 상황에서는 그러기가 정말 힘들었다.

"사과하러 왔어."

나는 그럴 필요 없다고 알려주려고 손사래를 쳤다. "괜찮아. 오해였잖아. 라일은 괜찮아."

아틀라스는 나지막이 웃었다. "그 일을 사과하려는 게 아니야. 널 지키려 한 걸 사과하지는 않을 거야."

"날 지키려 한 게 아니야. 지키고 말고 할 게 없었다고."

아틀라스는 고개를 갸웃하며 어젯밤과 똑같은 표정으로 나를 보았다. 내게 얼마나 실망했는지 알려주는 표정이었다. 그 표정은 내 감정의 깊은 곳을 찔렀다.

나는 헛기침을 했다. "그럼 왜 사과한다는 거야?"

그는 잠시 말없이 생각에 잠겨 있었다. "네 말이 너희 어머니 같았다고 한 거, 사과하고 싶어. 상처 주는 말이었어. 미안해."

왜 아틀라스와 함께 있으면 언제나 울고 싶은 기분이 드는지 알 수 없었다. 그를 생각할 때에도, 그에 관해 쓴 글을 읽을 때도 그랬다. 내 감정이 어떤 식으로든 그에게 여전히 묶여 있는 것 같았는데 이 고리를 어떻게 끊어내야 할지 아직 모르겠다.

아틀라스는 내 책상을 보았다. 그러더니 손을 뻗어 세 가지를 집어 들었다. 펜, 점착 메모지, 내 휴대전화.

그는 메모지에 뭘 쓰더니 내 휴대전화를 잡아당겨 케이스를 벗겼다. 그리고 케이스와 휴대전화 사이에 메모지를 붙이고 다시 끼웠다. 그는 책상에 휴대전화를 놓고 내 쪽으로 밀었다. 나는 휴대전화를 본 다음 그를 보았다. 그는 일어나서 책상에 펜을 내려놓았다.

"내 휴대전화 번호야. 혹시 필요할지 모르니까 거기에 잘 숨겨놔."

나는 그의 행동에 인상을 썼다. **불필요한** 행동이었다. "필요 없을 거야."

"필요 없길 바랄게." 그는 문으로 가서 손잡이를 잡았다. 나는 그가 내 인생에서 영원히 사라지기 전에 할 말을 할 수 있는 기회는 지금뿐이라는 걸 알았다.

"아틀라스, 잠깐만."

어찌나 다급하게 일어났는지 의자가 뒤로 튕겨 나가서 벽에 부딪쳤다. 아틀라스는 몸을 반쯤 돌려 나를 보았다.

"어젯밤에 라일이 한 말 말이야. 난 절대……." 나는 긴장해서 목에 손을 올렸다. 심장이 목구멍으로 튀어나올 것 같았다. "난 절대 라일에게 그런 말을 하지 않았어. 라일이 너무 상처받고 속상해서 오래전에 내가 한 말을 오해한 거야."

아틀라스의 입꼬리가 씰룩거렸다. 웃음을 참는 것인지 찡그리지 않으려는 것인지 알 수 없었다. 그는 나를 똑바로 바라보았다. "릴리, 내 말 잘 들어. **불쌍해서**가 아니었다는 건 나도 알아. 내가 당사자였으니까."

그는 사무실 밖으로 나갔고 그의 말을 들은 나는 의자에 주저앉았다.

하지만…… 의자는 그 자리에 없었다. 밀려난 의자는 여전히 사무실 다른 쪽에 있었고 나는 바닥에 넘어졌다.

앨리사가 황급히 들어왔고 나는 책상 뒤 바닥에 누워 있었다. "릴리?" 그는 책상을 빙 돌아 내게 왔다. "괜찮아요?"

나는 엄지손가락을 치켜들었다. "괜찮아요. 의자가 없는 줄 모르고 앉았어요."

그는 손을 뻗어 나를 일으켰다. "무슨 일이었어요?"

나는 의자를 가지고 오면서 문을 흘끗 보았다. 그리고 의자에 앉아서 내 휴대전화를 보았다. "별일 아니에요. 그냥 사과하러 온 거였어요."

앨리사는 아쉬운 듯 한숨을 내쉬며 문을 돌아보았다. "그러니까 여기에서 일할 생각은 없다는 거죠?"

나는 앨리사에게 두 손 들었다. 이렇게 감정이 혼란스러운 와중에도 나를 웃게 하다니. "급여 깎기 전에 얼른 가서 일해요."

앨리사는 웃으며 나가려 했다. 나는 펜으로 책상을 톡톡 치다가 말했다. "앨리사. 잠깐만요."

"알아요." 그가 내 말을 자르며 말했다. "오빠가 이 일을 알 필요는 없겠죠. 굳이 말하지 않아도 돼요."

나는 미소 지었다. "고마워요."

그는 문을 닫았다.

나는 3년 묵은 선물이 담긴 쇼핑백을 집어 들었다. 선물을 꺼내자 얇은 종이로 싼 책이라는 걸 금세 알 수 있었다. 나는 종이를 뜯고 의자에 기대앉았다.

표지에 엘런 드제너러스 사진이 있었다. 제목은《진심으로……
농담이야》였다. 웃으며 책을 펼친 나는 서명을 보고 놀라서 조용히
헉 소리를 냈다. 나는 서명과 함께 쓰여 있는 단어들을 손가락으로
가만히 쓸어보았다.

> 릴리,
>
> 아틀라스가 그냥 계속 헤엄치래.
>
> ― 엘런 드제너러스

나는 엘런의 서명을 손가락으로 살며시 만졌다. 그리고 잠시 후
책상에 책을 내려놓고 그 위에 이마를 대고 엎드린 채 눈물 없는 울
음을 터뜨렸다.

17

7시가 넘어서 집에 왔다. 한 시간 전에 라일이 전화해서 오늘 밤에는 못 온다고 했다. (그가 썼던 어려운 말이 뭐였든지 간에) 두개 어쩌고저쩌고 분리 수술은 성공적이었지만 밤새 병원에 머물며 합병증이 생기는지 확인해야 한다고 했다.

나는 현관문을 지나 조용한 아파트로 들어갔다. 조용히 잠옷으로 갈아입었다. 조용히 샌드위치도 먹었다. 그런 다음 조용한 침대에 누워 마음도 조용해지기를 바라며 새 책을 조용히 펼쳤다.

아니나 다를까 세 시간 동안 책을 거의 다 읽고 나자 지난 며칠 동안의 일로 어지럽던 모든 감정이 내 안에서 천천히 빠져나가기 시작했다. 나는 마지막으로 읽은 페이지에 책갈피를 끼우고 책을 덮었다.

한동안 책을 멍하니 바라보았다. 라일을 생각했다. 아틀라스도 생각했다. 인생이 흘러가는 방향을 아무리 확신한다 해도, 때로는 파도가 조금만 바뀌어도 그 확신이 희미해진다는 생각이 들었다.

나는 일기장을 모아둔 벽장에 아틀라스가 사준 책을 넣었다. 그러고 나서 아틀라스와의 추억이 가득한 일기장을 집었다. 마지막 일기를 읽을 때가 왔다는 생각이 들었다. 그래야 일기장을 영원히 덮어놓을 수 있었다.

엘런에게.

당신이 제 존재를 모른다는 사실에, 제가 당신에게 쓴 이 편지들을 실제로 보낸 적이 없다는 사실에 감사할 때가 많아요.

하지만 가끔은, 특히 오늘 같은 밤에는 당신이 저를 알았으면 좋겠어요. 제 감정을 누군가에게 몽땅 털어놓고 싶거든요. 아틀라스를 본 지 6개월이 지났는데도 그가 어디에서 어떻게 지내는지 전혀 몰라요. 지난번 편지에 아틀라스가 보스턴으로 이사 갔다고 쓴 뒤로 정말 많은 일이 있었어요. 그때 이후로 한동안 그를 못 볼 줄 알았는데 아니었어요.

아틀라스가 떠나고 몇 주 뒤에 그를 다시 봤어요. 제 열여섯 번째 생일에 나타난 거예요. 덕분에 완전 생애 최고의 날이 되었죠.

그다음에는 완전 최악이었고요.

아틀라스가 보스턴으로 떠난 지 정확히 42일이 지난 날이었어요. 왠지 몰라도 날짜를 세면 도움이 될 것만 같아서 매일 날짜를 세고 있었어요. 엘런, 그때 정말 우울했어요. 지금도 그렇고요. 사람들이 그러는데 애들 사랑은 어른 사랑이랑 다르대요. 일부는 동의하지만 제가 어른이 아니니 비교 대상이 없네요. 그래도 다를 것 같다는 생각은 들어요. 분명 어른들 사이의 사랑에는 10대 애들 사이의 사랑에 비해 실체가 있겠지요. 더 성숙하고 서로 존중하며 책임감도 더 클 거예요. 하지만 사는 동안 나이에 따라 사랑의 실체는 달라질지 몰라도 사랑의 무게는 같다고 생각해요. 나이와 상관없이 어깨에, 배에, 심장에 사랑의 무게를 느끼는 거죠. 아틀라스를 향한 제 감정은 아주 무거워요. 저는 매일 밤 울다 잠이 들면서 이렇게 속삭인답니다. "그냥 계속 헤엄치는 거야"라고요. 하지만 물속에 닻을 내린 기분인데 계속 헤엄치는 건 정말 힘들어요.

이제 와서 생각해보니 저는 어떤 면에서 슬픔의 단계를 경험한 것도 같아요. 부정, 분노, 타협, 우울, 수용 말이에요. 열여섯 번째 생일 밤에는 우울 단계에 아주 깊이 빠져 있었어요. 엄마는 즐거운 생일을 보내게 해주려고 애쓰셨어요. 원예 용품을 사주셨고 제가 좋아하는 케이크도 만드셨고 둘이 나가서 저녁도 먹었어요. 하지만 저는 그날 밤 침대에 누울 때까지 슬픔을 떨칠 수 없었어요.

막 울고 있었는데 창문 두드리는 소리가 들린 거예요. 처음에는 빗소리인 줄 알았어요. 하지만 그때 아틀라스 목소리가 들렸죠. 저는 침대에서 벌떡 일어나 창문으로 달려갔어요. 발작이 일어난 듯 심장이 뛰었죠. 아틀라스가 어둠 속에 서서 저를 보며 미소 짓고 있었어요. 저는 창문을 열고 아틀라스를 들어오게 했어요. 아틀라스는 저를 끌어안았고 제가 우는 동안 한참 그렇게 안고 있었어요.

아틀라스에게서 향기가 났어요. 그를 껴안았을 때, 마지막으로 본지 6주 만에 그렇게 깡말랐던 몸에 살이 쪘다는 걸 알 수 있었어요. 아틀라스는 한 걸음 물러나 제 뺨에 흐르는 눈물을 닦아주었어요. "릴리, 왜 울고 그래?"

저는 울고 있다는 사실에 당황했어요. 그달에 정말 많이 울었거든요. 아마 평생 그렇게 많이 운 달은 없었을 거예요. 10대 소녀의 호르몬에 아빠가 엄마를 대하는 방식으로 인한 스트레스와 아틀라스와의 이별이 섞여서 그런 것 같아요.

저는 바닥에 있던 셔츠를 집어서 눈물을 닦았고 우리는 같이 침대에 앉았어요. 아틀라스는 저를 품에 안고 침대 머리판에 기댔어요.

"여기는 어쩐 일이야?" 제가 물었어요.

"네 생일이잖아." 그가 대답했어요. "넌 지금도 내가 가장 좋아하는 사람이거든. 그리고 네가 보고 싶었어."

아틀라스가 10시 전에 제 방에 온 것 같은데 이야기를 얼마나 많이 했는지 그다음에 시계를 보니 12시가 넘었더라고요. 무슨 얘기를 했는지는 기억나지 않지만 그 느낌만은 생생해요. 아틀라스는 행복해 보였고 눈에는 전에 보지 못한 빛이 담겨 있었어요. 마침내 집을 찾았다는 듯이요.

그는 할 말이 있다면서 목소리가 진지해졌어요. 그리고 저를 무릎에 앉혀 그를 마주 보게 했어요. 제 눈을 보면서 얘기하고 싶다면서요. 저는 그가 여자 친구가 생겼다거나 예정보다 일찍 입대하게 되었다는 말을 할 줄 알았어요. 하지만 그의 말을 듣고 저는 충격에 빠졌어요.

아틀라스는 처음 낡은 집에 간 날 밤에 머물 곳이 필요해서 간 게 아니라고 했어요.

자살하러 갔다고 했어요.

저는 그의 상황이 그 정도로 안 좋은지 몰랐기 때문에 손으로 입을 틀어막았어요. 더 이상 살고 싶지 않을 정도로 힘든 줄은 몰랐어요.

"릴리, 너는 그 정도로 외로운 감정을 절대 느끼지 않았으면 좋겠어." 그가 말했어요.

아틀라스는 그 집에 간 첫날 밤 이야기를 계속했어요. 면도날을 손목에 대고 거실 바닥에 앉아 있었다면서요. 그가 손목을 그으려던 찰나 제 방 불이 켜진 거예요. "네가 창가에 천사처럼 서 있었어. 네 뒤로 천국 같은 빛이 비쳤지. 난 눈을 뗄 수가 없었어."

아틀라스는 한동안 제가 방 안을 서성대는 걸 지켜봤어요. 제가 침대에 눕는 것도, 일기를 쓰는 것도요. 그리고 면도날을 내려놓았어요. 한 달 사이에 뭐가 됐든 감정을 느껴본 게 처음이었대요. 저를 보고 있는 동안 감정이라는 게 조금이나마 느껴졌다고 하더라고요. 더 이상 무감각하게 살지 않을 정도의, 그날 밤에 생을 마감하지 않기에는 충분한 감정이었다고요.

그리고 하루인가 이틀 뒤에 제가 음식을 가져가서 그 집 앞에 놔둔 거예요. 그 뒷이야기는 당신도 잘 알고 있죠.

"릴리, 넌 내 생명을 구했어. 억지로 애쓰지도 않았는데."

아틀라스는 고개를 숙이더니 제 어깨와 목 사이, 늘 입 맞추는 곳에 키스했어요. 그가 다시 그렇게 해줘서 좋았어요. 저는 제 몸을 썩 마음에 들어 하지 않았지만, 쇄골의 그 부분은 제일 좋아하게 되었어요.

그는 제 손을 잡고 예정보다 일찍 입대하게 되었다면서 제게 고맙다는 말을 하지 않고는 떠날 수 없다고 했어요. 4년 동안 군대에 있을 예정인데 제가 볼 수도, 소식을 들을 수도 없는 남자 친구 때문에 제대로 지내지 못하는 열여섯 살 소녀가 되는 건 정말 원치 않는다고 말했어요.

그다음 말을 할 때 그의 파란 눈동자가 투명하게 보일 정도로 눈물이 차올랐어요. "릴리. 인생은 재미있는 것 같아. 우린 아직 살아갈 날이 많이 남았잖아. 그러니 그 시간을 최대한 꽉 채우려고 최선을 다해야 해. 언젠가 일어날지도 모를 일이나 일어나지 않을지도 모를 일에 시간을 허비해서는 안 돼."

이 말이 무슨 뜻인지 알았어요. 아틀라스는 입대할 테고 군대에 있는 동안 제가 그를 붙들고 있는 걸 원치 않는다는 거였죠. 우리가 헤어지는 건 아니었어요. 사귀는 관계는 아니었으니까요. 우린 그저 필요할 때 서로 돕고, 그러는 동안 마음이 맞았을 뿐이에요.

애당초 저를 붙잡은 적도 없는 사람에게 저를 놓아준다는 말을 듣는 건 힘들었어요. 우리가 함께 시간을 보내는 동안 둘 다 이 관계가 영원하지 않을 거라는 걸 알았던 것 같아요. 이유는 모르겠지만 그랬기 때문에 아틀라스를 쉽게 사랑할 수 있었던 것 같고요. 평범한 상황에서 만났더라면, 다른 10대 또래들처럼 어울렸다면, 아틀라스가 자기 집에서 평범하게 살았다면, 여느 또래 같은 평범한 커플이 됐을지도 모르죠. 쉽게 사귀고, 때로는 잔인함이 삶을 가로막는 경험을 해본 적이 없는 커플이요.

그날 밤, 저는 아틀라스의 마음을 바꾸려는 시도조차 하지 않았어요. 우리 사이는 지옥 불도 끊어낼 수 없다는 느낌이 들었거든요. 그는 군대에서 시간을 보내고 저는 10대에 어울리게 살다가 때가 맞으면 다시 제자리로 돌아갈 것 같은 느낌이 들었어요.

"약속할게." 아틀라스가 말했어요. "널 삶의 일부로 받아들일 수 있을 정도로 내 삶이 나아지면 널 찾으러 올게. 하지만 네가 날 기다리는 건 원치 않아. 내가 영영 오지 못할 수도 있으니까."

저는 그 약속이 마음에 들지 않았어요. 둘 중에 하나잖아요. 그가 살아서 군대에서 나오지 못할 수도 있다고 생각하거나, 자기 삶이 절 찾아올 만큼 좋아지지 않을 수도 있다고 생각하는 거잖아요.

지금 그의 삶도 저에게는 충분히 괜찮지만 저는 고개를 끄덕이고 애써 미소 지었어요. "날 찾으러 안 오면 내가 갈게. 모양새가 좋지는 않겠지만, 아틀라스 코리건."

제 협박에 아틀라스는 웃음을 터뜨렸어요. "음, 날 찾기는 어렵지 않을 거야. 내가 어디에 있을지 잘 알잖아."

저는 미소 지었어요. "모든 것이 더 좋은 곳에."

그도 미소 지었어요. "보스턴."

그리고 그는 제게 키스했어요.

엘런, 당신은 어른이니까 이다음에 어떻게 될지 다 알겠죠. 하지만 저는 그 후 몇 시간 동안 있었던 일을 말하기가 계속 불편해요. 그냥 키스를 많이 했다고만 해둘게요. 우리 둘 다 많이 웃기도 했어요. 많이 사랑했고요. 숨도 많이 쉬었어요. 아주 많이. 그리고 둘 다 들키지 않으려고 손으로 입을 막고 최대한 조용히 하면서 적게 움직여야 했어요.

다 끝나고 나서 아틀라스는 살을 맞대고 저를 안았어요. 그리고 키스하며 제 눈을 똑바로 보았죠.

"릴리, 사랑해. 너의 모든 걸. 사랑해."

이런 말을 흔히 한다는 걸, 특히 또래들이 많이 한다는 걸 알아요. 너무 조급하게 별 뜻 없이 하는 경우가 많죠. 하지만 아틀라스가 그 말을 했을 때 저는 그가 단순히 저를 사랑한다고 말한 게 아니라는 걸 알았어요. 그런 '사랑해'가 아니었어요.

살면서 만나는 사람들을 전부 떠올려보세요. 정말 많죠. 그 사람들은 파도처럼 밀려와서 밀물과 썰물에 따라 들락날락하잖아요. 어떤 파도는 바닷속 깊은 곳의 무언가를 가지고 와서 해변에 놓고 가요. 바닷물이 빠져나가고 한참이 지나야 모래알에 새겨진 자국을 보며 파도가 여기까지 밀려왔다는 걸 알 수 있죠.

아틀라스가 제게 말한 '사랑해'는 그런 뜻이었어요. 그가 맞아본 파도 중 가장 큰 파도가 저였다는 걸 알려주는 거였어요. 제가 너무 많은 걸 가지고 와서 바닷물이 빠져나간 뒤에도 제가 남긴 자국은 언제나 남아 있을 거라고요.

아틀라스는 제게 사랑한다고 말한 뒤에 생일 선물을 준비했다고 했어요. 그리고 작은 갈색 가방을 꺼냈죠. "별거 아니지만 내가 해줄 수 있는 게 이 정도뿐이야."

저는 가방을 열고 생애 최고의 선물을 꺼냈어요. 맨 위에 '보스턴'이라고 쓰인 자석이었어요. 맨 아래에는 작은 글씨로 '모든 것이 더 좋은 곳'이라고 쓰여 있었고요. 저는 선물을 영원히 간직하겠다고, 이걸 볼 때마다 그를 생각하겠다고 했어요.

이 편지 앞부분에 제 열여섯 살 생일이 생애 최고의 날이었다고 했잖아요. 그 순간까지만 해도 그랬어요.

그 후 몇 분 동안은 아니었고요.

그날 밤에 아틀라스가 나타나기 전까지는 그가 올 줄 몰랐어요. 그래서 방문을 잠글 생각을 못 했어요. 그런데 제가 방에서 누군가에게 말하는 소리를 들은 아빠가 방문을 벌컥 열었고 저와 함께 침대에 있는 아틀라스를 보았어요. 아빠가 그렇게 화내는 건 처음 봤어요. 아틀라스는 그다음에 일어날 일에 대비할 수 없었기 때문에 아주 불리한 입장이었죠.

죽을 때까지 그 순간을 절대 잊지 못할 거예요. 아빠가 야구방망이로 아틀라스를 때리는데 저는 정말 아무것도 못 했어요. 제 비명 사이로 뼈 부러지는 소리만 났어요.

누가 경찰에 신고했는지는 지금도 몰라요. 엄마였을 것 같지만 6개월 전 일인 데다가 그날 밤 일에 대해 아직도 말하지 않고 있거든요. 경찰이 제 방에 와서 아틀라스에게서 아빠를 떼어냈을 때, 아틀라스는 피투성이가 되어 알아볼 수조차 없었어요.

저는 이성을 잃었어요.

히스테리 상태였죠.

경찰은 아틀라스를 구급차에 태워 보냈고 저를 데려갈 구급차도 불렀어요. 숨을 쉴 수가 없었거든요. 제가 경험한 처음이자 유일한 공황 발작이었어요.

아무도 제게 아틀라스가 어디에 있는지, 괜찮은지조차 알려주지 않았어요. 아빠는 그런 짓을 했는데도 체포되지 않았어요. 아틀라스가 낡은 집에 머물렀고 집 없이 떠돌았다는 말이 돌았어요. 아빠는 영웅적인 행동을 했다고 존경받게 되었어요. 집 없는 남자애에게 조종당해 성관계를 맺은 어린 딸을 구해냈다고요.

아빠는 온 동네에서 제 얘기를 수군거린다며 제가 가족 모두에게 망신을 줬다고 했어요. 그런데 말이죠, 동네 사람들은 아직도 수군대요. 오늘 버스에서 케이티가 누군가에게 하는 말을 들었어요. 자기가 제게 아틀라스에 대해 경고했다면서요. 그리고 아틀라스를 보자마자 골치 아픈 일이 생길 거라는 걸 알았대요. 정말 쓰레기 같은 소리였죠. 버스에 아틀라스와 함께 있었다면 그가 가르쳐준 대로 입을 꼭 다물고 어른스럽게 행동했을지도 몰라요. 하지만 저는 너무 화가 났기 때문에 돌아보면서 케이티에게 닥치라고 했어요. 그리고 네가 아무리 애써봐야 넌 아틀라스보다 못한 인간이라고, 한 번만 더 아틀라스에 대해 나쁜 말이 들리면 후회하게 만들어주겠다고 했어요.

케이티는 눈을 치켜뜨고 이렇게 말했어요. "세상에, 릴리. 그 애한테 세뇌됐어? 그 애는 더럽고 도둑질이나 하는 집 없는 애였어. 마약도 할걸? 먹을 걸 얻고 섹스를 하려고 널 이용했는데 그런 놈을 네가 감싼다고?"

케이티는 운이 좋았어요. 바로 그때 버스가 우리 집 정류장에서 멈췄거든요. 저는 가방을 움켜쥐고 버스에서 내린 다음, 집으로 가서 제 방에 들어가 세 시간 동안 울었어요. 지금도 머리가 아프지만 기분이 조금이라도 나아지려면 편지에 모든 걸 쏟아내는 수밖에 없다고 생각했어요. 6개월이나 편지를 안 썼잖아요.

엘런, 기분 나빠하지 말아요. 하지만 머리가 계속 아파요. 마음도요. 어제보다 오늘 더 아픈 것 같아요. 이 편지가 전혀 도움이 되질 않네요.

한동안 편지 쓰는 걸 쉴 생각이에요. 당신에게 편지를 쓰면 아틀라스가 생각나서 너무 마음이 아파요. 그가 돌아올 때까지 그냥 괜찮은 척하며 지내려고요. 계속 헤엄치는 척할게요. 실제로는 그냥 물에 떠 있겠지만요. 물 밖으로 머리만 간신히 내놓고 말이에요.

─릴리

다음 장을 넘겼지만 비어 있었다. 엘런에게 쓴 편지는 이게 마지막이었다.

그 후 아틀라스에게서 다시는 연락이 오지 않았지만 그를 탓하고 싶지 않았다. 그가 아버지 손에 죽을 뻔했으니까. 용서받을 여지가 없는 일이었다.

아틀라스가 살아서 잘 지내고 있다는 건 알고 있었다. 지난 몇 년 사이에 가끔 호기심을 이기지 못하고 온라인에서 그에 관해 찾을 수 있는 건 다 찾아보았기 때문이다. 물론 정보가 많지는 않았다. 그가 살아 있고 군대에 있다는 정도만 알 수 있었다.

하지만 나는 머릿속에서 그를 계속 지우지 못했다. 시간이 지날수록 조금 나아지기는 했지만 가끔 아틀라스가 떠오르는 뭔가를 볼 때면 몹시 우울해졌다. 대학에 다니는 몇 년 동안 다른 사람과 사귀고 나서야 아틀라스가 내 평생의 짝이 아닐 수도 있다는 것을 깨달았다. 그는 내 삶의 일부에 불과할 수도 있다고.

어쩌면 사랑은 필연적으로 그 자리에 돌아오는 게 아닐지도 모른다고. 사랑은 살면서 만나는 사람들처럼 밀려왔다 밀려가고 들어왔다 나가는 것이라고.

대학 시절, 유독 외로웠던 어느 밤에 나는 혼자 문신을 하러 가서 아틀라스가 자주 입 맞추던 곳에 하트 문양을 새겼다. 엄지손가락 지문 정도 크기의 작은 하트였는데 그가 오크나무로 조각해준 하트와 비슷했다. 위쪽에 약간 틈이 있는 하트였다. 나는 아틀라스가 일부러 그렇게 조각했는지 궁금했다. 그를 떠올릴 때마다 내 마음이 꼭 그런 느낌이었기 때문이다. 심장에 작은 틈이 있어서 공기가 모두 빠져나가는 느낌이었다.

대학을 졸업한 나는 결국 보스턴으로 이사했다. 꼭 아틀라스를 찾고 싶어서라기보다 보스턴이 정말 모든 면에서 더 좋은 곳인지 내 눈으로 확인하고 싶었기 때문이다. 어쨌든 플레토라에는 내가 할 만한 일이 없었고 아버지에게서 최대한 멀어지고 싶기도 했다. 아버지가 암에 걸려 더 이상 엄마를 때릴 수 없게 되었을 때조차 아버지 때문에 메인주를 탈출하고 싶었고 실제로 그렇게 했다.

맨 처음 아틀라스를 레스토랑에서 보았을 때 너무 많은 감정이 한꺼번에 밀려와서 어떻게 대처해야 할지 몰랐다. 그가 잘 지내는 것 같아서 기뻤다. 건강해 보여서 다행스러웠다. 하지만 그가 약속대로 나를 찾으려 하지 않은 게 전혀 마음 아프지 않았다고 한다면 거짓말이다.

나는 아틀라스를 사랑했다. 지금도 사랑하고 앞으로도 사랑할 것이다. 그는 내 인생에 너무 많은 흔적을 남긴 거대한 파도였고 나는 죽을 때까지 그 사랑의 무게를 느낄 것이다. 나는 이를 받아들였다.

하지만 지금은 상황이 달랐다. 나는 오늘 그가 사무실에서 나간 뒤로 우리에 대해 오랫동안 진지하게 생각해보았다. 그리고 우리 삶이 제자리에 이르렀다고 생각했다. 내게는 라일이 있다. 아틀라스에게는 여자 친구가 있다. 우리 둘 다 늘 꿈꾸던 일을 하고 있다. 우리가 결국 같은 파도를 타지 못했다고 해서 같은 바다에 있지 않다는 뜻은 아니다.

아직 라일과의 관계가 꽤 낯설지만 나는 아틀라스에게 느꼈던 감정과 같은 깊이의 감정을 느꼈다. 그는 아틀라스가 그랬듯이 나를 사랑한다. 그리고 기회가 닿아서 아틀라스가 라일을 제대로 알게 된다면 라일이 날 그렇게 사랑한다는 걸 알게 될 테고 잘됐다고 생각할 것이다.

　때로는 예상치 못한 파도가 밀려와 나를 집어삼키고 놓아주지 않는다. 라일은 내가 예상하지 못한 파도였고 지금 나는 아름다운 수면 위를 스치고 있다.

2부

18

"어쩌지. 나 토할 것 같아."

라일은 엄지손가락으로 내 턱을 받치고 자기 얼굴을 향하도록 내 얼굴을 들어 올렸다. 그리고 나를 보며 씩 웃었다. "괜찮을 거야. 너무 겁먹지 마."

나는 손을 내저으며 엘리베이터 안에서 몸을 위아래로 마구 움직였다. "나도 어쩔 수 없어." 내가 말했다. "당신과 앨리사에게서 어머니 이야기를 다 듣고 나니까 너무 긴장돼." 나는 눈을 크게 뜬 채 양손으로 입을 막았다. "아, 이런, 라일. 어머니께서 예수에 대한 질문을 하시면 어쩌지? 난 교회 안 다니잖아. 그러니까 어릴 때 성경은 읽어봤지만 자세한 내용을 물어보면 대답 못 한단 말이야."

라일은 진짜로 웃고 있었다. 그는 나를 끌어당기더니 머리에 입 맞췄다. "예수 얘기는 안 하실 거야. 어머니는 내 얘기를 듣고 이미 당신을 좋아하고 있다고. 릴리, 당신은 그냥 평소처럼 하면 돼."

나는 고개를 끄덕였다. "평소처럼. 좋아. 하루 저녁 정도는 평소의 나인 척할 수 있을 것 같아. 그렇지?"

문이 열리자 라일은 나를 데리고 엘리베이터에서 내려 앨리사의 아파트로 향했다. 라일이 문을 두드리는 게 웃겼지만 엄밀히 따지면 지금은 이곳에서 살지 않으니까. 지난 몇 달 동안 그는 서서히 나와 함께 살게 되었다. 그의 옷은 전부 내 아파트에 있었다. 세면도구도. 심지어 지난주에는 말도 안 되게 흐릿한 내 사진을 가져다가 침실에 걸어놓았는데, 그렇게 하고 나자 정말 같이 사는 기분이 들었다.

"우리가 같이 사는 거 어머니도 아셔?" 내가 물었다. "괜찮다고 하실까? 그러니까 내 말은, 우리가 결혼한 사이는 아니잖아. 어머니는 일요일마다 교회에 가시고. 아, 안 돼, 라일! 어머니가 날 몸 파는 불경한 여자라고 생각하시면 어쩌지?"

라일이 아파트 현관문을 고갯짓했고, 돌아서서 보니 그의 어머니가 놀란 표정으로 문간에 서 있었다.

"어머니." 라일이 말했다. "릴리예요. 제가 사귀는 몸 파는 불경한 여자요."

큰일 났다.

라일의 어머니는 내게 팔을 내밀더니 끌어당겨 포옹했고 그의 웃음 덕분에 나는 이 위기를 모면할 수 있었다. "릴리!" 그는 나를 제대로 보려고 팔을 뻗으며 말했다. "몸 파는 불경한 여자라니. 지난 10년 동안 라일의 무릎에 내려앉게 해달라고 기도한 천사라면 모를까!"

라일의 어머니는 우리를 집 안으로 안내했다. 다음으로 라일의 아버지가 나를 포옹하며 반겼다. "아니, 몸 파는 불경한 여자라니, 당연히 아니지. 열일곱 살밖에 안 된 내 어여쁜 딸을 채간, 여기 마셜이랑 달리 말이야." 그는 소파에 앉아 있던 마셜을 노려보았다.

마셜은 웃음을 터뜨렸다. "잘못 알고 계시는군요. 앨리사가 저를 채간 거예요. 그때 저는 치토스 맛이 나는 다른 여자한테……."

마셜은 앨리사가 옆구리를 찌르는 바람에 몸을 웅크렸다.

그리고 그렇게 내가 품고 있던 두려움이 몽땅 사라졌다. 이 가족은 완벽했다. 그리고 평범했다. 이들은 **몸 파는 여자** 이야기를 하며 마셜의 농담에 웃었다.

이보다 더 좋을 순 없었다.

세 시간 뒤, 나는 앨리사와 함께 그의 침대에 누워 있었다. 부모님은 시차 때문에 피곤하다며 일찍 잠자리에 들었다. 라일과 마셜은 거실에서 스포츠 경기를 보고 있었다. 나는 앨리사의 배에 손을 얹고 태동을 기다렸다.

"여기 발이 있어요." 앨리사가 내 손을 약간 옮기며 말했다. "잠깐만 기다려봐요. 오늘 밤에 우리 딸이 정말 활발하게 움직이고 있으니까."

우리 둘 다 조용히 태동을 기다렸다. 태동을 느낀 나는 깍 웃음을 터뜨렸다. "세상에! 외계인 같아요!"

앨리사는 배에 손을 얹고 미소 지었다. "지금부터 출산 전까지 두 달 반이 정말 힘들대요. 얼른 우리 딸을 만나고 싶어요."

"나도 그래요. 얼른 외숙모가 되고 싶어요."

"두 사람도 빨리 아이를 가지면 좋겠어요." 앨리사가 말했다.

나는 똑바로 누워서 양손으로 머리를 받쳤다. "라일이 아이를 원하는지 모르겠어요. 그 얘기를 제대로 해본 적이 없어요."

"오빠가 아이를 원하지 않더라도 문제없어요." 앨리사가 말했다. "원하게 될 테니까요. 오빠는 당신을 만나기 전에 그 누구도 사귀고 싶어 하지 않았어요. 결혼하기도 싫어했죠. 하지만 지금은 조만간 청혼할 것 같은걸요."

나는 한 손으로 머리를 받치고 그를 보았다. "우리가 같이 산 지 6개월도 안 됐어요. 분명 라일에게는 시간이 더 필요할 거예요."

나는 우리 관계의 속도를 높이는 문제로 라일에게 부담을 주고 싶지 않았다. 우리 삶은 이대로도 완벽했다. 어쨌든 결혼하기에는 둘 다 너무 바쁘기 때문에 나는 그에게 시간이 더 필요하다고 해도 상관없었다.

"당신은 어때요?" 앨리사가 다그쳐 물었다. "오빠가 청혼하면 승낙할 거예요?"

나는 웃었다. "장난해요? 당연하죠. 오늘 밤에라도 결혼할 거예요."

앨리사는 내 어깨 너머로 침실 문을 바라보았다. 그리고 입술을 오므리며 웃음을 참으려 애썼다.

"라일이 문간에 서 있는 거죠?"

앨리사는 고개를 끄덕였다.

"내 말 들었을까요?"

그는 다시 고개를 끄덕였다.

나는 똑바로 누워서 라일을 보았다. 그는 팔짱을 끼고 문간에 기대 서 있었다. 그가 내 말을 듣고 무슨 생각을 하는지 알 수 없었다. 표정이 굳어 있었고 턱도 굳어 있었다. 그리고 나를 보며 눈을 찌푸렸다.

"릴리." 그가 차분하게 말했다. "**당연히** 당신이랑 결혼할 거야."

그의 말에 나는 미소 지었다. 정말 당혹스러웠지만 아주 환한 웃음이 나서, 나는 베개로 얼굴을 가렸다. "어머, 고마워, 라일." 내 말은 베개에 묻혀 잘 들리지 않았다.

"정말 다정한데." 앨리사의 말이 들렸다. "우리 오빠가 이렇게 다정했나."

라일은 내 얼굴을 가린 베개를 가져가 옆구리에 끼고 나를 내려다보았다. "가자."

내 심장박동이 빨라졌다. "**지금?**"

그는 고개를 끄덕였다. "난 부모님이 오셔서 주말에 휴가를 냈어. 당신에게는 가게를 맡아줄 사람들이 있고. 그러니까 라스베이거스로 가서 결혼하자."

앨리사가 침대에서 일어나 앉았다. "그건 안 돼. 릴리는 여자야. 꽃과 들러리 같은 게 있는 제대로 된 결혼식을 원한다고."

라일은 나를 보았다. "꽃과 들러리 같은 게 있는 제대로 된 결혼식을 원해?"

나는 잠깐 생각해보았다.

"아니."

우리 셋은 말이 없었고 잠시 후 앨리사는 흥분에 휩싸여 아래위로 발차기를 했다. "둘이 결혼한대!" 앨리사가 외치며 침대에서 내려가 급히 거실로 나갔다. "마셜, 짐 싸! 라스베이거스에 갈 거야!"

라일은 팔을 뻗어 내 손을 잡아 일으켰다. 그는 미소 짓고 있었지만 그가 이 결혼을 정말 원하는지 확실히 알지 않으면 라스베이거스에 갈 수 없었다.

"라일, 확신해?"

그는 내 머리를 쓰다듬더니 얼굴을 당겨 입술에 가볍게 입 맞췄다. "벌거벗은 진실이야." 그가 속삭였다. "당신 남편이 된다는 게 너무 흥분돼서 미칠 것 같아."

19

"엄마, 6주나 지났잖아요. 이제 잊으세요."

엄마는 전화기 반대편에서 한숨을 쉬었다. "넌 하나뿐인 내 딸이야. 너를 낳고 지금껏 네 결혼식을 꿈꿔왔으니 나도 어쩔 수 없다고."

엄마는 나를 용서하지 않았다. 심지어 결혼식에 참석까지 했는데. 우리는 앨리사가 항공권을 예약하기 직전에 엄마에게 전화를 했다. 우리 때문에 엄마도 자다가 깼고 라일의 부모님도 자다가 깼고 결국 모두 한밤중에 라스베이거스로 가는 비행기를 타야 했다. 엄마는 나를 설득하려 하지 않았다. 공항에 도착해서 라일과 나를 보고 우리가 마음을 굳게 먹었다는 걸 알았기 때문이다. 하지만 그렇다고 내가 잊어버리게 놔두지도 않았다. 내가 태어난 날부터 성대한 결혼식과 드레스 쇼핑과 케이크 시식을 꿈꿔왔다고 했다.

나는 소파에 앉아서 발을 앞으로 툭툭 찼다. "나중에 다 보상해드리면 안 될까요?" 내가 말했다. "언제가 될지는 모르지만 우리가 아기를 가지기로 했을 때, 라스베이거스에서 돈 주고 사 오는 게 아니라 자연스럽게 갖겠다고 약속하면 어때요?"

엄마는 웃음을 터뜨린 뒤에 한숨을 쉬었다. "언젠가 손주를 안겨주기만 한다면 잊어버릴 수 있을 것도 같네."

라일과 나는 라스베이거스로 가는 비행기 안에서 아이에 대해 이야기했다. 나는 남은 생을 그와 함께하겠다고 서약하기 전에, 앞으로 아이 갖는 문제를 의논할 여지가 있음을 확실히 해두고 싶었다. 라일은 당연히 의논할 여지가 있다고 말했다. 그런 다음 우리는 앞으로 문제가 될 수 있는 여러 가지 것들을 확실히 정했다. 나는 계좌를 따로 관리하고 싶다고 했다. 하지만 그가 돈을 더 많이 버니까 선물을 많이 사줘서 나를 행복하게 해주어야 한다고 말했다. 라일은 좋다고 했다. 그는 내게 채식주의자가 되지 않겠다고 약속해달라고 했다. 어렵지 않은 약속이었다. 나는 치즈를 정말 좋아하니까. 나는 그에게 자선 활동을 시작하거나, 적어도 마셜과 앨리사가 좋다고 한 곳에 기부 정도는 해야 한다고 말했다. 그는 이미 그렇게 하고 있다고 말했고 그 대답을 듣자 나는 그와 더 빨리 결혼하고 싶어졌다. 그는 내게 투표하겠다고 약속해달라고 했다. 투표만 한다면 민주당, 공화당, 독립당 중 어느 정당에 표를 던지든 상관없다고 했다. 우리는 합의에 성공한 후 악수했다.

라스베이거스에 도착했을 때 우리는 모든 것을 의논하고 뜻을 맞춘 상태였다.

현관문 열리는 소리가 들리자 나는 소파 등받이에서 얼른 몸을 일으켰다. "끊어야겠어요." 엄마에게 말했다. "라일이 왔어요." 그가 들어와서 문을 닫자 나는 씩 웃으면서 말했다. "잠깐만요. 다시 말할 게요, 엄마. **남편이** 왔어요."

엄마는 웃으면서 잘 있으라고 인사했다. 나는 전화를 끊고 전화기를 한쪽에 던져놓았다. 그리고 팔을 머리 위로 올려서 소파 팔걸이에 나른하게 기댔다. 그런 다음 소파 등받이에 한쪽 다리를 올리자 치마가 허벅지 위로 미끄러져 허리까지 올라갔다. 라일은 씩 웃으며 다가오는 동안 내 몸을 훑어보았다. 그는 소파에 무릎을 대고 천천히 내 몸 위로 올라왔다.

"내 아내는 잘 있었나?" 그가 내 입가에 입 맞추며 속삭였다. 그는 내 다리 사이를 파고들었고 나는 그가 목으로 내려가며 키스하는 동안 고개를 젖혔다.

이게 인생이지.

우리 둘 다 거의 매일 일했다. 라일은 나보다 두 배 더 긴 시간 동안 일했고 일주일에 겨우 두어 번 정도 내가 잠들기 전에 집에 왔다. 하지만 우리가 제대로 함께 보낼 수 있는 밤이 되면 나는 그가 내 안에 깊이 파묻혀 보내기를 바랐다.

그는 불평하지 않았다.

그는 내 목의 어느 지점에 아플 정도로 세게 입 맞췄다. "아야."

그는 내게 몸을 바싹 붙이더니 내 목에 입술을 댄 채 중얼거렸다.

"키스 자국 남길 거야. 움직이지 마."

나는 웃으면서 그러도록 놔두었다. 자국이 가려질 정도로 머리카락이 길었고 키스 자국이 생긴 적은 한 번도 없었기 때문이다.

라일은 내가 아픔을 느끼지 못할 때까지 같은 자리에 계속 힘주어 입 맞췄다. 그는 수술복 아래가 불룩해진 채 계속 내게 몸을 붙이고 있었다. 나는 손을 움직여 그가 내 안으로 들어올 수 있을 정도로 수술복을 내렸다. 그는 소파에 누워 계속 내 목에 입 맞추며 나를 바로 그곳으로 데려다주었다.

라일이 먼저 씻고 나오자마자 나도 급하게 욕실로 들어갔다. 나는 그에게 앨리사와 마셜과 저녁 식사하기 전에 섹스의 흔적을 씻어내야 한다고 말했다.

앨리사는 몇 주 뒤에 분만 예정이라서 우리와 시간을 최대한 많이 보내고 싶어 했다. 그는 아기가 태어나면 우리가 오지 않을까 봐 걱정했는데 말도 안 되는 걱정이었다. 아기가 태어나면 오히려 더 자주 갈 텐데. 나는 이미 그들보다 조카를 더 사랑하고 있으니까.

뭐, 아닐 수도 있다. 하지만 거의 그런 셈이다.

이미 늦었기 때문에 나는 샤워하면서 머리카락이 젖지 않게 하려고 애썼다. 면도기를 들고 팔에 갖다 댄 순간 뭔가 부서지는 소리가 나서 잠시 멈추었다.

"라일?"

대답이 없었다.

나는 제모를 마치고 비누를 씻어냈다. 그때 또다시 부서지는 소리가 들렸다.

도대체 뭘 하고 있는 거지?

나는 물을 잠그고 수건을 집어 들어 몸을 닦았다. "라일!"

계속 대답이 없었다. 나는 서둘러 청바지를 입은 다음 셔츠를 입으면서 욕실 문을 열었다. "라일?"

침대 옆 스탠드가 넘어져 있었다. 거실에 나가보니 라일은 한 손으로 머리를 감싼 채 소파 끄트머리에 걸터앉아 있었다. 그리고 다른 손에 든 무언가를 보고 있었다.

"뭐 해?"

그는 나를 보았는데 알 수 없는 표정이었다. 나는 무슨 일인가 싶어서 어리둥절했다. 나쁜 소식을 들은 것인지도 몰랐다. 혹시…….오, 이런. 혹시 앨리사가.

"라일, 나 무서워. 무슨 일이야?"

그는 내 휴대전화를 들어 보이며 무슨 일인지 내가 당연히 알 거라는 듯이 나를 보았다. 내가 어리둥절한 채 고개를 젓자 그는 메모지를 한 장 들어 보였다. "재미있군." 그가 앞쪽 탁자에 내 휴대전화를 놓으며 말했다. "실수로 당신 휴대전화를 떨어뜨려서 케이스가 벗겨졌어. 그런데 뒤에서 이 번호를 발견했지."

하느님 맙소사.

안돼, 안돼, 안돼.

라일은 주먹을 쥐며 메모지를 구겼다. "난 생각했어. '이상하네.

릴리는 나한테 숨기는 게 없는데'라고 말이야." 그는 일어나서 내 전화기를 집어 들었다. "그래서 이 번호로 전화를 해봤지." 그는 전화기를 꽉 잡았다. "음성 메시지로 넘어가더군. 운 좋은 놈이야." 라일은 내 전화기를 거실 정반대 쪽으로 던졌고 전화기는 벽에 부딪혀 부서지며 바닥에 떨어졌다.

3초의 정적이 흐르는 동안 나는 이 일이 둘 중 하나로 흘러가겠다고 생각했다.

라일이 나를 떠나거나.

나를 때리거나.

라일은 머리카락을 쓸어 올리며 곧장 현관문으로 나갔다.

떠나기로 했구나.

"라일!" 내가 외쳤다.

왜 내가 그 전화번호를 버리지 않았을까?!

나는 현관문을 열고 그를 쫓아갔다. 그는 한꺼번에 두 계단씩 내려가고 있었고 나는 그가 2층에 도착했을 때 따라잡을 수 있었다. 나는 그의 앞을 막아서며 셔츠 자락을 꽉 잡았다. "라일, 부탁이야. 설명하게 해줘."

그는 내 손목을 잡고 날 밀어냈다.

"가만히 있어."

라일의 손길이 느껴졌다. 다정하고 확실한 손길이.

눈물이 흘러내렸는데 무슨 이유에서인지 따끔거렸다.

"릴리, 가만히 있어. 제발."

그가 달래는 목소리로 말했다. 머리가 아팠다. "라일?" 눈을 떠보았지만 빛이 너무 밝았다. 나는 눈가가 따가워서 인상을 썼다. 일어나 앉으려고 했지만 내 어깨를 누르는 그의 손이 느껴졌다.

"릴리, 다 끝날 때까지 가만히 있어야 해."

나는 다시 눈을 뜨고 천장을 보았다. 우리 집 침실 천장이었다. "뭐가 끝난다는 거야?" 말을 하자 입이 아파서 손으로 입을 가렸다.

"당신 계단에서 굴러떨어졌어." 그가 말했다. "그래서 다쳤어."

나는 그의 눈을 보았다. 걱정과 함께 상처가 느껴졌다. 분노도. 지금 그는 이 모든 감정을 느끼고 있는데 나는 그저 혼란스러울 뿐이었다.

다시 눈을 감고 왜 라일이 화났는지 기억하려 애썼다. 왜 그가 상처받았는지도.

내 휴대전화.

아틀라스의 전화번호.

계단.

내가 그의 셔츠를 잡았다.

그가 나를 밀쳤다.

"당신 계단에서 굴러떨어졌어."

하지만 내가 넘어진 게 아니었다.

라일이 나를 밀쳤다. 또다시.

두 번째였다.

라일, 당신이 날 밀었잖아.

나는 온몸을 떨며 흐느끼기 시작했다. 얼마나 다쳤는지 알 수 없었지만 그건 신경 쓰이지도 않았다. 신체적인 고통은 지금 내 마음이 느끼는 고통과 비교할 수 없었다. 나는 그가 멀리 떨어지기를 바라는 마음에 그의 손을 때리기 시작했다. 내가 몸을 웅크리자 그가 침대에서 일어나는 게 느껴졌다.

나는 그가 지난번에 나를 다치게 했을 때처럼 달래주기를 기다렸지만 그런 일은 일어나지 않았다. 그가 침실을 서성대는 소리가 들렸다. 뭘 하고 있는지 알 수 없었다. 계속 울고 있는데 그가 내 앞에 무릎을 대고 앉았다.

"뇌진탕일 수도 있어." 그가 사무적으로 말했다. "입술이 약간 찢어졌고. 눈가 상처에는 방금 밴드를 붙였어. 꿰맬 필요는 없어."

라일의 목소리는 차가웠다.

"또 아픈 데는 없어? 팔이나 다리는?"

그는 남편이 아니라 의사처럼 말했다.

"당신이 날 밀쳤어." 내가 울먹이며 말했다. 지금 내가 생각하고 말할 수 있는 것과 내 눈에 보이는 것은 이것뿐이었다.

"당신이 넘어졌어." 라일이 차분하게 말했다. "5분쯤 전에. 내가 얼마나 대단한 거짓말쟁이와 결혼했는지 깨달은 직후에." 그는 내 옆에 있는 베개 위에 뭔가를 올려놓았다. "필요한 게 있으면 이 번호로 전화하면 될 거야."

나는 머리 옆에 놓인 구겨진 종이를, 아틀라스의 전화번호가 적힌 구겨진 메모지를 보았다.

"라일." 나는 흐느끼며 그를 불렀다.

무슨 일이 일어나고 있는 거지?

현관문이 쾅 닫히는 소리가 들렸다.

내 주변의 온 세상이 무너져 내렸다.

"라일." 나는 아무도 없는데 그의 이름을 속삭였다. 그리고 두 손으로 얼굴을 감싼 채 그 어느 때보다 목 놓아 울었다. 나는 완전히 망가졌다.

5분.

한 사람을 완전히 망가뜨리는 데는 5분이면 충분했다.

몇 분이 지났다.

10분 정도?

눈물이 멈추지 않았다. 나는 침대에서 꼼짝도 하지 않았다. 거울을 보기가 두려웠다. 그저…… 두려울 뿐이었다.

현관문이 열렸다가 닫히는 소리가 났다. 라일이 침실 문 앞에 나타났고 나는 그를 미워해야 할지 알 수 없었다.

그를 무서워해야 할지.

아니면 안쓰러워해야 할지.

어떻게 이 세 가지 감정을 한꺼번에 느낄 수 있을까?

라일은 침실 문에 이마를 대고 있었고 곧 그가 머리를 부딪치는 게 보였다. 한 번. 두 번. 세 번.

그는 돌아서서 다급히 내게 다가와 침대 옆에 무릎 꿇고 앉았다. 그리고 내 두 손을 꼭 잡았다. "릴리." 그는 너무 고통스러운 듯 일그러진 표정으로 말했다. "**제발** 아무것도 아니라고 말해줘." 그는 내 머리 옆에 손을 갖다 댔는데 손을 떨고 있었다. "감당이 안 돼. 도저히." 그는 고개를 숙여 내 이마에 힘주어 입 맞춘 다음 자기 이마를 갖다 댔다. "그 사람을 만나는 게 아니라고 말해줘. **제발.**"

나는 말하고 싶은 기분이 아니라서 그에게 그 말을 할 수 있을지조차 알 수 없었다.

라일은 계속 나와 이마를 맞댄 채 내 머리카락을 감싸고 있었다. "릴리, 마음이 너무 아파. 당신을 너무 사랑하거든."

나는 고개를 저었다. 내 마음을 솔직하게 표현해서 그가 얼마나 큰 실수를 저질렀는지 알게 하고 싶었다. "그 전화번호가 거기 있다는 것조차 잊고 있었어." 내가 나지막이 말했다. "레스토랑에서 싸운 다음 날…… 그가 가게로 찾아왔어. 앨리사에게 물어봐. 5분만 있다가 갔으니까. 그가 내 전화기를 가져가서 그 안에 자기 전화번호를 넣었어. 내가 당신이랑 있는 게 안전한지 모르겠다면서. 라일, 난 그게 거기 있다는 걸 잊고 있었어. 본 적도 없고."

라일은 떨리는 숨을 내쉬더니 안도한 듯 고개를 끄덕이기 시작했다. "릴리, 맹세할 수 있지? 우리 결혼과 인생과 당신의 모든 걸 걸고 맹세할 수 있는 거지? 그날 이후로 그 사람과 말한 적이 없다는 걸 말이야." 그는 나를 제대로 보려고 이마를 떼고 물러났다.

"라일, 맹세해. 하지만 당신은 내게 해명할 기회도 주지 않고 선

넘는 반응을 보였어. 이제 내 아파트에서 당장 **꺼져줘.**"

내 말에 라일은 눈에 보일 정도로 깜짝 놀랐다. 그는 뒤쪽 벽에 기대어 말없이 나를 바라보다가 충격에 빠져 속삭였다. "릴리, 당신이 계단에서 넘어졌다니까."

그가 설득하려는 쪽이 나인지 자기 자신인지 알 수 없었다.

나는 차분하게 다시 말했다. "내 아파트에서 나가."

그는 얼어붙은 듯이 그 자리에 가만히 있었다. 나는 침대에 일어나 앉았다. 욱신거리는 눈에 손이 절로 갔다. 그가 바닥에서 일어나 내게 다가오자 침대에 있던 나는 황급히 뒤로 물러났다.

"릴리, 당신은 다쳤어. 당신을 혼자 둘 수 없어."

나는 베개를 집어 들어 그에게 던졌다. 베개가 그를 아프게 할 수 나 있다는 듯이. "나가!" 내가 외쳤다. 라일은 베개를 잡았다. 나는 다른 베개를 집어 들고 침대 위에 서서 그를 향해 휘두르며 소리 질렀다. "나가! 나가! 나가라고!"

문이 쾅 닫힌 뒤에 나는 베개를 바닥에 던졌다.

그리고 거실로 달려나가 현관문을 단단히 잠갔다.

다시 침실로 온 나는 침대에 쓰러졌다. 남편과 함께 쓰던 침대였다. 그와 사랑을 나누던 바로 그 침대였다.

그가 어질러진 주방을 치울 때 나를 눕혔던 바로 그 침대.

$$20$$

어젯밤 잠들기 전에 내 휴대전화를 살려보려 했지만 소용없었다. 전화기는 완전히 두 동강 났다. 나는 오늘 일찍 일어나서 출근길에 휴대전화를 새로 사려고 알람을 맞춰놓았다.

얼굴 상태는 걱정했던 것만큼 나쁘지 않았다. 물론 앨리사에게 숨길 수 있을 정도는 아니었지만, 숨길 생각도 없었다. 나는 옆으로 가르마를 타서 라일이 눈 위에 붙여준 밴드를 상당 부분 가렸다. 어젯밤의 흔적 중 유일하게 보이는 것은 입술의 상처였다.

라일이 목에 남긴 키스 자국과.

망할, 끝내주는 아이러니군.

나는 핸드백을 들고 현관문을 열었다. 그리고 발아래의 덩어리를 보고 걸음을 멈추었다.

덩어리가 움직였다.

잠시 후에야 나는 그 덩어리가 라일이라는 것을 알았다. **여기에서 잔 건가?**

그는 내가 문을 열었다는 걸 알자마자 벌떡 일어났다. 그리고 내 앞에 서서 애원하는 눈빛으로 내 뺨을 감싸고 입술에 키스했다. "미안해, 미안해, 정말 미안해."

나는 뒤로 물러나 그를 살펴보았다. **여기에서 잤다고?**

나는 밖으로 나가서 문을 닫았다. 그리고 차분하게 그를 지나쳐 계단을 내려갔다. 차까지 가는 동안 라일은 계속 쫓아오며 얘기 좀 하자고 애원했다.

나는 말하지 않았다.

그대로 차를 타고 가버렸다.

한 시간 뒤, 나는 새 휴대전화를 들고 있었다. 휴대전화 판매점 앞에 세워둔 내 차에 앉아서 전화기를 켰다. 화면에 읽지 않은 메시지가 열일곱 개 표시되었다. 모두 앨리사에게 온 것이었다.

라일이 밤새도록 전화 한 번 안 한 건 이해할 수 있었다. 내 휴대전화가 어떤 상태인지 알고 있었으니까.

문자 메시지를 읽으려고 하는데 전화가 울렸다. 앨리사였다.

"여보세요?"

그는 깊은 한숨을 쉬고 말했다. "릴리! 도대체 어떻게 된 거예요? 세상에, 나한테 이러면 안 되죠. 난 임신부라고요!"

나는 시동을 걸고 휴대전화를 블루투스로 설정한 다음 가게로 향했다. 오늘은 앨리사가 쉬는 날이었다. 그는 며칠만 있으면 출산휴가에 들어갈 예정이었다.

"난 괜찮아요." 내가 말했다. "라일도 괜찮아요. 좀 싸웠어요. 전화 못 해서 미안해요. 라일이 내 휴대전화를 망가뜨려서요."

앨리사는 한동안 말이 없다가 물었다. "오빠가요? 당신은 괜찮아요? 지금 어디예요?"

"난 괜찮아요. 가게로 가는 중이에요."

"다행이에요. 나도 거의 다 왔어요."

나는 왜 가게로 가냐고 물으려 했지만 뭐라고 말하기도 전에 그가 전화를 끊었다.

가게에 도착하니 앨리사가 이미 와 있었다.

나는 앞문을 열고 들어가면서 앨리사의 질문에 대답하고 라일을 집에서 쫓아낸 이유를 정당화할 준비를 했다. 하지만 주문대에 두 사람이 함께 서 있는 걸 보고 걸음을 멈추었다. 라일이 주문대에 기대 서 있었고 앨리사가 그의 손을 잡고 뭐라고 말하고 있었는데 내용이 들리지는 않았다.

문 닫는 소리가 들리자 두 사람은 돌아서서 나를 보았다.

"오빠." 앨리사가 속삭였다. "릴리에게 무슨 짓을 한 거야?" 그는 주문대에서 나와 나를 끌어안았다. "아, 릴리." 그는 내 등을 쓸어내렸다. 물러서며 눈물까지 글썽이는 그의 반응에 나는 당황했다. 그는 라일이 잘못했다는 걸 아는 게 분명했다. 하지만 그랬다면 라일을 심하게 몰아세우거나 최소한 소리라도 질렀을 텐데.

앨리사는 라일에게 돌아갔고 라일은 미안해하는 표정으로 나를 보았다. 간절히 바라는 표정이기도 했다. 손을 뻗어 나를 안고 싶지만 나를 건드리기가 무서워죽겠다는 표정 같기도 했다. 그래야 마땅했다.

"릴리에게 얘기해야지." 앨리사가 라일에게 말했다.

그는 두 손으로 머리를 감싸 쥐었다.

"말해." 앨리사가 더 화난 목소리로 말했다. "오빠, 릴리에겐 알 권리가 있어. 오빠 아내잖아. 오빠가 말 안 하면 내가 할 거야."

라일은 어깨를 늘어뜨린 채 주문대에 머리를 대고 엎드렸다. 앨리사가 말하라고 하는 게 뭔지는 몰라도 너무 괴로워서 나를 보지도 못하는 것 같았다. 나는 내 영혼보다 더 깊은 불안을 느끼며 배에 힘을 주었다.

앨리사는 나를 향해 돌아서더니 내 어깨에 손을 올렸다. "오빠 얘기 좀 들어줘요." 그가 부탁했다. "용서해주라고 부탁하는 건 아니에요. 어젯밤에 무슨 일이 있었는지는 모르니까요. 하지만 부탁인데 내 올케로서, 그리고 친한 친구로서 오빠에게 이야기할 기회를 한 번만 줘요."

앨리사는 다른 직원이 교대하러 올 때까지 한 시간 동안 가게를 봐주겠다고 했다. 나는 아직도 라일에게 화가 많이 나서 그와 차를 같이 타고 싶지 않았다. 라일은 우버를 타겠다면서 내 아파트에서 만나자고 했다.

운전해서 집으로 가는 내내 라일이 무슨 할 말이 있다는 것일까 고민했다. 그것도 앨리사는 이미 알고 있는 무언가를. 아주 많은 것들이 머릿속을 스쳐 지나갔다. 라일이 죽을병에 걸린 걸까? 바람을 피웠나? 실직했나? 앨리사는 어젯밤에 라일과 내게 일어난 일을 자세히 알지 못하는 것 같았다. 그래서 나는 라일이 하려는 이야기가 그 일과 어떤 관계가 있는지 알 수 없었다.

라일은 나보다 10분 늦게 아파트에 도착했다. 나는 소파에 앉아서 초조하게 손톱을 물어뜯고 있었다.

그가 천천히 의자에 가서 앉자 나는 일어나서 서성대기 시작했다. 그는 두 손을 맞잡고 몸을 앞으로 숙였다.

"릴리, 앉아봐."

그는 걱정하는 나를 보기 힘들다는 듯이 부탁했다. 나는 다시 소파에 앉았지만 팔걸이 쪽으로 자리를 옮겨서 발을 올리고 웅크린 채 양손으로 입을 막았다. "죽을병에 걸린 거야?"

라일은 잠시 눈을 크게 떴다가 이내 고개를 저었다. "아니, 아니야. 그런 게 아니야."

"그럼 뭔데?"

나는 그가 얼른 이야기하기를 바랐다. 손이 떨리기 시작했다. 라일은 내가 얼마나 두려워하고 있는지 보더니 몸을 숙여 입을 막고 있던 내 두 손을 가져가 꼭 잡았다. 어젯밤 일 때문에 그가 나를 건드리는 게 싫은 마음도 있었지만 그가 안심시켜주기를 바라는 마음도 있었다. 나는 곧 알게 될 일이 무엇일까 생각하자 속이 울렁거렸다.

"아무도 안 죽어. 내가 바람피운 것도 아니야. 당신에게 상처 주는 말을 하려는 게 아니야. 알겠지? 옛날 얘기를 하려는 거야. 다 지난 일이지만 앨리사는 당신도 알아야 한다고 생각하더라고. 그리고…… 나도 그렇게 생각해."

내가 고개를 끄덕이자 그는 내 손을 놓았다. 이제는 그가 일어나 탁자 뒤에서 이리저리 서성대기 시작했다. 뭐라고 말해야 할까 생각하느라 용기를 내고 있는 듯했는데, 그 모습에 나는 **더** 긴장했다.

그는 다시 의자에 앉았다. "릴리, 우리가 처음 만난 날 밤 기억해?"

나는 고개를 끄덕였다.

"내가 옥상에 갔던 거 기억하지? 내가 얼마나 화났는지도?"

나는 다시 고개를 끄덕였다. 그때 그는 의자를 발로 찼다. 고밀도 폴리에틸렌 의자는 잘 망가지지 않는다는 걸 알기 전이었다.

"내가 말한 벌거벗은 진실 기억나? 그날 밤에 있었던 일이랑 그 일 때문에 내가 얼마나 화났는지 말했잖아."

나는 고개를 숙이고 그날 밤과 그가 이야기한 진실을 모두 떠올려보았다. 그는 결혼이 정말 싫다고 했다. 원나잇만 원한다고 했다. 자식을 낳고 싶지 않다고 했다. 그리고 그날 밤에 사망한 환자 때문에 기분이 몹시 안 좋았다.

나는 고개를 끄덕였다. "그 남자애." 내가 말했다. "그 애 때문에 당신이 화가 많이 났잖아. 어린애가 죽어서 너무 속상하다고."

라일은 짧게 안도의 한숨을 내쉬었다. "맞아. 그래서 기분이 너무 안 좋았어." 그는 다시 일어섰는데 영혼이 몽땅 무너져 내리는 게 보이는 것 같았다. 그는 손바닥으로 눈을 누르며 눈물을 참으려 애썼다. "그 애한테 있었던 일을 듣고서 당신이 나한테 뭐라고 했는지 기억나?"

나도 울 것 같았는데 이유는 알 수 없었다. "응. 그 일이 그 애 동생에게 어떤 영향을 미칠지 상상이 안 된다고 한 것 같은데. 사고로 형을 쏜 그 애 말이야." 나는 입술이 떨렸다. "그때 당신이 이렇게 대답했어. **그 애 인생을 영원히 망가뜨릴 거라고.**"

오, 이런.

라일은 무슨 얘기를 하려는 걸까?

라일은 내게 다가와 앞에 무릎 꿇고 앉았다. "릴리." 그가 말했다. "난 그 일이 동생의 인생을 영원히 망가뜨릴 거라는 걸 알았어. 동생이 어떤 기분일지도 정확히 알았고. 왜냐하면…… 내게도 일어난 일이었으니까. 앨리사의 큰오빠이자 내 형에게……."

나는 눈물을 참을 수 없었다. 내가 울기 시작하자 라일은 내 허리를 꼭 안고 무릎에 머리를 기댔다. "릴리, 내가 형을 **쐈어.** 내 가장 친한 친구였던 형을. 난 겨우 여섯 살이었어. 내가 들고 있던 게 진짜 총이라는 것도 몰랐다고."

라일은 온몸을 떨며 나를 더 꼭 안았다. 나는 금방이라도 부서질 듯한 그의 모습을 보고 머리에 입 맞췄다. 그날 밤 옥상에서 본 것 같은 모습이었다. 그리고 아직 라일에게 화가 많이 났지만 아직 그를 사랑했기에, 그에 대해 새롭게 알게 된 사실 때문에 정말 마음이 아팠다. 앨리사에 대한 일이기도 했다. 우리는 한참 동안 말없이 그렇게 있었다. 그가 내 허리를 안고 내 무릎에 머리를 묻은 채. 나는 그런 그의 머리에 입술을 댄 채.

"그 일이 있었을 때 앨리사는 고작 다섯 살이었어. 형은 일곱 살이었고. 셋이 차고에서 노는 바람에 우리 비명 소리를 한참 동안 아무도 못 들었어. 난 거기 주저앉아서……."

라일은 내 무릎에서 머리를 들고 일어서더니 다른 방향으로 고개를 돌렸다. 한참 침묵이 흐른 뒤에 그는 소파에 앉아서 몸을 앞으로 숙였다. "그리고 난……." 라일은 고통으로 일그러진 얼굴을 하고서 고개를 숙였다. "형 머리에서 나온 것들을 전부 다시 집어넣으려 했어. 내가 형을 **고칠** 수 있다고 생각했어."

나는 손으로 입을 틀어막았다. 하지만 놀라서 너무 크게 헉 소리를 내는 바람에 숨길 수가 없었다.

나는 숨을 고르기 위해 일어서야 했다.

하지만 소용없었다.

계속 숨쉬기가 힘들었다.

라일이 다가와 내 손을 잡고 끌어안았다. 서로 끌어안고 1분쯤 지났을 때 그가 말했다. "당신에게 이 얘기를 절대 하지 않으려고 했어. 내 행동에 핑계를 대는 것 같았거든." 그는 물러나서 내 눈을 뚫어지게 보았다. "믿어줘. 그런데 앨리사가 이 일을 전부 다 말하라고 했어. 그 일 이후로 내가 통제할 수 없는 부분이 생긴 건 사실이니까. 난 화가 나면 기억을 잃어. 여섯 살 때부터 계속 치료를 받고 있어.

변명하려는 게 아니야. 내 현실이 그렇다는 거야."

그는 내 눈물을 닦아주며 내가 그의 어깨에 머리를 기대게 했다.

"어젯밤에 당신이 날 쫓아왔을 때 당신을 다치게 할 의도는 전혀 없었어. 맹세해. 난 속상하고 화났던 거야. 가끔 그렇게 감당하기 힘든 감정을 느낄 때면 내 안의 뭔가가 툭 끊어져. 당신을 밀친 순간이 기억나지 않아. 하지만 내가 그랬다는 건 알아. **내가 그랬어.** 당신이 날 쫓아왔을 때 나는 어떻게 하면 당신에게서 멀어질까 하는 생각뿐이었어. 난 당신이 비켜주길 원했어. 우리가 계단에 있다는 걸 제대로 인식하지 못했지. 내가 당신보다 힘이 세다는 것도. 릴리, 내가 다 망쳤어. 내가 다 엉망으로 만들었어."

그는 고개를 숙여 내 귀에 입 맞췄다. 그리고 갈라지는 목소리로 말했다. "당신은 내 **아내야.** 난 괴물에게서 당신을 지켜줘야 할 사람이라고. 괴물이 되는 게 아니라." 나를 안은 그는 너무 절망한 나머지 몸을 떨었다. 나는 한 인간에게서 그토록 엄청난 고통이 전해질 수 있다는 걸 처음 알았다.

그래서 나는 산산이 부서졌다. 이 일 때문에 나는 갈기갈기 찢어졌다. 내 마음이 원하는 건 그를 꼭 끌어안는 것뿐이었다.

하지만 라일의 말을 모두 듣고 나서도 그를 용서해야 할지 말아야 할지 계속 갈등하고 있었다. 나는 이런 일이 다시 일어나게 하지 않겠다고 맹세했다. 라일이 또다시 날 다치게 하면 그때는 떠나겠다고, 그에게도 나 자신에게도 맹세했다.

나는 그의 눈을 볼 수 없어서 그를 놓아주었다. 그리고 잠시 숨 돌릴 시간을 갖기 위해 침실로 갔다. 욕실로 가서 문을 닫고 세면대를 잡았지만 서 있기조차 힘들었다. 결국 나는 바닥에 주저앉아서 평 평 울었다.

이렇게 되면 안 되는 거였다. 지금껏 나는 아버지가 엄마를 대했던 것처럼 남자가 나를 대하면 어떻게 해야 하는지 정확히 알고 있었다. 간단했다. 내가 떠나면 그런 일은 다시 일어나지 않는다.

하지만 나는 떠나지 않았다. 그리고 지금, 나를 사랑해야 할 남자의 손이 만들어낸 멍과 상처를 몸에 안은 채 여기에 있다. 다름 아닌 내 남편의 손이 만들어낸.

그리고 지금도 나는 일어난 일을 정당화하려 애쓰고 있었다.

사고였어. 라일은 내가 바람피운다고 생각했어. 상처받고 화난 그의 앞을 내가 막아선 거야.

나는 손으로 얼굴을 가리고 흐느꼈다. 라일이 어린 시절에 겪은 일을 알고 나자, 나보다 밖에 있는 저 남자 때문에 더 고통스러웠다. 그렇다고 내가 이타적이라거나 강한 사람이라는 생각은 들지 않았다. 나는 처량하고 나약해진 기분이었다. 라일을 미워해야 마땅한데. 내 엄마가 되지 못했던 강한 여자가 되어야 하는데.

그런데 내가 엄마의 행동을 모방하고 있는 것이라면 라일은 아버지의 행동을 모방하고 있다는 뜻이다. 하지만 그는 그렇지 않았다. 나는 더 이상 우리를 부모님과 비교하지 않기로 했다. 우리는 개별적인 인간이고 상황도 전혀 달랐다. 아버지는 화내고 나서 해명하는 법이 없었고 곧바로 사과하지도 않았다. 아버지가 엄마를 대한 방식은 라일과 나 사이에 일어난 일보다 훨씬 나빴다.

조금 전, 라일은 다른 누구에게도 하지 않았을 방식으로 내게 마음을 열었다. 그는 날 위해 더 좋은 사람이 되려고 애쓰고 있었다.

그렇다. 그는 어젯밤을 엉망으로 만들었다. 하지만 지금 여기에 있다. 자신의 과거를, 그리고 그런 반응을 보인 이유를 내게 이해시키려고 노력하고 있다. 인간은 완벽하지 않다. 그리고 내가 목격한 유일한 결혼 생활이 내 결혼 생활에 관여하게 놔둘 수는 없다.

나는 눈물을 닦고 일어섰다. 거울에 비친 사람은 엄마가 아니었다. 내 모습만 보였다. 남편을 사랑해서 그를 도울 수 있기를 그 무엇보다 바라는 여자가 보였다. 나는 라일과 내가 이 일을 극복할 수 있을 만큼 강하다는 걸 알았다. 우리의 사랑은 이 일을 헤쳐나갈 수 있을 만큼 굳건했다.

나는 욕실에서 나가 거실로 돌아갔다. 라일은 일어나서 나를 보았다. 두려움이 가득한 얼굴이었다. 그는 내게 용서받지 못할까 봐 두려워하고 있었고, 나는 그를 **정말** 용서했다고 확신할 수 없었다. 하지만 어떤 행동을 용서해야만 교훈을 얻을 수 있는 건 아니다.

나는 그에게 다가가 두 손을 잡았다. 그리고 오직 벌거벗은 진실만을 말했다.

"그날 밤에 옥상에서 나한테 했던 말 기억나? **이 세상에 나쁜 사람 같은 건 없다고, 우리 모두 가끔 나쁜 짓을 하는 사람들일 뿐이라고 했잖아.**"

라일은 고개를 끄덕이고 내 손을 꼭 잡았다.

"라일, 당신은 나쁜 사람이 아니야. 나도 알아. 날 계속 지켜줄 수 있어. 화가 나면 그냥 멀리 떨어져. 나도 떨어질게. 당신이 이야기를 나눌 수 있을 정도로 차분해질 때까지 상황을 그냥 내버려두자. 알겠지? 라일, 당신은 괴물이 **아니야**. 인간이야. 그리고 인간이기에 우리는 모든 고통을 짊어질 수 없어. 가끔은 사랑하는 사람과 고통을 나눠야 해. 그래야 그 무게 때문에 무너지지 않아. 하지만 당신에게 그게 필요하다는 걸 모르면 내가 도울 수 없어. 그러니까 나한테 도와달라고 해, 같이 헤쳐나가자. 우린 할 수 있어."

라일은 어젯밤부터 계속 숨을 참고 있었던 것처럼 숨을 내쉬었다. 그는 나를 꼭 안고 내 머리카락에 얼굴을 묻었다. "릴리, 도와줘." 그가 속삭였다. "당신 도움이 필요해."

그는 나를 꼭 안았고 내 마음 깊은 곳에서는 내가 옳은 일을 하고 있다는 생각이 들었다. 라일에게는 나쁜 점보다 좋은 점이 훨씬 많았다. 나는 그도 이 사실을 알게 될 때까지 그에게 확신을 줄 수 있는 건 무엇이든 하기로 했다.

21

"저 퇴근할 건데요. 다른 시키실 일 없나요?"

문서를 작성하던 나는 그를 쳐다보며 고개를 저었다. "고마워요, 세리나. 내일 봐요."

세리나는 고개를 끄덕이더니 사무실 문을 열어둔 채 가버렸다.

앨리사는 2주 전에 마지막으로 출근했다. 언제라도 아기가 나올 수 있었다. 가게에는 세리나와 루시, 이렇게 두 사람이 상근직으로 일했다.

그렇다. 그 루시가 맞다.

루시는 두 달 전에 결혼했고 2주 전에 일자리를 구하러 왔다. 사실 꽃집은 제법 잘되고 있었다. 루시는 바쁘게 일했지만 그가 가게에 있을 때면 나는 노랫소리를 듣지 않으려고 사무실 문을 꼭 닫아놓았다.

계단 사건이 일어난 지 거의 한 달이 지났다. 라일에게 어린 시절 이야기를 모두 들었지만 용서는 여전히 힘들었다.

라일에게 성깔이 있다는 건 알았다. 처음 만날 날 밤에 말 한마디 나누기 전부터 알아보았다. 그리고 주방에서 끔찍한 밤을 보낸 그날도 보았다. 내 휴대전화 케이스에서 전화번호를 발견했을 때에도.

하지만 라일과 아버지의 다른 점도 보았다.

라일은 인정이 많았다. 아버지가 한 번도 한 적 없는 일들을 했다. 라일은 자선단체에 기부하고 다른 사람에게 마음을 쓰며 나를 가장 우선시했다. 자기가 차고를 차지하고 내게 진입로에 주차하라고 하는 짓은 절대 하지 않을 것이다.

나는 이런 것들을 계속 떠올려야 했다. 가끔은 아버지의 딸인 내 안의 소녀가 고집을 부리기도 했다. 그 소녀는 내게 라일을 용서하면 안 된다고 말했다. 애당초 그를 떠났어야 한다고. 그리고 난 가끔은 그 목소리를 믿었다. 하지만 라일을 아는 내 마음 한구석에서는 결혼 생활이 완벽할 수는 없다고 생각했다. 이 두 가지 모두 마음에 안 드는 순간도 가끔 있었다. 그럴 때면 맨 처음 사건이 있고 나서 라일을 떠났으면 나 자신에 대해 어떤 평가를 내렸을지 궁금해졌다. 라일이 나를 밀치지 말았어야 했지만 내 행동 역시 그리 떳떳하지 못했다. 게다가 내가 그길로 떠났다면 결혼 서약에 어긋나는 게 아닐까? **기쁠 때나 슬플 때나** 함께하기로 했는데. 나는 그렇게 쉽게 결혼 생활을 포기하지 않기로 했다.

나는 강한 여자다. 평생 학대받는 환경에서 살았다. 나는 절대 엄마처럼 되지 않을 것이다. 그렇게 되지 않으리라고 100퍼센트 믿는다. 그리고 라일은 아버지처럼 되지 않을 것이다. 계단 사건은 내가 그의 과거를 알고 우리가 문제를 함께 헤쳐나가기 위해 필요한 일인 것 같았다.

지난주에 우리는 또 싸웠다.

나는 무서웠다. 예전 두 번의 싸움은 끝이 좋지 않았다. 나는 이번 싸움이야말로 라일이 내 도움을 받아 분노를 다스리겠다고 한 합의가 효과가 있을지 입증할 기회라고 생각했다.

우리는 라일의 진로를 의논하고 있었다. 레지던트 과정을 마친 그는 영국 케임브리지에서 운영하는 3개월짜리 전문 과정에 지원했다. 승인 여부는 조만간 알 수 있었는데 내가 화난 이유는 그것 때문이 아니었다. 아주 좋은 기회였기 때문에 나는 그에게 가지 말라고 하지 않았다. 몹시 바쁜 우리에게 3개월쯤은 아무것도 아니었기에 그것 때문에 화난 건 전혀 아니었다. 나는 라일이 케임브리지에 다녀온 이후에 하고 싶은 일을 말할 때 화가 났다.

그는 미네소타주 메이오 클리닉에서 자리를 제안받았다고 하면서 그곳으로 이사 가고 싶어 했다. 신경외과 분야에서 매사추세츠 종합병원은 2위고 메이오 클리닉이 1위라고 했다.

그는 영원히 보스턴에 살 생각은 없다고 말했다. 나는 그에게 이 이야기는 결혼하러 라스베이거스로 가는 비행기 안에서 꺼내기에 알맞은 주제였다고 했다. 나는 보스턴을 떠날 수 없었다. 엄마도 여기 살고 앨리사도 여기 살았다. 라일은 비행기로 다섯 시간밖에 안 걸리니까 원하면 자주 올 수 있다고 했다. 나는 그에게 몇 개 주나 떨어져 있는 곳에 살면서 꽃집을 운영하기는 아주 힘들다고 했다.

싸움은 점점 격해졌고 우리 둘 다 초 단위로 분노가 심해졌다. 그러다가 어느 시점에 라일이 꽃이 가득 꽂힌 꽃병을 탁자에서 바닥으로 던졌다. 우리 둘 다 잠시 깨진 꽃병을 멍하니 바라보았다. 나는 그의 곁에 머무는 게, 그의 분노 문제를 같이 해결해나갈 수 있으리라 믿은 게 옳은 결정이었나 싶어서 겁이 났다. 라일은 숨을 깊이 들이마시고 말했다. "한두 시간 나갔다 올게. 좀 걸어야겠어. 다녀와서 이 얘기를 계속하자."

그는 밖으로 나갔고 말한 대로 한 시간 뒤에 훨씬 차분해진 상태로 돌아왔다. 그는 열쇠를 탁자 위에 놓더니 내가 서 있는 곳으로 곧장 다가왔다. 그리고 두 손으로 내 얼굴을 감싸고 말했다. "릴리, 난 당신에게 내 분야에서 최고가 되고 싶다고 했어. 우리가 만난 첫날 밤에 말이야. 내가 말한 벌거벗은 진실 중 하나였지. 하지만 세계 최고의 병원에서 일하는 것과 내 아내를 행복하게 해주는 것 중에 하나를 선택해야 한다면…… 난 당신을 선택할 거야. 당신이 내 성공이야. 당신이 행복하다면 난 어디에서 일하든 상관없어. 그러니까 계속 보스턴에서 살자."

그때 나는 내가 옳은 선택을 했음을 알았다. 누구나 기회를 한 번 더 가질 자격이 있다. 나에게 의미가 큰 사람이라면 더욱.

그렇게 싸운 지 일주일이 지났고 그동안 라일은 이사 이야기를 다시 꺼내지 않았다. 나는 한편으로는 그의 계획을 방해한 것 같아서 기분이 좋지 않았지만, 결혼은 타협이다. 개인이 아니라 부부 모두에게 좋은 일을 택하는 게 맞다. 게다가 보스턴에 계속 사는 것이 양가 가족들에게도 좋았다.

가족 생각을 하던 중이라 그런지, 나는 앨리사가 보낸 문자 메시지를 곧바로 확인했다.

> ✉ 앨리사: 아직 퇴근 안 했어요? 가구 고르는데 의견을 듣고 싶어서요.
> ✉ 나: 15분 내로 갈게요.

앨리사가 출산이 임박한 탓인지 아니면 일을 쉬고 있어서인지 모르지만, 이번 주에 나는 우리 집보다 그의 집에서 시간을 더 많이 보냈다. 나는 가게를 닫고 그의 아파트로 갔다.

엘리베이터에서 내리자 아파트 문에 쪽지가 붙어 있었다. 내 이름이 쓰여 있었기 때문에 나는 쪽지를 떼서 읽었다.

> 릴리, 7층으로 와요. 749호예요.
>
> —A

가구를 보관하는 아파트가 따로 있다고? 앨리사 부부가 부자라는 건 알았지만 이건 좀 심하다 싶었다. 나는 엘리베이터를 타고 7층 버튼을 눌렀다. 문이 열리고 엘리베이터에서 내려 복도를 걸어가며 749호를 찾았다. 문 앞에 도착하자 문을 두드려야 할지 그냥 들어가야 할지 알 수 없었다. 누군가가 여기에 살지도 모르는데. 앨리사의 일을 해주는 **사람들**일 수도 있었다.

문을 두드리자 안에서 발소리가 들렸다.

문이 열렸고 나는 앞에 서 있는 라일을 보고 깜짝 놀랐다.

"라일." 내가 어리둥절한 채 말했다. "여기에는 어쩐 일이야?"

그는 씩 웃으며 문간에 기댔다. "난 여기 사는데. 당신이야말로 여기에는 어쩐 일이야?"

나는 현관문 옆에 붙은 백랍 번호판을 흘끔 본 다음 다시 그를 보았다. "여기에 산다니? 당신은 나랑 살잖아. 나랑 사는 동안에도 아파트를 갖고 있었던 거야?" 나는 남편이 이렇게 좋은 아파트를 가지고 있었다면 아내에게 빨리 말했어야 한다고 생각했다. 그래서 약간 언짢았다.

사실 너무 어이없고 속은 기분이었다. 지금 라일에게 정말 화를 내야 할 것 같았다.

라일은 웃으면서 문틀에서 몸을 뗐다. 그러더니 출입구 전체를 막아선 채 두 손을 머리 위로 올려서 문틀을 잡았다. "당신한테 이 아파트 얘기를 할 틈이 없었어. 오늘 아침에 계약서에 서명했거든."

나는 한 걸음 물러났다. "잠깐만. 뭐라고?"

라일은 내 손을 잡아끌며 아파트 안으로 들어갔다. "릴리, 어서 와, 우리 집이야."

나는 로비에서 걸음을 멈췄다.

그렇다. **로비였다.** 집 안에 **로비**가 있었다.

"당신이 이 아파트를 샀어?"

라일은 내 반응을 살피며 천천히 고개를 끄덕였다.

"당신이 이걸 샀다고." 내가 되풀이해서 말했다.

그는 계속 고개를 끄덕이고 있었다. "응. 괜찮지? 이제 우리가 같이 사니까 방이 더 있으면 좋겠다고 생각했어."

나는 제자리에서 천천히 한 바퀴 돌았다. 그리고 주방이 눈에 들어왔을 때 멈췄다. 앨리사의 주방만큼 크지는 않았지만 하얗고 대체로 좋아 보였다. 와인 냉장고와 식기 세척기도 있었다. 내 아파트에 없는 두 가지였다. 나는 주방으로 가서 더 둘러보았는데 뭘 만지기가 겁났다. **여기가 정말 내가 쓸 주방이라고? 그럴 리 없어.**

나는 성당 같은 거실 천장과 보스턴 항구가 보이는 큰 창문을 바라보았다.

"릴리?" 라일이 뒤에서 말했다. "화난 거 아니지?"

나는 그가 지난 몇 분 동안 내 반응을 기다리고 있었다는 것을 깨닫고 돌아서서 그를 보았다. 하지만 나는 완전히 말문이 막혔다.

나는 고개를 젓고 손으로 입을 막은 채 속삭였다. "아닌 것 같아."

라일은 내게 다가와 두 손을 잡더니 맞잡은 손을 들어 올리고 말했다. **"아닌 것 같다고?"** 그는 걱정스럽고 혼란스러운 표정이었다. "벌거벗은 진실을 말해줘. 깜짝 선물로 이 집을 준비하지 말았어야 했나 싶은 생각이 들고 있으니까."

나는 원목 마룻바닥을 내려다보았다. 합판이 아니라 진짜 나무였다. "알겠어." 나는 그를 다시 보며 말했다. "나 없이 당신 혼자 아파트를 사다니 제정신이 아니라고 생각했어. 이런 일은 꼭 같이해야 한다고 생각했지."

라일은 고개를 끄덕였고 금방이라도 사과할 것 같은 표정이었다. 하지만 내 말은 끝나지 않았다.

"하지만 내가 말하고 싶은 벌거벗은 진실은…… 여긴 완벽하다는 거야. 라일, 무슨 말을 해야 할지도 모르겠어. 모든 게 말끔해. 움직이기 겁날 정도야. 내가 더럽힐 것만 같아."

그는 다급하게 숨을 내쉬더니 나를 끌어당겼다. "더럽혀도 괜찮아. 당신 거니까. 마음껏 더럽혀도 돼." 그는 내 머리에 입 맞췄고 나는 아직 고맙다는 말조차 못 했다. 어떤 반응이든 이 엄청난 일에 비해 너무 부족할 것 같았다.

"우리 언제 이사해?"

라일은 어깨를 으쓱했다. "내일? 나 쉬는 날이야. 우리가 짐이 많지는 않으니까. 가구는 앞으로 몇 주 동안 새로 사면 되고."

나는 머릿속으로 내일 일정을 떠올리며 고개를 끄덕였다. 라일이 내일 쉰다는 건 이미 알고 있었기 때문에 특별한 계획은 없었다.

나는 갑자기 앉고 싶었다. 의자가 하나도 없었지만 다행히 바닥이 깨끗했다. "나 좀 앉아야겠어."

라일은 내가 바닥에 앉도록 도와준 뒤 내 앞에 마주 앉아 손을 계속 잡고 있었다.

"앨리사도 알아?" 내가 물었다.

라일은 미소 지으며 고개를 끄덕였다. "릴리, 앨리사가 엄청 신났어. 난 얼마 전부터 이 건물의 아파트를 사면 어떨까 생각했거든. 보스턴에 계속 살기로 결정한 뒤에 당신을 놀라게 해주려고 일을 진행했지. 앨리사의 도움을 받았지만 나보다 그 애가 당신에게 먼저 말할까 봐 걱정되더라고."

나는 그의 머리를 감싸 안지 않을 수 없었다. 내가 여기 산다고? 이제 나와 앨리사가 이웃이라고? 이 일을 왜 기분 나빠해야 한다고 생각했는지 모르겠다. 이렇게 신나는데!

라일은 미소 지으며 말했다. "당신이 이 상황을 받아들이는 데 시간이 필요하다는 건 알지만 가장 좋은 곳을 아직 못 보여줬어. 그래서 근질거려 죽을 지경이라고."

"얼른 보여줘!"

그는 씩 웃으며 나를 잡아당겨 일으켰다. 우리는 거실을 지나 복도로 갔다. 라일은 문을 하나씩 열며 무슨 방인지 설명해주었지만 들어가서 살펴볼 시간은 주지 않았다. 안방 앞에 도착했을 때, 나는 이 집에 침실 세 개, 욕실 두 개, 서재 한 개가 있다는 걸 알게 되었다.

라일이 계속 나를 이끌고 가는 바람에 멋진 안방을 제대로 볼 시간이 없었다. 그는 커튼이 쳐진 벽 앞으로 데려가더니 돌아서서 나를 보았다. "정원을 꾸밀 만한 땅이 있는 건 아니지만 화분으로 비슷하게 기분을 낼 수는 있을 거야." 라일이 커튼을 걷고 문을 열자 널찍한 발코니가 보였다. 나는 이미 이곳에 놓을 화분들을 머릿속에 그리며 그를 따라 나갔다.

"그 옥상에서 보는 것과 똑같은 풍경이 보여." 그가 말했다. "우리가 처음 만난 날 밤에 본 바로 그 풍경을 항상 볼 수 있는 거야."

상황을 이해하는 데 시간이 좀 걸렸지만 이 순간 나는 모든 감정이 한꺼번에 밀려와서 울기 시작했다. 라일이 나를 끌어당겨 꼭 안았다. "릴리." 그가 내 머리카락을 쓰다듬으며 속삭였다. "울릴 생각은 아니었는데."

나는 울다가 웃었다. "내가 여기에 산다니 믿기지 않아." 나는 그의 품에서 빠져나와 그를 보았다. "당신 돈 많아? 어떻게 이 집을 샀어?"

라일은 웃음을 터뜨렸다. "릴리, 당신 남편은 신경외과 의사야. 돈에 쪼들리며 살지 않아도 된다고."

그의 말에 나는 웃었다가 다시 좀 더 울었다. 잠시 후 첫 번째 손님이 찾아왔다. 누군가가 문을 두드리고 있었다.

"앨리사야." 라일이 말했다. "복도에서 계속 기다리고 있었거든."

나는 현관문으로 뛰어가서 문을 활짝 열었다. 우리는 서로 끌어안고 꺅 소리 질렀고 나는 또 울었다.

우리는 새 아파트에서 저녁 시간을 보냈다. 라일이 중국 음식을 주문했고 마셜도 내려와서 같이 저녁을 먹었다. 아직 식탁도, 의자도 없어서 우리 넷은 거실 바닥 한가운데에 앉아서 포장 용기에 담긴 음식을 먹었다. 그러면서 집을 어떻게 꾸밀지, 동네에서 같이 할 수 있는 게 뭐가 있는지 이야기했고 얼마 남지 않은 앨리사의 출산에 대해서도 이야기했다.

　완벽, 그 이상이었다.

　나는 빨리 엄마에게 말하고 싶었다.

22

앨리사의 출산 예정일이 3일 지났다.

우리가 새 아파트로 이사 온 지는 일주일이 지났다. 라일이 쉬는 날 물건을 모두 무사히 옮겼고 그다음 날에는 나와 앨리사가 가구를 사러 다녔다. 이사 셋째 날이 되어서야 어느 정도 정리가 되었다. 어제는 이 집으로 이사 온 후 첫 우편물을 받았다. 관리 업체에서 보낸 공과금 고지서였는데 이걸 받으니 비로소 실감이 났다.

나는 결혼했다. 내게는 멋진 남편이 있다. 근사한 집도 있다. 어쩌다 보니 시누이는 가장 친한 친구고 나는 곧 외숙모가 된다.

감히 말하건대…… 내 삶이 이보다 더 좋을 수 있을까?

나는 노트북을 덮고 퇴근 준비를 했다. 요즘에는 평소보다 일찍 퇴근하는데, 새 아파트로 귀가하는 게 너무 신나서였다. 사무실 문을 닫으려는데 라일이 열쇠로 앞문을 열고 가게로 들어왔다. 그는 양손에 뭔가를 들고 있었기 때문에 문이 저절로 닫히게 놔두었다.

그는 옆구리에 신문을 낀 채 한 손에 커피를 한 잔씩 들고 있었다. 잔뜩 흥분한 표정으로 급하게 걸어오면서도 미소 지었다. "릴리." 그가 내게 다가오며 말했다. 그는 내 손에 커피를 한 잔 쥐여주더니 옆구리에 낀 신문을 꺼냈다. "세 가지 소식이 있어. 하나는…… 신문봤어?" 그는 신문을 내게 건넸다. 신문은 기사가 보이게 접혀 있었다. 라일은 그 기사를 가리켰다. "릴리, 당신이 해냈어! 해냈다고!"

나는 기대하지 않으려고 애쓰면서 기사를 보았다. 라일이 말하는 게 내가 생각하는 것과 전혀 다를 수도 있었다. 헤드라인을 읽은 나는 그가 말하는 게 내가 생각한 것과 **정확히** 일치한다는 것을 알았다. "내가 해낸 거야?"

나는 꽃집이 '베스트 오브 보스턴' 후보에 올랐다는 연락을 받았었다. 매년 신문사에서 수여하는 이 상은 시민들의 투표로 수상자가 선정되는데, '릴리 블룸스'가 '베스트 오브 보스턴 신규 상점' 분야에 후보로 올랐다는 것이었다. 개업한 지 2년이 넘지 않은 가게들이 대상이었다. 지난주에 신문사 기자가 전화로 몇 가지 묻기에 혹시 수상자로 선정된 게 아닐까 눈치채기는 했다.

제목에는 '보스턴 최고의 신규 상점. 투표로 선정한 최고의 가게 10곳!'이라고 쓰여 있었다.

나는 미소 지었고 라일이 나를 끌어안아서 들어 올리고 빙빙 돌리는 바람에 커피를 쏟을 뻔했다.

라일은 세 가지 소식이 있다고 했다. 하나는 얘기했고 나머지 둘이 뭔지 알 수 없었다. "두 번째 소식은 뭐야?"

그는 나를 내려놓고 말했다. "가장 좋은 소식부터 전한 거야. 너무 신나서." 그는 커피를 한 모금 마시고 말했다. "나 케임브리지 교육 과정에 선발됐어."

나는 환하게 웃었다. "정말?" 그는 고개를 끄덕이더니 나를 안고 다시 빙빙 돌았다. "당신이 정말 자랑스러워." 내가 그에게 입 맞추며 말했다. "우리 둘 다 너무 성공해서 짜증이 나려고 해."

라일은 웃음을 터뜨렸다.

"세 번째는?" 내가 물었다.

그는 뒤로 물러섰다. "아, 그렇지. 세 번째 소식." 그는 주문대에 편안하게 기대서서 커피를 천천히 마셨다. 그리고 커피를 주문대에 조심스럽게 내려놓았다. "앨리사가 진통 중이야."

"뭐?!" 내가 외쳤다.

"맞아." 라일은 커피를 향해 고갯짓했다. "그래서 카페인 음료를 가져온 거야. 오늘 밤에 잠을 하나도 못 잘 테니까."

나는 박수 치며 펄쩍펄쩍 뛰다가 허둥지둥 핸드백, 재킷, 열쇠, 휴대전화를 챙기고 전등 스위치를 찾았다. 가게에서 나가기 직전에 라일이 급하게 주문대로 가더니 신문을 집어 들어 옆구리에 꼈다. 나는 가게 문을 잠그는 동안 너무 흥분돼서 손이 떨렸다.

"우리가 외숙모가 된다니!" 나는 차로 뛰어가며 이렇게 외쳤다.

라일은 내 농담에 웃으며 말했다. "릴리, **외삼촌**이야. 우린 **외삼촌**

이 되는 거라고."

마셜이 침착하게 복도로 나왔다. 라일과 나는 생기를 띠며 소식을 기다렸다. 지난 30분 동안 분만실은 조용했다. 앨리사가 고통스러운 비명을 지르며 출산을 알리기를 기다렸지만 아무 소리도 들리지 않았다. 아기 울음소리도 들리지 않았다. 나는 손으로 입을 틀어막고 마셜의 표정을 보자 최악의 상황이 떠올라 두려웠다.

마셜은 어깨를 들썩이며 눈물을 쏟아냈다. "내가 아빠라니." 잠시 후 그는 허공에 주먹질을 했다. "나는 아빠다!"

그는 라일과 나를 차례로 안고 나서 말했다. "15분만 기다리면 들어가서 앨리사를 만날 수 있어."

그가 들어가서 문을 닫자 라일과 나는 안도의 한숨을 내쉬었다. 우리는 서로 바라보며 미소 지었다. "당신도 최악의 상황을 상상했어?" 그가 물었다.

나는 고개를 끄덕이며 그를 끌어안았다. "당신이 외삼촌이 됐어." 내가 웃으며 말했다.

라일은 내 머리에 입 맞추며 말했다. "당신도."

30분 뒤, 라일과 나는 침대 옆에 서서 아기를 안은 앨리사를 바라보았다. 정말 완벽한 아기였다. 아직 너무 어려서 누구를 닮았다고 말할 수는 없었지만 예뻤다.

"조카 한번 안아볼래?" 앨리사가 라일에게 말했다.

그는 긴장한 듯 쭈뼛대다가 고개를 끄덕였다. 앨리사는 몸을 숙여 아기를 라일의 품에 안겨주며 어떻게 안아야 하는지 알려주었다. 라일은 긴장한 듯 아기를 내려다보다가 소파로 가서 앉았다. "이름은 정했어?" 그가 물었다.

"응." 앨리사가 말했다.

라일과 내가 동시에 쳐다보자 앨리사는 눈물이 그렁그렁한 채 미소 지었다. "마셜과 나 둘 다 아주 좋아하는 사람의 이름을 따서 아기 이름을 짓고 싶었어. 그래서 오빠 이름에 'e'를 붙여서 '라일리 Rylee'라고 부르기로 했어."

나는 곧바로 라일을 돌아보았고 그는 약간 충격받은 듯이 숨을 짧게 내뱉었다. 그는 다시 라일리를 내려다보며 미소 지었다. "와." 그가 속삭였다. "무슨 말을 해야 할지 모르겠네."

나는 앨리사의 손을 꼭 잡아준 다음, 라일 옆으로 가서 앉았다. 그를 지금보다 더 사랑할 수는 없을 거라고 생각한 적이 많았지만, 이번에도 그 생각이 틀렸다는 게 증명되었다. 갓 태어난 조카를 바라보는 라일을 보고 있자니 심장이 부풀어 오르는 듯했다.

마셜은 침대에 걸터앉은 채 앨리사 곁에 있었다. "아기 낳는 동안 이사가 얼마나 조용했는지 들었지? 소리 한 번 지르지 않았어, 약도 쓰지 않았는데." 마셜은 앨리사를 끌어안고 곁에 누웠다. "윌 스미스와 함께 영화 〈핸콕〉에 출연한 기분이야. 내가 슈퍼히어로와 결혼했다는 걸 알게 된 거지."

라일은 웃음을 터뜨렸다. "어릴 때 앨리사가 한 번인가 두 번 나를 개박살 낸 적이 있지. 놀랄 것도 없어."

"라일리 앞에서 말 좀 조심해줘." 마셜이 말했다.

"개박살." 라일이 아기에게 속삭였다.

나와 라일은 웃었고 잠시 후 라일이 내게 아기를 안아보겠냐고 물었다. 나는 차례를 기다리다가 죽을 뻔했다는 듯이 어서 안아보고 싶다고 손짓했다. 아기를 안은 나는 이미 이 아기에게 엄청난 사랑을 느낀다는 사실에 깜짝 놀랐다.

"어머니랑 아버지는 언제 오셔?" 라일이 앨리사에게 물었다.

"내일 점심때쯤 오신대."

"그럼 난 좀 자야겠어. 장시간 일하고 교대했거든." 라일은 나를 보았다. "같이 집에 갈래?"

나는 고개를 저었다. "난 좀 더 있고 싶어. 내 차 가져가. 난 택시 타고 갈게."

그는 내 머리에 입 맞춘 다음 나와 머리를 맞댔고 우리는 함께 라일리를 내려다보았다. "우리도 하나 만들어야겠는데." 그가 말했다.

나는 잘못 들은 게 아닌가 해서 그를 흘끗 보았다.

라일은 윙크했다. "이따 집에 왔을 때 내가 자고 있으면 깨워줘. 오늘 밤에 당장 시작하자." 그는 마셜과 앨리사에게 인사했고 마셜은 그를 배웅하러 함께 나갔다.

앨리사를 보았더니 미소 짓고 있었다. "오빠가 아기 갖고 싶어 할 거라고 말했죠?"

나는 씩 웃으며 침대로 다가갔다. 앨리사는 몸을 움직여 내가 앉을 자리를 만들어주었다. 나는 라일리를 건넸고 우리는 침대에 바싹 붙어 앉아 세상에서 가장 멋진 장면이라도 보는 듯이 잠든 라일리를 바라보았다.

23

　나는 세 시간 뒤, 10시가 넘어서 집에 도착했다. 라일이 가고 나서 앨리사와 한 시간을 더 보낸 다음, 이틀 동안 출근하지 않아도 되도록 사무실로 가서 몇 가지 일을 마무리했다. 라일이 쉬는 날마다 나도 휴일을 맞추려고 노력했다.

　현관문을 열고 들어갔을 때 불이 꺼져 있었다. 라일이 이미 잠들었다는 뜻이었다.

　차를 타고 집으로 오는 내내 나는 그의 말을 생각했다. 아이 얘기가 이토록 빨리 나올 줄은 몰랐다. 나는 스물다섯 살이 다 되어가지만 최소한 2년은 지난 다음에 아이를 가지려고 생각하고 있었다. 내가 아이를 가질 준비가 되었는지 아직 확신할 수 없지만, 언제가 됐든 라일이 아이를 원한다는 것을 아는 것만으로도 엄청나게 행복해졌다.

나는 라일을 깨우기 전에 간단하게 뭘 먹기로 했다. 저녁을 안 먹어서 몹시 배고팠다.

주방 불을 켜는 순간 나는 비명을 질렀다. 가슴을 쓸어내리고 조리대에 쓰러지며 말했다. "세상에, 라일! 뭐 하는 거야?"

그는 냉장고 옆 벽에 등을 기대고 서 있었다. 발을 엇갈리게 하고 선 그는 나를 보며 눈을 찌푸렸다. 그리고 나를 계속 보았는데, 손가락으로 뭔가를 뒤집으며 만지작거리고 있었다.

그의 왼편 조리대에 시선이 갔다. 조금 전까지 위스키가 담겨 있었을 법한 빈 유리잔이 보였다. 라일은 가끔 잠드는 데 도움을 받으려고 위스키를 마셨다.

다시 그를 보니 히죽히죽 웃고 있었다. 그 미소를 본 나는 금세 몸이 따뜻해졌다. 그다음에 무슨 일이 일어날지 알고 있기 때문이었다. 곧 이 아파트는 벗어 던진 옷과 키스가 뒤섞인 광란의 도가니가 될 것이다. 이사 온 뒤로 거의 모든 방에서 해보았지만 주방은 아직이었다.

나는 그에게 미소 지었지만 컴컴한 데서 그를 발견한 충격 때문에 아직 심장이 미친 듯이 뛰었다. 그의 손을 본 나는 그가 보스턴 자석을 들고 있다는 것을 알았다. 이사할 때 예전 아파트에서 가져와 이곳 냉장고에 붙여놓은 것이었다.

라일은 자석을 다시 냉장고에 붙이더니 톡톡 두드렸다. "이거 어디서 났어?"

나는 자석을 본 다음에 다시 그를 보았다. 내 열여섯 살 생일에 아틀라스가 준 자석이라는 말만큼은 절대 하고 싶지 않았다. 사실대로 말해봤자 이미 상처가 된 문제만 들쑤실 뿐이고, 나는 이제 곧 일어날 일 때문에 너무 흥분한 상태라서 지금 당장은 그에게 벌거벗은 진실을 말하고 싶지 않았다.

나는 어깨를 으쓱했다. "기억 안 나. 원래 있던 거야."

라일은 가만히 나를 보다가 몸을 꼿꼿하게 펴고 두 걸음 다가왔다. 조리대에 기대고 있던 나는 숨이 턱 막혔다. 그는 두 손으로 내 허리를 안더니 바지 속으로 손을 넣어 엉덩이를 감싸고 나를 바싹 당겼다. 그리고 내 입술을 찾아 키스하며 내 바지를 내리기 시작했다.

좋아. 지금 바로 시작인가 보군.

그의 입술이 목으로 내려오자 나는 신발을 차서 벗어버렸다. 잠시 후 그가 내 바지를 완전히 벗겼다.

먹는 건 나중에 하면 돼. 주방에서 첫 경험을 하는 게 우선이야.

그는 다시 입술에 키스하면서 나를 안아 조리대 위에 앉히고 내 다리 사이에 섰다. 그의 숨결에서 위스키 냄새가 났는데 그게 마음에 들었다. 그의 따뜻한 입술이 내 입술을 미끄러지듯 스칠 때 나는 이미 숨이 가빠왔다. 그는 내 머리카락을 움켜쥐더니 가볍게 뒤로 당겨서 내가 그를 보도록 했다.

"벌거벗은 진실이야?" 그는 나를 먹어치울 듯이 내 입술을 보며 속삭였다.

나는 고개를 끄덕였다.

그는 다른 손으로 천천히 내 허벅지를 더듬으며 더 이상 갈 곳이 없는 데까지 올라왔다. 그러고는 내가 계속 그에게 시선을 고정하게 한 상태로 따뜻한 손가락 두 개를 내 안에 넣었다. 나는 다리로 그의 허리를 끌어안으며 다급히 숨을 들이마셨다. 그리고 그가 나를 이글거리는 눈빛으로 바라보는 가운데 작게 신음하며 그의 손놀림에 따라 천천히 몸을 움직이기 시작했다.

"릴리, 저 자석 어디서 났어?"

뭐라고?

나는 심장이 거꾸로 뛰는 기분이었다.

왜 이걸 계속 묻는 거지?

그의 손가락은 내 안에서 계속 움직였고 그의 눈은 여전히 나를 원하는 것 같았다. **하지만 그의 손.** 내 머리카락을 잡고 있던 그의 손에 힘이 들어가 너무 세게 잡아당기는 바람에 나는 인상을 썼다.

"라일." 나는 몸이 떨리기 시작했지만 차분한 목소리를 내려 애쓰며 속삭였다. "아파."

그는 손가락을 멈추었지만 내게서 시선을 떼지 않았다. 그리고 내 안에서 천천히 손가락을 빼더니 한 손으로 내 목을 약하게 조였다. 그의 입술이 다시 내 입술과 만났고 그의 혀가 내 입안으로 들어왔다. 나는 지금 그가 무슨 생각을 하고 있는지 알 수 없었기 때문에, 내가 과민 반응하는 것이기를 바라면서 순순히 응했다. 내게 몸을 밀착한 그의 바지 너머로 단단한 것이 느껴졌다. 하지만 잠시 후 그는 몸을 뗐다. 내게서 양손을 다 뗀 그는 냉장고로 가서 등을 기대고 선 채 이곳 주방에서 당장 나를 갖고 싶다는 듯이 내 몸을 훑어보았다. 내 심장박동이 진정되기 시작했다. **내가 과민 반응하고 있구나.**

그는 레인지 옆으로 손을 뻗어 신문을 집어 들었다. 아까 보여준, 수상 기사가 실린 신문이었다. 그는 신문을 들더니 나를 향해 던졌다. "지금쯤이면 기사를 읽어봤으려나?"

나는 안도의 한숨을 내쉬었다. "아직 못 읽었어." 나는 이렇게 말하며 기사를 보았다.

"소리 내서 읽어봐."

라일을 보았다. 나는 미소 짓고 있었지만 뱃속에서 불안감이 피어올랐다. 지금 그에게는 뭔가 있었다. 행동하는 방식이 이상했다. 딱 꼬집어 말할 수는 없지만.

"나보고 기사를 읽으라고?" 내가 물었다. "지금?"

반쯤 옷을 벗은 채 신문을 들고 주방 조리대에 앉아 있자니 기분이 이상했다. 라일은 고개를 끄덕였다. "그보다 먼저 셔츠를 벗으면 좋겠어. 그다음에 소리 내서 읽어."

나는 그의 행동을 파악하려 애쓰며 그를 바라보았다. 위스키를 마셔서 장난이 심해진 것인지도 몰랐다. 대개 우리는 사랑을 나눌 때 단순히 사랑만 나눴다. 하지만 가끔은 거칠어지기도 했다. 지금 라일의 눈빛처럼 약간 위험해질 때도 있었다.

나는 신문을 내려놓고 셔츠를 벗은 다음 다시 신문을 집어 들었다. 기사를 소리 내서 읽기 시작하자 그가 다가와서 말했다. "전부다 읽지는 말고." 그는 신문을 넘기더니 기사 한가운데의 문장을 가리켰다. "여기부터 마지막 몇 단락만 읽어."

나는 더욱 어리둥절해진 채 기사를 보았다. 하지만 뭐가 뭔지는 몰라도 이 상황을 끝내고 침대로 갈 수만 있다면…….

"빕스가 가장 많은 표를 받은 것은 전혀 놀랍지 않다. 트립어드바이저에 따르면, 작년 4월 마켓슨에 문을 연 뒤로 이미 유명해진 빕스는 보스턴에서 평가가 매우 좋은 레스토랑으로 빠르게 자리매김하고 있다."

나는 읽다 말고 라일을 보았다. 그는 위스키를 한 잔 더 따라서 마시고 있었다. "계속 읽어." 그는 내가 든 신문을 향해 고갯짓하며 말했다.

나는 힘겹게 침을 삼켰다. 침이 초 단위로 말라갔다. 나는 손을 떨지 않으려고 애쓰며 계속 읽었다. "레스토랑 소유주 아틀라스 코리건은 두 차례 수상 경력이 있는 요리사로, 미 해병대에서 복무한 이력도 있다. 탄탄대로를 달리고 있는 레스토랑 빕스가 'Better In Boston(더 좋은 보스턴)'의 앞글자를 따서 이름을 지었다는 사실은 이미 널리 알려졌다."

나는 놀라서 숨이 멎는 듯했다.

모든 것이 더 좋은 보스턴.

나는 뱃속이 뒤틀리는 듯했지만 감정을 다스리려 애쓰며 계속 읽었다. "하지만 최근 수상과 관련한 인터뷰에서 주방장 코리건 씨는 레스토랑 이름의 의미에 담긴 진짜 사연을 풀어놓았다. '이야기가 길어요. 제 삶에 엄청난 영향을 끼친 사람에게 바치는 존경의 표시라고 할 수 있죠. 제게 아주 의미가 컸던 사람이에요. 지금도 그렇고요.'"

나는 조리대에 신문을 내려놓았다. "더 읽고 싶지 않아." 목구멍을 타고 올라온 내 목소리가 갈라졌다.

라일은 두 걸음 만에 다가와 신문을 집어 들었다. 조리대 위에 놓아둔 신문을 집어 든 그의 목소리는 화가 난 듯 커져 있었다. "그 여자분이 자기를 기억하며 레스토랑 이름을 지은 걸 알고 있느냐는 질문에 코리건 씨는 다 알지 않느냐는 듯이 미소 지으며 말했다. '다음 질문이요.'"

라일의 목소리에서 느껴지는 분노 때문에 속이 울렁거렸다. "라일, 그만해." 나는 차분하게 말했다. "당신 술을 너무 많이 마셨어." 나는 그를 지나쳐 재빨리 주방에서 나온 다음 침실로 가는 복도로 향했다. 지금 너무 많은 일들이 일어나서 하나도 이해할 수가 없었다.

기사에서는 아틀라스가 누구를 이야기했는지 언급하지 않았다. 아틀라스가 말한 사람은 나였고 나도 그게 나라는 걸 알았다. 하지만 도대체 어떻게 라일이 두 가지를 연결할 수 있었을까?

자석도 그렇다. 기사만 읽고 어떻게 그 자석이 아틀라스에게 받은 거라는 것을 알았을까?

라일은 과민 반응하고 있었다.

침실로 가고 있는데 라일이 쫓아오는 소리가 들렸다. 침실 문을 연 순간 나는 갑자기 멈칫했다.

침대 위에 물건이 어지럽게 흩어져 있었다. 빈 상자도 보였는데 상자 한쪽에 '릴리 물건'이라고 쓰여 있었다. 상자 안의 내용물도 모두 보였다. 편지, 일기장…… 빈 구두 상자. 나는 눈을 감고 천천히 숨을 쉬었다.

라일이 내 일기장을 읽었다.

안 돼.

그가. 내 일기장을. 읽었다.

라일이 뒤에서 한 팔로 내 허리를 안았다. 그리고 손을 올려 배 위를 스쳐 지난 다음 한쪽 가슴을 움켜쥐었다. 다른 한 손은 어깨를 스치며 내 목덜미를 덮고 있던 머리카락을 치웠다.

그의 손가락이 맨살을 어루만지며 어깨로 올라오자 나는 눈을 꼭 감았다. 그가 가슴 위에서 천천히 손가락을 움직이자 온몸에 소름이 끼쳤다.

그리고 그가 내 문신에 입 맞춘 다음 꽉 깨무는 바람에 나는 소리를 질렀다.

그를 떼어내려 했지만 어찌나 꽉 안고 있는지 꼼짝도 하지 않았다. 그에게 물린 통증은 쇄골에서 어깨로 퍼져나가더니 팔까지 내려왔다. 나는 울기 시작했다. **흐느꼈다.**

"라일, 놔줘." 내가 애원하는 목소리로 말했다. "부탁이야. 물러나 줘." 그는 내 팔이 그의 팔에 눌려 아플 정도로 뒤에서 나를 꽉 안고 있었다.

그가 나를 돌려세웠지만 나는 계속 눈을 감고 있었다. 너무 무서워서 그를 볼 수 없었다. 그는 어깨를 움켜쥐고 나를 침대 쪽으로 밀었다. 나는 그에게서 벗어나려 애썼지만 소용없었다. 그는 힘이 너무 셌다. 그는 화가 나 있었다. 그리고 상처받았다. **그는 라일이 아니었다.**

침대에 등이 닿자 나는 그에게서 벗어나려고 침대 머리판을 향해 미친 듯이 몸을 움직였다. "릴리, 그놈이 왜 아직도 여기 있는 거지?" 라일의 목소리는 주방에서만큼 차분하지 않았다. 지금 그는 정말 화가 나 있었다. "**모든 것에** 그놈이 있어. 냉장고 자석에도. 우리 방 벽장에서 찾아낸 상자 속 일기장에도. 당신 몸의 빌어먹을 **문신**에도. 망할 **당신 몸**에서 내가 가장 좋아하는 곳인데!"

라일은 침대로 올라왔다.

"라일." 내가 애원했다. "설명할게." 눈물이 관자놀이를 타고 흘러내려 머리카락을 적셨다. "당신 지금 화났어. **제발** 날 아프게 하지 마. 제발. 나갔다가 돌아오면 다 설명할게."

라일은 내 발목을 잡고 자기 쪽으로 끌어내렸다. "릴리, 나 화 안 났어." 불안할 정도로 차분해진 목소리로 그가 말했다. "생각해보니까 내가 당신을 얼마나 사랑하는지 증명한 적이 없더라고." 그는 내 몸을 자기 몸으로 내리누르고 내 양쪽 손목을 위로 올린 다음 짓누르듯 한 손으로 잡았다.

"라일, 부탁이야." 나는 조금이라도 그에게서 떨어지려고 그를 밀어내며 흐느꼈다. "**제발**, 내게서 떨어져줘."

안돼, 안돼, 안돼, 안돼.

"릴리, 사랑해." 그는 내 볼에 입술을 대고 말했다. "그놈보다 훨씬 많이. 당신은 왜 그걸 몰라?"

나는 두려움이 차츰 사라지고 분노가 차오르는 걸 느꼈다. 눈을 감았을 때 떠오르는 것이라고는 예전 집 거실 소파에서 울고 있는 엄마의 모습뿐이었다. 아버지가 그런 엄마 위에 억지로 올라타고 있었다.

나는 증오에 휩싸여 비명을 지르기 시작했다.

라일은 자기 입으로 내 비명을 막으려 했다.

나는 그의 혀를 깨물었다.

그의 이마가 내 이마와 부딪쳤다.

순식간에 암흑이 나를 뒤덮었고, 모든 고통이 희미해졌다.

귓가에 그의 숨결이 느껴졌다. 그는 알아들을 수 없는 말을 중얼거리고 있었다. 내 심장은 미친 듯이 뛰었고 온몸이 계속 떨렸다. 아직도 눈물이 흐르고 있었고 숨이 가빴다. 그의 말이 귀에 들렸지만 머리가 너무 욱신거리고 아파서 그 말을 해석할 수 없었다.

눈을 뜨려 했지만 아팠다. 오른쪽 눈으로 뭔가 흘러들어가는 느낌이 났는데 그게 피라는 걸 금세 알 수 있었다.

내 피였다.

그의 말이 귀에 들어오기 시작했다.

"미안해, 미안해, 정말 미안해……."

그는 계속 내 몸 위에 있었고 매트리스 위로 내 손을 짓누르고 있었다. 하지만 더 이상 내게 강제로 뭔가 하려 하지 않았다.

"릴리, 사랑해. 그리고 미안해."

그의 목소리에는 공포가 가득했다. 그는 내 뺨과 입술에 부드럽게 입 맞췄다.

그는 자기가 무슨 짓을 했는지 알고 있었다. 그는 다시 라일이 되어 방금 내게 한 짓을 알게 되었다. 우리에게, 우리 미래에 한 짓을.

나는 그의 공포를 이용하기로 했다. 나는 고개를 젓고 속삭였다. "라일, 괜찮아. 괜찮아. 당신은 화가 난 것뿐이야. 괜찮아."

그는 미친 듯이 내게 입 맞췄고 위스키 맛이 느껴지자 나는 토할 것 같았다. 방이 다시 흐릿하게 보이기 시작할 때에도 그는 계속 사과의 말을 속삭이고 있었다.

나는 눈을 감고 있었다. 우리는 계속 침대에 있었지만 이제 라일은 내 위에 있지 않았다. 그는 내 허리를 꼭 안은 채 옆으로 누워 있었다. 머리는 내 가슴에 기대고 있었다. 나는 뻣뻣하게 누운 채 주위의 모든 것을 살폈다.

라일은 움직이지 않았고, 깊이 잠든 듯한 숨결을 느낄 수 있었다. 취해서 쓰러진 건지 잠든 건지 알 수 없었다. 내가 마지막으로 기억하는 것은 그가 내게 입 맞추고 있었다는 것과 내 눈물의 맛이었다.

나는 몇 분 더 그렇게 누워 있었다. 정신이 돌아올수록 머리가 점점 더 아팠다. 나는 눈을 감고 생각하려 애썼다.

핸드백이 어디에 있더라?

차 열쇠는?

휴대전화는?

라일에게서 빠져나가는 데 5분이 걸렸다. 너무 무서워서 한 번에 많이 움직일 수 없었다. 아주 조금씩 움직여 겨우 침대에서 내려올 수 있었다. 그의 손길이 느껴지지 않자 뜻밖에 가슴속에서 울음이 터져 나왔다. 나는 손으로 재빨리 입을 막고 일어서서 침실에서 나갔다.

핸드백과 휴대전화는 찾았지만 라일이 차 열쇠를 어디에 놔뒀는지 알 수 없었다. 거실과 주방을 미친 듯이 뒤졌지만 앞이 잘 보이지 않았다. 라일이 내 이마를 들이받았을 때 상처가 난 게 틀림없었다. 눈으로 피가 너무 많이 흘러들어와 모든 것이 흐릿하게 보였다.

나는 어지러워서 현관문 앞 바닥에서 미끄러졌다. 손가락이 너무 심하게 떨려서 세 번 만에 휴대전화 비밀번호를 제대로 입력했다.

나는 휴대전화 화면을 열고서 잠시 주춤했다. 앨리사와 마셜에게 전화해야겠다는 생각이 맨 먼저 들었지만 그럴 수 없었다. 지금 당장은 그럴 수 없었다. 앨리사는 몇 시간 전에 아기를 낳았다. 그들에게 그런 짓을 할 수는 없었다.

경찰에 신고할까 했지만 지금 내 정신 상태로는 신고 후 뒤따라오는 모든 일을 처리할 수 없을 것 같았다. 진술을 하고 싶지도 않았다. 라일을 고소하고 싶은지도 알 수 없었다. 이게 그의 진로에 어떤 영향을 미칠지 알기 때문이었다. 앨리사가 내게 화내는 것도 원치 않았다. 그냥 아무것도 알 수 없었다. 물론 나중에 경찰에 신고하는 것도 완전히 배제하지는 않았다. 지금 당장은 그런 의사 결정을 할 에너지가 없을 뿐이었다.

나는 휴대전화를 움켜쥐고 생각했다. **엄마에게 전화하자.**

엄마 번호를 누르려다가, 엄마가 이 사실을 알면 어떨까 생각하자 다시 눈물이 났다. 이 엉망진창인 상황에 엄마를 끌어들일 수는 없었다. 엄마는 그동안 너무 힘들었다. 라일은 나를 찾으려 할 때 엄마에게 가장 먼저 갈 것이다. 그다음에는 앨리사와 마셜에게 가겠지. 그다음에는 우리 둘을 아는 모든 사람들에게 연락할 것이다.

나는 눈물을 닦고 아틀라스의 전화번호를 누르기 시작했다.

평생 이 순간만큼 나 자신을 혐오해본 적은 없었다.

라일이 내 휴대전화에서 아틀라스의 전화번호를 찾아낸 날, 그게 거기 있었는지 잊어버렸다고 거짓말한 내가 싫었다.

아틀라스가 전화번호를 넣어둔 날, 케이스를 열어서 그걸 본 내가 싫었다.

마음 깊은 곳에서 언젠가 그 번호가 필요할지도 모른다고 생각한 내가 싫었다. **그래서 그 번호를 외운 내가 싫었다.**

"여보세요?"

아틀라스는 조심스럽고 미심쩍어하는 목소리로 전화를 받았다. 내 전화번호인 줄 모르는 듯했다. 그의 목소리를 듣자마자 나는 울기 시작했다. 나는 입을 막고 최대한 조용히 했다.

"릴리?" 그의 목소리가 커졌다. "릴리, 어디야?"

아틀라스가 우는 사람이 나라는 걸 알다니, 나 자신이 싫었다.

"아틀라스." 내가 속삭였다. "도와줘."

"어디야?" 두려움에 휩싸인 목소리였다. 그가 물건을 치우며 걸어가는 소리가 들렸다. 문 닫히는 소리도 들렸다.

"문자 보낼게." 나는 너무 무서워서 계속 말할 수가 없었다. 라일이 깨는 건 싫었다. 나는 전화를 끊고 온 힘을 다해 가까스로 떨리는 손을 진정시키고서 집 주소와 출입문 비밀번호를 문자로 보냈다. 그런 다음 '도착하면 문자해. 문을 두드리면 안 돼'라고 다시 문자를 보냈다.

나는 주방으로 기어가서 바지를 찾은 다음 간신히 입었다. 셔츠는 조리대 위에 있었다. 옷을 다 입고 거실로 갔다. 나가서 아래층에서 아틀라스를 기다릴까 생각했지만 너무 겁이 나 도저히 혼자 로비까지 갈 수 없을 것 같았다. 이마에서는 아직도 피가 났고 너무 기운이 없어 문 옆에 서서 기다릴 수도 없었다. 나는 떨리는 손으로 휴대전화를 꼭 쥐고 바닥에 주저앉아서 화면을 들여다보며 아틀라스의 문자를 기다렸다.

고통스러운 24분이 지나고 나서 휴대전화에 불이 들어왔다.

✉ 왔어.

나는 힘겹게 일어서서 현관문을 열었다. 그러자 두 팔이 나를 감싸 안았고 내 얼굴이 뭔가 부드러운 것에 닿았다. 나는 울기 시작했다. 몸을 떨며 울고 또 울었다.

"릴리." 아틀라스가 속삭였다. 내 이름이 이렇게 슬프게 들린 건 처음이었다. 그는 내게 고개를 들어보라고 했다. 그의 파란 눈동자가 내 얼굴을 살폈고, 나는 그 순간 똑똑히 보았다. 아틀라스가 현관문으로 머리를 들이미는 순간 그의 얼굴에서 걱정은 사라졌다. "그놈 안에 있어?"

그는 **분노했다.**

아틀라스에게서 뿜어져 나오는 분노가 느껴졌다. 그는 집 안으로 들어가려 했다. 나는 그의 재킷을 꼭 잡았다. "안 돼, 아틀라스, 제발. 그냥 가고 싶어."

그는 멈칫하며 고통스러워했다. 내 말을 들을지 집 안으로 박차고 들어갈지 고민하는 듯했다. 결국 그는 몸을 돌려 나를 감싸 안았다. 그리고 나를 부축해 엘리베이터를 타고 로비로 내려갔다. 기적적으로 우리는 딱 한 사람만 마주쳤는데, 그 사람은 다른 방향을 보고 통화하는 중이었다.

주차장에 도착하자 나는 다시 어지러워졌다. 아틀라스에게 천천히 가자고 말하자 잠시 후 그가 나를 안아 올렸다. 그리고 우리는 차에 탔고, 곧 차가 움직였다.

이마를 꿰매야 할 것 같았다.

아틀라스는 나를 병원으로 데려가고 있었다.

이유는 알 수 없었지만 나도 모르게 불쑥 이렇게 말했다. "매사추세츠 종합병원으로는 가지 마. 다른 데로 가줘."

이유야 어쨌든 라일의 직장 동료와 마주칠 위험을 감수하고 싶지 않았다. 나는 그가 미웠다. 이 순간에는 아버지보다 훨씬 더 미웠다.

하지만 어찌 된 노릇인지 그의 진로에 대한 걱정이 증오를 뚫고 나왔다.

이 사실을 깨닫자 그를 미워하는 만큼 나 자신도 미워졌다.

$$24$$

아틀라스는 검사실 맞은편 벽에 서 있었다. 그는 간호사가 처치하는 동안 내게서 한시도 눈을 떼지 않았다. 간호사는 피를 뽑은 다음 곧바로 다시 돌아와서 찢어진 상처를 소독했다. 아직 내게 이것저것 묻지는 않았지만, 누가 봐도 맞아서 생긴 상처였다. 간호사는 딱하다는 표정으로 어깨의 물린 상처에서 피를 닦아냈다.

간호사는 처치를 끝내고 아틀라스를 흘끗 보았다. 그러더니 오른쪽으로 한 걸음 옮겨 그가 나를 보지 못하게 가린 다음 돌아서서 내게 말했다. "개인적인 질문 몇 가지 할게요. 저 남자에게 자리를 비켜달라고 할 거예요. 알겠죠?"

그제야 나는 간호사가 나를 이렇게 만든 사람이 아틀라스라고 생각한다는 것을 깨달았다. 나는 곧바로 고개를 저었다. "저 사람이 아니에요. 그냥 있게 해주세요."

간호사는 안도한 표정이었다. 그는 고개를 끄덕이고 의자를 당겨 왔다. "또 아픈 데는 없어요?"

나는 고개를 저었다. 그가 라일이 부수어놓은 내 마음까지 전부 치료할 수는 없기 때문이었다.

"릴리?" 그의 목소리는 다정했다. "성폭행당했어요?"

눈물이 차올랐다. 돌아서서 벽에 이마를 대고 있는 아틀라스가 보였다.

간호사는 내가 그의 눈을 다시 볼 때까지 기다렸다가 말을 이었다. "이런 상황에서 실시하는 검사가 있어요. 세인SANE 검사라고 해요. 물론 선택 사항이지만 이런 상황에서는 꼭 받으라고 권하죠."

"성폭행당하지는 않았어요. 그가 그러지는 않았……."

"릴리, 확실해요?" 간호사가 물었다.

나는 고개를 끄덕였다. "검사는 안 받을래요."

아틀라스는 다시 나를 보고 있었다. 다가오는 그의 표정에서 고통이 엿보였다. "릴리. 검사받아야 해." 그는 애원하는 눈빛이었다.

나는 고개를 저었다. "아틀라스, 정말……." 나는 눈을 감고 고개를 숙였다. "이번에는 그 사람을 감싸는 게 아니야." 내가 속삭였다. "시도하다가 중단했어."

"고소할 경우에 필요할……."

"검사 안 받아." 나는 단호하게 말했다.

문 두드리는 소리가 나더니 의사가 들어왔고, 그 덕분에 나는 아틀라스의 애원하는 표정에서 벗어날 수 있었다. 간호사는 의사에게 내가 다친 곳을 간략하게 설명한 다음 의사가 내 머리와 어깨를 진찰하는 동안 한발 물러나 있었다. 의사는 내 양쪽 눈에 조명을 비춰 보았다. 그리고 진료 기록을 보며 말했다. "뇌진탕은 아닌 것 같습니다만, CT를 찍을 수 없는 상황이니 계속 지켜보도록 합시다."

"왜 못 찍는 거죠?" 내가 물었다.

의사는 일어섰다. "꼭 필요한 상황이 아니면 임신부를 방사선에 노출하지 않습니다. 합병증이 있는지 지켜보다가 다른 증상이 없으면 퇴원해도 됩니다."

이후의 말은 하나도 들리지 않았다.

아무것도.

머리가 조여오기 시작했다. 심장도. 배도. 나는 앉아 있던 검사실 탁자 모서리를 잡고 의사와 간호사가 나갈 때까지 멍하니 바닥을 보았다.

문이 닫히고 나서도 꼼짝도 못 하고 말없이 계속 앉아 있었다. 아틀라스가 다가오는 게 보였다. 그의 발이 내 발과 닿을 듯한 거리에 있었다. 그는 내 등을 가볍게 쓸어내렸다. "알고 있었어?"

나는 숨을 짧게 뱉어낸 다음 공기를 들이마셨다. 그리고 고개를 젓기 시작했고 아틀라스의 팔이 나를 감싸자 이렇게 울 수 있을까 싶을 정도로 심하게 울었다. 그는 내가 우는 동안 계속 안아주었다. 증오심에 휩싸인 나를 안아주었다.

내가 자초한 일이었다.

이런 일이 일어나게 만든 사람은 나였다.

나는 엄마와 똑같았다.

"여기서 나가고 싶어." 내가 속삭였다.

아틀라스는 한 걸음 물러났다. "릴리, 병원에서 지켜봐야 한다고 했잖아. 계속 있어야 할 것 같은데."

나는 그를 보며 고개를 저었다. "여기서 나갈래. **부탁이야.** 그러고 싶어."

아틀라스는 고개를 끄덕이더니 내가 신발 신는 것을 도와주었다. 그리고 재킷을 벗어서 내게 둘러주었고 우리는 아무도 모르게 병원을 빠져나갔다.

차를 타고 가는 동안 그는 아무 말도 하지 않았다. 나는 울 기운도 없어서 멍하니 창밖만 바라보았다. 너무 충격이 심해서 말을 할 수도 없었다. 물에 잠긴 기분이었다.

그냥 계속 헤엄치는 거야.

아틀라스가 사는 곳은 아파트가 아니라 주택이었다. 보스턴 외곽에 있는 웰즐리라는 작은 마을이었는데, 집들이 모두 예쁘고 널찍하고 잘 가꿔져 있었고 비싸 보였다. 그의 집 차고 진입로에 들어가기 전, 나는 아틀라스가 그 여자와 결혼한 건 아닐까 궁금했다. **캐시라고 했지.** 남편이 여자를 집으로 데려오면 무슨 생각이 들까 싶었다. 예전에 사랑했던 여자가 배우자에게 맞았다면서.

캐시는 나를 불쌍하게 생각할 것 같았다. 그리고 내가 왜 남편을 떠나지 않는지 궁금해하겠지. 어쩌다가 이 지경에 이르렀는지도 궁금할 것이다. 엄마가 나와 같은 처지일 때 내가 궁금해했던 것과 똑같은 것들을 궁금해하겠지. 사람들은 대개 왜 여자가 떠나지 않는지를 궁금해한다. 왜 남자가 폭력을 휘둘렀는지 궁금해하는 사람들은 어디로 간 걸까? 그것만이 유일하게 비난받아야 할 일이 아닐까?

아틀라스는 차고에 주차했다. 다른 차는 보이지 않았다. 나는 그가 차에서 내리는 걸 도와줄 때까지 기다리지 않았다. 스스로 문을 열고 내린 다음 그를 따라 집으로 향했다. 그는 경보장치에 암호를 입력한 다음 조명을 몇 개 켰다. 나는 주방과 거실을 살펴보았다. 모두 고급 목재와 스테인리스 스틸 소재를 사용했고, 주방은 차분한 청록색으로 페인트칠 되어 있었다. 바다가 떠오르는 색이었다. 나는 너무 아프지 않았다면 미소 지었을 것이다.

아틀라스는 계속 헤엄치고 있었구나. 지금 그를 봐. 열심히 헤엄쳐서 드넓은 카리브해에 도착했어.

아틀라스는 냉장고로 가서 물을 한 병 꺼내 왔다. 그리고 뚜껑을 열어 내게 건넸다. 나는 물을 마셨고 거실과 복도 조명을 켜는 그를 지켜보았다.

"혼자 살아?" 내가 물었다.

그는 주방으로 돌아오며 고개를 끄덕였다. "배고파?"

나는 고개를 저었다. 배가 고프다고 해도 먹을 수 있을 것 같지 않았다.

"네가 쓸 방을 보여줄게." 그가 말했다. "욕실이 있으니 씻고 싶으면 씻어."

**씻고 싶었다. 내 입에 남은 위스키 맛을 씻어내고 싶었다. 병원 소
독약 냄새를 씻어내고 싶었다. 내 인생에서 지난 네 시간을 씻어내
고 싶었다.**

나는 그를 따라 복도를 지나 손님용 침실로 향했다. 아틀라스가
방 조명을 켰다. 아무것도 깔리지 않은 침대 위에는 상자가 두 개 놓
여 있었고 벽 쪽에는 상자가 더 많이 쌓여 있었다. 문과 마주한 한쪽
벽에는 큰 의자가 놓여 있었다. 그는 침대 위에 있던 상자를 들어 벽
쪽에 쌓여 있는 다른 상자들 위에 올려놓았다.

"몇 달 전에 이사 왔어. 아직 제대로 꾸밀 시간이 없었어." 그는 서
랍장으로 가서 서랍을 열었다. "침대 정리해줄게." 그는 시트와 베개
커버를 꺼냈다. 그리고 내가 욕실로 들어가 문을 닫는 사이에 정리
를 시작했다.

나는 30분 동안 욕실에 있었다. 그중 얼마 동안은 거울에 비친 내
모습을 바라보았다. 또 얼마 동안은 샤워를 했다. 그리고 남은 시간
에는 지난 몇 시간을 떠올리고는 구역질이 나서 변기에 토했다.

나는 수건으로 몸을 감싸고 욕실 문을 열었다. 아틀라스는 침실
에 없었지만 갓 정돈한 침대 위에 개어놓은 옷이 있었다. 내게는 너
무 큰 남성용 잠옷 바지와 무릎까지 내려오는 티셔츠였다. 나는 바
지의 허리끈을 바싹 당겨서 묶은 다음 침대로 들어가서 스탠드를
끄고 이불을 머리끝까지 덮어 썼다.

그리고 아무런 소리도 내지 않고 심하게 울었다.

25

토스트 냄새가 났다.

나는 침대에서 기지개를 켜며 미소 지었다. 내가 토스트를 좋아하는 걸 라일이 알고 있구나 싶었기 때문이다.

눈을 번쩍 뜨자 머리를 정면으로 부딪친 것 같은 충격과 함께 선명한 현실이 나를 짓눌렀다. 내가 어디에 있는지, 왜 여기에 있는지, 토스트 냄새는 상냥하고 다정한 남편이 침대에 있는 내게 갖다주려고 만드는 아침 식사가 아니라는 사실까지 깨달은 나는 눈을 꼭 감았다.

금세 다시 울고 싶어졌기 때문에 억지로 침대에서 몸을 일으켜 욕실로 들어갔다. 욕실에 있는 동안 공복감에 집중하며 뭐라도 먹고 나서 울자고 내게 말했다. 또 속이 울렁거리기 전에 뭘 먹어야 했다.

욕실에서 나가 침실로 간 나는 의자 위치가 문이 아닌 침대를 바라보도록 바뀌어 있다는 것을 알아차렸다. 의자에는 담요가 아무렇게나 걸쳐져 있었다. 간밤에 내가 자는 동안 아틀라스가 앉아 있었던 게 분명했다.

그는 내게 뇌진탕 증상이 나타날까 봐 걱정한 것 같았다.

주방으로 나가자 아틀라스는 냉장고, 레인지, 조리대 사이를 왔다 갔다 하고 있었다. 나는 열두 시간 만에 처음으로 희미하게나마 고통 아닌 다른 감정을 느꼈다. 그가 요리사라는 게 떠올랐기 때문이다. 그것도 **훌륭한.** 그런 그가 날 위해 아침 식사를 만들고 있었다.

내가 주방에 들어서자 아틀라스가 나를 보았다. "일어났어?" 그는 덤덤하게 말하려고 노력하는 듯했다. "배가 고파야 할 텐데." 그리고 유리잔과 오렌지 주스 통을 내게 건네주고는 돌아서서 다시 레인지를 보았다.

"배고파."

그는 어깨 너머를 힐끗 보며 나를 향해 아주 희미하게 미소 지었다. 나는 오렌지 주스를 한 잔 따른 다음 그가 아침 식사를 준비하는 주방 맞은편으로 갔다. 식탁에 신문이 놓여 있기에 집어 들었다. 신문에 인쇄된 '보스턴 최고의 상점' 기사를 본 나는 금세 손이 떨려서 식탁에 신문을 떨어뜨렸다. 나는 눈을 감고 오렌지 주스를 한 모금 마셨다.

몇 분 뒤, 아틀라스는 내 앞에 접시를 놓고 맞은편에 앉았다. 그는 자기 접시를 끌어당긴 다음 포크로 크레이프를 잘랐다.

나는 접시를 내려다보았다. 시럽을 뿌리고 휘핑크림으로 장식한 크레이프가 세 개 있었다. 접시 오른쪽에는 얇게 썬 오렌지와 딸기가 나란히 놓여 있었다.

예뻐서 먹기 아까웠지만, 배가 너무 고파서 그런 건 신경 쓸 수 없었다. 나는 크레이프를 입에 넣고 지금까지 먹어본 아침 식사 중 최고라는 티를 노골적으로 내지 않으려고 하며 눈을 감았다.

하지만 결국 그의 레스토랑이 상을 받을 만하다고 인정할 수밖에 없었다. 그곳에 다시 가지 말자고 라일과 앨리사를 열심히 설득했지만 그의 레스토랑은 내가 가본 중 최고였다.

"요리는 어디에서 배웠어?"

그는 커피를 한 모금 마셨다. "해병대에서." 그가 커피잔을 내려놓으며 말했다. "처음 복무할 때 요리를 배웠고 나중에 재입대할 때 요리사로 일하게 됐어." 그는 포크로 접시 옆쪽을 톡톡 두드렸다. "마음에 들어?"

나는 고개를 끄덕였다. "맛있어. 하지만 네 말은 틀렸어. 넌 입대하기 전부터 요리를 잘했으니까."

아틀라스는 미소 지었다. "쿠키 기억나?"

나는 다시 고개를 끄덕였다. "내가 먹어본 최고의 쿠키였어."

그는 의자에 기대앉았다. "기본적인 건 독학했어. 어릴 때 어머니가 2교대 근무를 하셔서 혼자 저녁을 챙겨 먹어야 했거든. 안 그러면 굶어야 했어. 그래서 중고 요리책을 사서 1년 동안 책에 나온 걸 다 만들었어. 열세 살밖에 안 됐었는데."

이 말을 듣고 나라면 할 수 있었을까 하는 생각이 들었다. 나는 미소 지으며 말했다. "다음에 누가 너에게 어디에서 요리를 배웠느냐고 물어보면 이 이야기를 해줘. 다른 얘기 하지 말고."

아틀라스는 고개를 저었다. "열아홉 살이 되기 전의 나에 대해 아는 사람은 너뿐이야. 이 얘기는 그냥 이렇게 간직하고 싶어."

그는 군대에서 요리사로 복무했던 이야기를 꺼냈다. 어떻게 해서 전역할 때 돈을 많이 모을 수 있었는지, 어떻게 레스토랑을 차릴 수 있었는지도 말해주었다. 처음에는 작은 카페를 열었는데 장사가 아주 잘됐고, 빕스 레스토랑은 1년 반 전에 열었다고 했다. "괜찮은 편이야." 그가 겸손하게 말했다.

나는 주방을 둘러본 다음 다시 그를 보았다. "괜찮은 정도가 아닌 것 같은데."

그는 어깨를 으쓱하더니 음식을 한 입 더 먹었다. 나는 머릿속으로 그의 레스토랑에 대해 생각하느라 식사가 끝날 때까지 말을 하지 않았다. 레스토랑 이름과 아틀라스가 인터뷰에서 말한 내용도 떠올랐다. 그러다 보니 당연하게도 라일이, 인터뷰 마지막 줄을 큰 소리로 외치던 그의 화난 목소리가 떠올랐다.

아틀라스는 내 행동이 달라진 걸 알아차린 것 같았지만 말없이 식탁을 치웠다.

그는 다시 자리에 앉을 때, 내 오른쪽 옆 의자에 앉았다. 그리고 안심하라는 듯이 내 손에 자기 손을 올렸다. "몇 시간 가게에 나가봐야 해." 그가 말했다. "네가 계속 여기에 있었으면 좋겠어. 릴리, 원

하는 만큼 있어도 돼. 부탁인데…… 오늘 집으로 돌아가지만 말아
줘."

나는 그의 걱정스러운 목소리를 듣고 고개를 끄덕였다. "안 갈게.
여기 있을게. 약속해."

"나가기 전에 내가 해줄 게 없을까?"

나는 고개를 저었다. "괜찮아."

그는 일어나서 재킷을 집어 들었다. "최대한 빨리 다녀올게. 점심
시간 지나서 올 건데 내가 먹을 걸 가져올게. 알겠지?"

나는 애써 미소 지었다. 그는 서랍을 열더니 펜과 종이를 꺼냈다.
그리고 뭔가 적어놓고 나갔다. 나는 그가 나간 뒤 일어나 조리대로
가서 뭐라고 적혀 있는지 읽어보았다. 그는 경보장치 작동법을 설
명해놓았다. 자기 휴대전화 번호도 적어놓았다. 난 이미 외웠는데.
뿐만 아니라 가게 전화번호, 집 주소, 가게 주소도 적어놓았다.

그리고 맨 마지막 줄에 작은 글씨로 이렇게 써놓았다. **"릴리, 그냥
계속 헤엄치는 거야."**

엘런에게.

안녕하세요. 저예요. 릴리 블룸. 음……. 엄밀히 따지자면 이제 릴
리 킨케이드겠군요.

아주 오랜만에 편지를 쓰네요. 정말 오랜만이에요. 아틀라스와 그
런 일이 있고 나서 다시 일기장을 펼칠 수가 없었어요. 학교 끝나고
당신 쇼를 볼 수도 없었죠. 혼자 그걸 보는 게 마음 아팠거든요. 사실

당신을 생각하면 언제나 우울해졌어요. 당신을 생각하면 아틀라스도 생각났으니까요. 솔직히 아틀라스를 떠올리고 싶지 않아서 당신까지 제 삶에서 도려내야 했어요.

이 점은 미안해요. 제가 당신을 그리워한 만큼 당신이 절 그리워하진 않았겠지만, 때로는 가장 중요한 존재에게 가장 많이 상처받잖아요. 그리고 그 상처를 이겨내려면 고통으로 이어진 연장선을 모두 끊어내야 하죠. 당신은 제 고통의 연장선이었어요. 그래서 그랬던 것 같아요. 전 그저 고통을 조금 덜어내려 했던 것뿐이에요.

그래도 분명 당신 쇼는 여전히 훌륭하겠죠. 아직도 가끔 방송 시작할 때 춤을 춘다고 들었는데, 이제 저도 어른이 돼서 그 춤의 의미를 이해할 수 있어요. 한 사람이 성숙했다는 걸 가장 잘 보여주는 게 바로 이런 것 같아요. 나에게 별로 중요하지 않은 일일지라도 그 일이 다른 사람들에게 얼마나 중요한지 제대로 이해할 줄 아는 거요.

그동안 어떻게 지냈는지 이야기해야 할 것 같아요. 아버지가 돌아가셨어요. 저는 이제 스물네 살이고요. 대학을 졸업하고 한동안 마케팅 회사에서 일하다가 지금은 가게를 운영해요. 꽃집이요. 인생의 목표를 이뤘죠! 앗싸!

남편도 있어요. 아틀라스는 아니고요.

그리고…… 보스턴에 살고 있어요.

알아요. 많이 놀랐죠?

마지막으로 편지 썼을 때 저는 열여섯 살이었어요. 그때 저는 상황이 좋지 않았고 아틀라스 걱정을 정말 많이 했어요. 이제 아틀라스 걱정은 더 이상 하지 않지만 상황이 좋지 않은 건 지금도 마찬가지네요. 마지막으로 편지 썼을 때보다 더 안 좋아요.

잘 지낼 때 편지 쓸 생각 못 해서 미안해요. 당신에게는 제 인생의 막장만 보여주는 것 같지만 그런 게 친구 아니겠어요?

어디서부터 얘기해야 할지조차 모르겠어요. 당신이 지금 저의 삶이나 남편 라일에 대해 전혀 모른다는 거 알아요. 그런데 저와 남편이 '벌거벗은 진실'이라고 말하는 게 있거든요. 이걸 말할 때에는 잔인할 정도로 솔직해져야 하고 생각하는 걸 있는 그대로 말해야 해요.

그래서…… 벌거벗은 진실을 말할게요.

마음 단단히 먹어요.

저는 제게 폭력을 행사하는 남자를 사랑하고 있어요. 제가 어쩌다가 이 지경에 이르렀는지 모르겠어요.

어릴 때, 아버지에게 맞고 난 엄마가 무슨 생각을 할까 궁금해한 적이 많았어요. 어떻게 자기한테 손찌검하는 남자를, 되풀이해서 때리고 다시는 안 그러겠다는 약속을 반복하는 남자를, 그리고 나서 또 때리는 남자를 사랑할 수 있을까 하고 말이에요.

이제 엄마의 심정을 이해할 수 있다는 게 끔찍하게 싫어요.

지금 아틀라스의 집 소파에 네 시간 넘게 앉아서 감정을 다스리려고 씨름하는 중이에요. 도무지 모르겠어요. 이해가 안 돼요. 이런 감정을 어떻게 다스려야 할지 모르겠어요. 그래서 예전처럼 종이에 써보는 게 좋을지도 모른다는 생각이 들었어요. 엘런, 미안하지만 토할 것 같은 이야기가 많으니 마음의 준비를 하고 들어줘요.

이 감정을 뭔가에 비유하자면 죽음과 비슷한 것 같아요. 어느 누군가의 죽음이 아니라 가까운 사람의 죽음이요. 이 세상에서 가장 가까운 사람의 죽음이요. 그 사람이 죽는다는 생각만 해도 눈물이 차오르는 그런 거요.

지금 감정이 그런 것 같아요. 라일이 죽은 것 같은 기분이에요.

엄청나게 슬프고 고통스러워요. 친한 친구, 애인, 남편, 생명줄을 잃은 기분이에요. 하지만 지금 제 감정과 죽음 사이에 차이점이 있다면, 실제로 가까운 사람이 죽었을 때 일반적으로 느끼지 못하는 감정도 존재한다는 거예요.

증오요.

엘런, 저는 라일에게 화가 많이 났어요. 그를 향한 증오심은 말로 표현할 수 없을 정도예요. 하지만 어찌 된 노릇인지 이렇게 엄청나게 화가 난 와중에도 합리화를 하고 있네요. 저는 '그 자석을 가지고 있지 말았어야 했어. 애당초 라일에게 문신 얘기를 하지 말았어야 했어. 일기장을 가지고 있지 말았어야 했어'라는 식으로 생각하기 시작했어요.

이 일에서 가장 힘든 게 이런 합리화예요. 합리화는 증오가 준 힘을 갉아먹으며 저를 조금씩 잠식하고 있어요. 합리화하다 보면 어쩔 수 없이 라일과 함께하는 미래를 떠올리면서 그가 다시 이렇게 화내지 않게 하려면 제가 뭘 어떻게 해야 할까 생각하게 돼요. 다시는 라일을 배신하지 말자, 다시는 그가 모르는 비밀을 간직하지 말자, 다시는 그렇게 반응할 구실을 주지 말자. 앞으로 우리 둘 다 더 열심히 노력하면 될 거야.

기쁠 때나 슬플 때나 함께하기로 했잖아요?

예전에 엄마도 이런 생각을 했을 거라는 걸 알아요. 하지만 엄마와 저의 차이점이라면 엄마에게는 걱정거리가 더 많았어요. 그때 엄마는 지금의 저처럼 재정적으로 안정되어 있지 않았거든요. 엄마에게는 아버지를 떠날 돈도, 그럭저럭 괜찮은 집에서 저를 키울 돈도 없었어요. 부모님과 함께 사는 데 익숙한 저를 아버지와 떼어놓고 싶어 하지도 않았고요. 엄마가 이런 생각 때문에 무척 괴로워하는 것 같다고 느낀 적이 한두 번 있었어요.

제가 이 남자의 아이를 가졌다는 사실을 받아들일 수조차 없어요. 제 몸 안에 그와 함께 만들어낸 인간이 있다니요. 그리고 제가 어느 쪽을 선택하든, 그러니까 라일 곁에 남든 그를 떠나든, 어느 쪽도 아이에게 바람직한 상황은 아니잖아요. 한부모 가정이나 학대 가정에서 자라게 될 테니까요. 저는 이미 이 아기의 인생을 망쳐버렸어요. 아기의 존재를 안 지 하루밖에 안 됐는데요.

엘런, 당신에게 답장을 받을 수 있다면 좋겠어요. 당신이 제게 재미있는 이야기를 해주면 좋겠어요. 지금 제 마음에는 그런 게 필요하거든요. 이렇게 외로운 적은 처음이에요. 이렇게 아프고 화나고 상처받은 적도 처음이고요.

바깥에서 지켜보는 사람들 중 대부분은 왜 여자가 맞고도 가해자에게 돌아가는지 궁금해해요. 어디에선가 읽었는데 맞고 사는 여자 중 85퍼센트가 다시 그 상황으로 돌아간대요. 제가 당하기 전에 읽은 내용이었는데 저는 그 통계를 보고 여자들이 멍청하기 때문에 돌아간다고 생각했어요. 그들이 나약하기 때문이라고요. 엄마를 보면서도 이런 생각을 여러 번 했어요.

하지만 여자들이 돌아가는 이유가 아직 상대를 사랑하기 때문인 경우도 있어요. 엘런, 저는 남편을 사랑해요. 그의 여러 가지 면을 사랑해요. 제게 상처 준 사람에 대한 감정을 끊어내는 일이 생각처럼 쉬우면 얼마나 좋을까요? 사랑하는 사람을 용서하지 않으려고 마음을 다잡는 일은 그냥 용서하는 일보다 훨씬 어려워요.

이제 저도 그 통계에 포함되었네요. 다른 사람들이 지금 제 상황을 안다면 예전의 저처럼 생각하겠죠.

'그런 짓을 당하고도 어떻게 남편을 사랑할 수 있어? 어떻게 남편을 다시 받아줄까 고민할 수 있어?'

슬프게도, 누군가가 맞고 산다는 이야기를 들었을 때 사람들이 가장 먼저 하는 생각이 이런 거죠. 하지만 폭력을 휘두른 사람을 계속 사랑하는 사람이 아니라, 폭력을 휘두른 바로 그 사람을 욕해야 하는 게 아닐까요?

저보다 먼저 이런 상황에 처한 모든 사람을 생각해봤어요. 저보다 나중에 이런 상황에 처하게 될 사람들도요. 사랑하는 사람에게 맞고 나서 그들 모두 머릿속에서 같은 말을 반복할까요? "오늘 이후로 기쁠 때나 슬플 때나, 부유할 때나 가난할 때나, 아플 때나 건강할 때나, 죽음이 갈라놓을 때까지."

이런 서약은 일부 배우자들이 그러듯이 문자 그대로 받아들일 필요가 없는 것인지도 몰라요.

기쁠 때나 슬플 때나?

집어치우라고 해요.

— 릴리

26

    나는 아틀라스의 손님용 침대에 누워 천장을 멍하니 바라보고 있었다. 평범한 침대였다. 사실 정말 편안한 침대였다. 하지만 나는 물침대에 누워 있는 기분이었다. 뗏목에 누워 바다를 떠다니는 기분인 것도 같았다. 나는 저마다 다른 것을 싣고 오는 거대한 파도를 타고 있었다. 어떤 파도에는 슬픔이 실려 왔다. 또 어떤 파도에는 분노가. 눈물과 잠이 실려 오는 파도도 있었다.

    가끔 배에 손을 얹을 때면 사랑이라는 작은 파도가 밀려오기도 했다. 어떻게 벌써 무언가를 이토록 사랑할 수 있는지 모르지만 실제로 그랬다. 아들일까 딸일까, 이름은 뭐라고 지을까도 생각했다. 나와 라일 중 누구를 닮을지도 궁금했다. 그러고 나면 분노의 파도가 다시 밀려와 사랑이라는 작은 파도를 부수어놓았다.

나는 임신했다는 사실을 알았을 때 엄마들이 느끼는 기쁨을 도둑맞은 기분이었다. 어젯밤에 라일이 빼앗아간 것만 같아서 그를 미워해야 할 이유가 하나 더 추가되었다.

증오는 사람을 지치게 했다.

나는 억지로 침대에서 일어나 샤워를 했다. 하루 종일 거의 방에만 있었다. 몇 시간 전에 아틀라스가 돌아왔고 내가 잘 있나 확인하려고 방문 여는 소리를 들었지만, 나는 자는 척했다.

여기 있는 게 어색했다. 어젯밤에 라일이 화낸 이유가 바로 아틀라스였는데 나는 도움이 필요할 때 그에게 달려왔다. 이곳에 있자니 죄책감이 밀려들었다. 약간 수치심이 느껴지는 것도 같았다. 내가 아틀라스에게 전화함으로써 라일의 분노에 신빙성이 생겼으니까. 하지만 지금 내게는 아무 데도 갈 곳이 없었다. 며칠 상황을 정리해야 하는데 호텔에 가면 라일이 신용카드 결제 내역을 추적해서 나를 찾아낼 것이다.

엄마 집에 가도 그가 찾아낼 것이다. 앨리사의 집도 마찬가지다. 루시도. 라일은 데빈도 몇 번 만난 적이 있으니 그곳까지 찾아갔을 수도 있다.

하지만 그가 아틀라스를 추적하지는 못할 것 같았다. 아직은. 장담하건대 내가 일주일 동안 전화도 안 받고 문자 메시지에 답장도 하지 않으면 라일은 나를 찾을 만한 곳은 모두 뒤지고 다닐 것이다. 하지만 여기라면 그가 나타날 것 같지 않았다.

그래서 내가 여기에 있는 것 같다. 내가 갈 만한 곳 중 여기가 가장 안전했다. 그리고 아틀라스의 집에는 마침 경보장치가 있었다.

나는 침대 옆 탁자에 놓인 휴대전화를 보았다. 라일이 보낸 문자 메시지는 모두 읽지 않았고 앨리사가 보낸 메시지를 열었다.

✉ 앨리사: 릴리 외숙모! 우리 오늘 집에 가요. 내일 퇴근하고 우리 집으로 와주 세요.

앨리사는 라일리와 함께 찍은 사진을 보냈는데 사진을 보자 웃음이 났다. 그다음에 눈물이 났다. 망할 놈의 감정.

나는 눈물이 마를 때까지 기다렸다가 거실로 나갔다. 아틀라스가 주방 식탁에 앉아서 노트북을 펴놓고 일하고 있었다. 그는 나를 보자 미소 지으며 노트북을 닫았다.

"릴리."

나는 애써 미소 지으며 주방을 살펴보았다. "먹을 거 있어?"

아틀라스는 재빨리 일어섰다. "그럼." 그가 말했다. "있으니까 앉아 있어. 내가 뭐 좀 만들어줄게."

그가 주방에서 움직이는 동안 나는 소파에 앉아 있었다. 텔레비전이 켜져 있었는데 소리는 꺼져 있었다. 나는 소리를 켠 다음 녹화 메뉴를 눌렀다. 아틀라스가 녹화해둔 프로그램이 몇 개 있었는데, 그중 〈엘런 드제너러스 쇼〉가 눈길을 사로잡았다. 나는 씩 웃으며 시청하지 않은 것 중 가장 최근 회차를 고른 다음 재생 버튼을 눌렀다.

아틀라스가 파스타와 얼음물을 갖다주었다. 그는 텔레비전을 흘끗 보더니 내 옆에 앉았다.

우리는 세 시간 동안 일주일 분량의 쇼를 모두 보았다. 나는 여섯 번 소리 내어 웃었다. 기분이 좋았지만 잠시 화장실에 갔다가 거실로 돌아오자 그 모든 현실의 무게가 다시 스며들기 시작했다.

나는 소파로 가서 아틀라스 옆에 다시 앉았다. 그는 탁자에 발을 올리고 소파에 기대앉아 있었다. 나는 자연스럽게 그에게 기댔고 그는 10대 시절에 그랬듯이 나를 가슴팍으로 끌어당겼다. 우리는 말없이 그냥 그렇게 앉아 있었다. 그가 엄지손가락으로 내 어깨 바깥쪽을 쓰다듬었다. 나는 이 행동이 그가 옆에 있다고, 나 때문에 속상하다고 말하는 무언의 표현임을 알았다. 그리고 나는 어젯밤에 그가 나를 데리러 온 이후 처음으로 그날 이야기를 하고 싶었다. 나는 그의 어깨에 머리를 기대고 두 손을 내려 내게는 너무 큰 바지의 허리끈을 만지작거렸다.

"아틀라스?" 내 목소리는 속삭임에 가까웠다. "그날 저녁에 레스토랑에서 화내서 미안해. 네가 옳았어. 마음 깊은 곳에서는 네가 옳다는 걸 알았어. 하지만 믿고 싶지 않았어." 나는 처량하게 미소 지으며 고개를 들어 그를 보았다. "'그럴 줄 알았어'라고 말해도 돼."

아틀라스는 내 말에 상처받은 듯이 눈썹을 찡그렸다. "릴리, 이건 내가 옳았다고 좋아할 문제가 아니야. 난 내가 그 사람을 잘못 본 것이기를 매일 기도했다고."

나는 인상을 썼다. 이 말을 하는 게 아니었는데. 아틀라스는 '그럴 줄 알았어' 같은 생각을 할 사람이 아니란 걸 알았어야 했다.

그는 내 어깨를 꼭 안더니 고개를 숙여 머리에 입 맞췄다. 나는 눈을 감고 그가 주는 친밀한 느낌을 만끽했다. 그의 냄새, 손길, 그가 주는 편안함을. 사람이 어떻게 이렇게 바위처럼 단단하면서도 편안할 수 있는지 이해할 수 없었다. 하지만 나는 아틀라스를 언제나 그렇게 생각했다. 무엇이든 견딜 수 있으면서 다른 사람이 짊어진 무게도 느낄 수 있는 그런 사람.

아무리 애써도 그를 완전히 놓지 못한 내가 싫었다. 나는 아틀라스의 전화번호 때문에 라일과 싸운 일을 생각해보았다. 자석, 신문 기사, 라일이 내 일기장에서 읽은 내용, 문신 때문에 싸운 것도. 내가 아틀라스를 완전히 놓아버리고 전부 다 버렸다면 하나도 일어나지 않았을 일이었다. 라일이 내게 그렇게까지 화낼 일은 없었을 것이다.

나는 이런 생각을 하고 나서 손으로 얼굴을 감쌌다. 마음 한구석에서 내가 아틀라스와 제대로 끝내지 못했기 때문에 라일이 그런 반응을 보인 거라고, 나 자신을 탓하는 게 화났기 때문이다.

그 무엇도 핑계가 될 수 없어. 그 무엇도.

이건 내가 어쩔 수 없이 올라타야 하는 또 다른 파도일 뿐이다. 엄청난 혼란을 싣고 밀려온 파도.

아틀라스는 내 자세가 달라진 걸 알아차렸다. "괜찮아?"

아니었다.

괜찮지 않았다. 이 순간이 되기 전까지, 나는 아틀라스가 나를 찾으러 돌아오지 않은 걸 여전히 가슴 아파하고 있다는 걸 몰랐다. 그가 약속대로 나를 찾으러 왔다면 나는 라일을 만나지도 않았을 것이다. 그리고 이 지경에 이르지도 않았을 것이다.

그렇다. 나는 정말 혼란스러웠다. 하지만 어떻게 이 일을 아틀라스 탓으로 돌릴 수 있을까?

"자야겠어." 나는 그에게서 몸을 떼며 나지막이 말했다. 내가 일어서자 아틀라스도 일어섰다.

"내일은 거의 종일 집에 없을 거야." 그가 말했다. "내가 퇴근하고 왔을 때도 여기 있을 거야?"

그의 질문에 나는 움츠러들었다. 내가 여기에서 나가 다른 머물 곳을 찾기를 원하는 게 당연했다. 난 지금까지 여기에서 뭘 하고 있는 걸까? "아니. 아니야, 호텔로 가려고. 괜찮아." 나는 돌아서서 복도로 가려 했지만 그가 내 어깨에 손을 올렸다.

"릴리." 그가 나를 돌려세우며 말했다. "가라는 뜻으로 물어본 거 아니야. 네가 계속 여기 있었으면 해서 확인한 거야. 네가 필요한 만큼 계속 여기 있으면 좋겠어."

아틀라스의 눈빛은 진심이었다. 약간 부적절한 행동이라고 생각하지 않았다면 나는 두 팔 벌려 그를 끌어안았을 것이다. 나는 아직 여기에서 나갈 준비가 되지 않았기 때문이다. 다음에 뭘 해야 할지 알아내려면 며칠 더 필요했다.

나는 고개를 끄덕이고 말했다. "내일 잠깐 가게에 나가봐야 해. 몇 가지 처리할 일이 있어서. 하지만 괜찮다면 며칠 더 여기에 있을게."

"릴리, 당연히 괜찮지. 오히려 좋은걸."

나는 애써 미소 지은 다음 손님용 침실로 향했다. 적어도 그는 내가 어쩔 수 없이 모든 것을 맞닥뜨리기 전에 완충제가 되어주었다.

지금 내 삶에 그의 존재가 엄청난 혼란을 주기도 했지만 지금처럼 그가 고마운 적도 없었다.

27

문손잡이를 잡으려는 손이 떨렸다. 내 가게에 들어가면서 이렇게 무서워한 적도, 이렇게 안절부절못하는 것도 처음이었다.

문을 열고 들어가자 가게는 어두웠다. 그래서 숨죽인 채 조명을 켰다. 그리고 천천히 사무실로 가서 조심스레 문을 열었다.

라일은 아무 데도 없었지만 모든 곳에 있었다.

책상에 앉은 나는 어젯밤에 잠든 뒤 처음으로 휴대전화를 켰다. 라일이 연락하려고 했는지 걱정하지 않고 푹 자고 싶었다.

휴대전화를 켜자 라일이 보낸 문자 메시지가 스물아홉 개 있었다. 우연히도, 작년에 라일이 내 아파트를 찾으려고 문을 두드리고 다닌 집의 숫자와 똑같았다.

나는 이 아이러니한 상황에 웃어야 할지 울어야 할지 몰랐다.

그날 하루 종일 이렇게 보냈다. 어깨 너머를 흘끔대고 문이 열릴 때마다 쳐다보았다. 나는 라일이 날 망가뜨린 게 아닐까 생각했다. 그에 대한 두려움이 사라지기나 할지 궁금했다.

밀린 문서 작업을 하며 한나절을 보내는 동안 라일에게 전화가 한 번도 오지 않았다. 점심시간이 지나고 앨리사가 전화했는데 목소리를 들어보니 라일과 내가 싸운 것을 모르는 것 같았다. 나는 라일리 이야기를 잠시 들어준 다음 손님이 온 척하며 전화를 끊었다.

루시가 점심 식사를 마치고 돌아오면 퇴근할 생각이었다. 그가 오려면 30분이 남았다.

그런데 3분 뒤, 라일이 앞문을 열고 들어왔다.

가게에는 나 혼자였다.

그를 보자마자 차갑게 굳었다. 나는 판매대 뒤에 서 있었는데, 현금출납기에 손을 대고 있었다. 가까이에 스테플러가 있기 때문이었다. 스테플러가 신경외과 의사의 팔에 별다른 해를 끼치지 못하리라는 건 분명했지만 지금 당장 쓸 수 있는 게 그것뿐이었다.

라일은 천천히 판매대로 다가왔다. 요전 날 밤에 우리 집 침대에서 그가 내 위에 있었던 뒤로 그를 처음 보았다. 내 온몸이 즉시 그 순간으로 돌아갔고 나는 그 순간과 똑같은 수준의 감정에 휩싸였다. 그가 판매대에 이르자 공포와 분노가 동시에 나를 휩쓸었다.

그는 한 손을 들더니 내 앞의 판매대에 열쇠를 내려놓았다. 나는 열쇠를 보았다.

"난 오늘 밤에 영국으로 떠나." 그가 말했다. "3개월 동안 있을 거야. 필요한 비용은 모두 지불했으니 내가 없는 동안 걱정할 필요 없을 거야."

그의 목소리는 차분했지만 목에 핏대가 선 것으로 보아 침착하려고 온갖 노력을 기울이는 것이 분명했다. "당신에겐 시간이 필요해." 그는 침을 꿀꺽 삼켰다. "그 시간을 주고 싶어." 그는 인상을 찡그리더니 아파트 열쇠를 내 쪽으로 밀었다. "릴리, 집으로 돌아가. 난 없을 거야. 약속해."

그는 돌아서서 문을 향해 걸어갔다. 문득 그가 사과하려는 시도조차 하지 않았다는 생각이 들었다. 그것 때문에 화나지는 않았다. 이해할 수 있었다. 사과해봤자 자신이 한 짓을 돌이킬 수 없다는 걸 그도 알고 있었다. 지금 우리에게는 떨어져 지내는 게 가장 좋다는 걸 그도 알고 있었다.

자신이 얼마나 큰 실수를 저질렀는지 그도 알고 있었다. 하지만 나는 아직도 그 칼을 좀 더 깊이 찌르고 싶었다.

"라일."

그는 나를 돌아보았는데 우리 사이에 방어막이라도 친 듯한 자세였다. 그는 몸을 완전히 돌리지도 않고 뻣뻣하게 서서 내 말을 기다렸다. 내 말이 상처가 될 것임을 그도 알고 있었다.

"이 모든 일에서 최악이 뭔지 알아?" 내가 물었다.

그는 아무 말도 하지 않았다. 나를 바라보며 대답을 기다릴 뿐이었다.

"내 일기장을 발견했을 때 당신은 내게 벌거벗은 진실을 말해달라고 해야 했어. 그럼 난 솔직하게 말했을 거야. 하지만 당신은 그러지 않았지. 당신은 내게 도움을 요청하지 않기로 했고, 그래서 이제 우리 둘 다 당신의 행동에 따른 결과로 평생 고통받게 될 거야."

그는 내가 한마디 할 때마다 얼굴을 찡그렸다. "릴리." 그가 나를 향해 완전히 돌아서며 말했다.

나는 아무 말도 하지 말라는 의미로 손을 들어 올렸다. "하지 마. 지금 나가줘. 영국에서 잘 지내."

그의 마음속에서 전쟁이 벌어지는 게 보였다. 이 순간, 그는 용서를 아무리 열심히 빌어도 내가 꿈쩍도 하지 않을 거라는 걸 알았다. 지금 그에게 주어진 선택권은 돌아서서 나가는 것뿐임을 알았다. 비록 그게 정말 원치 않는 일이라고 해도.

결국 그가 마지못해 가게에서 나가자 나는 달려가서 문을 잠갔다. 그리고 문에 기댄 채 바닥에 미끄러지듯 주저앉아서 무릎을 감싸고 얼굴을 묻었다. 몸이 너무 심하게 떨려서 이까지 딱딱 부딪쳤다.

저 남자의 일부가 내 몸 안에서 자라고 있다니 믿을 수 없어. 그리고 언젠가는 그에게 이 사실을 알려야 한다는 것도 믿을 수 없어.

　오후에 라일이 열쇠를 두고 간 뒤로 나는 새로 이사한 아파트로 돌아갈까 고민했다. 택시를 타고 건물 앞까지 갔지만 도저히 내릴 수가 없었다. 오늘 집으로 돌아가면 어느 시점에 앨리사를 만나게 될 것 같았다. 그런데 나는 이마에 꿰맨 자국을 그에게 설명할 준비가 되지 않았다. 라일의 가혹한 말이 나를 베어버린 주방을 볼 준비가 되지 않았다. 내가 완전히 망가진 침실에 들어갈 준비가 되지 않았다.

　그래서 나는 집으로 들어가지 않고 택시를 돌려 아틀라스의 집으로 향했다. 지금은 그곳이 나의 안전지대인 것 같았다. 그곳에 숨어 있는 동안에는 현실을 직면할 필요가 없으니까.

　아틀라스는 내가 괜찮은지 확인하려고 오늘 이미 두 번이나 문자 메시지를 보냈다. 그래서 저녁 7시가 조금 못 돼서 온 문자 메시지

가 그에게서 온 것이라고 생각했다. 하지만 아니었다. 앨리사에게
온 것이었다.

✉ 앨리사: 아직 퇴근 안 했어요? 우리 집으로 올라와요. 벌써 심심하네요.

그의 메시지를 읽는 동안 나는 심장이 내려앉았다. 그는 나와 라
일 사이의 일을 전혀 모르고 있었다. 나는 라일이 오늘 영국으로 떠
난다는 이야기를 앨리사에게 하기나 했는지 궁금했다. 새 아파트에
내가 없는 그럴듯한 핑계를 대려고 애쓰며 문자를 썼다 지웠다 하
기를 반복했다.

✉ 나: 못 가요. 지금 응급실이에요. 가게 창고 선반에 머리를 부딪쳤어요. 꿰매
야 한대요.

앨리사에게 거짓말하기는 싫었지만 이렇게 둘러대면 찢어진 상
처와 내가 지금 집에 없는 이유를 한꺼번에 설명할 수 있었다.

✉ 앨리사: 아, 이런! 혼자 있어요? 오빠가 없으니까 마셜이 가줄 수 있어요.

그렇군. 앨리사는 라일이 영국으로 떠난다는 것은 알고 있었다.
다행이었다. 그리고 앨리사는 우리 관계가 괜찮다고 생각하고 있었
다. 다행이었다. 이는 곧, 그에게 사실대로 털어놓기 전까지 3개월

이라는 시간이 생겼다는 뜻이었다.

날 좀 봐. 지저분한 걸 숨기기에 급급하~~잖~~아. 엄마처럼.

✉ 나: 아니, 괜찮아요. 마셜이 도착하기 전에 다 끝날 것 같아요. 내일 퇴근하고
들를게요. 라일리에게 뽀뽀를 전해줘요.

나는 휴대전화 화면을 *끄*고 전화기를 침대 위에 두었다. 밖이 어
두워서 누군가가 진입로에 차를 세우자 금세 소용돌이를 그리는 전
조등 빛이 보였다. 나는 아틀라스 차가 아니라는 것을 단번에 알았
다. 그 차는 집 옆쪽 진입로로 들어와서 차고에 주차했다. 두려움이
엄습하자 심장박동이 빨라졌다. 혹시 라일일까? 아틀라스가 사는
곳을 알아낸 걸까?

잠시 후 현관문 두드리는 소리가 요란하게 들렸다. 쿵쾅대는 소
리에 가까웠다. 초인종도 울렸다.

나는 까치발을 하고 창가로 간 다음, 밖이 보일 정도로만 커튼을
아주 살짝 걷었다. 문 앞에 누가 있는지는 보이지 않았지만 진입로
에는 트럭이 서 있었다. 라일의 차가 아니었다.

아틀라스 여자 친구 캐시일까?

나는 휴대전화를 쥐고 복도를 지나 거실로 갔다. 문 두드리는 소
리와 초인종 소리가 동시에 계속 울려 퍼졌다. 문밖에 누가 있는지
몰라도 엄청나게 성질이 급한 사람인 것 같았다. 만약 캐시라면 나
는 벌써 그가 아주 짜증스러웠다.

"아틀라스!" 남자 목소리가 외쳤다. "빌어먹을 문 좀 열어!"

다른 남자 목소리가 들렸다. "거시기가 얼어붙을 것 같다고! 건포도 마냥 쪼그라들었어! 문 열어!"

나는 문을 열고 아틀라스가 집에 없다고 알려주기 전에 그에게 문자를 보내기로 했다. 곧 그가 진입로에 차를 몰고 나타나 직접 해결해주기를 바라면서.

✉ 나: 어디야? 현관 앞에 남자 둘이 찾아왔는데 문을 열어줘야 할지 모르겠어.

초인종 소리와 문 두드리는 소리를 계속 들으며 기다렸지만 아틀라스에게 답장이 빨리 오지 않았다. 결국 나는 현관문으로 가서 안전 체인을 건 채 잠금장치를 풀고 문을 아주 조금 열었다.

한 사람은 키가 컸는데 180센티미터가 넘어 보였다. 어려 보이는 얼굴이었지만 머리카락이 희끗했다. 새까만 머리카락 사이로 약간씩 흰머리가 보였다. 다른 한 사람은 그보다 약간 작았고 앳된 얼굴에 연갈색 머리카락이었다. 둘 다 20대 후반 내지는 30대 초반으로 보였다. 키 큰 쪽이 어리둥절해하며 얼굴을 찡그렸다. "누구세요?" 그가 문틈으로 나를 보며 물었다.

"릴리예요. 그러는 당신은 누구시죠?"

키 작은 쪽이 앞으로 끼어들었다. "아틀라스 있어요?"

나는 그가 없다고 말하고 싶지 않았다. 내가 혼자 있다는 걸 알리고 싶지 않았기 때문이다. 이번 주에 남자를 믿지 못할 만한 사건이 있기도 했고.

그때, 들고 있던 내 휴대전화가 울렸고 뜻밖의 소리에 셋 다 깜짝 놀랐다. 아틀라스였다. 나는 수신 버튼을 옆으로 민 다음 전화기를 귀에 갖다 댔다.

"여보세요?"

"릴리, 괜찮아. 내 친구들이야. 오늘이 금요일인 걸 깜빡했어. 금요일마다 친구들이랑 포커를 치거든. 내가 걔들한테 전화해서 가라고 할게."

나는 친구들을 보며, 그들은 나를 보며 서 있었다. 내가 멋대로 아틀라스의 집에 머무는 바람에 그가 계획을 취소해야 한다는 게 미안했다. 나는 문을 닫고 안전 체인을 푼 다음 다시 문을 열고 그들에게 들어오라고 손짓했다.

"괜찮아, 아틀라스. 약속 취소하지 마. 난 잘 거니까."

"아니야, 지금 가는 길인데 내가 가서 보낼게."

내가 전화를 귀에 대고 계속 통화하는 사이에 두 사람은 거실로 갔다.

"좀 있다 봐." 나는 아틀라스에게 이렇게 말하고 전화를 끊었다. 나와 아틀라스 친구들이 서로 살피는 동안 잠시 어색한 시간이 흘렀다.

"이름이 어떻게 돼요?"

"저는 데런이에요." 키 큰 사람이 말했다.

"브래드예요." 키 작은 사람이 말했다.

"릴리예요." 나는 아까 이름을 말했지만 다시 말했다. "아틀라스는 곧 올 거예요." 내가 문을 닫으러 가자 그들은 약간 긴장을 푸는 것 같았다. 데런은 주방으로 가서 아틀라스의 냉장고를 열었다.

브래드는 재킷을 벗어서 걸어놓았다. "릴리, 포커 칠 줄 알아요?"

나는 어깨를 으쓱했다. "해본 지 몇 년 됐지만 대학 때 친구들이랑 쳤죠."

두 사람은 다이닝룸 식탁으로 갔다.

"머리는 어쩌다가 다쳤어요?" 데런이 식탁에 앉으면서 물었다. 그는 민감한 문제라고 전혀 생각하지 못한 듯이 아무렇지 않게 물었다.

이유는 알 수 없지만 나는 그에게 벌거벗은 진실을 털어놓고 싶어졌다. 남편이 이런 짓을 했다는 걸 알면 다른 사람들이 어떤 반응을 보일지 궁금했다.

"남편 때문이에요. 이틀 전에 싸웠는데 남편이 들이받았어요. 아틀라스가 저를 응급실로 데려갔죠. 여섯 바늘을 꿰맸는데 병원에서 저한테 임신했다고 하더라고요. 그래서 여기 숨어서 뭘 어떻게 해야 할지 생각 중이에요."

딱하게도 데런은 의자에 앉으려다 말고 엉거주춤 얼어버렸다. 어떻게 대꾸해야 할지 모를 테지. 표정으로 보아 그는 내가 미쳤다고 확신하는 것 같았다.

브래드는 식탁 의자를 꺼내 앉으며 나를 가리켰다. "로단 앤드 필즈•

• Rodan and Fields, 피부 관리 제품 전문 제조 및 다단계 회사.

제품 써봐요. 앰플 롤러가 흉터에 아주 좋아요."

나는 그의 마구잡이식 대답에 웃음이 터졌다. 이유는 알 수 없었다.

"미친! 브래드!" 데런이 의자에 앉으면서 말했다. "이렇게 대놓고 영업질이라니 네 아내보다 더 악질이네. 걸어 다니는 홈쇼핑이냐?"

브래드는 두 손을 들며 방어 자세를 취했다. "뭐 어때서?" 그가 아무 잘못 없다는 듯이 말했다. "릴리에게 뭔가를 팔려는 게 아니잖아. 그냥 솔직한 얘기지. 그거 효과 좋아. 여드름에 써보면 확실히 알 텐데."

"엿이나 먹어!" 데런이 말했다.

"왜, 계속 여드름 달고 10대 행세를 하려고?" 브래드가 중얼거렸다. "서른 살에 여드름이라니, 멋대가리 없잖아."

데런이 카드를 섞기 시작하자 브래드가 옆에서 의자를 꺼냈다. "릴리, 와서 앉아요. 친구 한 놈이 멍청이가 되기로 마음먹고 지난주에 결혼했는데 아내가 포커의 밤에 더 이상 못 가게 한 대요. 그놈이 이혼할 때까지 대신 자리 좀 채워줘요."

나는 오늘 밤에 방에 숨어 있으려고 굳게 다짐했지만 이 두 사람 때문에 자리를 뜨기가 힘들었다. 나는 브래드 옆에 앉아서 식탁 위로 손을 내밀며 데런에게 말했다. "카드 좀 줘봐요." 그는 아기가 한 팔로 하는 것처럼 카드를 섞고 있었다.

데런은 한쪽 눈썹을 치켜올리더니 카드 뭉치를 식탁 위에서 밀었다. 나는 카드 게임은 잘 몰라도 카드 섞는 건 프로처럼 할 수 있었다. 나는 카드 더미를 둘로 나누어 마주 세운 다음, 끝을 엄지손가락으로 누르며 카드가 아름답게 섞이는 장면을 지켜보았다. 데런과 브래드가 카드를 지켜보고 있을 때 문 두드리는 소리가 들렸다. 이번에는 머뭇거림 없이 문이 활짝 열리더니 비싸 보이는 트위드 재킷 비슷한 옷을 입은 남자가 들어왔다. 스카프도 두르고 있었는데 그는 문을 쾅 닫기가 무섭게 스카프를 풀고 주방으로 오며 내 쪽을 고갯짓했다. "누구시죠?"

그는 다른 두 사람보다 나이가 많아 보였는데 40대 중반쯤일 것 같았다.

아틀라스의 친구 구성은 정말 흥미로웠다.

"이쪽은 릴리." 브래드가 말했다. "개자식이랑 결혼했는데 그놈 아기를 가진 걸 얼마 전에 알았대. 릴리, 이쪽은 지미예요. 거만하고 건방진 인물이죠."

"거만한 거랑 건방진 건 같은 뜻이야. 바보냐." 지미가 말했다. 그는 데런 옆의 의자를 꺼내더니 내가 들고 있던 카드를 고갯짓했다. "아틀라스가 우릴 호구로 만들려고 당신을 심은 거 아니에요? 무슨 평범한 사람이 카드를 그렇게 섞어요?"

나는 미소 지으며 카드를 각자 나누어 주었다. "한번 해보면 알겠죠."

포커를 세 판째 치고 있을 때 마침내 아틀라스가 집에 왔다. 그는 문을 닫고 우리 넷을 보았다. 아틀라스가 들어오기 직전에 브래드가 웃긴 말을 했기 때문에 나는 한창 웃다가 아틀라스와 눈이 마주쳤다. 그는 주방을 향해 고갯짓하고 그쪽으로 걸어갔다.

"폴드*." 나는 식탁에 카드를 내려놓으며 이렇게 말하고 일어나서 아틀라스를 쫓아갔다. 주방에 가보니 그는 친구들에게 보이지 않는 곳에 서 있었다. 나는 그에게 다가가서 조리대에 기대섰다.

"친구들한테 가라고 할까?"

나는 고개를 저었다. "아니, 그러지 마. 사실 재미있어. 다른 생각도 안 하게 되고."

아틀라스는 고개를 끄덕였는데 그에게서 허브 향이 나는 걸 모를 수가 없었다. 특히 로즈마리 향이. 그러자 그가 레스토랑에서 요리하는 모습을 보고 싶어졌다.

"배고파?" 그가 물었다.

나는 고개를 저었다. "별로. 두 시간 전쯤에 파스타 남은 거 먹었어."

나는 양손으로 조리대를 짚고 있었다. 그는 한 걸음 다가오더니 내 한쪽 손에 자기 손을 올리고 엄지손가락으로 손등을 쓰다듬었다. 위로의 뜻으로 이런 행동을 한다는 건 알지만 그가 나를 어루만질 때면 위로 이상의 느낌이 들었다. 가슴이 따뜻해진 나는 얼른 손을 내려다보았다. 아틀라스도 그런 느낌이었는지 잠시 손가락을 멈추었다. 그는 손을 떼고 한 걸음 물러났다.

"미안." 그는 뭔가를 찾는 척 냉장고를 향해 돌아서며 중얼거렸다. 조금 전 일 때문에 내가 어색해할까 봐 그러는 게 틀림없었다.

• fold, 경기를 포기하는 것을 뜻하는 포커 용어.

나는 식탁으로 돌아가서 다음 판 카드를 집어 들었다. 몇 분 뒤에 아틀라스가 와서 내 옆에 앉았다. 지미가 새로 카드를 섞어서 모두에게 돌렸다. "그래, 아틀라스. 릴리와는 어떻게 알게 된 거야?"

아틀라스는 자기 몫의 카드를 한 장씩 집어 들었다. "어릴 때 릴리가 내 목숨을 구해줬어." 그가 무미건조하게 말했다. 그러고는 날 흘 끗 보며 윙크했는데, 나는 그 윙크에서 느껴진 감정 때문에 죄책감에 휩싸였다. 하필 이런 때에. **내 마음은 왜 내게 이런 짓을 하는 걸까?**

"오, 아름다운 이야기군." 브래드가 말했다. "그때는 릴리가 네 목숨을 구했고 지금은 네가 릴리 목숨을 구하고."

아틀라스는 카드를 내리며 브래드를 노려보았다. "뭐라고?"

"진정해." 브래드가 말했다. "나도 릴리와 친해졌다고. 릴리도 내가 농담하는 거 알아." 브래드는 나를 보았다. "릴리, 지금은 인생이 엉망진창일지 몰라도 차차 나아질 거예요. 내 말 믿어요. 나도 겪어봤으니까."

데런이 웃으며 브래드에게 말했다. "네가 두드려 맞고 임신한 상태로 다른 남자 집에 숨어 지내봤다고?"

아틀라스는 식탁에 카드를 내던지더니 의자를 밀며 벌떡 일어났다. "도대체 왜 그래?" 그는 데런에게 소리쳤다.

나는 안심하라는 뜻으로 그의 팔을 잡으며 말했다. "진정해. 네가 집에 오기 전에 친해졌어. 친구들이 내 상황을 별거 아닌 듯이 말하는 거, 난 아무렇지 않은데. 이런 얘기를 들으니까 정말 별거 아닌 것

391

같잖아."

아틀라스는 불만스러운 듯이 머리카락을 쓸어 올리고 고개를 저었다. "뭐가 어떻게 된 건지 모르겠어. 애들이랑 한 10분 같이 있었잖아."

나는 웃음을 터뜨렸다. "10분이면 누군가를 충분히 알 수 있는 시간이야." 나는 대화 주제를 바꾸려 했다. "그나저나 여러분은 서로 어떻게 알게 됐어요?"

데런이 몸을 앞으로 숙이며 자신을 가리켰다. "저는 빕스 부주방장이에요." 그리고 브래드를 가리켰다. "쟤는 설거지하는 애고요."

"당분간이에요." 브래드가 끼어들었다. "차차 올라가고 있어요."

"당신은요?" 내가 지미에게 물었다.

그는 킥킥대며 말했다. "맞혀봐요."

그의 옷매무새나 사람들이 거만하다고 한 걸로 보아 아마도……. "지배인?"

아틀라스는 웃음을 터뜨렸다. "지미는 주차 요원으로 일해."

나는 지미를 보며 눈썹을 치켜올렸다. 그는 포커 칩을 세 개 던지며 말했다. "맞아요. 주차를 해주고 팁을 받죠."

"속지 마." 아틀라스가 말했다. "지미가 주차 요원으로 일하는 건 맞지만 돈이 너무 많은데 심심해서 하는 것일 뿐이야."

나는 미소 지었다. 앨리사가 생각났기 때문이다. "우리 가게에도 그런 직원 있어요. 심심해서 일하는 거죠. 그런데 직원들 중에 일을 제일 잘해요."

"젠장, 스트레이트˙네." 지미가 중얼거렸다.

나는 내 카드를 보았고 차례가 되었을 때 포커 칩을 세 개 내놓았다. 그때 아틀라스의 전화가 울렸고 그는 주머니에서 전화기를 꺼냈다. 그가 전화를 받으러 잠시 자리를 비웠을 때 나는 칩을 더 내놓아 판돈을 키웠다.

"폴드." 브래드가 식탁에 카드를 내던지며 말했다.

나는 아틀라스가 황급히 사라진 복도를 보았다. 캐시와 통화하는 걸까, 아니면 그의 삶에 다른 누가 또 있는 걸까 궁금했다. 아틀라스의 직업이 무엇인지는 이제 알았다. 그에게 적어도 친구가 셋 있다는 것도 알았다. 하지만 그의 연애에 관해서는 아무것도 몰랐다.

데런이 카드를 식탁에 내려놓았다. 포 오브 어 카인드˙˙였다. 나는 스트레이트 플러시˙˙˙인 내 카드를 내려놓고, 데런이 신음하는 가운데 포커 칩을 모두 가져오려고 손을 뻗었다.

"포커의 밤에 캐시는 안 오나 봐요?" 나는 아틀라스에 대한 정보를 더 캐내고 싶어서 이렇게 물었다. 그에게 직접 물어보기에는 겁나는 내용이었다.

"캐시요?" 브래드가 말했다.

나는 포커 칩을 앞에 쌓으며 고개를 끄덕였다. "아틀라스 여자 친

• straight, 숫자가 이어지는 카드가 다섯 장인 경우.
•• four of a kind, 숫자가 같은 카드가 네 장인 경우.
••• straight flush, 숫자가 연속되고 무늬가 같은 카드가 다섯 장인 경우.

구 이름 아니에요?"

데런이 웃음을 터뜨렸다. "아틀라스 여자 친구 없어요. 2년 동안 알고 지냈는데 캐시라는 이름은 한 번도 못 들어봤다고요." 그는 카드를 새로 돌리기 시작했지만 나는 방금 그가 말한 정보를 이해하려 애썼다. 먼저 나눠 받은 카드 두 장을 확인하고 있을 때 아틀라스가 돌아왔다.

"이봐, 아틀라스." 지미가 말했다. "도대체 캐시가 누구야? 왜 우리는 그 여자 얘기를 한 번도 못 들은 거지?"

아, 망했다.

나는 몹시 당황했다. 카드를 쥔 손에 힘을 주고 아틀라스와 눈을 마주치지 않으려 했지만, 주위가 너무 조용해져서 그를 보지 않으면 내가 말했다는 게 더 노골적으로 드러날 것 같았다.

아틀라스는 지미를 보았다. 지미도 그를 보았다. 브래드와 데런은 나를 보았다.

아틀라스는 잠시 입술을 오므렸다가 말했다. "캐시라는 사람은 없어." 그의 눈과 나의 눈이 마주쳤지만 아주 잠깐이었다. 하지만 그 짧은 순간에도 나는 그의 얼굴에 모든 것이 쓰여 있는 걸 보았다.

캐시라는 사람은 **없다.**

아틀라스는 내게 거짓말을 했다.

그는 헛기침을 하고 말했다. "내 얘기 들어봐. 오늘 밤은 이 정도로 끝내야겠어. 이번 주에 너무……." 그가 손으로 입을 문지르자 지미가 일어났다.

그는 아틀라스의 어깨를 힘주어 잡고 말했다. "다음 주에 우리 집에서 봐."

아틀라스는 고맙다는 표시로 고개를 끄덕였다. 세 사람은 카드와 포커 칩을 챙기기 시작했다. 브래드는 미안해하며 내가 들고 있던 카드를 빼 갔다. 내가 카드를 꼭 쥔 채 꼼짝도 하지 않고 있었기 때문이다.

"릴리, 만나서 반가웠어요." 브래드가 말했다. 나는 가까스로 기운을 내서 미소 지은 다음 일어났다. 그들과 포옹하며 작별 인사를 했고, 그들이 가고 현관문이 닫히자 다이닝룸에는 나와 아틀라스만 남았다.

캐시라는 사람은 없었다.

캐시는 이곳에 와본 적조차 없었다. 존재하지 않는 사람이니까.

도대체 어떻게 된 거지?

아틀라스는 식탁 옆에 꼼짝도 하지 않고 서 있었다. 나도 원래 자리에서 움직이지 않았다. 그는 팔짱을 낀 채 움직이지 않았다. 머리를 약간 기울이고 있었지만 눈은 식탁 건너편의 나를 뚫어지게 보고 있었다.

아틀라스는 왜 내게 거짓말을 했을까?

레스토랑에서 처음 아틀라스와 우연히 마주쳤을 때 라일과 나는 정식으로 사귀는 관계가 아니었다. 이런, 그날 아틀라스가 우리 사이에 아직 기회가 남아 있다고 생각할 만한 단서를 조금이라도 주었다면, 나는 분명 라일이 아니라 그를 택했을 것이다. 그때 나는 라일을 잘 알지도 못했다.

하지만 아틀라스는 아무 말도 하지 않았다. 그는 내게 거짓말을 했고 1년을 꽉 채워서 만난 사람이 있다고 했다. 왜? 내가 우리 사이에 남은 기회는 없다고 생각하길 바란 게 아니고서야 왜 그랬을까?

어쩌면 그동안 내가 계속 잘못 생각하고 있었는지도 모른다. 애초에 그는 나를 사랑한 적조차 없었고, 캐시라는 사람을 만들어내서 나를 영원히 떼어놓으려 한 것인지도 몰랐다.

하지만 난 지금 여기에 있다. 그의 집에 제멋대로 쳐들어와서. 그의 친구들과 놀고 그의 음식을 먹으면서. 그의 욕실을 쓰면서.

나는 눈이 얼얼해지며 눈물이 나려고 했다. 지금 이렇게 아틀라스 앞에 서서 우는 건 정말 싫었다. 그래서 식탁을 빙 돌아 그를 지나쳐 갔다. 그리 멀리 가지 않았을 때 그가 내 손을 잡았다. "잠깐만."

나는 계속 다른 쪽을 본 채 걸음을 멈추었다.

"릴리, 얘기 좀 해."

그는 바로 뒤에 서서 계속 내 손을 잡고 있었다. 나는 손을 빼고 거실 반대편으로 갔다.

돌아서서 그를 보는데 눈물 한 방울이 뺨 위로 흘렀다. "왜 날 찾으러 오지 않았어?"

아틀라스는 내가 무슨 말을 하든지 들을 준비가 된 듯했지만 방금 한 말만은 예상하지 못한 것 같았다. 그는 머리카락을 넘기며 소파로 가서 앉았다. 그리고 마음을 가라앉히려는 듯이 숨을 내쉬며 조심스레 나를 보았다.

"릴리, 찾으러 갔어."

나는 숨이 막혔다.

꼼짝도 하지 않고 서서 그의 대답을 이해하려 했다.

나를 찾으러 왔다고?

그는 두 손을 맞잡았다. "처음 해병대에서 전역했을 때 널 찾을 수 있지 않을까 하고 메인주로 갔어. 여기저기 물어보고 다니다가 네가 다니는 대학을 알아냈지. 하지만 내가 뭘 기대하면서 나타나는 건지 잘 모르겠더라고. 그때 우린 너무 다른 사람이었으니까. 얼굴을 본 지 4년이나 지났잖아. 그 시간 동안 우리 둘 다 많이 변했을 거라고 생각했어."

나는 무릎이 떨려서 그의 옆에 있는 의자로 가서 앉았다. **나를 찾으러 왔다고?**

"널 찾으려고 하루 종일 너희 학교 교정을 돌아다녔어. 그러다가 마침내 오후 늦게 널 봤지. 친구들이랑 학교 안뜰에 앉아 있더라고. 널 한참 동안 바라봤어. 네게 다가갈 용기를 내려고 애쓰면서 말이야. 넌 웃고 있었지. 행복해 보였어. 전에 보지 못했던 생기 넘치는 모습이었어. 그날 널 보면서, 다른 사람에게서는 느껴보지 못한 행복을 느꼈어. 네가 잘 지낸다는 걸 알았으니……."

그는 잠시 말을 끊었다. 나는 배를 움켜쥐고 있었다. 너무 아팠기 때문이다. 그가 그렇게 가까이에 있었는데도 몰랐다니 마음이 너무 아팠다.

"그래도 네게 다가가려고 걸음을 뗐는데 네 뒤에 누가 나타난 거야. 남자였어. 그 사람은 네 옆에 무릎을 대고 앉았고 넌 그 사람을 보자 환하게 웃으면서 끌어안았어. 그리고 그에게 키스했어."

나는 눈을 감았다. **그 사람은 6개월 동안 데이트했던 남자였다. 아틀라스에게 느꼈던 감정을 눈곱만큼도 느끼지 못했던.**

아틀라스는 깊은 한숨을 내쉬었다. "그걸 보고 난 떠났어. 행복해하는 널 보면서, 난 사람이 느낄 수 있는 최악의 감정과 최고의 감정을 한꺼번에 느꼈어. 하지만 그때 생각했지. 내 인생이 아직 널 찾을 만큼 괜찮지 않다고. 네게 사랑밖에 줄 게 없더라고. 나한테 너는 그보다 더한 걸 받아 마땅한 사람인데. 다음 날 나는 해병대에 재입대하기로 했어. 그리고 지금은……." 그는 자기 삶에 좋은 게 하나도 없다는 듯이 허공으로 천천히 손을 들어 올렸다.

나는 잠시 시간이 필요해서 양손에 얼굴을 묻었다. 그리고 우리 사이에 생길 수 있었던 일을 생각하며 조용히 슬퍼했다. 무슨 일이 생길 수 있었을까. 또, 무슨 일이 생기지 않았을까. 나는 어깨의 문신에 손가락을 갖다 댔다. 앞으로 이 하트의 빈틈을 채울 수 있을까 하는 생각이 들었다.

문득 이 문신을 했을 때 내가 느꼈던 감정을 아틀라스도 느낀 적이 있는지 궁금했다. 심장에서 공기가 모두 빠져나간 듯한 기분을 느낀 적이 있는지.

레스토랑에서 우연히 만났을 때 왜 그가 거짓말을 했는지는 아직도 이해할 수 없었다. 내가 그에게 느낀 감정을 그도 느꼈다면, 왜 그런 이야기를 지어냈을까?

"왜 여자 친구가 있다고 거짓말했어?"

아틀라스는 손으로 얼굴을 문질렀고, 나는 목소리를 듣기도 전에 그가 후회하고 있다는 걸 알았다. "그런 말을 한 이유는…… 그날 저녁 네가 행복해 보였거든. 그 사람이랑 작별 인사하는 널 봤을 때 마음이 너무 아팠어. 하지만 한편으로는 안심이 되더라고. 네가 아주 잘 지내는 것 같아서. 그래서 네가 날 걱정하게 하고 싶지 않았어. 그리고…… 모르겠어……. 약간 질투가 났나 봐. 릴리, 모르겠어. 그 말을 입 밖에 내자마자 네게 거짓말한 걸 후회했어."

나는 손으로 입을 막았다. 머릿속에서 심장박동만큼이나 빠른 속도로 생각이 질주했다. 나는 여러 가지를 가정하기 시작했다. **만약 아틀라스가 내게 솔직했다면? 자기 감정을 솔직히 말했다면? 지금 우리는 어떻게 되었을까?**

나는 그에게 왜 그랬는지 묻고 싶었다. 왜 나를 되찾으려고 싸우지 않았느냐고. 하지만 물어볼 필요도 없었다. 답을 이미 알고 있기 때문이다. 그는 내가 원하는 걸 주어야 한다고 생각했을 것이다. 그는 내가 행복하기만을 바랐을 테니까. 그리고 무슨 바보 같은 이유 때문인지, 그는 내가 그와 함께 있어야 행복할 수 있다는 생각을 하지 못했다.

배려심 넘치는 아틀라스다웠다.

생각하면 할수록 숨쉬기가 힘들어졌다. 나는 아틀라스를, 라일을, 오늘 밤을, 이틀 전을 생각했다. 감당하기 버거웠다.

나는 일어나서 손님용 침실로 갔다. 그리고 휴대전화와 핸드백을 들고 거실로 다시 나왔다. 아틀라스는 그 자리에 있었다.

"오늘 라일이 영국으로 떠났어. 지금 집에 가는 게 좋겠어. 태워 다줄 수 있어?"

아틀라스의 눈에 슬픔이 번졌다. 그 슬픔을 보자 나는 지금 떠나는 게 옳다는 생각이 들었다. 우리 둘 다 이 관계를 완전히 끝내지 못했다. 언젠가 끝낼 수 있을지 자신이 없었다. 나는 우리 관계를 끝내는 게 신화처럼 느껴졌다. 그리고 내 삶에 벌어진 일들을 정리하는 동안 이곳에 계속 머무는 건 더 안 좋을 것 같았다. 나는 혼란을 최대한 없애야 했는데, 지금 이 순간 아틀라스를 향한 내 감정이 모든 혼란 중 가장 꼭대기에 있었다.

그는 잠시 입술을 굳게 다물었다가 고개를 끄덕이고 자동차 열쇠를 집어 들었다.

아파트로 가는 동안 둘 다 말이 없었다. 아틀라스는 건물 앞에서 나를 내려주지 않고 주차장까지 들어간 뒤 차에서 내렸다. "현관문 앞까지 데려다줘야 마음이 놓일 것 같아."

나는 고개를 끄덕였고 우리는 더욱 두터워진 침묵을 헤치며 엘리베이터를 타고 7층으로 올라갔다. 아틀라스는 현관문 앞까지 계속 나를 따라왔다. 나는 열쇠를 찾으려고 가방을 뒤졌고 문을 여는 데 세 번 실패하고 나서야 손이 떨린다는 것을 알았다. 아틀라스는 차분히 내게서 열쇠를 가져갔고 그가 문을 열어주는 동안 나는 한 걸음 물러나 있었다.

"집에 아무도 없는지 확인해줄까?"

나는 고개를 끄덕였다. 라일은 영국으로 가는 중이기 때문에 그가 없다는 건 알았지만, 솔직히 말하자면 아직 집에 혼자 들어가는 게 조금 무서웠다.

아틀라스가 앞장서서 들어가 조명을 켰다. 그는 아파트 구석구석을 다니며 조명을 전부 켰고 방에도 모두 들어가보았다. 그리고 다시 거실로 나오며 재킷 주머니에 손을 밀어 넣었다. 그는 숨을 깊이 들이마시고 나서 말했다. "릴리, 이제 어떻게 해야 할지 모르겠어."

그는 알고 있었다. 분명히 알았다. 그 일이 일어나는 걸 원치 않을 뿐이었다. 작별 인사를 하는 게 얼마나 마음 아플지 둘 다 잘 알기 때문이었다.

나는 그의 표정을 보는 게 너무 마음 아파서 시선을 다른 데로 돌렸다. 곧 팔짱을 낀 채 바닥을 보며 말했다. "아틀라스, 내게는 해결해야 할 일이 많아. 아주 많아. 안타깝지만 내 인생에 널 놔둔 채로는 그 일들을 해결하지 못할 것 같아." 나는 고개를 들어 그의 눈을 바라보았다. "기분 나빠하지 않았으면 좋겠어. 좋은 뜻이니까."

아틀라스는 말없이 나를 한참 보았다. 내 말을 듣고도 전혀 놀라지 않았다. 하지만 그가 내게 하고 싶은 말이 정말 많다는 건 알 수 있었다. 나도 그에게 하고 싶은 말이 많았다. 이 시점에 우리 이야기를 하는 게 부적절하다는 건 둘 다 알고 있었다. 나는 결혼했다. 다른 남자의 아이를 가졌다. 그리고 아틀라스는 그 다른 남자가 내게 사준 아파트 거실에 서 있었다. 오래전에 했어야 할 모든 이야기를 끄

집어내기에 별로 좋지 않은 상황인 것 같았다.

그는 갈까 말까 고민하는 듯이 현관문을 잠시 쳐다보았다. 나와 다시 눈을 마주하기 전에 그의 턱이 씰룩거렸다. "혹시라도 내가 필요하면, 전화해주면 좋겠어. 하지만 위급한 상황일 때만 연락해줘. 널 아무렇지 않게 대할 수는 없을 것 같아."

나는 아틀라스의 말에 아주 잠깐 흠칫 놀랐다. 그가 인정할 줄은 몰랐지만 그의 말이 옳았다. 처음 만난 날부터 우리 관계에 아무렇지 않은 건 없었다. 모 아니면 도였다. 그래서 아틀라스는 군에 입대하면서 끈을 놓아버렸다. 그는 우리가 아무렇지 않은 친구 사이가 될 수 없다는 걸 알았다. 그랬다면 정말 고통스러웠을 것이다.

우리가 친구가 될 수 없다는 건 조금도 달라지지 않았다.

"잘 가, 아틀라스."

이렇게 말하자 처음 작별 인사를 했을 때만큼 눈물이 북받쳤다. 아틀라스는 얼굴을 찡그리더니 돌아서서 현관문으로 갔다. 아무리 빨리 움직여도 모자란다는 듯이. 그가 나가고 문이 닫히자마자 나는 문을 잠그고 문에 머리를 기댔다.

이틀 전까지만 해도 나는 삶이 이보다 더 좋을 수 있을까 싶었다. 그런데 오늘은 이보다 더 나쁠 수 있을까 싶었다.

갑자기 문 두드리는 소리가 나서 깜짝 놀랐다. 아틀라스가 나간 지 10초밖에 안 됐으므로 문을 두드리는 사람은 아틀라스가 틀림없었다. 문을 열자 난데없이 부드러운 무언가가 나를 덮쳤다. 아틀라스는 나를 간절하게 꼭 안고 내 머리 옆에 입 맞췄다.

나는 눈을 꼭 감았고 결국 눈물이 흘러내리고 말았다. 지난 이틀 동안 라일 때문에 너무 많이 울었는데 어떻게 아틀라스 때문에 흘릴 눈물이 남아 있는지 알 수 없었다. 하지만 남아 있었다. 눈물이 뺨을 타고 비처럼 흘러내리고 있었으니까.

"릴리." 그가 나를 계속 꼭 안은 채 속삭였다. "지금 이 얘기를 정말 듣고 싶지 않을 거라는 거 알아. 하지만 말해야겠어. 하고 싶은 말도 못 하고 널 떠난 적이 너무 많았으니까."

그는 나를 안고 있던 몸을 떼고, 내가 눈물 흘리는 걸 보고는 손으로 닦아주었다. "앞으로…… 기적이 일어나서 네가 다시 누군가를 사랑하게 된다면…… 그게 나였으면 좋겠어." 그는 내 이마에 입 맞췄다. "릴리, 넌 아직도 내가 가장 좋아하는 사람이야. 언제나 그럴 거야."

그는 대답도 듣지 않은 채 나를 놓고 가버렸다.

나는 다시 문을 닫고 바닥에 주저앉았다. 마음이 모든 걸 포기하고 싶어 하는 것 같았다. 그걸 탓할 수는 없었다. 이틀 동안 두 번이나 이별하는 아픔을 겪으며 고통받았으니까.

그리고 그 두 번의 이별 모두 치유가 시작되려면 아주 오랜 시간이 걸릴 것 같은 예감이 들었다.

앨리사가 나와 라일리가 앉아 있는 소파 옆자리에 털썩 앉았다. "릴리, 너무 그리웠어요. 나 이제 일주일에 하루나 이틀 정도는 출근할까 생각 중이에요."

나는 그의 말에 어이가 없어서 웃음이 났다. "난 아래층에 살고 거의 매일 오잖아요. 그런데 어떻게 내가 그리울 수 있어요?"

그는 다리를 끌어당겨 안으며 입술을 삐죽거렸다. "그래요, 그리운 건 당신이 아니라 일이에요. 가끔은 그냥 이 집에서 나가고 싶을 때가 있어요."

그가 라일리를 낳은 지 6주가 지났고, 다시 일해도 된다는 허락을 받은 게 분명했다. 하지만 솔직히 나는 라일리가 있기 때문에 그가 일하고 싶어 하지 않을 줄 알았다. 나는 고개를 숙여 라일리의 코에 입 맞췄다. "라일리도 데리고 나올래요?"

앨리사는 고개를 저었다. "아니요, 그건 안 돼요. 그러기엔 일이 너무 바쁘잖아요. 일하는 동안에는 마셜이 돌볼 거예요."

"라일리를 돌봐주는 **사람들**이 없단 말이에요?"

거실을 지나가던 마셜이 내 얘기를 들었다. "릴리, 쉿. 우리 딸 앞에서 부자처럼 말하지 말아요. 천국 못 갈라."

나는 마셜의 말에 웃었다. 이래서 일주일에 며칠씩이나 퇴근하고 여기 오는 것이다. 내가 웃을 수 있는 유일한 시간이라서. 라일이 영국으로 떠난 지 6주가 지났고 우리 사이에 무슨 일이 있었는지는 아무도 몰랐다. 라일은 아무에게도 말하지 않았고 나도 마찬가지였다. 우리 엄마를 포함해 모든 사람들이 그가 공부하기 위해 케임브리지로 떠난 줄로만 알았고 우리 사이에 달라진 건 아무것도 없다고 믿었다.

임신했다는 얘기도 아무에게도 하지 않았다.

병원에는 두 번 다녀왔다. 임신 사실을 처음 알았을 때 이미 12주였고 이제는 18주가 되었다. 나는 아직도 이 상황을 이해하려고 애쓰는 중이다. 열여덟 살부터 피임약을 계속 복용했는데. 몇 번 잊어버린 것 때문에 발목을 잡힌 게 틀림없었다.

배가 불러오기 시작했지만 날씨가 추워서 감추기가 쉬웠다. 헐렁한 스웨터와 재킷을 입어도 아무도 수상하게 여기지 않았다.

조만간 누군가에게 말해야 한다는 건 알았다. 처음으로 말해야 할 상대가 라일이어야 할 것 같은데 이렇게 멀리 떨어져서 전화로 말하고 싶지는 않았다. 6주가 지나면 그가 돌아올 것이다. 할 수만 있다면 그때까지 숨기고 지내다가 그 이후에 어떻게 해야 할지 결정하고 싶었다.

라일리를 내려다보자 아기가 나를 보며 미소 지었다. 나는 아기를 더 웃게 하려고 우스꽝스러운 표정을 지었다. 앨리사에게 임신했다고 말하고 싶은 순간이 정말 많았지만 내가 비밀로 하고 싶은 대상이 그의 오빠이기 때문에 털어놓기가 힘들었다. 앨리사에게 말할 수 없어서 괴롭긴 했지만, 아무리 그래도 그를 이런 상황에 말려들게 하고 싶지 않았다.

"오빠 없이 잘 지내고 있어요?" 앨리사가 물었다. "오빠가 집에 오는 게 기다려져요?"

나는 고개만 끄덕일 뿐 아무 말도 하지 않았다. 앨리사가 라일 이야기를 꺼내면 언제나 주제를 다른 데로 돌리려 했다.

앨리사는 소파에 기대며 말했다. "오빠는 지금도 케임브리지가 좋대요?"

"그런가 봐요." 나는 이렇게 말하고는 라일리를 향해 혀를 내밀었다. 라일리는 활짝 웃었다. 나는 내 아기가 라일리를 닮았을지 궁금했다. 그러기를 바랐다. 라일리는 정말 귀여우니까. 물론 내 편애 때문일 수도 있지만.

"이제는 영국 지하철 시스템에 익숙해졌대요?" 앨리사가 웃으며 물었다. "정말이지 통화할 때마다 길을 잃었다고 하더라고요. A라인을 타야 할지 B라인을 타야 할지 도무지 모르겠다면서요."

"네. 이제 괜찮대요." 내가 말했다.

앨리사는 등을 펴고 똑바로 앉았다. "마셜!"

마셜이 거실로 나오자 앨리사는 내가 안고 있던 라일리를 데려가서 마셜에게 안겨주며 말했다. "기저귀 좀 갈아줄래?"

나는 앨리사가 왜 마셜에게 이런 부탁을 하는지 알 수 없었다. 조금 전에 내가 기저귀를 갈아주었는데.

마셜은 코를 찡그리며 앨리사에게서 라일리를 받아 안았다. "우리 딸 오줌 쌌어요?"

그는 라일리와 커플룩 원지를 입고 있었다.

앨리사가 내 손을 잡고 홱 당겨 소파에서 일으키는 바람에 나는 아파서 꺅 소리를 냈다.

"어디 가는 거예요?"

그는 대답하지 않았다. 나를 침실로 끌고 들어가서 문을 쾅 닫을 뿐이었다. 그는 몇 번 왔다 갔다 하더니 멈춰 서서 나를 보았다.

"릴리, 지금 도대체 무슨 일이 일어나고 있는지 당장 말해요!"

나는 놀라서 뒷걸음질 쳤다. **앨리사가 무슨 얘기를 하는 거지?**

나는 혹시 앨리사가 알아차렸나 하는 생각에 곧장 손으로 배를 가렸다. 하지만 그는 내 배를 보고 있지 않았다. 그는 한 걸음 다가와 손가락으로 내 가슴팍을 찔렀다. "영국 케임브리지에는 지하철이 없다고요, 이 바보야!"

"뭐라고요?" 나는 매우 당황했다.

"내가 지어낸 얘기라고요! 릴리, 한참 동안 뭔가 이상했어요. 당신은 내 가장 친한 친구잖아요. 그리고 난 오빠를 알아요. 오빠랑 매주 통화하는데 오빠도 예전이랑 달랐어요. 둘 사이에 무슨 일이 있다는 뜻이죠. 난 지금 당장 알아야겠어요!"

빌어먹을. 조만간 이런 일이 일어날 줄 알았다.

나는 무슨 말을 해야 할지, 어디까지 얘기해야 할지 몰라서 천천히 손을 들어 입을 막았다. 그에게 이 일을 말할 수 없다는 게 얼마나 괴로웠는지 지금에야 깨달았다. 그가 내 마음을 읽어줘서 약간 안심이 되기까지 했다.

나는 침대로 가서 앉으며 속삭였다. "앨리사. 앉아봐요."

이 일로 그도 나만큼이나 상처받으리라는 걸 알았다. 앨리사는 침대로 다가와 옆에 앉더니 내 손을 잡았다.

"어디에서부터 시작해야 할지 모르겠어요."

그는 말없이 내 손을 꼭 잡았다. 그 후 15분 동안 나는 모든 것을 털어놓았다. 그날의 싸움, 아틀라스가 나를 데리러 온 일, 병원, 임신 이야기까지.

지난 6주 동안 너무 외롭고 무서워서 매일 울다가 잠들었다는 얘기도 했다.

이야기를 마쳤을 때 우리 둘 다 울고 있었다. 앨리사는 내가 말하는 동안 가끔 '**아, 릴리**'라고만 했을 뿐 다른 대꾸는 하지 않았다.

물론 그가 대꾸할 필요는 없었다. 라일은 그의 오빠였다. 내가 지난번처럼 라일의 과거를 고려해주기를 바랄 것이라는 사실을 잘 알았다. 라일과 내가 이 일을 잘 해결하기를 원하리라는 것을 잘 알았다. 라일은 그의 오빠니까. 우리는 행복한 대가족이 되어야 했다. 나는 그의 생각을 정확히 알았다.

앨리사는 내 이야기를 힘겹게 받아들이느라 한참 동안 말이 없었다. 마침내 그는 내 눈을 보며 내 손을 꼭 잡았다. "릴리, 오빠는 당신을 **사랑해요**. 아주 많이. 당신은 오빠의 삶을 송두리째 바꾸었고 오빠를 내가 생각지도 못한 사람으로 만들었어요. 여동생으로서 가장 바라는 건 당신이 오빠를 용서할 방법을 찾았으면 하는 거예요. 하지만 친한 친구 입장에서는 오빠를 다시 받아주면 다시는 당신과 말하지 않을 거라고 할 수밖에 없군요."

나는 그의 말을 이해하기까지 약간 시간이 걸렸고, 온전히 이해하고 나서 흐느끼기 시작했다.

앨리사도 흐느끼기 시작했다.

그는 나를 안았고 우리 둘 다 라일에 대한 사랑 때문에, 그리고 지금은 그가 너무 미워서 울었다.

앨리사의 침대에서 잠시 그렇게 처량하게 울고 난 뒤에 그는 나를 놓고 서랍장으로 가서 휴지를 가져왔다.

함께 눈물을 닦고 훌쩍거리면서 내가 말했다. "당신은 내 인생 최고의 친구예요."

그는 고개를 끄덕였다. "알아요. 그리고 이제 최고의 고모가 될 거예요." 그는 콧물을 닦고 다시 훌쩍거렸지만 미소 짓고 있었다. "릴리. 당신이 **아기**를 가지다니요." 그가 흥분하며 말했다. 임신했다는 기쁨을 누군가와 처음 나눈 순간이었다. "이런 말 좀 그렇지만 당신이 살찐 걸 보고 혹시나 했다고요. 하지만 오빠가 떠나고 우울해서 많이 먹었나 보다 했죠."

그는 벽장으로 가서 내게 줄 것들을 꺼내기 시작했다. "당신에게 줄 임신복이 정말 많아요."

우리는 옷을 골랐고 앨리사는 여행 가방을 꺼내서 열었다. 그리고 가방이 넘치도록 옷을 담았다.

"이런 건 못 입을 것 같아요." 나는 태그가 붙어 있는 셔츠를 집어 들며 말했다. "유명 디자이너 옷이잖아요. 내가 입으면 지저분해질 거예요."

앨리사는 아랑곳하지 않고 웃으며 옷을 가방에 넣었다. "돌려주지 않아도 돼요. 내가 또 임신하면 일하는 사람들한테 또 사 오라고 할 거예요." 그는 옷걸이에 걸린 셔츠를 꺼내서 내게 건넸다. "이거 입어봐요."

나는 입고 있던 셔츠를 벗고 임신부용 셔츠를 머리부터 집어넣었다. 제대로 입고 나서 거울을 보았다.

내 모습은…… 임신부 같았다. '더 이상은 숨길 수 없어'라고 말하는 듯한 모습이었다.

앨리사는 내 배에 손을 얹고 거울 속의 나를 보았다. "아들인지 딸인지 알아요?"

나는 고개를 저었다. "별로 알고 싶지 않아요."

"딸이면 좋겠네요. 우리 딸들끼리 가장 친한 친구가 될 수 있잖아요."

"릴리?"

앨리사와 내가 돌아보니 문간에 마셜이 서 있었다. 그는 내 배를 보고 있었다. 앨리사가 아직 내 배에 손을 대고 있었다. 그는 고개를 갸웃했다. 그리고 나를 가리켰다.

"릴리……." 그가 어리둥절한 표정으로 말했다. "저기…… 임신한 거 같은데, 알아요?"

앨리사가 침착하게 문으로 가서 손잡이를 잡았다. "나랑 계속 살고 싶으면 절대, 절대 전해서는 안 되는 말들이 있어. 지금 이것도 그중 하나야. 무슨 말인지 알지?"

마셜은 눈썹을 치켜올리며 한 걸음 물러났다. "그래. 알겠어. 알아들었다고. 릴리는 임신하지 않았어." 그는 앨리사의 이마에 입 맞추고 다시 나를 보았다. "릴리, 축하한다는 말은 안 할게요. 아무 일도 아니니까." 앨리사는 그를 문밖으로 밀어낸 다음 문을 닫고 다시 내게 왔다.

"베이비샤워를 준비해야겠어요." 앨리사가 말했다.

"안 돼요. 먼저 라일에게 말해야 해요."

앨리사는 괜찮다는 듯이 손을 내저었다. "계획을 세우는 데 오빠는 필요 없잖아요. 오빠한테 말할 때까지는 우리 둘만 아는 걸로 해요."

앨리사가 노트북을 꺼냈고, 나는 임신 사실을 알게 된 뒤 처음으로 임신했다는 게 기뻤다.

가끔 예전 내 아파트로 이사하고 싶은 마음이 들기도 했지만, 앨
리사 집에서 엘리베이터만 타고 우리 집으로 갈 수 있는 건 정말 편
했다. 이곳에 사는 게 아직도 어색했다. 라일과 헤어지고 그가 영국
으로 떠나기 전에 이 집에서 함께 지낸 기간은 고작 일주일이었다.
집이라는 느낌이 생길 틈도 없었는데 이미 더러워진 느낌이었다.
그날 밤 이후로 나는 우리 침실에서 잠을 잘 수 없어서 손님용 침실
에 있는 내 옛날 침대에서 잤다.

아직 앨리사와 마셜 말고는 내가 임신한 사실을 아무도 몰랐다.
그들에게 말한 지 2주가 지났으니 이제 임신 20주 차였다. 엄마에게
얘기해야 한다는 건 알지만 몇 주만 있으면 라일이 돌아온다. 다른
사람이 알기 전에 그에게 먼저 말해야 할 것 같았다. 그가 미국으로

돌아올 때까지 엄마에게 부른 배를 그럭저럭 잘 숨길 수만 있다면.

멀리 떨어진 상태에서 라일에게 전화로 이야기하게 될 가능성이 크다는 사실을 그냥 받아들여야 할지도 모르겠다. 엄마를 만난 지 2주가 지났다. 엄마가 보스턴으로 이사 온 뒤로 이렇게 오래 만나지 않은 적은 처음이다. 그렇기 때문에 조만간 별일 없으면 내가 무방비 상태일 때 엄마가 가게에 나타날 것이다.

지난 2주 만에 배가 두 배로 커졌다. 나를 잘 아는 사람이 본다면 숨길 수 없을 것 같았다. 지금까지 가게에서 물어본 사람은 없었다. 아직은 '임신했나? 아니면 그냥 살이 찐 건가?'의 어디쯤 걸쳐 있는 것 같았다.

아파트 문을 열려는데 안쪽에서 누가 문을 열었다. 나는 누군지 몰라도 문을 연 사람이 배를 보지 못하게 재킷으로 가리려고 했다. 하지만 그 전에 라일이 나를 보았다. 나는 앨리사가 준 셔츠를 입고 있어서 임신복을 입었다는 사실을 숨길 수 없었는데, 라일이 이런 나를 보고 있었다.

라일.

그가 집에 왔다.

내 심장은 가슴뼈에 짓눌려 으스러지는 것 같았다. 목이 가려워서 가려운 곳으로 손을 올리자 손바닥에서 심장박동이 느껴졌다.

그가 무서워서 심장이 두근거렸다.

그가 미워서 심장이 두근거렸다.

그가 그리워서 심장이 두근거렸다.

라일의 시선이 천천히 내 배에서 얼굴로 올라왔다. 그는 내가 심장을 찌르기라도 한 것처럼 아픈 표정이었다. 그는 뒤로 한 걸음 물러서더니 입을 막았다.

그리고 혼란스러운 듯 고개를 젓기 시작했다. 그는 배신감 가득한 표정으로 간신히 내 이름을 불렀다. **"릴리?"**

나는 배를 보호하려고 한 손을 배에 댄 채 얼어붙은 듯이 서 있었다. 다른 한 손은 가슴팍에 대고 있었다. 너무 무서워서 움직일 수도, 말할 수도 없었다. 그의 반응을 정확히 알기 전까지는 대꾸하고 싶지 않았다.

라일은 두려움이 가득한 눈으로 가쁜 숨을 간신히 들이마시고 있는 나를 보자 안심하라는 듯이 손을 들어 손바닥을 보였다.

"릴리, 당신을 다치게 하지 않아. 얘기하러 온 거야." 그는 문을 활짝 열더니 거실을 가리켰다. "봐." 그가 한 걸음 물러나자 뒤에 서 있던 사람이 보였다.

이제 배신감을 느끼는 사람은 **나였다.**

"마셜?"

마셜은 곧바로 두 손을 들며 변명했다. "릴리, 나도 라일이 일찍 돌아올 줄 몰랐어요. 라일이 내게 문자를 보내서 도와달라고 했어요. 그러면서 당신과 이사에게 말하지 말라고 했고요. 이사가 나와 이혼하게 하지 말아줘요. 난 무고한 구경꾼일 뿐이라고요."

나는 눈앞의 광경을 이해하려 애쓰며 고개를 저었다.

"당신이 편하게 이야기할 수 있도록 마셜에게 같이 있어달라고 부탁했어." 라일이 말했다. "마셜은 당신을 위해서 여기 온 거야. 내가 아니라."

내가 마셜을 쳐다보자 그는 고개를 끄덕였다. 덕분에 나는 안심하고 집 안으로 들어갈 수 있었다. 라일은 아직 충격받은 듯했는데, 충분히 이해할 수 있었다. 그는 계속 내 배를 보다가, 나를 보면 마음이 아픈 듯이 재빨리 시선을 돌렸다. 그는 양손으로 머리카락을 쥐어뜯더니 마셜을 보며 복도를 가리켰다.

"우린 침실에서 얘기할게. 혹시 내가 화내는…… 내가 소리 지르기 시작하면……."

마셜은 라일이 무엇을 부탁하는지 알았다. "알았어. 여기에서 꼼짝 않고 기다릴게."

라일을 따라 침실로 간 나는 그게 어떤 기분일지 궁금했다. 무엇이 나를 화나게 할지, 내가 얼마나 나쁜 반응을 보일지 모른다는 것이. 내 감정을 전혀 통제할 수 없다는 것이.

잠깐 동안이지만 나는 라일 때문에 아주 조금 슬펐다. 하지만 침대가 눈에 들어오고 그날 밤이 떠오르자 그 슬픔은 완전히 사라졌다.

라일은 문을 닫았지만 완전히 꼭 닫지는 않았다. 그는 못 본 두 달 사이에 나이를 한 살 더 먹은 듯한 모습이었다. 눈 밑은 거무스름하게 처졌고 이마에 주름이 생겼으며 자세가 구부정해졌다. 후회가 인간의 형상으로 나타난다면 바로 라일과 똑같을 것 같았다.

그는 다시 내 배를 보더니 천천히 한 걸음 다가왔다. 잠시 후 한 걸음 더. 그는 조심스러웠고 응당 그래야 했다. 그는 쭈뼛거리며 손을 뻗더니 나를 만져도 되는지 허락을 구했다. 나는 살짝 고개를 끄덕였다.

그는 한 걸음 더 다가와 내 배에 차분하게 손바닥을 갖다 댔다.

셔츠를 통해 손의 온기가 느껴지자 나는 눈을 감았다. 마음속에 그를 향한 분노가 자라나 있었지만 그렇다고 다른 감정이 사라졌다는 뜻은 아니었다. 그 사람에게 상처받았다고 해서 갑자기 그를 사랑하지 않을 수는 없다. 그렇기에 가장 큰 상처를 주는 것은 그 사람의 행동이 아니다. 사랑이다. 그 행동 때문에 사랑을 느끼지 못하게 된다면 고통을 견디기가 훨씬 쉬울 것이다.

그가 배에 대고 있던 손을 움직이자 나는 눈을 떴다. 그는 지금 벌어지는 일을 이해할 수 없다는 듯이 고개를 저었다. 나는 내 앞에 천천히 무릎 꿇는 그를 지켜보았다.

그는 내 허리를 안고 배에 입술을 댄 다음 이마를 댔다.

이 순간 내가 그에게 느낀 감정은 설명하기 힘들었다. 모든 엄마들이 아기를 위해 바라듯이, 남편이 배 속의 아기를 이미 사랑하는 모습을 보는 건 아름다운 일이다. 그동안 이걸 누구와도 나누지 못한다는 것이 힘들었다. 라일이 아무리 미울지라도 이걸 **그와** 나눌 수 없다는 것이 힘들었다. 나는 나를 끌어안은 그의 머리카락에 손을 갖다 댔다. 그날 밤에 해야 했겠지만, 아직 그에게 소리치고 경찰에 신고하고 싶은 마음이 남아 있었다. 하지만 형을 품에 안고 죽음을 지켜본 소년을 가엾어하는 마음도 있었다. 또 한편으로는 애당초 라일을 만나지 않았더라면 좋았겠다고 바라는 마음도 있었다.

416

그리고 내가 그를 용서하기를 바라는 마음도 있었다.

라일은 허리를 안고 있던 손을 풀고 옆쪽 매트리스를 짚었다. 그리고 몸을 일으켜 침대에 앉았다. 무릎에 팔꿈치를 올려놓고 두 손으로 입을 틀어막은 채.

나는 그의 옆에 앉았다. 이 이야기를 해야 한다는 건 알지만 하고 싶지 않았다. "서로 벌거벗은 진실을 말할까?"

그는 고개를 끄덕였다.

우리 둘 중 누가 먼저 말하는 게 맞는지 몰랐다. 하지만 지금 나는 그에게 할 말이 별로 없었기 때문에 그가 먼저 말을 꺼내기를 기다렸다.

"릴리, 어디에서부터 시작해야 할지 모르겠어." 그는 손으로 얼굴을 문질렀다.

"'**당신을 때려서 미안해**'부터 시작하는 게 어때?"

그는 진심으로 미안한 듯이 눈을 크게 뜨고 내 눈을 보았다. "릴리, 당신은 모를 거야. 정말 미안해. 당신에게 그런 짓을 해놓고 내가 지난 두 달 동안 어떻게 지냈는지 당신은 모를 거야."

나는 이를 악물었다. 나도 모르게 옆에 있던 담요를 움켜쥐며 주먹을 쥐었다.

어떻게 지냈는지 모를 거라고?

나는 천천히 고개를 저었다. "라일, 당신이야말로 모를 거야." 나는 분노와 증오가 흘러넘쳐 자리에서 일어났다. 그리고 돌아서서 그에게 손가락질했다. "**당신은** 몰라! 당신이 만든 이 상황을 겪어내는 게 어떤 건지 모른다고! 사랑하는 남자의 손에 목숨을 잃을까 두려워하는 게, 그 사람이 한 짓을 생각만 해도 몸이 아픈 게, 그런 게 어떤 건지 라일 당신은 모른다고! **아무것도 몰라! 빌어먹을!** 나한테 이런 짓을 하다니, ***꺼져버려!***"

나는 이런 자신에게 놀라서 숨을 크게 들이마셨다. 분노가 파도처럼 밀려왔다. 나는 그를 볼 수 없어, 돌아서서 눈물을 닦았다.

"릴리. 난 그런 게 아니⋯⋯."

"닥쳐!" 나는 다시 돌아서서 소리 질렀다. "내 얘기 안 끝났어! 내가 진실을 다 말하기 전까지 말하지 마!"

라일은 턱을 움켜쥐며 스트레스를 억누르고 있었다. 그는 내 분노한 모습을 차마 마주 보지 못하고 바닥을 보고 있었다. 나는 그에게 세 걸음 다가가 바닥에 무릎을 대고 앉았다. 그리고 양손으로 그의 다리를 짚고 내 눈을 똑바로 보게 한 다음 말했다.

"그래. 어릴 때 아틀라스에게 받은 자석을 계속 가지고 있었어. 그래, 일기장도 가지고 있었고. 그리고 당신에게 문신 얘기를 하지 않았어. 했어야 했는데. 그리고 맞아. 아직도 그를 사랑해. 죽을 때까지 사랑할 거야. 내 인생에 너무 큰 부분이었으니까. 알아. 당신이 상처받는다는 거. 하지만 그 어떤 것도 당신이 내게 한 짓을 정당화할 순 없어. 당신이 그와 내가 한 침대에 있는 걸 잡아냈다고 해도 내게 손댈 권리는 없다고, 이 빌어먹을 개자식아!"

나는 그의 다리를 밀며 벌떡 일어났다. "이제 당신 차례야!" 내가 외쳤다.

나는 계속 방 안을 서성댔다. 심장이 튀어나올 듯이 격렬하게 뛰었다. 차라리 심장을 꺼내고 싶었다. 할 수만 있다면 이 빌어먹을 것을 당장 자유롭게 해주고 싶었다.

몇 분이 지났지만 나는 계속 서성대고 있었다. 라일의 침묵과 나의 분노가 만나 고통이 되었다.

나는 우느라 진이 빠졌다. 뭔가를 느끼는 데 지쳤다. 나는 절망적으로 침대에 쓰러져 베개에 얼굴을 묻고 울었다. 얼마나 세게 얼굴을 눌렀는지 숨쉬기가 힘들 정도였다.

라일이 내 옆에 눕는 느낌이 들었다. 그는 내 뒤통수를 다정하게 쓰다듬으며 자신이 안겨준 고통을 달래려고 했다. 나는 계속 베개에 얼굴을 묻은 채 눈을 감았다. 그가 내 머리에 가만히 머리를 기대는 느낌이 들었다.

"내가 말하고 싶은 진실은 정말 할 말이 없다는 거야." 그가 나지막이 말했다. "당신에게 한 짓을 돌이킬 수는 없겠지. 다시는 안 그러겠다고 약속해도 믿지 않을 테고." 그는 내 머리에 입 맞췄다. "릴리, 당신은 내 전부야. **소중한 내 모든 것.** 그날 이 침대에서 잠들었다가 깼는데 당신이 없더라고. 그때 알았어. 당신이 돌아오지 않으리란 걸. 내가 여기 온 건, 정말이지 너무 미안하다고 말하려고 온 거야. 미네소타주에서 받은 제안을 수락하겠다고 말하러 온 거야. 작별 인사를 하려고. 하지만 릴리……." 그는 다시 내 머리에 입 맞추더니 숨을 깊이 들이마셨다. "릴리, 이제는 그렇게 못하겠어. 당신이 내 일부를 품고 있잖아. 그리고 난 이미 평생 사랑한 그 어떤 존재보다 이 아기를 더 사랑하게 됐어." 그는 갈라지는 목소리로 나를 힘주어 잡았다. "릴리, 이걸 내게서 가져가지 말아줘. **부탁이야.**"

그의 목소리에서 전해지는 고통이 내 안에 물결처럼 번졌다. 내가 눈물이 범벅된 얼굴을 들어 바라보자 그는 내 입술에 간절하게 입 맞추고 물러났다. "부탁이야, 릴리. 사랑해. 날 **도와줘.**"

그는 다시 내게 짧게 입 맞췄다. 내가 밀어내지 않자 세 번째로 입 맞췄다.

그리고 네 번째로.

다섯 번째로 다가온 그의 입술은 물러가지 않았다.

그는 나를 안고 끌어당겼다. 내 몸은 지치고 힘이 없었지만 그를 기억하고 있었다. 그의 몸이 내 모든 감정을 어떻게 달래주는지 기억하고 있었다. 그의 몸이 지난 두 달 동안 그토록 원하던 다정함을 어떻게 전해주는지 기억하고 있었다.

"사랑해." 그가 내 입술에 대고 속삭였다. 그의 혀가 내 혀를 부드럽게 스치자 정말 잘못됐다는 생각과 함께 너무 좋기도 했고 고통스럽기도 했다. 어느새 나는 똑바로 누워 있었고 라일은 내 위로 올라오고 있었다. 그의 손길은 내가 원하는 전부이자 원해서는 안 되는 전부였다.

그가 내 머리카락을 감싼 순간, 나는 그날 밤으로 돌아갔다.

나는 주방에 있었고 그가 내 머리카락을 너무 세게 당겨서 아팠다.

그가 얼굴에 흘러내린 머리카락을 넘겨준 순간, 나는 그날 밤으로 돌아갔다.

나는 문간에 서 있었고 그는 내 어깨를 어루만지다가 나를 힘껏 물었다.

그가 가만히 나와 이마를 맞댄 순간, 나는 그날 밤으로 돌아갔다. **바로 지금처럼 이 침대에 누워 있을 때 그가 내 이마를 세게 들이받아서 여섯 바늘을 꿰매야 했다.**

내 몸은 그에게 더 이상 반응하지 않게 되었다. 분노가 나를 휘감았다. 내 몸이 굳는 것을 느낀 그가 키스를 멈췄다.

그가 입술을 떼고 내려다보았을 때 나는 굳이 말할 필요조차 없었다. 마주친 눈빛은 입으로 전하는 것보다 더 벌거벗은 진실을 말하고 있었으니까. 내 눈빛은 더 이상 그의 손길을 견딜 수 없다고 말하고 있었다. 그의 눈빛은 이미 알고 있다고 말하고 있었다.

라일은 천천히 고개를 끄덕이기 시작했다.

그는 내게서 내려가 물러나더니 침대 끄트머리로 가서 등을 돌렸다. 그리고 천천히 일어서는 동안에도 계속 고개를 끄덕이고 있었다. 오늘 밤에는 용서받을 수 없다는 걸 잘 알고 있다는 듯이. 그는 침실 문으로 향했다.

"잠깐만." 내가 말했다.

그는 문간에서 몸을 반쯤 돌려 나를 보았다.

나는 턱을 치켜들고 이제 끝이라는 표정으로 그를 보았다. "라일, 이 아이가 당신 아이가 아니기를 바랐어. 이 아이가 당신의 일부가 아니기를 진심으로 바랐다고."

그의 세계가 더 무너질 수 없다고 생각했는데 내가 틀렸다.

라일은 침실 밖으로 나갔고 나는 베개에 얼굴을 묻었다. 내게 상처 준 만큼 그에게 상처 줄 수 있다면 분이 풀릴 거라고 생각했다.

하지만 그렇지 않았다.

나는 복수심에 불타 비열해진 기분이었다.

나는 아버지가 된 기분이었다.

$$31$$

✉ 엄마: 보고 싶구나. 언제 보러 갈까?

나는 문자 메시지를 물끄러미 보았다. 라일이 임신 사실을 알게 된 지 이틀이 지났다. 이제 엄마에게 말해야 할 때가 왔다. 엄마에게 임신했다고 말하는 건 긴장되지 않았다. 딱 하나 겁나는 건 엄마에게 라일과의 지금 상황을 이야기하는 것이었다.

✉ 나: 저도 보고 싶어요. 내일 오후에 갈게요. 라자냐 만들어주실래요?

엄마에게 문자를 보내자마자 다른 문자 메시지가 도착했다.

✉ 앨리사: 오늘 올라와서 저녁 같이 먹어요. 피자 만들어 먹으려고요.

며칠 동안 앨리사의 집에 가지 못했다. 라일이 집에 다녀간 날이 마지막이었다. 라일이 어디에서 지내는지는 모르지만 앨리사 집일 것 같았다. 지금은 그와 한집에 있기가 정말 싫었다.

✉ 나: 다른 사람은 누가 있죠?
✉ 앨리사: 릴리…… 난 당신에게 그런 짓 안 해요. 오빠는 내일 아침 8시까지 근무예요. 우리 셋만 있을 거예요.

앨리사는 나를 너무 잘 알았다. 나는 그에게 퇴근하는 대로 곧장 가겠다고 문자를 보냈다.

"이 정도 월령의 아기들은 뭘 먹어요?"
우리는 다 같이 식탁에 둘러앉았다. 내가 갔을 때 라일리는 자고 있었지만 안아보려고 깨웠다. 앨리사는 언짢아하지 않았다. 오히려 라일리가 잘 시간에 말똥말똥 깨어 있는 게 싫다고 했다.
"모유를 먹죠." 마셜이 피자를 한가득 물고 말했다. "하지만 가끔은 내 탄산음료를 손가락으로 찍어서 입에 넣어줘요. 맛보라고요."
"마셜!" 앨리사가 외쳤다. "농담이겠지."
"당연히 농담이지." 그가 말했다. 하지만 나는 그의 말이 정말 농담인지 구별이 안 됐다.

"이유식은 언제 시작해요?" 내가 물었다. 출산 전에 이런 것들을 알아둬야 할 것 같았다.

"4개월 무렵부터요." 앨리사가 하품하며 말했다. 그는 포크를 내려놓고 눈을 비비며 의자에 기댔다.

"두 사람 푹 자게 오늘 밤에는 내가 라일리를 데리고 잘까요?"

앨리사가 대답했다. "아니, 괜찮아요." 그와 동시에 마셜은 이렇게 대답했다. "정말 좋은데요."

나는 웃음을 터뜨렸다. "정말요. 난 바로 아래층에 살잖아요. 내일 쉬는 날이라서 혹시 오늘 밤에 못 자더라도 내일 잘 수 있고요."

앨리사는 잠시 생각에 잠겼다. "혹시 필요할지 모르니 전화기는 켜놓고 잘게요."

나는 라일리를 보며 빙긋 웃었다. "들었지? 오늘은 릴리 외숙모랑 자는 거야!"

앨리사가 기저귀 가방에 챙겨준 것만 보면 내가 라일리를 데리고 전국 일주라도 가는 것 같았다. "배고프면 라일리가 알려줄 거예요. 분유 탈 때 전자레인지는 쓰지 말고……."

"나도 알아요." 내가 끼어들었다. "라일리가 태어나고 분유를 50번은 타봤을걸요."

앨리사는 고개를 끄덕이더니 침대로 다가와서 기저귀 가방을 내 옆에 내려놓았다. 마셜은 거실에서 마지막으로 라일리에게 분유를 먹이고 있었다. 기다리는 동안 앨리사는 한 손으로 머리를 받치고 내 옆에 비스듬히 누웠다.

"지금 이 상황이 무슨 의미인지 알아요?" 앨리사가 물었다.

"아니요. 뭔데요?"

"오늘 밤에 섹스하게 될 거란 뜻이죠. 넉 달이나 됐다고요."

나는 코를 찡긋했다. "그건 내가 몰라도 될 것 같은데요."

앨리사는 웃으며 베개를 베고 누웠다. 하지만 잠시 후에 벌떡 일어나 앉았다. "젠장. 다리 제모를 했어야 했는데. 제모한 지도 넉 달이 지난 것 같아요."

나는 웃다가 놀라서 헉 소리를 냈다. 손이 재빨리 배로 갔다. "세상에! 방금 뭔가 느꼈어요!"

"정말요?" 앨리사는 내 배에 손을 댔고 우리는 5분 동안 말없이 다시 그 느낌이 들기를 기다렸다. 다시 느낌이 났지만 너무 약해서 알아차리기가 힘들었다. 나는 그 느낌이 들자마자 다시 웃었다.

"난 아무것도 못 느꼈어요." 앨리사가 입술을 삐죽 내밀며 말했다. "겉에서도 느끼려면 아직 몇 주는 더 있어야 할 것 같아요. 태동 처음 느꼈어요?"

"네. 사상 최고의 게으름뱅이 아기를 품고 있는 게 아닐까 걱정했어요." 나는 다시 태동을 느끼기를 바라며 손을 계속 배에 대고 있었다. 우리는 잠시 말없이 앉아 있었고 나는 내 상황이 지금과 달랐으면 얼마나 좋았을까 하는 생각을 할 수밖에 없었다. 이 자리에 라일이 있어야 했다. 옆에 앉아서 내 배에 손을 대고 있는 사람은 라일이어야 했다. 앨리사가 아니라.

이런 생각이 들자 조금 전까지 느꼈던 기쁨이 모두 사라질 것 같았다. 앨리사는 나의 이런 감정을 눈치챘는지 내 손을 꼭 잡았다. 내가 바라보자 그는 진지한 표정이었다.

"릴리. 그동안 하고 싶었던 말이 있어요."

아, 이런. 그의 목소리가 마음에 들지 않았다.

"뭔데요?"

앨리사는 한숨을 쉬더니 쓴웃음을 지었다. "오빠도 없이 임신 시기를 보내느라 슬프다는 거 알아요. 하지만 오빠가 얼마나 참여하는지와 상관없이 이 시기가 살면서 경험할 수 있는 최고의 시기라는 걸 알려주고 싶었어요. 릴리, 당신은 좋은 엄마가 될 거예요. 이 아기는 **정말** 운이 좋아요."

나는 지금 이곳에 앨리사밖에 없어서 다행이라고 생각했다. 그의 말에 감정 기복이 심한 사춘기 소녀처럼 웃다가 울면서 콧물을 흘렸기 때문이다. 나는 그를 안고 고맙다고 했다. 그의 말에 아까 느꼈던 기쁨이 되살아나다니 놀라웠다.

앨리사는 미소 지으며 말했다. "이제 우리 아기를 여기에서 데리고 나가줘요. 그래야 내가 더럽게 돈 많은 남편이랑 섹스할 수 있으니까요."

나는 침대에서 내려와 일어섰다. "당신은 정말이지 상황을 가볍게 만드는 재주가 있다니까요. 대단한 장점이에요."

앨리사는 미소 지었다. "그게 지금 내 역할이잖아요. 이제 가자고요."

32

지난 몇 달 동안 그 모든 일을 비밀로 간직하면서 가장 슬펐던 것은, 엄마에게 전부 다 비밀로 해야 한다는 것이었다. 엄마가 이걸 어떻게 받아들일지 몰랐다. 내가 임신했다는 사실에는 들뜬 반응을 보이리라는 걸 알았지만 라일과 헤어지는 문제는 어떻게 생각할지 알 수 없었다. 엄마는 라일을 좋아했다. 그리고 지난날 엄마가 이런 상황에서 보였던 반응을 생각해봤을 때, 엄마는 라일의 행동을 아주 쉽게 봐주고 나에게 그를 받아주라고 설득할 것 같았다. 솔직히 이런 이유 때문에 엄마에게 말하는 걸 미룬 것도 있었다. 나는 혹시라도 엄마가 설득에 성공할까 봐 겁났다.

나는 대체로 확고부동했다. 라일을 용서한다는 생각 자체가 터무니없이 여겨질 정도로 그에게 화난 시간들이 대부분이었다. 하지만

가끔은 숨 쉬기 힘들 정도로 그가 그리웠다. 그와 함께한 즐거운 순
간들이 그리웠다. 그와 사랑을 나누던 게 그리웠다. 그를 그리워하
던 내가 그리웠다. 그는 일을 워낙 많이 했기 때문에 밤에 그가 현관
문으로 들어오면 나는 달려가서 안기곤 했다. 그가 너무 그리웠으
니까. 내가 그렇게 했을 때 정말 좋아하던 그의 모습조차 그리웠다.

　마음이 약해지는 날이면 엄마가 내 상황을 전부 알았으면 좋겠다
고 생각했다. 가끔은 그냥 엄마 집으로 가서 엄마와 함께 소파에 웅
크리고 있고 싶었다. 그러면 엄마는 내 머리카락을 넘겨주면서 다
괜찮을 거라고 말해줄 텐데. 다 큰 여자라도 때로는 엄마의 위로가
필요했다. 그래야 항상 강해야 한다는 생각에서 벗어나 쉴 수 있으
니까.

　나는 엄마 집 차고 진입로에 주차한 다음, 5분 정도 차에 앉아 있
으면서 마음을 다잡고 집으로 들어갔다. 엄마의 마음까지 아프게
할 걸 알기 때문에 이렇게 해야 한다는 게 정말 싫었다. 엄마가 슬퍼
하는 것도 싫었고, 내가 아버지 같은 남자와 결혼했다는 말을 듣고
엄마가 속상해하는 것도 너무 싫었다.

　현관문을 열고 들어갔을 때 엄마는 주방에서 라자냐를 만들고 있
었다. 나는 겉옷을 곧바로 벗지 않았는데, 그럴 만한 이유가 있었다.
임신복을 입고 있지는 않았지만 재킷을 벗으면 감춰지지 않을 정도
로 배가 나왔기 때문이다. 특히 엄마에게는 감추기가 더 힘들었다.

　"왔니, 우리 딸!" 엄마가 말했다.

　나는 주방으로 가서 라자냐 맨 위에 치즈를 얹는 엄마를 한쪽 팔

로 살짝 안았다. 라자냐를 오븐에 넣은 뒤에 우리는 식탁으로 가서 앉았다. 엄마는 의자에 기대앉아서 차를 한 모금 마셨다.

엄마는 웃고 있었다. 이렇게 행복한 엄마를 보니 말을 꺼내기가 더 싫어졌다.

"릴리." 엄마가 말했다. "너한테 할 말이 있어."

나는 이 상황이 싫었다. **엄마한테** 할 말이 있어서 온 사람은 나였다. 나는 엄마 이야기를 들을 준비가 되어 있지 않았다.

"뭔데요?" 내가 조급하게 물었다.

엄마는 양손으로 찻잔을 잡았다. "만나는 사람이 생겼어."

나는 놀라서 입이 벌어졌다.

"정말요?" 나는 고개를 저으며 물었다. "그것참⋯⋯." 나는 '잘됐다'는 말을 하려다가, 엄마가 아버지와 살 때와 비슷한 상황으로 스스로 들어간 게 아닐까 갑자기 걱정됐다. 엄마는 걱정스러운 표정을 봤는지 내 두 손을 잡았다.

"릴리, 좋은 사람이야. 정말 좋은 사람. 진짜야."

이내 안도감이 밀려왔다. 엄마가 말하는 게 사실이라는 걸 알 수 있었기 때문이다. 엄마의 눈에서 행복이 느껴졌다. "와." 이런 이야기를 전혀 기대하지 못했던 나는 이렇게 말했다. "엄마, 잘됐어요. 저는 언제 만날 수 있어요?"

"너만 좋다면 오늘 저녁에라도." 엄마가 말했다. "같이 식사하자고 초대할 수 있어."

나는 고개를 저었다. "아니요." 내가 속삭였다. "오늘은 별로예요."

엄마는 내가 중요한 얘기를 하러 왔다는 걸 알고 내 손을 꼭 잡았다. 나는 그나마 나은 소식을 먼저 전하기로 했다.

나는 일어서서 재킷을 벗었다. 처음에 엄마는 별생각이 없어 보였다. 엄마는 그저 내가 편하게 있으려고 옷을 벗는 줄 알았다. 하지만 잠시 후 내가 엄마의 손을 가져다가 내 배에 댔다. "엄마, 할머니가 될 거예요."

엄마는 눈이 휘둥그레지며 너무 놀라서 말문이 막힌 듯했다. 그러다가 잠시 후 눈물이 그렁그렁해졌다. 엄마는 벌떡 일어나서 나를 끌어안았다. "릴리! 이런 세상에!" 엄마는 환하게 웃으며 물러났다. "이렇게 빨리! 아기 가지려고 노력한 거야? 결혼한 지 얼마 되지도 않았잖니."

나는 고개를 저었다. "아니요. 저도 정말 놀랐어요. 정말로요."

엄마는 웃으며 나를 한 번 더 안았다. 그리고 우리는 다시 자리에 앉았다. 나는 계속 미소 지으려 했지만 마냥 행복해하는 예비 엄마의 미소가 아니었다. 엄마는 이를 단박에 알아차리고 한 손으로 입을 막았다. "얘야." 엄마가 속삭였다. "무슨 일이니?"

이 순간이 오기 전까지 나는 강한 사람이 되려고 필사적으로 노력했다. 다른 사람들과 함께 있을 때는 나 자신을 너무 딱하게 여기지 않으려고 필사적으로 노력했다. 하지만 이렇게 엄마와 함께 앉아 있자니 나는 약한 사람이 되고 싶어졌다. 잠시나마 다 포기하고 싶었다. 엄마가 날 안아주면서 다 괜찮을 거라고 말해주기를 바랐다. 그리고 엄마 품에 안겨서 우는 15분 동안 바로 내가 원하던 일들이 이루어졌다. 나는 날 위한 싸움을 멈추었다. 날 위해 대신 싸워줄 사람이 있었으니까.

엄마에게 라일과 나 사이의 일을 시시콜콜 털어놓지는 않았지만 중요한 일들은 다 얘기했다. 라일이 한 번 이상 나를 때렸고, 나는 뭘 어떻게 해야 할지 모르겠다고. 내가 잘못된 결정을 내릴까 봐 무섭다고. 내가 마음이 너무 약해서 라일을 경찰에 신고하지 못한 게 아닐까 겁난다고. 내가 너무 예민해서 과민 반응하는 걸 스스로 깨닫지 못하는 게 아닐까 걱정된다고. 사실, 그동안 용기가 없어서 스스로 온전히 인정하지 못했던 것까지 모두 털어놓았다.

엄마는 주방에서 냅킨을 가지고 다시 식탁으로 왔다. 우리 둘 다 눈물을 닦고 나자 엄마는 양손으로 냅킨을 구기더니 동그랗게 굴리며 멍하니 바라보았다.

"라일이 돌아오기를 원하니?"

나는 그렇다고 말하지 않았다. 하지만 아니라고 말하지도 않았다.

그 일이 있은 뒤로 나는 처음으로 완전히 솔직해졌다. 엄마와 나에게 솔직해졌다. 내가 아는 사람 중 이런 일을 경험한 사람이 엄마뿐이라서 그랬는지도 몰랐다. 내가 겪은 어마어마한 혼란을 이해해줄 사람이 엄마뿐이라서 그랬는지도 몰랐다.

나는 고개를 저었지만 그와 동시에 어깨를 으쓱했다. "라일을 다시는 믿지 못하겠다는 마음이 가장 커요. 하지만 그와 함께한 시간 때문에 슬퍼하는 마음도 커요. 우린 정말 잘 지냈거든요, 엄마. 라일과 함께한 시간은 인생에서 손꼽히게 좋았어요. 그래서 가끔은 그걸 포기하고 싶지 않다는 마음도 생겨요."

나는 냅킨으로 눈 밑을 훔쳐 눈물을 더 닦아냈다. "가끔은…… 그가 정말 그리울 때면…… 그렇게 끔찍하지는 않았다고 나 자신에게 말하기도 해요. 아주 좋은 모습의 그와 함께 지낼 수 있다면 최악의 모습도 견딜 수 있지 않을까 하면서요."

엄마는 내 손 위에 손을 얹고 엄지손가락으로 쓰다듬었다. "릴리, 네 말이 무슨 뜻인지 잘 알아. 하지만 네 한계를 망각하는 건 정말 싫겠지. 절대 그런 일이 일어나서는 안 돼."

나는 엄마의 말이 무슨 뜻인지 몰랐다. 엄마는 혼란스러워하는 내 표정을 보고는 내 팔을 꼭 잡고 자세히 설명했다.

"사람들에게는 저마다 한계가 있어. 부서지기 전까지 참아낼 수 있는 정도 말이야. 네 아빠랑 결혼했을 때 난 내 한계를 정확히 알았어. 하지만…… 일이 거듭될수록 내 한계가 조금씩 밀려나더구나. 조금씩 더. 처음에 네 아빠가 날 때렸을 때 아빠는 곧바로 미안하다고 했어. 다시는 그러지 않겠다고 맹세했지. 두 번째에는 더 미안해했어. 세 번째에는 그냥 때린 게 아니었어. 두들겨 패더구나. 그런데 나는 매번 그를 다시 받아줬어. 네 번째에는 뺨을 한 대 맞았어. 그런데 안도감이 들었지. '이번에는 두들겨 패지는 않았어. 이 정도면 나쁘지 않아'라고 생각했어."

엄마는 냅킨으로 눈물을 닦으며 말했다. "이런 일이 있을 때마다 한계가 조금씩 밀려나. 곁에 있기로 결정할 때마다 그다음 번에는 떠나는 게 더 힘들어지지. 결국 자기 한계를 완전히 망각하게 돼. '5년을 참았는데. 5년 더 못 참겠어?'라는 생각이 들기 시작하거든."

엄마는 내가 우는 동안 내 손을 꼭 잡아주었다. "릴리, 나처럼 살지 마. 라일이 널 사랑한다고 믿는 거 알아. 실제로 널 사랑한다는 것도 알고. 하지만 옳은 방식으로 사랑하는 건 아니야. 네가 사랑받아 마땅한 방식으로 널 사랑하는 게 아니라고. 라일이 널 정말 사랑한다면, 네게 자기를 다시 받아주지 말라고 할 거야. 스스로 너를 떠나기로 결정할 거야. 그래야 널 다시 다치게 하지 않는다는 걸 아니까. 릴리, 네가 받아야 하는 사랑은 그런 거야."

나는 엄마가 이걸 경험으로 배운 게 아니기를 간절히 바랐다. 나는 엄마를 끌어당겨 안았다.

무슨 이유에서인지는 몰라도, 나는 이곳에 와서 엄마에게 나를 변호해야 한다고 생각했다. 여기 와서 엄마에게 뭔가를 배우리라고는 전혀 생각지 못했다. 그러지 말았어야 했는데. 예전에는 엄마가 나약하다고 생각했는데 사실 엄마는 내가 아는 가장 강한 여자였다.

"엄마?" 내가 몸을 떼며 말했다. "나중에 커서 엄마 같은 사람이 되고 싶어요."

엄마는 웃으면서 내 얼굴에 흘러내린 머리카락을 쓸어주었다. 엄마가 나를 바라보는 눈빛에서 순식간에 우리 둘의 위치가 바뀌었다는 걸 알 수 있었다. 이 순간 엄마는 나 때문에 과거에 느꼈던 그 어떤 고통보다 더 큰 고통을 느끼고 있었다. "너한테 하고 싶은 말이 있어." 엄마가 말했다.

"네가 아빠 추도사를 했던 날 말이야. 릴리, 난 네가 긴장해서 얼어붙은 게 아니란 걸 알고 있었어. 넌 연단에 서서 그 사람에 대한 좋은 말을 한마디도 하지 않았지. 난 널 키우면서 그때가 제일 자랑스러웠단다. 넌 내 삶에서 내 편이 되어준 유일한 존재였어. 내가 겁에 질려 있을 때에도 넌 강했지." 엄마는 이렇게 말하며 눈물을 흘렸다. "릴리, 그런 사람이 되렴. 용기 있고 대담한 사람."

33

"카시트가 세 개나 있는데 이걸 어쩌죠?"

나는 앨리사의 소파에 앉아서 물건을 살펴보고 있었다. 오늘 앨리사는 나를 위해 베이비샤워를 열어주었다. 엄마가 오셨다. 라일의 어머니는 참석하려고 비행기까지 타고 왔지만 시차 적응 때문에 손님방에서 자고 있었다. 꽃집 직원들과 예전 직장 동료들 몇이 왔다. 데빈도 왔다. 지난 몇 주 동안 베이비샤워를 생각하면서 겁냈지만 실제로는 정말 재미있었다.

"그래서 내가 선물 목록을 작성하라고 한 거예요. 그래야 선물이 안 겹치죠." 앨리사가 말했다.

나는 한숨을 쉬었다. "엄마가 주신 건 환불받을 수 있을 것 같아요. 엄마는 이미 뭘 너무 많이 사주셨거든요."

나는 일어나서 선물을 한데 모으기 시작했다. 마셜이 아래층 우리 집으로 선물 옮기는 걸 도와주겠다고 했고 앨리사가 비닐봉투에 선물 넣는 걸 도와주었다. 내가 봉투를 열어 잡고 있으면 앨리사가 바닥에 있는 선물을 모두 넣었다. 이제 나는 임신 30주 차에 접어든지라, 앨리사는 내게 봉투를 잡고 있는 쉬운 일을 하게 했다.

우리는 선물을 모두 봉투에 넣었고 마셜은 아래층 우리 집에 두 번째로 갔다. 나는 앨리사의 집 현관문을 열고 선물이 잔뜩 든 봉투를 엘리베이터로 끌고 가려고 준비했다. 하지만 현관문 맞은편에 서서 나를 보고 있는 라일과 맞닥뜨릴 준비는 되어 있지 않았다. 3개월 전에 싸운 뒤로 말 한마디 하지 않은 우리는 서로 마주치자 똑같이 깜짝 놀랐다.

하지만 이런 식으로 만나게 될 수밖에 없었다. 남편의 여동생이 내 절친한 친구이고 같은 건물에 살기 때문에 언젠가는 우연히 마주칠 수밖에 없었다.

라일은 오늘 베이비샤워를 한다는 걸 알고 있었던 게 틀림없다. 그의 어머니가 비행기까지 타고 왔기 때문이다. 그럼에도 그는 내 뒤에 있는 선물을 보고 약간 놀란 표정이었다. 그 표정을 보자 나는 내가 떠날 때 딱 맞춰서 그가 나타난 것이 우연인지 일부러 맞춘 것인지 궁금해졌다. 그는 내가 잡고 있던 봉투를 내려다보더니 내게서 받아 들었다. "내가 옮길게."

나는 그러도록 놔두었다. 내가 소지품을 챙기는 동안 그는 봉투 두 개를 가지고 내려갔다. 내가 나가려 하고 있을 때 그와 마셜이 함께 들어왔다.

라일은 마지막 봉투를 들고 다시 현관문으로 향했다. 내가 라일을 따라 나갈 때 마셜이 내게 눈빛으로 라일이 같이 내려가도 괜찮겠느냐고 물었다. 나는 고개를 끄덕였다. 라일을 영원히 피할 수는 없었기에 지금이야말로 우리가 앞으로 어떻게 해야 할지 의논하기에 좋은 때였다.

조금만 내려가면 우리 집이었지만 라일과 함께 엘리베이터를 타고 내려가는 시간은 그 어느 때보다 길게 느껴졌다. 그는 내 배를 두어 번 보았는데, 나는 임신한 아내를 3개월 만에 본 기분이 어떨지 궁금했다.

집 현관문이 잠겨 있었기 때문에 나는 문을 열었고, 라일은 나를 따라 들어왔다. 그는 마지막 봉투를 아기방으로 가져갔다. 그가 봉투를 내려놓고 물건을 옮기는 소리가 들렸다. 나는 주방에서 닭을 필요도 없는 걸 계속 닦아댔다. 라일이 집에 있으니 심장이 목구멍에 걸린 듯했다. 지금은 그가 무섭지는 않았다. 그냥 긴장될 뿐이었다. 나는 의견 충돌을 정말 싫어했기 때문에 이런 이야기를 하기 전에 더 준비하고 싶었다. 하지만 아기와 우리의 앞날에 대해 이야기해야 한다는 건 알았다. 하고 싶지 않을 뿐이었다. 어쨌든 아직은.

라일은 아기방에서 나와 복도를 지나 주방으로 왔다. 그리고 내 배를 다시 본 다음 재빠르게 시선을 돌렸다. "내가 있는 동안 아기 침대 조립해줄까?"

나는 싫다고 대답해야 했지만 배 속에서 자라는 아기에게 라일도 절반의 책임이 있었다. 아직까지 그에게 화가 많이 났지만 힘 쓰는 일을 해주겠다고 하니 받아들이기로 했다. "그래, 그럼 도움이 많이 될 것 같아."

라일은 세탁실을 가리켰다. "내 공구함 아직도 저기 있어?"

내가 고개를 끄덕이자 그는 세탁실로 갔다. 나는 냉장고를 열어서 안을 들여다보았다. 주방 쪽으로 걸어오는 그를 보고 싶지 않았기 때문이다. 그가 다시 아기방으로 들어가자 나는 냉장고를 닫고 손잡이를 붙잡은 채 이마를 기댔다. 지금 내 마음에서 벌어지는 모든 일을 이해하려고 애쓰며 숨을 들이마시고 내쉬었다.

라일은 아주 좋아 보였다. 떨어져 지낸 지 오래돼서 그가 얼마나 멋있는지 잊고 있었다. 나는 복도를 뛰어가 그에게 안기고 싶은 충동을 느꼈다. 내 입술로 그의 입술을 느끼고 싶었다. 나를 얼마나 사랑하는지 속삭이는 그의 말을 듣고 싶었다. 수없이 상상했던 것처럼 그가 내 옆에 누워서 내 배에 손을 얹기를 바랐다.

그럼 정말 쉬워질 텐데. 내가 그를 용서하고 받아주기만 하면 지금 당장 내 인생이 훨씬 쉬워질 텐데.

나는 눈을 감고 엄마가 해준 말을 되뇌었다. **'라일이 널 정말 사랑한다면, 네게 자기를 다시 받아주지 말라고 할 거야.'**

복도를 지나 그에게 달려가지 않으려면 이 말을 계속 떠올리는 수밖에 없었다.

라일이 아기방에 있는 한 시간 동안 나는 주방에서 바삐 움직였다. 하지만 방에서 휴대전화 충전기를 가져오려면 결국 아기방을 지나가는 수밖에 없었다. 나는 복도를 지나가다가 아기방 문간에서 걸음을 멈추었다.

아기 침대가 완성되어 있었다. 라일은 침구까지 깔아놓았다. 그는 침대 난간을 붙잡고 서서 빈 침대 안을 물끄러미 바라보았다. 꼼짝도 하지 않고 조용히 있는 모습이 조각상 같았다. 그는 생각에 빠져 내가 문밖에 서 있는 것도 몰랐다. 나는 그가 무슨 생각을 그렇게 할까 궁금했다.

아기 생각을 하는 걸까? 바로 저 침대에서 자게 되겠지만 그와 함께 살 수 없는 아기를?

이 순간이 되기 전까지 나는 그가 아기 인생의 일부가 되고 싶어 하는지조차 확실히 알지 못했다. 하지만 지금 그의 표정을 보면 원하고 있었다. 누군가의 표정에서 이 정도의 슬픔을 느껴본 적은 없었다. 심지어 정면으로 보고 있지도 않은데. 이 순간 그가 느끼는 슬픔은 나와는 아무런 상관이 없고 온전히 아기 생각과 관련되어 있는 것 같았다.

그는 시선을 돌려 문간에 서 있는 나를 보았다. 그러더니 침대에서 손을 떼고 무아지경에서 벗어났다. "다 됐어." 그가 침대를 향해 한 손을 흔들며 말했다. 그는 공구를 상자에 챙겨 넣었다. "여기 있는 동안 다른 도와줄 건 없어?"

나는 침대로 다가가 감탄하며 고개를 저었다. 아들인지 딸인지 모르기 때문에 중성적인 느낌으로 꾸미고 싶었다. 황갈색과 초록색이 섞인 침구 세트에는 곳곳에 식물과 나무 그림이 있었다. 커튼과 잘 어울렸고 조만간 벽에 그리려고 생각해둔 그림과도 잘 어울릴 것 같았다. 가게에서 화분을 몇 개 가져다 놓을 계획도 있었다. 생각해둔 것들이 모두 어우러지는 장면이 눈에 그려지자 나는 미소를 참을 수 없었다. 라일은 모빌도 달아놓았다. 손을 뻗어 모빌을 켜자 브람스의 자장가가 나왔다. 나는 빙글빙글 도는 모빌을 바라보다가 라일을 보았다. 그는 몇 걸음 떨어져서 나를 보고 있었다.

그를 보고 있자니, 사람은 어떤 상황의 바깥에 서 있을 때 정말 쉽게 판단한다는 생각이 들었다. 나는 오랫동안 그렇게 엄마의 상황을 판단했다.

바깥에 있을 때에는, 학대당했을 때 두 번 생각해볼 것도 없이 떠나야 한다고 쉽게 판단한다. 나를 학대한 사람에게 사랑을 느끼는 당사자가 아닌 경우에는, 그를 계속 사랑할 수 없다고 쉽게 이야기한다.

하지만 그 일을 직접 겪으면 나를 학대한 사람을 미워하는 게 쉽지 않다. 그 사람이 하늘의 선물이라고 생각하며 지낸 시간이 더 길었으니까.

라일의 눈에 희망이 약간 깃들었고 나는 잠시 벽을 낮춘 걸 들킨 게 싫었다. 그는 천천히 내게 다가왔다. 나를 안으려고 그러는 걸 알았기 때문에 나는 재빨리 물러섰다.

그리고 그렇게 우리 사이의 벽은 다시 높아졌다.

그를 이 집 안에 들인 것만으로도 내게는 엄청난 진전이었다. 라일은 이걸 알아야 했다.

그는 거부당했다는 감정을 감추려고 냉정한 표정을 지었다. 그리고 옆구리에 공구함을 끼고 아기 침대가 들어 있던 상자를 집어 들었다. 상자 안에는 침대를 개봉하고 조립하면서 나온 쓰레기가 모두 담겨 있었다. "이건 쓰레기장에 내놓을게." 그가 문으로 향하며 말했다. "내가 도와줄 일 있으면 알려줘. 알겠지?"

나는 고개를 끄덕이며 나도 모르게 중얼거렸다. "고마워."

현관문 닫히는 소리가 들리자 나는 다시 아기 침대를 보았다. 눈물이 그렁그렁했는데 이번에는 나 때문에 흘리는 눈물이 아니었다. 아기 때문도 아니었다.

라일 때문에 흘리는 눈물이었다. 그가 이 상황을 자초했지만 지금 얼마나 슬플지 알기 때문이었다. 누군가를 사랑하면 그 사람이 슬퍼하는 걸 보고 나도 슬퍼하게 된다.

우리 둘 다 이혼이나 재결합 이야기는 꺼내지 않았다. 10주 뒤에 아기가 태어나면 어떻게 할지도 이야기하지 않았다.

나는 아직 그런 대화를 할 준비가 되지 않았고 지금 라일이 내게 해줄 수 있는 최소한의 일은 인내심을 보여주는 것이었다.

그가 그동안 내게 보여주지 못해 빚으로 남은, 바로 그 인내심이었다.

34

나는 붓에 묻은 페인트를 헹군 다음 아기방으로 돌아가서 벽화를
보며 감탄했다. 어제 온종일과 오늘 하루를 꼬박 투자해서 벽화를
그렸다.

라일이 와서 아기 침대를 조립한 지 2주가 지났다. 이제 벽화를
완성했으니 가게에서 화분만 몇 개 가져오면 아기방은 완성인 듯했
다. 방을 둘러보던 나는 같이 감탄해줄 사람이 없다는 사실에 약간
슬퍼졌다. 그래서 휴대전화를 집어 들고 앨리사에게 문자 메시지를
보냈다.

✉ 나: 벽화가 완성됐어요! 내려와서 봐요.

✉ 앨리사: 지금 밖이에요. 자잘한 일들 좀 처리하느라. 내일 가서 볼게요.

나는 얼굴을 찡그리며 엄마에게 문자를 보냈다. 엄마는 내일 출근해야 하지만 완성된 벽화를 보고 싶어서 나만큼이나 들떠 있을 것 같았다.

> ✉ 나: 오늘 집에 안 오실래요? 드디어 아기방을 다 꾸몄어요.
>
> ✉ 엄마: 안 돼. 저녁에 학교 연주회가 있어서 늦게 퇴근해. 빨리 보고 싶다! 내일 들를게!

나는 흔들의자에 앉았고 그러면 안 된다는 걸 알면서도 일을 저지르고 말았다.

> ✉ 나: 아기방이 완성됐어. 와서 볼래?

'전송' 버튼을 누르자마자 온몸의 신경이 활발해졌다. 나는 답장이 올 때까지 휴대전화를 보고 있었다.

> ✉ 라일: 당연히 가야지. 바로 내려갈게.

나는 답장을 읽자마자 벌떡 일어나서 마지막 정리 정돈을 시작했다. 2인용 안락의자의 쿠션을 털어 부풀리고 벽장식 하나를 똑바로 했다. 현관문에 거의 이르렀을 때 문 두드리는 소리가 들렸다. 나는 문을 열었다. **젠장. 라일은 수술복을 입고 있었다.**

내가 비켜서자 그는 안으로 들어왔다.

"앨리사에게 들었는데 벽화를 그렸다면서?"

나는 그를 따라 복도를 지나 아기방으로 갔다.

"완성하는 데 이틀 걸렸어." 내가 말했다. "몸 상태가 마라톤을 뛰고 온 것 같아. 사다리 몇 번 오르내린 것뿐인데."

라일은 어깨 너머로 흘끗 나를 보았는데 그의 표정에서 걱정이 느껴졌다. 그는 내가 여기서 혼자 이걸 했다고 걱정하고 있었다. 하지만 걱정할 필요 없었다. 그림을 얻었으니까.

아기방에 도착하자 그는 문간에 멈춰 섰다. 나는 맞은편 벽에 정원을 그렸다. 정원에서 기를 수 있는 과일과 채소 중 생각나는 걸 거의 다 그려넣었다. 나는 그림을 잘 그리는 편이 아니었지만 프로젝터와 습자지만 있으면 놀라운 결과물을 만들어낼 수 있다.

"와." 라일이 말했다.

그의 놀란 목소리가 진짜라는 걸 알았기에 나는 활짝 웃었다. 그는 방 안으로 들어가 둘러보는 내내 고개를 저었다. "릴리. 이건…… 와."

그가 아니라 앨리사가 있었다면 나는 박수를 치며 팔짝팔짝 뛰었을 것이다. 하지만 지금 여기 있는 사람은 라일이었고 그동안의 우리 사이를 생각하면 그건 좀 어색할 것 같았다.

그는 그네가 달린 창가로 갔다. 그가 그네를 살짝 밀자 좌우로 움직이기 시작했다.

"앞뒤로도 움직여." 내가 말했다. 그가 아기 그네에 대해 좀 아는

지 모르지만 나는 이 그네를 보고 꽤 놀랐다.

그는 기저귀 교환대로 가더니 보관대에서 기저귀를 하나 꺼낸 다음 펼쳐서 들어 올렸다. "정말 작네. 라일리가 이 정도로 작았는지 기억이 안나."

그가 라일리 이야기를 하자 나는 약간 슬퍼졌다. 우리는 라일리가 태어난 날 밤부터 떨어져 지냈기 때문에 그가 라일리와 교감하는 모습을 볼 수 없었다.

라일은 기저귀를 접어서 다시 보관대에 넣었다. 돌아서서 나를 본 그는 양손으로 방을 빙 둘러 가리키며 미소 지었다. "릴리, 정말 훌륭해. 전부 다. 당신 정말이지……." 그는 손을 허리에 얹었고 미소가 차츰 흐려졌다. "정말 잘하고 있어."

나를 둘러싼 공기가 탁해졌다. 이유는 알 수 없었지만 나는 갑자기 숨을 크게 들이마시기가 힘들었고 울고 싶었다. 지금 이 순간이 정말 좋았고, 임신 중의 이런 순간을 온전히 함께하지 못해서 슬펐다. 이 순간을 라일과 함께하는 게 기분 좋았지만 그에게 그릇된 희망을 주는 게 아닐까 겁나기도 했다.

라일이 와서 아기방을 보고 나자 이제 뭘 해야 할지 알 수 없었다. 우리가 의논할 일이 정말 많은 건 분명했지만 어디에서부터 시작해야 할지 몰랐다. 어떻게 시작해야 할지도.

나는 흔들의자로 가서 앉았다. "벌거벗은 진실을 말할까?" 내가 그를 보며 말했다.

라일은 길게 숨을 내쉬더니 고개를 끄덕이고 소파에 앉았다. "부

탁해. 릴리, 이 문제를 이야기할 준비가 됐다고 해줘."

무엇이든 의논할 준비가 되었다고 알리는 그의 반응에 나는 긴장이 약간 누그러졌다. 나는 흔들의자에 앉은 채 배를 끌어안고 몸을 앞으로 숙였다. "당신이 먼저 해."

그는 무릎 사이에서 두 손을 맞잡았다. 그가 너무 진심 어린 눈빛으로 쳐다보는 바람에 나는 시선을 피해야 했다.

"릴리, 당신이 내게 뭘 원하는지 모르겠어. 내가 어떤 역할을 하기를 바라는지 말이야. 난 당신에게 필요하다고 생각하는 만큼 최대한 거리를 두려고 노력 중이지만, 한편으로는 당신이 생각하는 것 이상으로 당신을 도와주고 싶어. 난 우리 아기의 삶에 존재하고 싶어. 당신 남편이 되고 싶고 그 역할을 잘해내고 싶어. 하지만 당신이 무슨 생각을 하는지 도무지 모르겠어."

그의 말에 나는 죄책감을 느꼈다. 과거에 우리 사이에 무슨 일이 있었든 그는 이 아기의 아빠다. 내가 어떻게 생각하든 그에게는 아빠가 될 법적 권리가 있다. 그리고 나는 그가 아빠가 되기를 **원한다**. **좋은** 아빠가 되기를. 하지만 나는 마음 깊은 곳에 가장 큰 두려움을 아직 간직하고 있었다. 이걸 라일에게 이야기해야 했다.

"라일, 당신과 아이 사이를 막지는 않을 거야. 당신이 아이 삶의 일부가 되고 싶어 해서 기뻐. 하지만……."

그는 내 마지막 말에 몸을 숙이고 손에 얼굴을 묻었다.

"당신이 화내는 것과 관련해서 걱정이 전혀 없다면 엄마가 아니겠지. 당신이 자제력을 잃는 거 말이야. 당신이 아기와 단둘이 있는 동안 뭐가 당신을 자극할지 내가 어떻게 알겠어?"

라일의 눈에 엄청난 고통이 밀려들었다. 댐이 터진 것 같았다. 그는 단호하게 고개를 저었다. "릴리, 난 절대……."

"라일, 알아. 당신은 절대 의도적으로 자식을 다치게 하지 않을 거야. 당신이 날 다치게 했을 때에도 의도적이었다고 생각하지는 않아. 하지만 날 다치게 한 건 맞잖아. 그리고 정말이지 난 당신이 절대 그러지 않을 거라고 믿고 싶어. 우리 아버지는 엄마에게만 그랬지. 다른 사람에게는 화조차 내지 않으면서 배우자만 학대하는 남자들이 많아. 심지어 그런 여자들도 많고. 당신 말을 진심으로 믿고 싶지만 내가 왜 망설이는지 이해해야 해. 당신과 아이의 관계를 부정하지는 않을 거야. 하지만 당신이 깨버린 신뢰를 다시 쌓는 동안 정말 인내심을 갖고 나를 대해야 할 거야."

라일은 알겠다는 뜻으로 고개를 끄덕였다. 그가 받아 마땅한 대접에 비해 내가 그 이상을 주고 있다는 걸 알아야 했다. "물론이지." 그가 말했다. "당신 뜻에 따를게. 전부 다. 알겠지?"

그는 다시 손을 맞잡고 초조한 듯 아랫입술을 물어뜯기 시작했다. 할 말이 더 있는데 해야 할지 말아야 할지 고민하는 눈치였다.

"지금처럼 내가 이 문제를 말하고 싶은 기분일 때, 생각하고 있는 거 뭐든 계속 말해봐."

그는 고개를 젖히고 천장을 보았다. 무슨 말을 하려는지 몰라도 힘든 모양이었다. 묻기 힘든 질문이라 그런 건지 내 대답이 두려워서 그런 건지 알 수 없었다.

"그럼 우린?" 그가 속삭였다.

나는 머리를 뒤로 기대고 한숨을 쉬었다. 이걸 물어볼 줄 알았지만 나도 답을 모르는 상태에서 그에게 대답하기란 정말 어려웠다. 우리에게는 이혼과 재결합이라는 두 가지 선택지뿐이지만 나는 둘 다 선택하고 싶지 않았다.

"라일, 당신에게 그릇된 희망을 주고 싶진 않아." 내가 나지막이 말했다. "오늘 결정해야 하는 거라면…… 이혼을 택할 것 같아. 하지만 솔직히 임신 중의 호르몬 과잉 때문에 그런 결정을 하는지, 아니면 내가 정말 원해서 하는지 모르겠어. 아기를 낳기 전에 그걸 결정하는 건 우리 둘 모두에게 불공평한 것 같아."

라일은 떨리는 숨을 내뱉더니 한 손으로 목덜미를 꽉 잡았다. 그리고 일어서서 나를 보았다. "고마워. 날 불러줘서. 이야기도 나눠주고. 2주 전에 여기 다녀간 뒤로 계속 와보고 싶었지만 당신이 어떻게 생각할지 몰랐어."

"당신이 오면 어떤 기분일지 나도 몰랐는걸." 나는 정말 솔직하게 말했다. 흔들의자에서 일어나려 했지만 어찌 된 노릇인지 지난주부터 일어나기가 부쩍 힘들어졌다. 라일이 다가와서 손을 잡고 일으켜주었다. 끙 소리를 내지 않으면 의자에서 일어나지도 못하다니, 출산 예정일까지 어떻게 버틸지 막막했다.

라일은 내가 의자에서 일어났는데도 손을 놓지 않았다. 우리는 아주 조금밖에 떨어져 있지 않았고 지금 그를 올려다보면 감정이 생길 거라는 걸 알았다. 나는 그에게 감정을 느끼고 싶지 않았다. 라일은 내 나머지 한 손을 마저 잡더니 양손을 내리고 깍지를 꼈다. 그 느낌이 내 심장까지 전해졌다. 나는 그의 가슴에 이마를 대고 눈을 감았다. 정수리에 그의 뺨이 느껴졌다. 우리는 그렇게 가만히 서 있었다. 둘 다 너무 두려워서 움직일 수 없었다. 나는 마음이 약해져서 그가 키스하도록 허락할까 봐 두려웠다. 그는 움직이면 내가 몸을 뗄까 봐 두려워했다.

5분은 지났을 법한 시간 동안 둘 다 꼼짝도 하지 않았다.

"라일." 마침내 내가 말문을 열었다. "약속 하나 해줄 수 있어?"

그가 고개를 끄덕이는 게 느껴졌다.

"아기가 태어날 때까지는 나한테 용서해달라는 말을 하지 말아줘. 그리고 내게 키스하려고도 하지 말아줘……." 나는 몸을 떼고 그를 올려다보았다. "한 번에 큰 문제 하나씩만 해결하고 싶어. 그리고 지금 내게 가장 중요한 단 한 가지는 이 아기를 품고 있는 거야. 이미 벌어진 모든 일에 스트레스나 혼란을 더하고 싶지 않아."

라일은 걱정 말라는 듯이 내 두 손을 꼭 잡았다. "삶이 바뀌는 큰 변화는 한 번에 하나씩. 알겠어."

나는 우리가 마침내 이 이야기를 했다는 데 안도하며 미소 지었다. 우리 사이의 문제에 대해 최종적으로 결정을 내린 건 아니지만 서로의 생각을 이해했다는 것만으로도 숨쉬기가 한결 편해진 기분이었다.

라일은 내 손을 놓았다. "교대 시간에 늦었어." 그가 어깨 너머를 엄지손가락으로 가리키며 말했다. "출근해야겠어."

나는 고개를 끄덕이고 그를 배웅했다. 현관문을 닫은 뒤 혼자 남고 나서야 내가 미소 짓고 있다는 사실을 깨달았다.

애당초 우리를 이런 곤경에 몰아넣은 그에게 아직 말도 못 하게 화가 났다. 그렇기에 내가 미소 지은 까닭은 조금이나마 앞으로 나아갔기 때문일 뿐이었다. 때로 부모는 아이에게 가장 좋은 것을 주기 위해 서로의 차이를 극복하고 상황을 성숙하게 받아들여야 하는 법이다.

나와 라일이 하고 있는 것이 바로 그런 것이었다. 우리는 아이가 태어나기 전에 우리가 처한 상황을 헤쳐나가는 법을 배우는 중이다.

35

토스트 냄새가 났다.

나는 침대에서 기지개를 켜며 미소 지었다. 라일은 내가 토스트
를 좋아하는 걸 잘 알았으니까. 나는 일어나려 하지도 않고 잠시 그
대로 누워 있었다. 나를 침대에서 끌어내리려면 남자 셋은 필요할 것
같았다. 결국 나는 숨을 깊이 들이마시고 발을 옆으로 차며 침대에
서 몸을 일으켰다.

먼저 화장실에 갔다. 지금 내가 하는 일이라고는 이게 전부였다.
예정일이 이틀 남았는데 의사는 일주일을 더 기다릴 수도 있다고
했다. 지난주에 출산휴가가 시작되었기 때문에 지금 당장은 이게
내 삶이었다. 화장실에 가고 텔레비전을 보고.

주방으로 가자 라일이 팬을 휘저으며 스크램블드에그를 만들고

있었다. 그는 내 발소리를 듣고 돌아보았다. "잘 잤어?" 그가 말했다. "아기는 아직?"

나는 고개를 젓고 배에 손을 올렸다. "아직. 밤에 화장실에 아홉 번 갔어."

라일은 웃음을 터뜨렸다. "신기록이네." 그는 달걀을 접시에 담고 베이컨과 토스트도 담았다. 그리고 돌아서서 내게 접시를 건네며 머리에 짧게 입을 맞췄다. "난 가야겠다. 늦었어. 전화는 종일 켜놓을게."

나는 아침 식사 접시를 보며 미소 지었다. **좋았어, 먹기도 하는구나. 화장실에 가고 먹고 텔레비전을 보고.**

"고마워." 내가 쾌활하게 말했다. 나는 접시를 들고 소파로 가서 텔레비전을 켰다. 라일은 소지품을 챙기느라 거실을 바삐 오갔다.

"점심시간에 잠깐 와서 괜찮은지 보고 갈게. 오늘 밤에는 늦게까지 일할 것 같아. 앨리사가 저녁을 가져올 수 있댔어."

나는 눈을 치켜떴다. "라일, 난 괜찮다니까. 의사가 잠깐씩 침대에 누워서 쉬랬어. 완전히 늘어져 있는 게 아니라."

라일은 문을 열려다가 뭔가를 잊은 듯이 멈칫했다. 그는 내게 달려와 몸을 숙이더니 배에 입술을 대고 아기에게 말했다. "오늘 나오면 용돈 두 배로 줄게."

그는 아기에게 자주 이야기했다. 2주 전, 마침내 나는 태동을 느껴보라고 할 정도로 그가 편안해졌고 그때 이후로 라일은 가끔 들러서 내 배에 대고 이야기했다. 내게는 별말도 하지 않으면서. 하지만 난 그게 좋았다. 그가 아빠가 된다고 신이 나 있는 게 좋았다.

나는 어젯밤에 라일이 소파에서 덮고 잔 담요를 끌어와서 덮었다. 라일은 내가 진통할 때를 대비해 일주일째 여기에서 지내고 있었다. 처음에는 이 결정이 탐탁지 않았지만 실제로는 도움이 많이 되었다. 나는 여전히 손님방에서 잠을 잤다. 세 번째 침실은 아기방이 되었기 때문에 라일은 안방에서 잘 수 있었다. 하지만 무슨 이유에서인지 그는 소파에서 잠을 잤다. 그 방에서의 기억 때문에 나만큼이나 괴로운 모양이었다. 그래서 우리 둘 다 굳이 그 방에 들어가지 않았다.

지난 몇 주는 정말 좋았다. 육체적인 관계가 전혀 없다는 사실만 빼면 지금 우리 둘 사이는 예전으로 돌아간 것 같았다. 라일은 여전히 일을 많이 했지만 그가 쉬는 날 저녁이면 내가 위층으로 올라가서 넷이 함께 저녁을 먹었다. 물론 단둘이 저녁을 먹지는 않았다. 데이트나 부부 느낌이 나는 건 전부 다 피했다. 나는 여전히 한 번에 한 가지 큰일에만 집중하려 노력했다. 아기를 낳고 호르몬이 정상으로 돌아오기 전까지는 결혼 생활에 대한 결정을 하지 않기로 했다. 임신을 핑계 삼아 불가피한 결정을 미루고 있는 게 분명했다. 하지만 임신부에게 약간의 이기심은 허락되었다.

휴대전화가 울리자 나는 소파에 머리를 박고 신음했다. 휴대전화가 주방에 있었기 때문이다. 여기에서 5미터는 가야 했다.

윽.

소파에서 몸을 일으키려 했지만 아무 일도 일어나지 않았다.

다시 해보았다. 하지만 나는 **여전히 앉아 있었다.**

나는 의자 팔걸이를 잡고 몸을 일으켰다. 세 번째에 마법이 통했다. 하지만 일어나다가 몸에 물을 엎지른 것 같았다. 나는 신음하다가…… 놀라서 숨이 멎었다.

나는 물 잔을 들고 있지 않잖아.

이런 제길.

내려다보니 다리를 타고 물이 흘러내리고 있었다. 주방 조리대에서는 휴대전화가 계속 울렸다. 나는 주방으로 걸어가서, 아니 뒤뚱거리며 가서 전화를 받았다.

"여보세요?"

"나야, 루시! 잠깐 물어볼 게 있어서. 주문한 빨간 장미가 배송 중에 망가졌는데 오늘 리벤버그 씨 장례식이 있잖아. 관에 뿌릴 빨간 장미가 필요하다고 특별히 주문했는데. 대안이 없을까?"

"있어. 브로드웨이의 꽃집에 전화해봐. 나한테 빚진 게 있거든."

"알겠어, 고마워!"

전화를 끊고 라일에게 전화해서 양수가 터졌다고 말하려 했으나 루시의 목소리가 들렸다. "잠깐만!"

나는 전화기를 다시 귀에 갖다 댔다.

"청구서 말인데. 오늘 꽃값을 받을까 아니면 기다렸다가……."

"나중에 받아도 괜찮아."

다시 한번 전화를 끊으려 했지만 루시는 내 이름을 외치더니 다른 질문을 했다.

"루시." 나는 그의 말을 끊고 차분하게 말했다. "나머지는 내일 전화로 얘기하자. 양수가 터진 것 같아서."

잠시 말이 끊겼다. "오. 오! 어서 가!"

전화를 끊자마자 첫 번째 진통의 조짐이 배를 훑고 지나갔다. 인상을 쓰며 라일의 전화번호를 눌렀다. 그는 신호가 가자마자 전화를 받았다.

"집으로 갈까?"

"응."

"아, 이런. 정말? 시작됐어?"

"응."

"릴리!" 그가 흥분하며 말했다. 그리고 잠시 후 전화가 끊어졌다.

나는 잠시 필요한 걸 모두 챙겼다. 출산 가방은 이미 챙겨두었지만 찝찝한 느낌이 들어 욕실로 가서 씻었다. 첫 번째 진통이 있은 지 10분 만에 두 번째 진통이 왔다. 몸을 숙이고 배를 움켜쥐는 바람에 샤워기 물줄기가 등을 때렸다. 두 번째 진통이 사라질 무렵 욕실 문 여는 소리가 들렸다.

"**샤워**를 하고 있어?" 라일이 말했다. "릴리, 당장 나와. 가자!"

"수건이나 줘."

잠시 후 샤워 커튼 너머에서 라일의 손이 나타났다. 나는 수건을 두르고 커튼을 걷었다. 남편 앞에서 몸을 가리다니 기분이 이상했다.

수건은 내 몸에 맞지 않았다. 가슴만 겨우 가릴 뿐 배 위에서 'V'를 뒤집어놓은 모양으로 벌어졌다.

샤워실에서 나가는데 다시 진통이 왔다. 라일은 내 손을 잡고 호흡을 도와준 다음 나를 데리고 침실로 갔다. 나는 차분하게 병원에 입고 갈 깨끗한 옷을 고르면서 그를 흘끗 보았다.

그는 내 배를 보고 있었는데 설명할 수 없는 표정이었다.

나는 그와 눈이 마주치자 하던 일을 멈추었다.

그가 인상을 쓰려는 건지 미소 지으려는 건지 알 수 없는 순간이 스쳐 지나갔다. 그의 표정은 둘 사이의 어느 지점으로 일그러졌고 그는 내 배를 보며 다급하게 숨을 토해냈다. "아름다워." 그가 속삭였다.

진통과 상관없는 아픔이 내 가슴을 뚫고 지나갔다. 그가 옷을 입지 않은 상태의 내 배를 본 게 처음이라는 것을 깨달았다. 그가 자기 아이를 품은 내 모습을 제대로 본 건 처음이었다.

나는 그에게 다가가 손을 잡았다. 그리고 배에 손을 갖다 댔다. 그는 엄지손가락으로 배를 쓰다듬으며 나를 향해 미소 지었다. 아름다운 순간이었다. 우리 사이가 조금 좋아진 순간이기도 했다.

"릴리, 고마워."

그는 온몸으로 고마움을 표현하고 있었다. 내 배를 쓰다듬는 손길과 나를 바라보는 눈빛으로도. 그는 지금 이 순간이나 이전의 순간들에 대해서만 고마움을 표현하는 게 아니었다. 내가 아이와 함께할 수 있도록 허락해준 모든 순간에 고마워하고 있었다.

나는 몸을 숙이며 신음했다. "이런, 젠장!"

그 순간은 끝났다.

라일은 옷을 집어 들어 내게 입혀주었다. 그리고 내가 챙기라고 한 것을 전부 손에 든 다음 나와 함께 엘리베이터로 갔다. 느릿느릿. 반쯤 갔을 때 다시 진통이 왔다.

"앨리사에게 전화해." 주차장에서 나가면서 내가 말했다.

"운전 중이잖아. 병원에 가서 전화할게. 당신 어머니께도 전화하고."

나는 고개를 끄덕였다. 지금 직접 전화할 수도 있을 것 같았지만 먼저 병원에 도착하는 걸 확실히 해두고 싶었다. 아기가 성격이 정말 급한지 차에서 나오고 싶어 하는 것 같았기 때문이다.

우리는 병원에 도착했고 진통 간격은 1분이 채 안 됐다. 의사가 분만실에 들어오고 내가 분만대에 누웠을 때는 자궁 문이 9센티미터 열려 있었다. 누운 지 5분 만에 힘주라는 말을 들었다. 진행이 너무 빨라서 라일이 전화할 틈도 없었다.

힘을 줄 때마다 라일의 손을 꼭 잡았다. 그러다가 어느 순간, 내가 움켜쥔 손이 그가 일하는 데 얼마나 중요한지 떠올랐지만 그는 아무 말도 하지 않았다. 그저 내가 있는 힘껏 손을 움켜쥐도록 놔두었고 나는 바로 그렇게 했다.

"머리가 거의 나왔어요." 의사가 말했다. "몇 번만 더 힘주면 됩니다."

그다음 몇 분은 설명할 수조차 없다. 고통과 거친 호흡과 불안과 순도 100퍼센트의 완전한 희열이 뒤섞여 흐릿했다. 물론 힘주기도. 내가 터져버릴 듯이 엄청나게 힘을 주고 나서 잠시 후 라일의 목소리가 들렸다. "딸이야! 릴리, 우리 딸이야!"

눈을 뜨자 의사가 아기를 들어서 보여주었다. 눈물이 너무 많이 나서 아기의 윤곽만 어렴풋이 보였다. 의사가 아기를 품에 안겨준 그 순간은 단연코 내 인생에서 가장 멋진 순간이었다. 나는 곧바로 아기의 붉은 입술과 뺨과 손가락을 어루만졌다. 라일이 탯줄을 자르자 간호사가 아기를 데려가서 깨끗하게 닦았다. 나는 텅 빈 느낌이었다.

잠시 후 나는 담요에 폭 싸인 딸을 다시 품에 안았다.

딸을 바라보는 것 말고는 아무것도 할 수 없었다.

라일은 침대 위 내 옆에 앉아서 아기 얼굴이 더 잘 보이도록 담요를 턱 밑까지 내렸다. 우리는 아기의 손가락과 발가락 숫자도 세어보았다. 눈을 뜨려고 안간힘을 쓰는 아기의 모습은 세상에서 가장 재미있는 장면이었다. 아기가 하품하자 우리는 미소 지었고 아기와 더욱 사랑에 빠졌다.

마지막 간호사가 병실을 나가고 마침내 우리끼리 남게 되자 라일은 아기를 안아봐도 되는지 물었다. 그는 둘이 같이 침대에 앉기 편하도록 침대 머리 부분을 세웠다. 나는 그에게 아기를 건네고 그의 어깨에 기댔다. 우리는 아기에게 눈을 뗄 수 없었다.

"릴리." 라일이 속삭였다. "벌거벗은 진실을 말해줄까?"

나는 고개를 끄덕였다.

"우리 딸이 마셜과 앨리사 딸보다 훨씬 예뻐."

나는 웃음을 터뜨리며 팔꿈치로 그를 찔렀다.

"농담이야." 그가 속삭였다.

하지만 나는 그의 말이 무슨 뜻인지 정확히 이해했다. 라일리는 정말 예쁜 아기였지만 우리 딸과 견줄 수 있는 아기는 아무도 없을 것이다.

"이름은 뭐라고 지을까?" 그가 물었다. 임신 기간 동안 우리 사이가 원만하지 못했기 때문에 아기 이름을 아직 의논하지 못했다.

"앨리사 이름을 따오고 싶은데." 내가 그를 보며 말했다. "아니면 당신 형 이름은 어때?"

이 제안을 라일이 어떻게 생각할지 몰랐다. 딸 이름을 라일의 형 이름에서 따오면 라일이 조금이나마 치유되지 않을까 하고 혼자 생각했는데, 라일은 그렇게 받아들이지 않을지도 몰랐다.

그는 뜻밖의 대답이라는 듯이 나를 보았다. "에머슨으로 하자고?" 그가 말했다. "여자아이 이름으로 꽤 귀엽긴 하네. 엠마나 에미라고 부르면 되겠다." 그는 뿌듯하게 미소 지으며 딸을 내려다보았다. "정말 완벽해." 그는 고개를 숙여 에머슨의 이마에 입 맞췄다.

잠시 후 나는 딸을 안은 그의 모습을 보려고 어깨에 기대고 있던 고개를 들었다. 라일이 딸과 이렇게 교감하는 모습은 아름다웠다. 라일이 딸을 안 지 얼마 안 된 순간부터 그가 딸을 얼마나 사랑하는지 알 수 있었다. 딸을 보호하기 위해서라면 무엇이든 할 거라는 것도 알 수 있었다. 세상 그 무엇이라도.

나는 이 순간이 되어서야 마침내 그에 대한 결정을 내릴 수 있었다.

우리에 대한 결정을.

우리 가족에게 가장 좋을 결정을.

라일은 여러모로 대단했다. 그는 인정이 많고 늘 상대를 배려했다. 똑똑하고 카리스마가 있었다. 야망이 크기도 했다.

내 아버지에게도 이런 장점이 있었다. 물론 남에게 인정이 많지는 않았지만, 함께 시간을 보내며 아버지가 나를 사랑한다고 느낀 적도 있었다. 아버지는 똑똑하고 카리스마 있었다. 야망도 컸다. 하지만 나는 아버지를 사랑하는 마음보다 미워하는 마음이 훨씬 컸다. 아버지의 최악의 모습을 잠시 본 탓에 장점을 전혀 보지 못했다. 5년 동안 본 최고의 모습이 5분 동안 본 최악의 모습을 만회하지 못했다.

나는 에머슨을 본 다음 라일을 보았다. 딸에게 가장 좋은 것을 주기 위해 내가 무엇을 해야 하는지 알았다. 내 딸이 제 아빠와 좋은 관계를 형성하려면 내가 무엇을 해야 하는지. 이 결정은 나를 위한 것이 아니었다. 라일을 위한 것도 아니었다.

에머슨을 위한 것이었다.

"라일?"

그는 나를 보며 미소 짓고 있었다. 하지만 내 표정을 보자 미소가 사라졌다.

"나 이혼하고 싶어."

그는 눈을 두 번 끔뻑거렸다. 내 말이 고압 전류가 되어 그를 강타한 듯했다. 그는 얼굴을 찡그리고 딸을 내려다보았다. 어깨가 축 처졌다. "릴리." 그가 고개를 저으며 말했다. "제발 이러지 마."

그는 애원하는 목소리로 말했다. 나는 그가 결국에는 내가 받아줄 거라는 희망을 품고 있었던 게 싫었다. 나의 잘못도 일부 있다는 건 알지만, 나는 딸을 처음 품에 안기 전까지는 어떤 결정을 해야 할지 몰랐던 것 같다.

"릴리, 딱 한 번만 더 기회를 줘. **부탁이야.**" 그는 울먹이느라 목소리가 갈라졌다.

내가 최악의 타이밍에 그에게 상처 주고 있다는 걸 잘 알았다. 나는 인생 최고의 순간이어야 할 이때 그의 마음을 아프게 하고 있었다. 하지만 지금 이렇게 하지 않으면, 왜 내가 그를 다시 받아주는 위험을 감수할 수 없는지 영영 설득할 수 없을 것만 같았다.

나는 라일만큼이나 마음이 아팠기 때문에 눈물이 났다. "라일." 내가 조용히 말했다. "당신이라면 어떻게 하겠어? 언젠가 우리 딸이 당신을 보면서 '**아빠, 남자 친구에게 맞았어요**'라고 말한다면, 당신은 뭐라고 하겠어?"

라일은 에머슨을 품에 안고 아기 담요에 얼굴을 묻었다. "그만, 릴리." 그가 애원했다.

나는 침대에 앉아서 허리를 똑바로 폈다. 그리고 에머슨의 등에 손을 얹고 라일이 내 눈을 보게 했다. "우리 딸이 당신에게 와서 '**아빠, 남편이 계단에서 밀었어요. 사고였다고 하더라고요. 난 어떻게 하죠?**'라고 말하면 어쩔 거야?"

라일의 어깨가 떨리기 시작했고 그는 나를 만난 뒤 처음으로 눈물을 줄줄 흘렸다. 딸을 꼭 안은 그의 뺨을 타고 진짜 눈물이 흘러내렸다. 나도 울고 있었지만 계속 말했다. 딸을 위해서.

"만약에……." 내 목소리가 갈라졌다. "만약에 우리 딸이 와서 '**아빠, 남편이 날 성폭행하려 했어요. 그만하라고 애원했는데도 날 강**

제로 제압했어요. 하지만 다시는 안 그러겠다고 맹세했어요. 난 어떻게 해야 하죠, 아빠?'라고 물어본다면?"

라일은 눈물을 하염없이 흘리며 에머슨의 이마에 몇 번이고 입맞췄다.

"라일, 당신은 뭐라고 할 거야? 말해봐. 우리 딸이 마음을 다해 사랑한 남자가 그 애를 다치게 하면 당신은 딸에게 뭐라고 말할 건지 알아야겠어."

라일은 가슴으로 흐느꼈다. 그는 내게 몸을 기울이고 한 팔로 나를 안았다. "그 남자랑 헤어지라고 애원할 거야." 그가 울면서 말했다. 그는 절망에 빠져 내 이마에 입 맞췄고 그의 눈물이 내 뺨에 떨어졌다. 그는 내 귀에 입술을 갖다 대고 아기와 나를 함께 안았다. "딸에게 넌 그보다 더 가치 있는 사람이라고 말할 거야. 그리고 그 남자가 우리 딸을 아무리 사랑한대도 다시 돌아가지 말라고 **애원**할 거야. 우리 딸은 훨씬 더 나은 대접을 받을 자격이 있으니까." 흐느끼며 흘리는 눈물, 슬픔에 잠긴 마음, 산산조각 난 꿈이 한데 뒤엉켰다. 우리는 서로 꼭 안고 있었다. 우리 딸을 함께 안고 있었다. 그리고 이 선택이 아무리 힘들어도 이런 일이 반복되어 우리가 망가지기 전에 그 패턴을 깨야 했다.

라일은 에머슨을 내게 안겨주고 눈물을 닦았다. 일어나서도 계속 울고 있었다. 계속 숨을 가다듬으려 애쓰고 있었다. 15분 사이에 그는 인생의 사랑을 잃었다. 15분 사이에 그는 예쁜 여자아이의 아버지가 되었다.

15분 동안 한 사람에게 이런 일들이 일어날 수 있었다. 그 15분은 한 사람을 완전히 망가뜨릴 수 있었다.

그리고 구원할 수도 있었다.

라일은 복도 쪽을 가리키며 잠시 나가서 마음을 추스르고 오겠다고 알렸다. 문으로 향하는 그의 모습은 내가 본 중 가장 슬펐다. 하지만 언젠가 그가 이 일로 내게 고마워할 거라는 것을 알았다. 내가 딸을 위해 옳은 선택을 했음을 그가 이해할 날이 오리라는 걸 알았다.

그가 나가고 문이 닫히자 나는 에머슨을 내려다보았다. 나는 딸이 꿈꾸는 삶을 줄 수 없다는 걸 잘 알았다. 딸을 사랑하고 양육하는 부모가 함께 사는 가정을 줄 수 없다는 걸. 하지만 딸이 나처럼 사는 건 원치 않았다. 딸이 아빠의 최악의 모습을 보는 건 원치 않았다. 딸아이가 아빠라고 인정하기 싫을 정도로 내게 화내는 라일의 모습을 보는 걸 원치 않았다. 딸이 자라면서 라일과 아무리 좋은 시간을 많이 보내도 뇌리에 깊숙이 박히는 건 최악의 순간들뿐일 것이라는 걸 경험으로 잘 알고 있었기 때문이다.

이런 악순환이 존재하는 이유는, 깨려면 몹시 고통스럽기 때문이다. 익숙한 패턴을 깨려면 천문학적인 고통과 용기가 필요하다. 때로는 제대로 착지할 수 있을지도 모르면서 뛰어내리는 두려움에 직면하는 것보다 익숙한 패턴을 계속 따라가는 게 더 쉬워 보인다.

우리 엄마가 이를 경험했다.

나도 경험했다.

나는 내 딸이 이를 경험하게 하지 않을 것이다.

나는 딸의 이마에 입 맞추고 약속했다. "여기에서 멈춰야 해. 나랑 네가 끝내는 거야. 우리가 끝이야."

에필로그

보일스턴 거리의 인파를 뚫고 교차로에 이르자 나는 유아차 속도를 늦춰 보도 끄트머리에 멈춰 섰다. 유아차 커버를 열고 에미를 내려다보았다. 에미는 발을 버둥대다가 늘 그렇듯 미소 지었다. 정말 행복한 아기였다. 에미의 차분한 에너지는 중독성이 있었다.

"몇 개월이에요?" 어떤 여자가 물었다. 우리와 함께 횡단보도를 건너려고 서 있던 그는 감탄하는 눈빛으로 에머슨을 내려다보았다.

"11개월이에요."

"정말 예쁘네요." 여자가 말했다. "엄마랑 꼭 닮았어요. 특히 입술이 똑같아요."

나는 미소 지었다. "고마워요. 하지만 애 아빠를 못 봐서 하시는 말씀이에요. 눈은 아빠랑 똑같거든요."

신호등이 초록불로 바뀌자 나는 인파를 헤치며 서둘러 길을 건넜다. 벌써 30분이나 늦었고 라일에게서 문자가 두 번이나 왔다. 그는 당근이 주는 기쁨을 아직 경험하지 못했는데, 집이 얼마나 지저분해지는지 오늘 알게 될 것이다. 에머슨 가방에 당근을 잔뜩 챙겼으니까.

에머슨을 낳고 3개월이 지났을 때 나는 라일이 사준 아파트에서 나왔다. 그리고 가게에서 걸어갈 수 있는 거리에 집을 구했는데 아주 좋았다. 라일은 내게 사주었던 아파트로 다시 들어갔다. 하지만 나는 앨리사의 집에 드나들었고 라일이 에머슨과 함께 보내는 날도 있어서, 두 사람의 아파트에 머무는 시간이 내 집에 있는 시간만큼 길었다.

"에미, 거의 다 왔어." 우리는 모퉁이에서 오른쪽으로 돌았다. 너무 급하게 꺾는 바람에 걸어오던 남자가 유아차에 부딪히지 않으려고 길을 비켜 벽에 바싹 붙어야 했다. "미안해요." 나는 이렇게 중얼거리고 고개를 숙인 채 그를 피해서 갔다.

"릴리?"

나는 걸음을 멈추었다.

그리고 천천히 돌아보았다. 내 발가락 끝까지 관통하는 목소리였기 때문이다. 내게 이런 느낌을 준 목소리는 단 둘이었는데 라일의 목소리는 더 이상 그렇게까지 멀리 가지 않았다.

뒤를 돌아보니 그는 햇살에 눈이 부셔서 파란 눈동자를 가늘게 뜨고 있었다. 그는 손을 들어 햇살을 가리며 씩 웃었다. "안녕."

"안녕." 내가 말했다. 미처 날뛰는 뇌가 한숨 고르며 상황을 파악하려 애쓰고 있었다.

그는 유아차를 보더니 손가락으로 가리켰다. "혹시…… 네 아기야?"

고개를 끄덕이자 그는 유아차 앞쪽으로 다가왔다. 그리고 무릎을 굽히고 앉아서 에머슨을 보며 환하게 웃었다. "와. 정말 예쁘다, 릴리. 이름이 뭐야?"

"에머슨. 에미라고 부르기도 해."

그가 에미의 손에 손가락을 하나 넣자 에미는 그의 손가락을 잡고 이리저리 흔들며 발차기를 했다. 그는 감탄하는 눈길로 에미를 잠시 바라보다가 다시 일어섰다.

"좋아 보여." 그가 말했다.

그를 너무 대놓고 쳐다보지 않으려 했지만 힘들었다. 그는 여전히 멋있었는데, 그를 보면서 정말 멋있다는 사실을 애써 부정하지 않은 적은 처음이었다. 그는 내 방에 있던 집 없는 소년과 거리가 멀었다. 하지만…… 어떤 면에서는 여전히 똑같았다.

내 주머니에서 문자 메시지 도착을 알리는 진동이 울렸다. **라일이었다.**

나는 길 아래쪽을 가리켰다. "지금 너무 늦어서. 라일이 30분째 기다리고 있어."

라일이라는 이름을 말하자 아틀라스의 눈에 슬픔이 깃들었지만 그는 숨기려 했다. 그는 고개를 끄덕이고 우리가 지나가도록 천천히 비켜섰다.

"오늘 라일이 에머슨을 만나는 날이거든." 내가 말한 이 다섯 단어
는 길게 대화를 나누는 것보다 더 많은 뜻을 전달했다.

아틀라스의 눈빛에 안도감이 스쳤다. 그는 고개를 끄덕이더니 뒤
쪽을 가리켰다. "그래, 나도 늦었어. 지난달에 보일스턴에 레스토랑
을 새로 열었거든."

"와, 축하해. 조만간 엄마랑 같이 가봐야겠다."

그는 미소 지었다. "꼭 와야 해. 미리 연락 주면 내가 직접 요리해
줄게."

잠시 어색한 침묵이 흘렀고 나는 길 아래를 가리켰다. "우린 이만
가야……."

"어서 가." 아틀라스가 웃으며 말했다.

나는 다시 고개를 끄덕인 다음 고개를 숙이고 가던 길을 갔다. 내
가 왜 이렇게 반응하는지 알 수 없었다. 나는 평범하게 대화 나누는
법을 모르는 사람 같았다. 1미터쯤 가고 나서 어깨 너머를 흘긋 돌
아보았다. 아틀라스는 그 자리에 그대로 있었다. 걸음을 옮기는 나
를 계속 지켜보면서.

모퉁이를 돌자 꽃집 앞에 차를 세워놓고 밖에서 기다리는 라일이
보였다. 우리가 다가가는 걸 본 그의 표정이 밝아졌다. "내 이메일
봤어?" 그는 쪼그리고 앉아서 에머슨의 안전띠를 풀기 시작했다.

"응. 놀이용 안전 울타리 리콜에 대한 거 말하는 거지?"

그는 에머슨을 유아차에서 꺼내며 고개를 끄덕였다. "우리가 산

거 아니었나?"

나는 버튼을 눌러서 유아차를 접은 다음 라일의 차 뒤쪽으로 갔다. "맞아. 하지만 한 달 전에 망가져서 쓰레기장에 버렸어."

라일은 트렁크를 열더니 에머슨의 턱을 쓰다듬었다. "에미, 들었지? 엄마가 널 살렸단다." 에머슨은 라일을 보며 웃더니 그의 손바닥을 때리며 장난쳤다. 그는 에머슨의 이마에 입 맞추고 유아차를 트렁크에 실었다. 나는 트렁크를 닫고 몸을 숙여 에머슨에게 짧게 입 맞췄다.

"에미, 사랑해. 저녁에 만나자."

라일은 뒷좌석 문을 열고 에머슨을 카시트에 앉혔다. 나는 그에게 잘 가라고 인사한 다음 왔던 길을 급히 돌아가려 했다.

"릴리!" 그가 외쳤다. "어디 가는 거야?"

그는 내가 가게로 갈 거라고 생각한 게 틀림없었다. 이미 문 여는 시간이 지났기 때문이다. 가게로 가야 하지만 내 마음속의 찝찝한 느낌이 사라지지 않았다. 이걸 해결해야 했다. 나는 돌아서서 그를 보며 뒷걸음질쳤다. "잊어버린 게 있어! 이따 저녁에 에미 데리러 갈 때 봐!"

라일은 에머슨의 손을 들고 나를 향해 같이 흔들었다. 나는 모퉁이를 돌자마자 전력으로 질주했다. 사람들을 피하면서 뛰다가 몇 사람과 부딪치기도 했고 어떤 여자에게 욕도 들었지만 그의 뒤통수를 보는 순간 그 모든 게 가치 있는 일이 되어버렸다.

"아틀라스!" 나는 큰 소리로 외쳤다. 그가 다른 방향으로 가고 있었기 때문에 나는 계속 사람들을 헤치고 나아갔다. "아틀라스!"

그는 걸음을 멈추었지만 돌아보지 않았다. 자기 귀를 믿고 싶지 않다는 듯이 고개를 갸웃하기만 했다.

"아틀라스!" 다시 외쳤다.

이번에는 그가 돌아보았다. 나라는 걸 알고 돌아보았다. 우리 둘의 눈이 마주쳤고 3초 동안 서로를 바라보았다. 그리고 잠시 후 서로를 향해 걷기 시작했다. 걸음마다 확신에 차 있었다. 우리 사이는 스무 걸음 정도였다.

열 걸음.

다섯 걸음.

한 걸음.

우리 둘 다 마지막 한 걸음을 떼지 않았다.

나는 긴장한 데다가 숨이 차서 헉헉댔다. "에머슨의 미들네임을 깜빡하고 안 알려줬지 뭐야." 나는 손을 허리에 올리고 숨을 내쉬었다. "도리야."

아틀라스는 곧바로 알아듣지는 못했지만, 잠시 후 그의 눈가에 주름이 약간 잡혔다. 그는 웃음을 애써 참는 듯이 입을 씰룩거렸다. "정말 완벽한 이름인데."

나는 고개를 끄덕이며 미소 짓다가 잠시 후 멈추었다.

이제 뭘 해야 할지 알 수 없었다. 그에게 이걸 알려주고 싶었을 뿐인데 말하고 나자 뭘 해야 할지, 무슨 말을 꺼내야 할지 생각나지 않았다.

나는 다시 고개를 끄덕였다. 그런 다음 주위를 둘러보며 엄지손가락으로 어깨 너머를 가리켰다. "그럼…… 난 이만……."

그때 아틀라스가 한 걸음 다가오더니 나를 끌어당겨 꼭 안았다. 그의 팔이 나를 감싸자 나는 눈을 감았다. 그는 내 뒤통수를 한 손으로 받친 채 나를 안고 있었다. 우리는 붐비는 거리와 자동차 경적과 바삐 스쳐 지나가는 사람들에 둘러싸여 그렇게 서 있었다. 그가 내 머리카락에 다정하게 입 맞추자 모든 것이 흐릿해졌다.

"릴리." 그가 나지막이 말했다. "이제 너와 함께해도 될 정도로 내 인생이 괜찮아진 것 같아. 그러니까 너만 준비되면 언제든……."

나는 그의 재킷 자락을 꼭 쥔 채 가슴팍에 얼굴을 파묻고 있었다. 문득 다시 열다섯 살이 된 기분이었다. 그의 말에 내 목과 뺨이 붉어졌다.

하지만 나는 열다섯 살이 아니었다.

책임져야 할 일과 아이가 있는 어른이었다. 10대 같은 감정에 휩싸일 수 없었다. 안심해도 될지 최소한의 확인이 필요했다.

나는 얼굴을 떼고 그를 보았다. "자선단체에 기부해?"

아틀라스는 어리둥절해하며 웃음을 터뜨렸다. "몇 군데 하지. 왜?"

"언젠가 아이가 있었으면 좋겠다고 생각해?"

그는 고개를 끄덕였다. "당연히."

"보스턴을 떠나고 싶어질 것 같아?"

그는 고개를 저었다. "아니. 절대로. 여긴 모든 것이 더 좋은 곳이야. 기억 안 나?"

그의 대답은 내가 원하는 확신을 주었다. 나는 그를 보며 미소 지었다. "좋아. 준비됐어."

아틀라스는 나를 꼭 안았고 나는 웃었다. 그가 내 인생에 들어온 뒤로 온갖 일들이 있었지만 이런 결과를 예상하지는 못했다. 물론 많이 바라기는 했지만 이 순간이 오기 전까지는 그런 일이 일어날지 알 수 없었다.

그의 입술이 내 쇄골의 그곳에 닿자 나는 눈을 감았다. 그가 그곳에 다정하게 입 맞추자 오래전 그가 처음 그곳에 입 맞추었을 때 같은 기분이었다. 그는 내 귀에 입 맞추고 속삭였다. "릴리, 이제 그만 헤엄쳐도 돼. 우린 드디어 해안에 도착했어."

작가의 말

스포일러가 포함되어 있으니 책을 다 읽은 뒤에 이 글을 읽을 것을 추천합니다.

내 생애 최초의 기억은 두 살 반 때의 일이다. 내 방에는 문이 없었고, 가리개 천을 문틀 위쪽에 못으로 박아놓았었다. 나는 아버지가 지르는 소리를 듣고 가리개 천 너머를 빼꼼 내다보았다. 아버지가 텔레비전을 집어 들고 어머니에게 던졌고 어머니가 쓰러졌던 게 기억난다.

어머니는 내가 세 살이 되기 전에 아버지와 이혼했다. 그 기억 이외에 아버지에 대한 기억은 모두 좋았다. 아버지는 어머니에게는 수도 없이 화냈지만 나와 언니에게는 화내는 법이 없었다.

나는 부모님의 결혼 생활이 폭력으로 얼룩졌다는 걸 알았지만 어머니는 이에 대해 한 번도 이야기하지 않았다. 이 이야기를 하려면 아버지에 대해 안 좋은 이야기를 하게 될 텐데, 어머니는 그런 적이 없었다. 어머니는 부부 관계가 부녀 관계에 부담을 주는 걸 원치 않았다. 이런 이유에서, 나는 부부가 파경을 맞이한 상황에 자녀를 끌어들이지 않은 부모님을 매우 존경한다.

한번은 아버지에게 폭력에 관해 물어본 적이 있었다. 아버지는 어머니와의 관계를 아주 솔직하게 말해주었다. 아버지는 결혼 생활을 하는 동안 알코올 중독이었고 어머니를 잘 대해주지 않았다고 처음으로 인정했다. 어머니를 너무 세게 때려서 손가락 관절 두 개를 인공 관절로 바꾸었다는 말까지 했다. 어머니의 머리를 때리다가 부러진 것이었다.

아버지는 어머니를 그렇게 대한 것을 평생 후회했다. 어머니를 때린 것은 인생 최악의 실수였고 나이 들어 죽을 때까지 어머니를 정말 사랑할 것이라고 했다.

나는 어머니가 참아낸 일에 비하면 벌이 너무 가볍다고 생각했다.

이 이야기를 글로 쓰기로 마음먹었을 때 나는 먼저 어머니에게 허락을 구했다. 어머니 같은 여자들을 위해 이 이야기를 쓰고 싶다고 했다. 그리고 어머니 같은 여자들을 제대로 이해하지 못하는 모든 사람들을 위해서도 쓰고 싶었다.

나도 그런 사람들 중 하나였다.

내가 아는 어머니는 나약한 사람이 아니었다. 자신을 수차례 때린 남자를 용서하는 모습을 상상하기 힘들 정도였다. 하지만 이 책을 쓰면서 내가 릴리가 되어보니, 밖에서 보는 것처럼 이분법적으로 생각할 수 있는 문제가 아니라는 것을 금세 깨달았다.

이 책을 쓰는 동안 줄거리를 바꾸고 싶었던 적이 몇 번 있었다. 라일을 그런 사람으로 만들고 싶지 않았다. 앞부분 몇 장을 쓰는 동안 그와 사랑에 빠졌기 때문이다. 릴리가 그와 사랑에 빠졌듯이, 그리고 내 어머니가 아버지와 사랑에 빠졌듯이.

주방에서 벌어진 라일과 릴리의 첫 번째 사건은 내 아버지가 어머니를 처음 때린 상황과 똑같았다. 어머니는 캐서롤을 만들고 있었고 아버지는 술을 마셨다. 아버지는 장갑을 끼지 않고 캐서롤을 꺼냈다. 어머니는 그게 웃겨서 웃었다. 그다음으로 어머니가 기억하는 장면은 아버지에게 너무 세게 맞아서 주방 바닥을 가로질러 밀려간 것이었다.

어머니는 아버지를 한 번은 용서하기로 했다. 아버지가 용서를 구하고 후회하는 게 믿을 만하다고 생각했기 때문이다. 마음이 산산조각 난 채 아버지를 떠나는 것보다 아버지에게 다시 한번 기회를 주는 편이 낫다고 생각할 정도의 믿음이었는지도 모른다.

시간이 지나 두 번째로 발생한 사건은 첫 번째와 비슷했다. 이번에도 아버지는 후회하며 다시는 그러지 않겠다고 약속했다. 그러다가 어느 시점에 결국 어머니는 그 약속이 빈말이라는 걸 알았다. 하지만 어머니에게는 딸이 둘 있었고 떠날 돈이 없었다. 릴리와 달리 어머니에게는 도와주는 사람도 없었다. 당시에는 지역 여성 쉼터도 없었고 정부 지원도 거의 없었다. 아버지를 떠난다는 것은 비 피할 곳도 없이 살게 될 위험을 감수하는 일이었지만, 어머니에게는 그 편이 차라리 나았다.

아버지는 몇 년 전, 내가 스물다섯 살 때 돌아가셨다. 아주 좋은 아버지는 아니었다. 당연히 좋은 남편도 아니었다. 하지만 어머니 덕분에 나는 아버지와 아주 가까운 관계를 유지할 수 있었다. 우리가 반복되는 패턴의 희생양이 되기 전, 어머니가 그 패턴을 깨기 위해 필요한 절차를 밟았기 때문이다. 그건 쉽지 않은 일이었다. 어머니는 내가 세 살이 되기 직전에 아버지를 떠났고 그때 언니는 다섯 살이 되기 전이었다. 우리는 꼬박 2년 동안 콩, 마카로니, 치즈만 먹고 살았다. 어머니는 대학 졸업장도 없이 사실상 아무 도움도 받지 못하고 스스로의 힘으로 두 딸을 키웠다. 하지만 우리를 향한 사랑 때문에 그 두려운 발걸음을 내디딜 힘을 얻었다.

라일과 릴리의 상황을 가정 폭력이라는 테두리에 가둘 생각은 없었다. 라일의 성격이 폭력을 행사하는 많은 사람의 성격을 규정하도록 할 의도도 없었다. 모든 상황은 저마다 다르다. 결과도 모두 다르다. 나는 내 부모님의 이야기를 본떠서 릴리와 라일의 이야기를 썼을 뿐이다. 라일은 여러 면에서 아버지의 모습과 닮았다. 둘 다 잘생기고 인정 많고 재미있고 똑똑하지만 용서받을 수 없는 행동을 했다.

릴리의 모습은 상당 부분 어머니에게서 가져왔다. 둘 다 배려심 있고 똑똑하고 강한 여자들로, 사랑받을 자격이 없는 남자를 사랑하게 되었을 뿐이다.

어머니는 아버지와 이혼하고 2년 뒤에 새 아버지를 만났다. 새아버지는 훌륭한 남편의 모범이었다. 자라면서 본 두 분의 모습은 내가 원하는 결혼 생활의 기준이 되었다.

마침내 내가 결혼할 때가 되었을 때, 친아버지에게 신부 입장을 함께하지 않겠다고 말하는 일이 가장 힘들었다. 나는 그 일을 새아버지에게 부탁했다.

이렇게 해야 한다고 생각한 이유는 여러 가지였다. 새아버지는 여러 면에서 친아버지가 하지 않았던 남편의 역할을 했다. 친아버지가 이루지 못한 경제적 부도 이루었다. 그리고 우리를 친자식처럼 키웠다. 그러면서도 친아버지와 우리의 관계를 한 번도 부정하지 않았다.

결혼식 한 달 전에 친아버지의 집 거실에 앉아 있었을 때 일이다. 나는 아버지를 사랑하지만 신부 입장은 새아버지에게 부탁할 거라고 말했다. 나는 아버지의 반응에 대비해 떠올릴 수 있는 모든 반박거리를 미리 생각해두었다. 하지만 아버지의 반응은 내 예상과 달랐다.

아버지는 고개를 끄덕이며 말했다. "콜린, 널 키운 사람은 새아버지야. 네 결혼식에 널 데리고 들어갈 자격이 있지. 그걸로 죄책감 느끼지 마라. 그게 옳은 일이니까."

내 결정 때문에 친아버지가 정말 비참해한다는 걸 알았다. 하지만 아버지는 아버지로서 내 결정을 존중할 뿐만 아니라, 나에게도 그 결정을 존중하길 바랄 정도로 자기를 내려놓았다.

내 결혼식 날, 친아버지는 하객석에 앉아서 다른 남자와 함께 신부 입장을 하는 나를 지켜보았다. 사람들이 왜 두 아버지와 함께 입장하지 않는지 궁금해했다는 건 알고 있다. 하지만 다시 생각해보니 내 결정에는 어머니를 존중하는 의미도 있었다.

내가 누구와 신부 입장을 하느냐는 친아버지나 새아버지와 관련된 문제가 아니었다. 어머니와 관련된 문제였다. 나는 어머니가 받아 마땅한 대우를 해준 남자에게 딸을 데리고 들어가는 영예를 주고 싶었다.

예전에 나는 재미있는 글만 쓰겠다는 말을 달고 살았다. 뭔가를 가르치거나 누군가를 설득하거나 정보를 제공하는 글은 쓰지 않았다.

하지만 이 책은 다르다. 내게 이 책은 재미있지 않았다. 지금껏 쓴 책 중 가장 힘들었다. 때로는 삭제 버튼을 누르고 라일이 릴리를 그렇게 대하지 않는 내용으로 쓰고 싶었다. 릴리가 라일을 용서하는 장면을 다시 쓰고 싶었고 그 부분에서 릴리를 더 회복력 강한 여자로, 적당한 때에 옳은 결정을 하는 인물로 다시 쓰고 싶기도 했다. 하지만 내가 쓰고 있는 인물들은 그렇지 않았다.

그건 내가 말하고자 하는 이야기가 아니었다.

나는 어머니가 처한, 많은 여자들이 처하게 되는 상황을 현실적으로 쓰고 싶었다. 릴리와 라일의 사랑을 깊이 파고들어 어머니가 아버지를, 온 마음으로 사랑한 남자를 떠나기로 결정할 수밖에 없었을 때의 감정을 느껴보고 싶었다.

어머니가 그런 선택을 하지 않았다면 내 삶이 얼마나 달라졌을까 하는 생각을 가끔 한다. 어머니는 딸들이 그런 관계가 괜찮다고 생각하지 않도록 사랑하는 사람을 떠났다. 빛나는 갑옷을 입은 기사,

그러니까 다른 남자가 그를 구해준 것이 아니었다. 어머니는 전혀 다른 종류의 투쟁에 돌입하게 된다는 것과 혼자 아이를 키우는 여자에게 더해지는 스트레스를 감수해야 한다는 것을 알면서도 주도적으로 아버지를 떠났다. 릴리의 성격에 이와 똑같은 자율성이 있다는 것은 내게 중요했다. 릴리는 딸을 위해 라일을 떠나겠다고 최종 결정을 내렸다. 결국에는 라일이 나은 쪽으로 변할 가능성이 조금은 있었지만, 때로는 위험을 감수할 가치가 없는 일도 있다. 과거에 그 위험 때문에 좌절한 적이 있다면 더욱.

이 책을 쓰기 전에도 나는 어머니를 매우 존경했다. 책을 다 쓰고 어머니가 오늘날에 이르기까지 감내한 고통과 투쟁의 작은 조각을 들여다보게 되자, 어머니에게 딱 한 마디를 하고 싶어졌다.

나중에 커서 어머니 같은 사람이 되고 싶다고.

감사의 말

이 책의 저자로 올라 있는 사람은 한 명뿐일지 모르지만 이제부터 언급할 사람들이 없었다면 이 책을 쓰지 못했을 겁니다.

언니와 여동생. 우리가 자매가 아니었어도 둘 다 지금처럼 사랑했을 거야. 같은 부모 밑에서 자랐다는 건 보너스로 주어진 선물일 뿐이야.

내 아이들. 너희들은 내가 살면서 가장 잘한 일이란다. 이렇게 말한 걸 후회하지 않게 해주렴.

베블리히Weblich, 코호츠CoHorts, TL 토론 모임TL Discussion Group, 북 스왑Book Swap을 비롯해 긍정적인 에너지가 필요할 때 온라인으로 만난 모든 모임 사람들. 내가 이 일로 밥벌이를 할 수 있는 건 여러분 덕이 커요. 고맙습니다.

디스틸 앤드 가드리치 출판 에이전시Dystel&Goderich Literary Management의 모든 직원들. 계속 응원해주고 격려해줘서 고맙습니다.

아트리아 출판사Atria Books의 모든 분들. 책이 나오는 날을 기억에 남게 해주고 인생 최고의 나날들을 안겨주어 고맙습니다.

나의 편집자 조해나 카스티요. 이 책이 나올 수 있도록 힘을 실어주어 고맙습니다. 응원해준 것도 고맙고요. 내가 꿈꾸던 일을 하는데 가장 큰 조력자가 되어주어 고맙습니다.

엘런 드제너러스. 내가 절대 만나지 않기를 바라는 네 사람 중 한 명이에요. 당신은 어둠이 있는 곳의 빛이에요. 릴리와 아틀라스가 당신이 밝혀준 빛에 감사를 전합니다.

원고를 미리 읽어준 독자들과 책이 나올 때마다 응원을 보내준 사람들. 여러분은 제게 과분한 의견, 응원, 꾸준한 우정을 보내주었어요. 모두 사랑합니다.

내 조카. 조만간 너를 만날 텐데 이렇게 흥분되기는 처음이란다. 난 네가 가장 좋아하는 이모가 될 거야.

린디. 인생에 남을 교훈을 주고 이타적인 인간이 된다는 것이 무엇인지 모범을 보여주어 고맙습니다. 그리고 제가 영원히 간직할, 의미 깊은 문장을 글에 남기게 해주어 고맙습니다. '이 세상에 나쁜 사람 같은 건 없어요. 우리 모두 가끔 나쁜 짓을 하는 사람들일 뿐이에요.' 당신이 제 여동생의 친어머니라서 감사해요.

밴스. 우리 어머니에게 걸맞은 남편이 되어줘서, 자식들에게 과분한 아버지가 되어줘서 고맙습니다.

나의 남편 히스. 당신은 영혼까지 좋은 사람이야. 우리 아이들의 아버지로, 내가 평생을 함께 보낼 사람으로 당신보다 더 나은 사람은 없어. 당신이 있어서 우리 가족 모두 행운아야.

어머니. 어머니는 모든 사람에게 모든 것이에요. 때로는 그게 부담스러우실 텐데 어머니는 그걸 짐이 아니라 축복으로 여기셨죠. 가족 모두 감사해요.

끝으로, 애증이 엇갈리는 내 아버지 에디. 이 책이 나오는 걸 보지는 못하셨지만 정말 큰 응원을 보내주셨으리라 믿어요. 아버지는 제게 삶의 여러 가지 것들을 가르쳐주셨어요. 예전 모습에 머물러 있으면 안 된다는 걸 깨닫는 데 가장 큰 공을 세우셨죠. 아버지의 최악의 모습을 기억하지 않겠다고 약속해요. 좋았던 때의 모습으로 기억할게요. 그리고 그런 날들이 많았답니다. 많은 사람들이 극복하지 못한 문제를 극복한 사람으로 아버지를 기억할게요. 저의 친한 친구가 되어주셔서 고맙습니다. 여느 아버지들이 하지 못했을 방식으로 결혼식 날 제게 힘이 되어주셔서 고맙습니다. 사랑해요. 보고 싶어요.

비밀요원 명단

강미현 ♥ 곽미라 ♥ 권순지 ♥ 김다어진 ♥ 김리하

김미진 ♥ 김수연 ♥ 김연우 ♥ 김예슬 ♥ 김예은

김유리 ♥ 김윤서 ♥ 김윤지 ♥ 김인숙 ♥ 김재미

김지수 ♥ 김지원 ♥ 김태형 ♥ 김현배 ♥ 김현지

김혜현 ♥ 김효주 ♥ 도윤 ♥ 먼지민 ♥ 모윤지

민야긴 ♥ 박나윤 ♥ 박선아 ♥ 박은영 ♥ 박인경

박진화 ♥ 배미나 ♥ 백윤하 ♥ 변지환 ♥ 서휘

신중운 ♥ 안정진 ♥ 양예진 ♥ 오조하 ♥ 오지은

우은희 ♥ 유병욱 ♥ 윤량의 ♥ 윤희식 ♥ 이다희

이동현 ♥ 이보라 ♥ 이시원 ♥ 이신혜 ♥ 이아람

이연주 ♥ 이은선 ♥ 이은정 ♥ 이은주 ♥ 이정민

이정원 ♥ 이제연 ♥ 이준범 ♥ 이태연 ♥ 이해연

임보람 ♥ 정다인 ♥ 정래원 ♥ 조수정 ♥ 조영아

조주일 ♥ 천민희 ♥ 최설희 ♥ 최슬지 ♥ 최윤영

최은경 ♥ 최지나 ♥ 최태은

비밀기지 목록

- **나락서점**
  부산광역시 남구 전포대로110번길 8 지하 1층

- **너의 작업실**
  경기도 고양시 일산동구 일산로380번길 43-11

- **다시서점**
  서울특별시 강서구 방화대로33길 13 1층

- **다다르다**
  대전광역시 중구 중교로73번길 6 1층

- **버찌책방**
  대전광역시 유성구 지족로349번길 48-7

- **북스피리언스**
  서울특별시 마포구 연남로11길 34 지하 1층

- **이랑**
  경기도 고양시 일산서구 일현로122 상가 1층 122호

- **책방꼴**
  서울특별시 마포구 월드컵북로5나길 18 112호

- **책방이층**
  대구광역시 중구 달구벌대로393길 48

- **책방토닥토닥**
  전라북도 전주시 완산구 풍남문2길 53 2층 청년몰

* 이 책은 독립서점을 기반으로 한 위즈덤하우스 사전 독서 모임 'SSA 비밀요원 프로젝트'를 통해 제작되었습니다.

우리가 끝이야

초판 1쇄 인쇄 2022년 5월 16일 **초판 1쇄 발행** 2022년 5월 25일

지은이 콜린 후버
옮긴이 박지선
펴낸이 이승현

편집2 본부장 박태근
스토리 독자 팀장 김소연
공동 편집 곽선희 김해지 이은정
디자인 신나은

펴낸곳 ㈜위즈덤하우스 **출판등록** 2000년 5월 23일 제13-1071호
주소 서울특별시 마포구 양화로 19 합정오피스빌딩 17층
전화 02) 2179-5600 **홈페이지** www.wisdomhouse.co.kr

ⓒ 콜린 후버, 2022

ISBN 979-11-6812-301-4 03840